성공과
행복에 ─ 관하여

일러두기

인명, 지명 등의 외래어 표기는 저자의 의견에 따랐음을 밝힙니다.

성공과 행복에 관하여

안정효 지음

서문_ 중간 토막의 인생

인간의 삶에서는 시작이 어디인지가 분명한 반면에 끝은 그러하지 못하다. 시작은 태어나는 순간이어서, 날짜와 시간까지 분명하다. 그런데 내가 언제 어디서 어떻게 태어날지는 나만 모르고, 부모와 일가친척은 다 안다. 태어나서 성장하는 동안 내가 주인 노릇을 제대로 못하는 내 삶의 모순은 그렇게 일찌감치 시작된다.

인생을 크게 세 토막으로 나누자면 성공을 준비하는 30년, 행복을 쟁취하는 두 번째 30년, 그리고 평화롭게 안식하는 마무리 30년이겠는데, 만인의 삶은 처음 30년을 살아가는 과정과 형태가 동서고금 어디서나 비슷하다.

이 책은 인생에서 성장과 성숙의 학습 과정 30년을 보낸 다음 전성기를 맞아 왕성하고 적극적인 활동을 벌이는 두 번째 30년을 다룬다. 환갑에 이르기까지의 찬란한 세상살이에서 만나는 온갖 잡다한 문제에 대하여 사람들이 어떻게 생각하고 무슨 말을 했는지, 남들의 생각과 내 마음이 어떻게 다르거나 얼마나 비슷한지를 하루에 한 꼭지씩 1년 동안 읽어가며, 세상과 나를 점검하고 더듬어보도록 엮은 '읽는 일기'다.

평균치 우리 인생에서 몸통을 이루는 가운데 토막 30년의 주제는 성공과 행복이다. 취업하여 생존 수단을 마련하고, 결혼하여 가정을 이루고, 성공하여 행복을 찾아가는 가장 즐겁고 보람차고 힘겨운 세월이기 때문이다.

그 30년은 어떻게 흘러가서 언제쯤 끝날지 모르는 인생을 헤쳐나갈 수단을 마련하는 기간이다. 그런데 시작은 알아도 나의 삶이 언제 어디서 어떻게 끝날지는 정작 마지막이 닥칠 때까지 아무도 모른다. 끝을 모르니 중간을 설계하기가 참 어렵다. 57년이나 64년 아니면 98년이라고 떠날 시간을 지정해놓지 않았으니 어떻게 그리고 얼마나 살아갈 준비를 해야 좋을지 맞춤형 계획이 불가능하기 때문이다.

성공을 쟁취하여 행복하게 살아야 한다고 설계와 준비를 차근차근 하지만 어디쯤에서 어느 만큼 성공하여 언제부터 어떻게 행복하리라는 기약이 없다. 그래서 얼마나 벌어놓아야 할지 몰라 100년 넘게 먹고도 남을 만큼 잔뜩 재산을 긁어모아 쌓는 사람도 많다. 그러나 명이 짧으면 준비만 하다가 끝나기도 한다. 요행히 성공을 거두지만 행복은 누리지 못하고 억울하게 떠나기도 한다. 30년 준비하고 30년 노력하다 즐기지 못하고 일찍 떠나는 인생의 억울함은 어찌하나?

하지만 인생은 그래서 도전의 묘미가 있다. 인생이란 흔히 생각하고 걱정하듯이 불안하고 우울한 여정이 아니라고 많은 사람들이 주장한다. 어떤 사람들은 성장하고 성숙하는 30년 동안 이미 행복을 누린다. 그다음 30년 동안 노력하고 준비하면서 희열하는 사람들도 많다. 행복의 추구는 인생을 다듬는 기술이고, 행복과 불행은 사람이 엮어 생산하는 작품이지 환경이나 운명이 대량으로 생산하여 소포로 배달해주는 소비재가 아니기 때문이다.

2021년 12월
안정효

차례

행복은 작심하고 추구해서 얻는 대상이라기보다는 여러 다른 활동이 수반하는 부산물에 가깝다.(Happiness is not achieved by the conscious pursuit of happiness; it is generally the by-product of other activities.) — 올더스 헉슬리(Aldous Huxley),『잡념(Distractions)』

1장

포기하는 행복의 쓰임새

행복이 무엇을 성취하고 난 다음에 누리는 흐뭇한 마음이라면, 다른 활동의 부산물이라는 헉슬리의 주장이 옳다. 대부분의 경우 사람들은 자존감이나 만족감 같은 정신적인 보상을 얻기 위해 어떤 일에 도전하고 분투한다. 경쟁의 궁극적 목적은 성공과 행복의 쟁취다. 인생의 주식은 밥과 반찬이 아니라 행복감이다. 불행하면 식욕조차 나지 않고 행복하면 먹지 않아도 배가 부르다.

행복감으로 고치지 못하는 병은 어떤 약을 써도 고치지 못한다.(No medicine cures what happiness cannot.) ― 가브리엘 가르샤 마르케즈(Gabriel García Márquez),『사랑과 다른 악마들(Of Love and Other Demons)』

빅토리아 왕조 영국 문학에서 가장 아름다운 사랑의 14행시로 꼽히는〈나 어찌 그대를 사랑하는지 헤아려보겠어요(How do I love thee? Let me count the ways)〉를 남긴 엘리자베드 배럿 브라우닝(Elizabeth Barrett Browning, 1806~1861)은 당시 의학으로는 어떤 병인지조차 밝히지 못한 머리와 척추의 심한 통증으로 열다섯 살부터 평생 시달렸다. 나중에는 폐병까지 겹치는 바람에 그녀는 거동이 여의치 않아 불구자와 같은 삶을 살았다. 열한 살부터 시를 쓰기 시작한 엘리자베드는 아편과 모르핀 치료를 계속 받아서인지 환각에 취한 듯 비상하고 몽환적인 시상으로 알프렛 테니슨과 맞먹는 명성을 얻었고, 윌리엄 워즈워드가 사망하자 그의 뒤를 이을 계관 시인으로 물망에 오르기도 했다.

불치의 지병 때문에 오래 살기 어려우리라고 모두들 믿었던 그녀가 19세기 초 유럽인 평균 수명의 두 배나 되는 쉰다섯 살까지 장수를 누린 까닭은 세상을 감동시킨 로벗 브라우닝과의 사랑과 행복한 결혼 생활 때문이었다고 널리 알려졌다. 끔찍이도 그녀를 사랑했던 여섯 살 연하의 시인 로벗과 1846년 마흔 살에 결혼한 그녀는 사랑의 시를 반찬처럼 곁들여 아침 식탁을 차렸다는 낭만적인 일화를 남겼다. 사랑의 행복감은 분명히 몸과 마음을 다 치유하는 만병통치약이다.

002

행복의 추구는 불행의 주요 원인들 가운데 하나다.(The search for happiness is one of the chief source of unhappiness.) ─ 에릭 호퍼(Eric Hoffer)

황홀한 미래를 꿈꾸는 성장기를 보낸 다음 사회인이 되어서야 우리는 어른들이 주는 선물로서가 아니라 스스로 쟁취하는 가치로서의 행복을 본격적으로 추구하기 시작한다. 하지만 영혼과 육신을 구제하는 만병통치약 행복은 불로초나 불사약처럼 세상 어디에서도 구하기가 어려운 보물이다. 인류역사상 진시황 말고는 행복의 환각인 영생의 처방을 찾아다닌 사람이 거의 없다. 늙지 않고 죽지 않게 인간을 자연의 섭리로부터 해방되도록 도와주는 약초를 구한답시고 방방곡곡 심심산골 뒤지며 돌아다니다가는 기진맥진 지쳐 오히려 일찍 죽기가 십상이다.

떠돌이 노동자로 평생을 보낸 사회 철학자 호퍼는, "찾으면 구하리라"는 성경 말씀과는 달리, 행복은 아예 찾아다니지 않아야 알아서 제 발로 우리를 찾아온다고 역설한다. 행복은 긍정적인 마음의 경지다. 그런 긍정적 가치를 긍정적으로 추구하는 마음을 호퍼가 부정하는 까닭은 대부분의 사람들이 저마다 탐내는 대상의 크기를 잘못 책정하는 탓이라고 지적하기 위해서였다.

그렇다면 이상적인 행복의 크기와 제원(諸元)은 무엇일까? 정답은 따로 없다. 행복은 해석하는 의미와 수긍하는 만족도의 크기가 사람마다 서로 다른 상대적 가치여서, 행복과 불행의 수위는 내 마음이 제멋대로 설정한다. 소망과 욕심과 탐욕이 없어지면 갈구하고 쟁취하려는 대상에 연연하지 않게 되고, 그렇게 행복을 차라리 추구하지 않아야 인간이 행복해진다는 역설이 성립된다.

인간은 모름지기 외적인 사물에 최소한으로만 의존하여 행복에 이르는 그런 삶을 살아야 한다.(A man should so live that his happiness shall depend as little as possible on external things.) — 에픽테토스(Epictetus)

김연자의 노래 제목으로 널리 알려진 '아모르 파티(amor fati)'는 불완전한 우리말 표기 방식 때문에 '숙명적인 사랑(amour fatal)'이나 심지어는 나이트클럽에서 청춘들이 벌이는 짝짓기 놀이와 '사랑의 모임(amour party)'을 뜻하는 말로 자주 잘못 유통되는데, 사실은 고대 그리스 스토아 철학자 에픽테토스가 "타고난 운명을 사랑하라"고 가르친 심오한 표현이다.

『명상록』을 남긴 로마 황제 마르쿠스 아우렐리우스의 정신적 스승이었던 에픽테토스는 소아시아에서 노예로 태어나 그야말로 온갖 모진 운명에 시달렸으며, 고문을 당해 절름발이가 되어 불편하게 평생을 보냈다. 그럼에도 불구하고 그는 우리더러 역경에 순응하라고 이렇게 가르친다. "그대가 원하는 대로 세상이 돌아가기를 갈구하지 말고, 차라리 만사가 순리에 따라 흘러가기를 바란다면, 행복은 저절로 이루어진다.(Do not seek for things to happen the way you want them to; rather, wish that what happens happen the way it happens; then you will be happy.)"

운명에 저항할 수단과 권리가 인류에게 아직 충분히 마련되지 않았던 원시와 고대에는 당연히 인고하는 동양적 미덕이 지혜였다. 이왕 망가져 마음대로 되지 않는 인생을 억울해하면, 억울하고 괴로워하는 만큼이 더 손해다.

004

"'행복'이란 말은 우리 시대에 와서 지나치게 중요한 의미를 갖게 되었어요. 그건 오랜 세월 동안 존재조차 하지 않았던 개념이죠. 행복은 삶의 한 부분이 아니었으니까요. 중국과 인도나 그리스에서 옛사람들이 남긴 고전 문헌들을 읽어보라고요. '행복'이라는 어휘의 근본을 구성하는 감정 대신에 그들은 평화롭고 숭고한 인생의 경지를 추구했으니까요."("The word 'happiness' has acquired an excessive importance in our times. There have been centuries in which it was unknown. It was not a part of life. Read Chinese literature of the past epochs, or Indian or Greek classics. Instead of emotion, in which the word 'happiness' has its roots, people sought an unperturbed, elevated sense of life.") — 에릭 마리아 레마르크(Erich Maria Remarque), 『하늘은 아무도 특별히 사랑하지 않는다(Heaven Has No Favorites)』

세렝게티 들판에서 백수의 왕으로 군림하는 사자가 가냘픈 영양 한 마리를 잡아 죽여 갈기갈기 찢어 배불리 먹고 흐뭇하게 낮잠을 자는 모습을 보고 우리는 그것이 행복의 풍경이라고 하지는 않는다. 육신의 야만적인 포만감은 지고한 경지에 이르지 못하기 때문이다. 행복의 숭고한 개념을 알지 못해서인지 사자는 웃을 줄 모른다고 사람들은 말한다. 하지만 이것은 짐승을 인간처럼 해석하기 때문에 생겨나는 착시 현상이다.

레마르크 소설에서 폐결핵으로 머지않아 세상을 떠날 여주인공 릴리언에게 프랑스 귀족 집안의 동성애자 청년은 구태여 따로 어떤 가시적이고 요란한 업적을 성취하지 않고서도 얻을 수 있는 마음의 평정이 참된 행복의 본질이라고 설명한다.

행복의 구성 요소가 무엇인지를 꼬치꼬치 따져본다고 해서 인간이 행복해지지는 않는다. 인생의 의미를 찾으려고만 하다가는 제대로 된 삶을 살지 못한다.(You will never be happy if you continue to search for what happiness consists of. You will never live if you are looking for the meaning of life.)

— 알베르 카뮈(Albert Camus), 『젊은 날의 글쓰기(Youthful Writings)』

19~21세 청춘 시절에 써놓은 미발표 산문집에서 카뮈는 인생을 현실로 받아들이는 대신 살아가는 흉내만 내는 사람들이 벌이는 헛된 고뇌를 무의미한 유희라고 꼬집었다. 버트란드 럿셀 또한 "불면증에 시달리는 사람들이나 마찬가지로 불행한 이들은 자신의 고민을 훈장처럼 자랑한다(Men who are unhappy, like men who sleep badly, are always proud of the fact)"고 했다. 불면증에 시달리고 고뇌하는 인간이야말로 진정한 지식인이라는 자아도취 심리를 완곡하게 풍자한 말이다.

행복의 추구는 배부름의 동물적 만족감을 형이상학적으로 개념화하면서부터 고뇌와 갈등의 문제를 촉발시킨다. 고기잡이나 사냥을 한 다음 원시인이 순수한 만족감을 느끼지 못하고 무엇인지 그 이상의 기쁨을 바라면서 관념적인 의미를 찾으려고 했을 때부터 불행의 싹이 텄으리라고 많은 사람들이 해학적으로 유추한다. 욕망의 크기와 행복의 깊이가 반비례하는 탓이다.

지금 소유한 식량만으로는 언제까지 버틸지 자꾸 불안해지면서 인간은 세렝게티 사자처럼 누워서 편히 잠을 자지 못하고 점점 더 먼 미래를 위한 준비를 서두르면서 휴식을 포기하고 식량과 재물을 쌓아두는 탐욕의 본능을 키웠다. 말 타면 견마를 잡히고 싶어지며 "배부르고 등 따시면" 온갖 잡생각이 생기기 마련이어서다. 부지런한 준비성은 지나치면 병이 되고, 그래서 "걱정도 팔자"라고 했다.

문명 세계에서 발견되는 흔한 양상 가운데 하나는 행복과 지성을 겸비한 인물을 찾아내기가 불가능에 가깝다는 현실이다.(One of the indictments of civilizations is that happiness and intelligence are so rarely found in the same person.) ― 윌리엄 페더(William Feather)

특이한 현실 철학을 전파하는 잡지의 발행인 페더는 행복과 지성을 서로 천적의 관계라고 설정한다. "아는 것이 많으면 먹고 싶은 것도 많아진다"고 함은 지나친 관념의 탐구가 힘이 되기는커녕 독이나 병처럼 부담이 되기가 쉽다는 경고다. 생각이 많으면 많을수록 슬픈 기억과 나쁜 걱정이 덩달아 늘어나겠고, 근심이 많아지면 행복의 길에는 점점 더 많은 가시가 돋는다.

에릭 마리아 레마르크가 동물과 인간의 차이를 규정한 새로운 개념이라고 분류한 행복은 "입에 풀칠을 해야 하는" 생존의 과제가 절박한 사람들로서는 감히 추구할 엄두를 내지 못하는 정신적인 사치를 뜻한다. 많은 사람들이 그렇게 생각했다. 단순 생존의 시대에는 이상주의적 행복의 추구가 인생의 주요 목표가 아니었다. 어쩌면 행복의 추구라는 사념은 인류가 만물의 영장임을 증명하기 위해 스스로 만들어 머리에 쓰거나 어깨에 메고 다니는 면류관과 십자가인지도 모른다.

페더는 이렇게 말했다. "자신들에게 주어진 행복의 몫을 많은 사람들이 챙기지 못하는 까닭은 찾지 못해서라기보다는 여유를 갖고 누릴 줄을 모르기 때문이다.(Plenty of people miss their share of happiness, not because they never found it, but because they didn't stop to enjoy it.)"

단순히 고통을 겪기만 한다고 해서 우리가 깨우침을 얻으리라고는 믿기 어렵다. 고통 자체만으로 교훈을 얻는다면, 고통스럽지 않은 사람이 어디에도 없으니, 세상은 현인들로 넘쳐나리라.(I do not believe that sheer suffering teaches. If suffering alone taught, all the world would be wise, since everyone suffers.) ― 앤 모로우 린드버그(Anne Morrow Lindbergh), 『소중한 시간과 무거운 시간(Hour of Gold, Hour of Lead)』

가난이 수반하는 불행은 내가 가진 재물의 많고 적음 탓이기보다는 현실을 잘못 해석하는 상상력에 최면이 걸린 결과인 경우가 많다. 아직은 별로 불행하지 않은데 앞으로 언젠가 불행해질까봐 자꾸 걱정을 하면, 불행해지는 반복 연습의 훈련을 거치는 효과가 나타난다.

불행해질지 모른다는 상상은, 누군가를 죄인이리라고 의심할 때나 마찬가지로, 나는 틀림없이 불행해지리라는 믿음으로 굳어지고, 그러다가 급기야는 정말로 불행하다는 인식에 만성되어 가공의 두려움이 현실로 둔갑한다. 부정이 긍정을 잠식하는 작용의 농간이다. 슬프게 보면 나의 삶은 슬퍼지고, 아름답게 보면 점점 더 아름답게 보려는 긍정의 힘에 가속도가 붙는다.

괴로워하지 않아도 될 일을 놓고 지레 괴로워하는 어리석음은 상상력의 낭비인데, 행복의 추구는 그렇게 사서 하는 고생인 경우가 적지 않다. 상대적 빈곤은 지적 호기심과 비슷한 현상이다. 우리는 어떤 대상에 대하여 탐구를 계속할수록 모르는 영역이 점점 더 넓어 보이고, 그래서 깨우침이 깊은 사람일수록 자신의 학식을 가두어놓는 비좁은 한계에 자꾸만 앞길이 막혀 겸손해진다.

사람들이 행복해지기가 그토록 힘든 까닭은 과거를 실제보다 좋았다고 믿으며, 현재는 실제보다 나쁘다 생각하고, 미래는 실제보다 잘 풀리지 않으리라는 망상에 항상 사로잡혀 살아가기 때문이다.(The reason people find it so hard to be happy is that they always see the past better than it was, the present worse than it is, and the future less resolved than it will be.) — 마르셀 파뇰(Marcel Pagnol)

과거와 현재와 미래에 살아가는 모든 시점에서 늘 어딘가 무엇인지 부족하다고 불만을 느끼는 인간의 연대기를 프랑스 작가 파뇰이 일목요연하게 정리해놓았다. 그나마 주어진 행복마저 더 많은 행복을 탐하는 욕심에 밟혀 사라지는 현상을 파뇰은 『마르셀의 추억(Le château de ma mère)』에서 이렇게 잔잔한 목소리로 되새긴다. "남자의 삶이란 그런 거야. 잊지 못할 슬픔으로 지워지는 기쁨의 짧은 순간들. 이런 얘긴 아이들한테는 해줄 필요가 없겠지만.(Such is the life of a man. Moments of joy, obliterated by unforgettable sorrow. There's no need to tell the children that.)"

『마르셀의 추억』과 더불어 부모의 젊은 날을 애틋하게 회상하는 『마르셀의 여름(La Gloire de mon père)』, 그리고 『마농의 샘(Manon des sources)』과 『화니(Fanny)』를 비롯하여, 파뇰 문학에서는 환각을 일으키는 신기루처럼 회상의 연금술이 독자와 관객을 사로잡는다. 인생은 과거를 현재의 시점에서 읽는 방법에 따라 가치와 해석이 달라진다.

009

"손에 쥔 행복은 언제나 작아 보이지만, 놓아버리는 순간에 우리는 그것이 얼마나 크고 소중한지를 당장 깨닫게 마련이지."("Happiness always looks small while you hold it in your hands, but let it go, and you learn at once how big and precious it is.") ― 막심 고리키(Maxim Gorky), 『밑바닥에서(The Lower Depths and Other Plays)』

고리키는 사람들이 행복해지기 어려운 이유가 그들이 본디 불행해서라기보다 행복을 느낄 능력이 때로는 부족한 탓이라고 암시한다. 지금 진행되는 현상 속에 숨은 의미를 찾아볼 여유가 없어 미래에 이르러서나 깨달아 후회하는 시간차 재발견은 고달픈 인생을 관통하는 집요한 주제다.

과거에 대한 아쉬움과 아련한 그리움을 마르셀 파뇰은 슬픔이나 불행이라기보다 기억으로나마 꼭 간직해야 할 소중한 보물이라는 일관된 시각을 평생 유지했다. 놓쳐버린 작고 시시하고 소중한 행복의 크기를 뒤늦게 계산하는 고리키의 치열한 사회적 사실주의 절규와는 달리 비슷한 종류의 인생을 놓고 파뇰은 슬프고 애틋한 행복의 아쉬움을 새김질한다.

파뇰은 프로방스와 마르세유를 무대로 삼아 가족과 사랑의 따뜻한 의미를 보듬어서 가슴 뭉클하게 마음속까지 깊이 파고들어 오랜 여운을 남기는 서정적 희곡과 소설 그리고 영화로 우리나라에 널리 알려진 작가다. 그의 작품들은 슬픔인지 기쁨인지 좀처럼 분간하기 쉽지 않은 애매한 정서의 분위기 속에서 시시각각 해석에 따라 달라지는 인생을 몽롱하게 음미하는 방법을 가르쳐준다. 슬픔은 가공만 잘하면 어렵지 않게 아름다운 감동이 된다는 믿음에서다.

행복은 오래 머물 줄 모른다. 행복은 조바심의 대가로 제공되는 유예의 막간일 따름이다.(Happiness is never there to stay. Happiness is merely a respite offered by inquietude.) — 앙드레 모루아(André Maurois),『사랑의 풍토(Climates of Love)』

프랑스 작가 모루아는『생활의 지혜(The Art of Living)』라는 책의 〈행복해지는 기술〉편에서 기쁨의 빛을 쏟아내는 인간을 이렇게 발광체에 비유했다. "심해의 형광 물고기들은 그들이 가까이 가면 깊은 물과, 해초와, 다른 생명체들이 환하게 모습을 드러내는 기적을 늘 경험하지만, 그들 자신이 돌아다니면서 뿌려주는 광채가 어디서 나오는지를 전혀 깨닫지 못하는데, 그와 마찬가지로 행복한 사람은 자신이 남들에게 어떤 효과를 끼치는지 어렴풋이 깨닫기는 하지만, 자신의 행복이 빛을 낸다는 사실은 인식하지 못한다."

행복이라는 이름의 발광체는 기쁨의 외향적 전염성을 주도하는 태양과 같은 존재다. 그래서 몸과 마음이 따뜻해지는 빛을 쐬고 싶어 하는 사람들은 즐겁게 살아가는 표본의 곁으로 모여든다. 반면에 불행한 사람들은 흔히 자신보다 더 불행한 표본을 찾아내어 나는 그나마 너보다야 행복하다고 상대적인 위안을 받으려는 잠재의식에 밀려 유유상종한다.

행복과 불행으로 가는 갈림길에서 어찌할 바를 몰라 머뭇거리는 사람들에게 신티아 넬름스(Cynthia Nelms)는, 남들의 사랑을 받고 싶다면, "처량한 사람에게는 아무도 참된 관심을 보이지 않으니, 차라리 행복한 시늉을 하라(Nobody really cares if you're miserable, so you might as well be happy)"고 권한다.

011

행복을 구하기가 어려운 까닭은 남들을 기쁘게 해줘야만 내가 행복해지기 때문이다.(Happiness is a hard thing because it is achieved only by making others happy.) — 스튜어트 클루티(Stuart Cloete), 『서쪽의 태양(West With the Sun)』

장-폴 사르트르와 알베르 카뮈의 기치 아래 20세기 중반 실존주의가 지성의 열병을 방불케 하는 전성기를 맞았을 때, 아직 전쟁의 정신적인 폐허를 벗어나지 못한 우리나라에서는 염세주의적 고독과 고뇌가 지식인을 상징하는 특권으로 대우를 받았다. "고독을 즐긴다"는 표현이 유행했던 배고픈 낭만 시절, 빈곤한 나라에서는 슬픈 절망이 형이상학적 계급장이었다.

가난은 별로 큰 벼슬이 아니듯 불행이나 고독은 결코 자랑이 아니다. 연민을 자극하려는 사람들은 타인들의 존경을 받기가 어렵고, 자칫 혐오나 기피의 대상이 되기 쉽다. 내 고민을 이해하고 공감할 누군가를 만나 행복해지겠다고 기대하는 불행한 사람은 절망의 유유상종에 빠질 위험성이 크다. 슬픔과 불행을 이겨내려면 SNS에서 불행의 동아리들을 찾아다니지 말고, 좌절과 죽음의 미학을 홍보하는 집단은 오히려 멀리해야 옳다.

불행한 사람이 고민하는 사람을 만나면 함께 겹으로 괴로워하다가 자칫 집단 자살의 용기밖에 얻지 못한다. 슬픔과 불행은 하품이나 분노처럼 전염성이 강해서다. 자기 학대는 그만큼 치열하고 또한 치명적이다. 사랑과 행복은 내 힘으로 찾아야지 아무도 나를 대신하여 찾아서 선물로 가져다주지 않는다.

나만큼 나 자신을 심하게 경멸할 줄 아는 사람은 어디에도 없다.(Thou canst not think worse of me than I do of myself.) — 로벗 버튼(Robert Burton), 『우울증의 해부학(The Anatomy of Melancholy)』

남들이 나를 멸시하는 시선만 해도 견디기 어려운 세상인데 내가 앞장서서 나를 괴롭혀서는 안 될 일이라고 17세기 옥스퍼드 학자 버튼이 제시한 명제다. 나를 가장 혐오하는 가해자가 나 자신이라면 그런 삶은 제 발로 골방에 들어가 치러야 하는 따돌림 종신형이나 마찬가지다.

이 화두를 미국의 정신과 의사 디오도어 아이작 루빈(Theodore Issac Rubin)은 『절망이 아닌 선택(Compassion and Self-Hate: An Alternative to Despair)』에서 구체적인 사례들을 보완하여 "내가 나를 사랑하지 않으면 아무도 나를 사랑하지 않는다"라고 전개했다. 세상이 나를 사랑하지 않는다고 탓하기에 앞서 나부터 나를 사랑하여 인생의 주인 노릇을 제대로 하라는 취지에서였다.

아직 청춘의 나이에 나는 어떤 사람이 되어 어떻게 인생을 살아가야 할지를 결정할 때, 혹시 손쉽게 덕을 볼까 싶어서 비빌 언덕을 찾으려고 자신의 삶을 손님처럼 구경만 하고 세상의 눈치를 살피면 절망으로 가는 선택은 이미 시작된다. 자신의 삶을 저만치 뒤로 물러나 관망하거나 불우한 주변 환경을 핑계로 삼는 대신 세상에서 내가 차지하게 될 위치의 좌표를 읽어내는 감각과 결단력을 갖추려고 노력하는 청춘은 주인으로서 자신의 삶에 대한 선택권을 행사할 권리를 얻는다.

그대는 나를 좋아할 의무가 없다. 그것은 내가 해야 할 몫의 일이다!(It's not your job to like me. It's mine!) ─ 바이런 케이티(Byron Katie)

행복의 첫째 조건이 자아 사랑이라는 공식은 케이티 한 사람만의 주장이 아니다. 긍정적인 사고방식과 자기 계발을 독려하는 집단 심리 지도사(thought leader)들은 하나같이 자립심과 공격적인 삶의 정점에 자아가 위치해야 한다고 공감한다. 정신적으로 방황하는 청춘은 질풍노도 속에서 길을 잃고 좌절하기 쉽지만, 미래를 경작할 줄 아는 청춘은 잠시 흔들리기는 할지언정 곧 방향을 잡는 나침반처럼 그가 가야 할 길에서 크게 벗어나지 않는다.

에드먼드 음비아카(Edmond Mbiaka)는 "자신을 사랑하는 마음이 없으면 다른 사람들의 사랑이 그 빈자리를 대신 채워주기는 불가능하다"고 지적했으며, 비로니카 투갈레바(Vironika Tugaleva)는 그 이유가 "자신이 원하는 바를 그대가 존중하지 않으면, 다른 사람들 역시 그대의 꿈을 무시한다. 그러다 보면 그대 자신만큼이나 그대를 깔보는 사람들만 주변에 모여들리라"고 경고했다.

대통령 영부인 엘리너 루즈벨트는 "자신을 사랑하는 자세가 가장 중요하여, 자신과 친하지 못한 사람은 세상에서 어느 누구하고도 친구가 되지 못한다"고 걱정했으며, 벨기에 태생 미국 패션 디자이너 다이안 본 퍼스텐버그(Diane Von Furstenberg)는 "평생 같이 살아야 할 그대 자신이니, 이왕이면 친하게 지내라"고 권했다. 심지어 미국 작가 솔랑지 니콜(Solange Nicole)은 "이웃을 사랑하기 전에 너 자신부터 사랑하라"고 성경 말씀을 뒤집기까지 했다.

014

자신을 사랑한다는 말은 남들을 무시하거나 자신만 생각하는 자아도취를 뜻하지는 않는다. 그보다는 자기 자신을 마음이 가장 소중한 손님으로 받아들여, 존경하고 사랑하는 동반자로 반겨 맞아야 한다는 의미다.(Loving yourself does not mean being self-absorbed or narcissistic, or disregarding others. Rather it means welcoming yourself as the most honored guest in your heart, a guest worthy of respect, a lovable companion.) ― 마고 아난드(Margot Anand)

아름다운 성생활의 즐거움을 찬양하는 책을 여러 권 발표한 프랑스 작가 아난드는 나를 사랑하는 마음과 나만을 사랑하는 마음의 차이를 미덕과 악덕의 전혀 이질적인 속성이라고 확실하게 선을 긋는다. 자아를 존중하는 자기애(自己愛, Selbstliebe)와 달리 자기밖에 모르는 이기심(Selbstsucht)은 정신 의학에서 성격 장애로 분류한다. 참된 사랑은 이기적이 아니다.

이웃을 사랑하지 못하면 나 또한 사랑하기 어렵고, 나를 사랑하지 않으면 이웃을 사랑하기는 더욱 어렵다. 한 가족 안에서도 자신을 잘 사랑하는 부모가 그러지 못하는 부모보다 훨씬 자식을 진심으로 열심히 사랑한다. 나를 사랑하는 마음이 가득차고 넘치면 남에게 사랑하는 마음을 나눠주기가 어렵지 않고, 나를 사랑하는 마음이 모자라서 그만큼을 남에게서 받는 사랑으로 채우기를 기대하여 먼저 받기부터 바라면, 멀리서 돌아다니는 사랑의 발광체들은 흐릿하기 짝이 없는 내 광채를 보지 못한다. 남의 사랑으로 나의 빈 마음을 메우려는 생각은 숲속의 샘터가 말라간다고 집에서 수돗물을 길어다 붓는 격이다.

진정한 행복은 어지러운 마음의 동요로부터 해방되고, 미래에 대하여 아무런 조급한 기대를 하지 않으며 현재를 즐기고, 이미 소유한 것만으로 풍족하니 부족함이 없다고 만족하여, 희망이나 두려움 어느 쪽에도 휘둘리지 않으면서 여유를 누리는 경지다. 인간에게 허락된 가장 큰 축복들은 우리의 마음속에서, 또는 손이 닿는 어딘가에서 기다린다. 현명한 사람은 어떤 운명이건 그에게 주어진 몫에 만족하며, 소유하지 못한 대상을 탐내지 아니한다.(True happiness is to be free from perturbations; to enjoy the present, without any anxious dependence upon the future; not to amuse ourselves with either hopes or fears, but to rest satisfied with what we have, which is abundantly sufficient; for he that is so wants nothing. The greatest blessings of mankind are within us and within our reach. A wise man is content with his lot, whatever it may be, without wishing for what he has not.) ─『스토아 철학자의 가르침(The Morals of Seneca: A Selection of his Prose)』

로마의 철학자이며 극작가인 루키우스 안나이우스 세네카(Lucius Annaeus Seneca)는 "재산이 모이면 고난이 끝날 듯싶지만, 대부분의 경우 그냥 사람만 달라질 뿐"이라고 가르쳤다. 행복이란 풍족한 삶을 위해 재물을 모아들이듯 새로운 어떤 대상을 점점 더 많이 차지하는 데서 느끼는 성취감보다, 이미 내 주변에서 나를 즐겁게 해주는 가족과 그들의 사랑 그리고 다른 자그마한 기쁨들로부터 얻는 축복으로 구성된다. 그런 줄을 알지 못하는 사람들은 아직 얻지 못한 무엇을 자꾸만 목말라 멀리멀리 찾아다니느라고 불행해진다.

가끔은 행복의 추구를 중단하고 그냥 행복해하는 여유가 바람직하다.(Now and then it's good to pause in our pursuit of happiness and just be happy.)
— 기욤 아폴리네르(Guillaume Apollinaire)

"미라보 다리 밑을 센 강이 흐르고 우리의 사랑도 흐른다"고 노래한 프랑스 시인 아폴리네르는 "느릿느릿 흘러가는 인생인데 욕망은 얼마나 방정맞은가"라며 인간의 조급한 마음을 아쉬워했다. 눈앞에서 어른거리는 너무나 많은 소망을 추구하느라고 시간을 모두 빼앗겨 이미 얻어놓은 행복조차 누리지 못하고 쌓아두기만 했다가 덧없이 세상을 떠나는 미련한 사람들의 모습이 안타까워서였다.

영국 종교인 찰스 스퍼전(Charles Spurgeon)은 "얼마나 많이 소유했느냐가 아니라 얼마나 많이 즐기느냐가 행복의 질을 결정한다"고 진단했으며, 정곡을 찌르는 금언과 풍자시로 유명한 로건 피어솔 스미드(Logan Pearsall Smith)는 "인생의 목표는 두 가지여서, 원하는 바를 얻는 보람이 그 하나이고, 다음에는 그것을 누리는 즐거움이건만, 가장 현명한 사람들만이 두 번째 목적을 성취한다"고 아쉬워했다.

그리스 철학자 에피쿠로스(Epicurus)는 "작은 것에 만족할 줄 모르는 사람은 무엇에도 만족할 줄 모른다" 했고, 그래서 19세기 영국 시인 월터 새비지 랜더(Walter Savage Landor)는 "더 행복해지려고 욕심을 부리는 순간에 우리의 행복은 끝난다"면서 행복의 추구에서는 상한선과 마감을 미리 설정하라고 권한다.

우리 집은 돈이 많지 않았고, 나는 그 점을 고맙게 생각한다. 돈은 행복으로 가는 가장 먼 길이어서다.(My family didn't have a lot of money and I'm grateful for that. Money is the longest route to happiness.) — 니콜 에반젤린 릴리 (Nicole Evangeline Lilly)

행복으로 가는 가장 빠른 길이 막대한 재산과 두둑한 돈 가방이라는 보편적 견해와는 달리, 캐나다 여배우이며 동화 작가인 릴리는 부유함이 행복으로 가는 가장 비효율적인 통행 수단이라면서 별로 풍족하지 못했던 자신의 성장기 환경을 축복으로 꼽는다. 그녀는 돈이나 출셋길을 인생의 목표로 정조준하여 일로매진하지는 않았으나 누구 못지않게 보람 있는 삶을 살았으며, 그렇게 평생 좋아하는 일만 하면서 살다 보니 행복은 그냥 개평으로 얻은 셈이었다.

"모든 행복은 다른 무엇인가를 찾다가 요행수로 얻어걸리는 횡재(Happiness is always the serendipitous result of looking for something else)"라고 한 아이들 드리머(Dr. Idel Dreimer)의 처방이 그대로 적중한 경우가 릴리의 삶이었다. 독실한 기독교 집안에서 성장한 그녀는 고등학교 시절 학생회 부회장을 지낼 만큼 인간관계가 좋았으며, 인도주의적 활동을 하기 위해 열여덟 살에는 필리핀을 방문했고, 국제 관계학을 전공하러 대학에 들어가서는 학비를 버느라고 주유소에서 대형 화물차에 기름을 넣어주고, 식당 여종업원 그리고 여객기 여승무원으로 일하며 자립의 길을 걸었다. 릴리의 인생에서는 숫자화한 상징인 학업 성적이나 화려한 이력('스펙')은 별로 의미가 없었다.

행복의 조건은 하고 싶은 일, 사랑해야 할 대상, 간직해야 할 소망
이다.(Rules for happiness: something to do, something to love, something to hope for.)
— 임마누엘 칸트(Immanuel Kant)

　　출처가 확실하지 않아 수많은 사람들이 변조하여 널리 재활용하는 칸트 인용문의 행복 목록에서는 돈을 열거하지 않았다. 좋아서 그냥 하는 일, 사랑해야 할 대상, 간직해야 할 소망은 돈으로 사고파는 행위와 거리가 멀어서다.

　　2006년 12월 20일 에반젤린 릴리가 텔레비전 연속극 〈실종(Lost, ABC)〉 촬영 현장에 나가 일을 하는 사이에 전기 사고로 그녀의 집에 화재가 나서 모든 재산이 홀랑 타버렸다. 엄청난 재난을 당한 그녀는 "해방감에 가까운 기분이 들어서, 내 주변을 다시 너저분하게 만들려고 서둘러 이것저것 마련할 필요는 느끼지 않는다(almost liberating, I'm in no hurry to clutter up my life again)"라고 소감을 밝혔다. 릴리의 행복은 집에 가득 들여놓은 물건들과는 거리가 멀었다.

　　『순수 이성 비판』에서 칸트는 "인간의 모든 지식은 직관으로 시작하여, 개념을 거쳐 관념으로 끝난다(All human knowledge begins with intuitions, proceeds thence to concepts, and ends with ideas)"고 했다. 행복은 1차적인 느낌이지 개념화의 가공 과정을 거친 3차 관념이 아니다. 그렇기 때문에 『도덕 형이상학 원론』에서 그는 "행복은 이성이 아니라 상상력이 만들어낸 관념(Happiness is not an ideal of reason but of imagination)"이라고 규정했다.

019

인간이 소유한 물건들이 결국은 인간을 소유한다.(The things you own end up owning you.) ― 척 팔라닉(Chuck Palahniuk)

1990년 MBC-TV 〈인간시대〉를 통해 우리나라에 널리 알려졌던 방콕 시장 참롱 스리무앙(Chamlong Srimuang)은 월급을 자신이 쓰지 않고 전부 자선 단체에 기부하고 관사에서만 살며 평생 내 집조차 없이 청빈하게 인생 후반기를 보낸 인물이다. 특권층인 군 장성 출신이었던 그는 "청년 시절에 나는 인색하고 재산에 대한 욕심이 많았으며, 그래서 집에 도둑이 들어올까봐 늘 노심초사하는 참 한심한 인생"을 살았노라고 술회했다.

그러다가 마흔네 살에 금욕주의적 불교 단체에 가입하면서 "조금 벌고 조금 먹고 많이 일하자"는 새로운 인생관으로 전향했다. 그는 가지고 있던 비싼 전자 제품을 남들한테 다 나눠주고 났더니 "도둑 걱정을 안 하게 되어 마음이 홀가분해지고 좋더라"고 했다. 집에 불이 난 다음 에반젤린 릴리가 느낀 바와 비슷한 물욕으로부터의 해방 체험이었다.

가진 재물이 많으면 신세가 편해서 좋다고들 하지만, 번거롭게 돌보고 건사해야 할 소유물을 버리면 신경을 써야 할 부담이 그만큼 가벼워진다. 사회에서 출세하여 상전이 되면 거느릴 사람이 많아 몸은 한없이 편해질 듯싶지만, 언제 누구한테 배반과 복수를 당할지 몰라 사방으로 눈치를 살피고 경계하며 밤낮으로 전전긍긍해야 하는 탓에 마음과 머리가 괴롭다. 그래서 무소유로 홀로 가야 낙원에 이를 듯싶은데, 그 또한 세속을 등지는 외로움이 견디기 어려운 고행이다. 주변에 무엇이 있거나 없거나 간에 삶의 중심은 사람이 잡아야 한다.

행복의 비결은 자유이고, 자유의 비결은 용기다.(The secret of happiness is freedom, the secret of freedom is courage.) — 캐리 존스(Carrie Jones), 『갈망(Need)』

　　ABC의 피터 제닝스(Peter Jennings), CBS의 댄 래더(Dan Rather)와 더불어 한때 미국의 3대 간판 뉴스 방송인으로 유명했던 NBC의 톰 브로코우(Tom Brokaw)는 겨우 예순세 살의 나이에 일찌감치 그가 은퇴하는 이유를 묻자 "생각의 가짓수를 줄여 보다 깊이 느끼는 삶을 살고 싶다(I want to think more about fewer things)"고 했다. 나하고는 별로 직접적인 관계가 없는 '수많은 남들과 온 세상의 일'에 신경을 쓰느라고 낭비해온 자신의 번잡한 삶에 대한 회의를 느껴서였던 모양이다.

　　그는 또한 자신이 받아온 엄청난 보수에 대하여 기묘한 의구심을 토로했다. "사람이란 하루에 세 끼 이상은 먹지를 못하는데, 쓰지도 못할 돈을 왜 그렇게 많이 벌어 쌓아놓아야 하는가 싶어서요." 성공조차도 분수에 맞아야 행복의 토양 효과를 십분 발휘하고, 누리지 못할 만큼 넘치는 성공은 낭비일뿐더러, 가누기조차 버거울 정도로 지나치게 갑작스럽고 어마어마한 성공이 때로는 파멸로 치닫는 내리막 지름길로 돌변할 위험성이 크다. 남아메리카에서 악어를 잡는 데 성공하여 통째로 먹으려다 절반도 못 삼키고 목구멍이 막혀 질식해 죽은 비단구렁이가 남긴 교훈이다.

　　목에 걸리지 않고 삼켜 소화를 시키고 기운을 얻을 만큼만 성공을 먹고는 나머지 토막을 포기할 줄 아는 용기가 인간을 물욕으로부터 해방시키고, 자유를 얻으면 마음은 훨씬 쉽게 행복으로 가는 길에 오른다. 물러나는 용기가 자유를, 그리고 자유는 여유가 마련하는 행복을 선물로 준다.

"사람이 불행한 이유는 자신이 행복하다는 사실을 알지 못하기 때문이라니까."("Man is unhappy because he doesn't know he's happy.") ― 표도르 도스토예프스키(Fyodor Dostoyevsky), 『악령(Demons)』

『악령』의 알렉세이 키릴로프는 허무주의가 창궐하는 혁명의 소용돌이 속에서 관념적인 백수 생활을 하는 가난뱅이 간질병자 청년이지만, 자아의식이 지나치게 강해 망상에 빠져 온갖 모순의 집합체처럼 살아가는 인물이다. 인간의 운명을 통제하는 권능을 신으로부터 통째로 넘겨받았다고 자처하며 그는 불행과 자살을 포함하여 모든 개념의 속성을 인간 자아의 의지가 규정한다고 주장한다.

사이비 구세주 키릴로프가 산만하기 짝이 없는 정신세계에 갇혀 제시하는 행복의 조건은 그래서 꾸밈이 없는 직설인 듯싶지만 다분히 억지스러운 독선을 드러낸다. 똑같은 말도 누가 하느냐에 따라 암묵의 계시에 담긴 농도를 해석하는 폭이 달라진다. 에픽테토스나 마찬가지로 노예 출신이었다가 뛰어난 명석함과 문학적 필력을 인정받아 자유인이 된 푸블릴리우스 시루스 역시 『금언집』 584번에서 "스스로 행복하다고 믿지 않는 사람은 아무도 행복하지 않다"고 했는데, 그가 살았던 인생 역정을 감안하면 시루스가 느꼈을 작은 행복의 지대함은 의미가 각별할 수밖에 없다.

시리아에서 로마로 끌려가 노예 생활을 하다가 주인이 자유를 주고 교육까지 시켜 문필가로 키운 시루스는 그야말로 극한의 적극성으로 자신만의 인생을 쟁취한 인물이었고, 행동과 실천의 중요성을 온몸으로 겪어서 얻은 그의 지혜는 2,200년에 걸쳐 만인의 의식을 관통하며 생동한다.

모든 사람이 저마다 타고난 인품은 개개인의 운명이 나아갈 길을 결정한다.(His own character is the arbiter of everyone's fortune.) ― 푸블릴리우스 시루스(Publilius Syrus), 『금언집(The Moral Sayings of Publilius Syrus)』

우리의 귀에 익은 "굴러가는 돌은 이끼가 끼지 않는다"는 표현은 시루스가 채집한 금언 524번이고, "두 마리 토끼를 잡으려 하다가는 모두 놓친다"는 7번 금언이며, "쇠는 벌겋게 달아올랐을 때 망치로 두드려라(쇠뿔은 단김에 빼라)"는 262번이다.

얼마나 긍정적으로 살았으면 로마의 노예가 자유를 얻고 후세 사람들이 앙망하는 수많은 명언을 남겼을까 싶은 시루스는 "행복 또한 자아의 의지가 규정하기 나름"이라며 요즈음 심리 지도사들의 진부한 가르침을 구사한 원조로 등극했다. 벽에 걸어놓고 삶의 지침으로 삼을 만한 주옥같은 『금언집』의 명언을 몇 가지 추천하자면—

"상처는 남에게 주지 말고 차라리 그대가 받도록 하라. (5)"

"잠이 오지 않는다고 걱정하지 않으면 잠은 저절로 온다. (77)"

"다른 사람이 처한 곤경을 보면 어떤 잘못을 피해야 하는지를 배워야 한다. (120)"

"부끄러워할 줄 모르는 자를 너무 솔직하게 대하는 사람은 어리석다. (123)"

"언젠가는 적이 될지 모른다는 생각으로 친구들을 대하라. (401)"

"타인의 불행에서 기쁨을 맛보려 하지 말라. (467)"

우리가 소망하는 대상들에 대한 모든 불만은 이미 소유한 것들을 고마워하는 마음이 없어서 비롯하는 듯싶었다.(All our discontents about what we want appeared to me to spring from the want of thankfulness for what we have.) ─ 대니얼 디포(Daniel Defoe), 『로빈슨 크루소(Robinson Crusoe)』

"인간의 마음은 사물 자체보다는 사물에 관하여 구성하는 개념과 원칙들 때문에 어지러워진다.(Men are disturbed, not by things, but by the principles and notions which they form concerning things)" 에픽테토스가 이렇게 운명과 역경 그리고 사물에 연연하지 말라고 설파한 까닭은 인간이 만물의 본질 자체보다 해석의 지배를 받는 성향이 강하기 때문이었다.

푸블릴리우스 시루스 또한 "가난한 사람에게는 부족한 바가 많지만, 탐욕을 부리는 사람은 모든 것이 부족해진다(236)"면서 "가난뱅이는 부자의 흉내를 내기 시작하는 순간부터 파탄의 길로 빠진다(941)"고 『금언집』에서 경고했다. 그리고 그는 이런 인생 훈수도 아끼지 않았다.

"죄 지은 자를 결백하다고 판결하는 심판관은 공범이나 마찬가지다. (139)"

"생각하기를 멈추면 아무 생각도 안 하는 사이에 기회가 사라진다. (185)"

"고독은 불안을 낳는 어머니다. (222)"

"어떤 치료법은 질병 자체보다 해롭다. (301)"

"아무 일도 안 하는 게으른 사람은 한가한 시간에 나쁜 짓을 배운다. (318)"

"절반쯤 알기보다는 차라리 무식한 편이 낫다. (865)"

생각이 하는 일은 모두 자신의 내면에서 이루어지기 때문에, 행복한 삶을 위해서는 따로 필요한 조건이 별로 없다.(Very little is needed to make a happy life; it is all within yourself, in your way of thinking.) ― 마르쿠스 아우렐리우스(Marcus Aurelius), 『명상록(Meditations)』

행복과 불행을 가르는 삶의 질은 물질적인 영향보다 개인의 내적인 판단에 따라 정해진다. 그래서 만사가 생각하기 나름이며, 예로부터 꿈보다 해몽이라고 했다. 꿈속에서 물난리가 나면 입신양명(立身揚名) 출세의 길몽이라 풀이하고, 큰불이 나면 운세가 크게 번창하리라며 우리 조상들은 과거의 재난을 미래의 길운으로 해석했다. 진짜로 물난리나 큰불이 났다가는 집이 떠내려가고 전 재산이 잿더미가 되는데 사람들은 꿈속에서 재앙을 만나야 현실에서 횡재가 생긴다며 논리의 역행을 감행한다.

꿈의 해석은 잠재의식이 제시한 내용을 자의적으로 왜곡하는 최면술이며, 고난의 가능성을 예방하고 쫓아내는 간단한 주문(呪文)이다. 이왕 마음대로 해몽할 바에는 나한테 유리하고 즐거운 방향으로 주관적인 해석을 한들 거짓말을 했다고 사기죄로 몰려 감옥으로 끌려가지는 않는다. 꿈자리가 사나워 잠결에 애타게 발을 동동 굴렀는데 왜 깨어나서까지 불안감에 시달려야 하는지 억울한 마음에 사람들은 비현실의 손실을 현실에서 위안의 보상으로 상쇄하는 꾀를 짜내었다.

생각을 달리하면 세상을 바꿔놓는 효과가 난다.(Change your thoughts and you change your world.) ― 노먼 빈센트 필(Norman Vincent Peale)

　겨울은 추워서 싫고 여름은 더워서 싫다는 사람은 1년 가운데 봄과 가을을 제외한 절반이 괴롭다. 그러나 생각을 뒤집어 여름은 겨울처럼 춥지 않아서 좋고 겨울은 여름처럼 덥지 않아서 좋다는 사람은 행복한 기간이 1년 내내 이어진다. 대도시는 번잡해서 싫고 시골은 불편해서 싫다는 사람은 도시와 시골 어디에서 살거나 나날이 괴롭고, 도시는 편리해서 좋고 시골은 번거롭지 않아서 좋다는 사람은 어디를 가더라도 즐겁다.

　실제로는 불행하지 않건만 언젠가 분명히 불행해지리라고 믿는 사람이 왜 그가 불행해야 옳은지 이유를 따지다 결국 자신의 논리에 설득을 당해 정말로 불행해지듯이, 같은 값이면 다홍치마를 걸치며 즐거워하고 싶어 하는 사람은 역방향이지만 똑같은 심리작용으로 인해서 저절로 행복해진다. 거짓으로나마 즐거워지고 싶으면 내가 왜 즐거워야 하는지 애써 이유를 찾으려 노력하게 되기 마련이고, 그렇게 행복의 근거를 발견하는 과정은 기쁨을 누리는 연습 효과를 낸다. 그러다가 당연히 즐겁게 살아야 할 조건들이 눈에 점점 더 많이 보이면서 인생관이 역주행을 시작한다.

　가진 것은 그대로이고 상황조차 변함이 없건만, 생각의 역주행을 감행하는 사람의 험한 세상은 결국 자신도 모르는 사이에 즐거운 낙원이 된다. 불안하고 긴장된 삶을 살고 싶지 않으면 가상의 불행을 걱정하느라고 쓸데없는 긴장을 하지 않으면 된다. 이왕 나 자신을 속일 바에야 살아가는 데 도움이 되도록 긍정적으로 속이는 편이 부정적으로 속여 패망하는 선택보다야 손해가 적고 득이 크다.

"가장 큰 행복이란 행복이 꼭 필요하지는 않다고 깨닫는 경지입니다."("The greatest happiness you can have is knowing that you do not necessarily require happiness.") — 윌리엄 사로얀(William Saroyan), 『내 마음은 고원에(My Heart's in the Highlands)』

사로얀 소설의 등장인물들은 갖가지 크기의 실망과 기쁨이 뒤엉킨 중간치 평범한 삶의 총체가 축복에 가깝다고 여기며 살아가는 소시민이 대부분이다. 사로얀 사람들은 가진 것에 대하여 감사할 줄 알고, 갖지 못한 것을 구태여 필요로 하지 않는다. 그들의 이야기가 푸근하게 여겨지는 까닭은 흔하고 정상적인 삶이 가장 이해하기 쉬운 방법으로 행복해지는 인생의 유형임을 보여주기 때문이다.

우리 주변에서 늘 확인이 가능하듯, 재물이건 행복이건 필요하다고 갈구하면 아직 우리에게 그것이 없다는 아쉬움에 사람들은 쉽게 정서적 빈곤의 포로가 된다. 사로얀 주인공들은 현실로 접하는 상황이나 사람들에 솔직하게 반응할 따름이지 실재하지 않는 가공의 개념들을 빌미로 잠재적 비극에 오염되지 않는다. 그들은 솔직하게 슬퍼하되 쓸데없이 복잡하게 번뇌하지는 않는다.

사로얀 인간 극장에서 벌어지는 갖가지 일화로부터 독자들이 감성을 흡수하기가 쉽다고 느끼는 까닭은, 현실의 발효가 워낙 잘 이루어진 결과로 가공하는 꾸밈과 장식의 꺼풀이 덮이지 않아, 인간적인 공감을 방해하는 이물질의 때가 시야를 흐려놓지 않기 때문이다. 슬픈 가난의 따뜻함은 추상적인 고민이 아니고 만인의 체온이 만인에게 전해지는 은근한 공감과 연민의 언어다. 논리와 계산보다는 심성이 먼저인 사람들에게는 인간이 주는 영적 행복이 아주 소중한 자산이다.

모이를 놓고 다투던 병아리들이 싸움을 멈추고 나면 대부분의 경우 모두들 나눠먹고도 남을 만큼 먹이가 충분하다는 사실을 깨닫고는 한다 인간 세상도 그랬으면 좋겠다(i have noticed that when chickens quit quarreling over their food they often find that there is enough for all of them i wonder if it might not be the same with the human race) ─『아치의 잡념(random thoughts of archy)』

영어 인용문에 대문자와 마침표 따위의 구두점이 전혀 없는 사연은 이러하다. 전생에 시인이었던 바퀴벌레 아치(Archibald의 애칭)는 미국 시인 도널드 마퀴스의 방에 몰래 나타나 타자기 자판 위를 이리저리 깡충거리고 뛰어다니며 시를 써놓고 사라지고는 했다. 그런데 몸집이 손톱만큼 작고 가벼운 바퀴벌레로서는 기호를 바꾸는 자판의 전환 단추(shift key)를 글자와 동시에 눌러 조작하기가 불가능했다. 그러다 보니 만물의 영장이요 온 세상의 주인이라는 오만한 뜻으로 항상 대문자로만 표기하는 '나'마저 'I'가 되지 못하고 왜소한 'i'로 쪼그라졌다.

여러 유력 일간지에 고정란을 연재하며 당대 최고의 집필자로 명성을 날린 마퀴스는 바퀴벌레의 작품들을 즐겨 신문 지상에 대신 발표해주고는 했는데, 인용문에서는 병아리들마저 쉽게 타협을 하고 먹이를 나눌 줄 알건만 그러지 못하는 미물 인간의 몰이해를 곤충이 의아해한다. 내가 다 먹지도 못할 텐데 남의 먹이를 빼앗아 쌓아두었다가 내버리며 수많은 다른 사람들로 하여금 굶주림에 시달리도록 도모하는 짓은 병아리와 바퀴벌레가 납득하지 못하는 인간의 지혜다.

아무리 성취가 가능한 최고의 선(善)이라고 할지언정 그곳에 다다르기 위해 평생 긴장하고 힘겹게 싸워야 한다는 조건이 붙는다면 그것은 좋은 목표가 아니다. 보람을 느끼게 하는 일이란 비교적 쉽게 그리고 조금이나마 즐거움을 맛보며 자꾸만 다시 하고 싶어지는 그런 일이다.(The best good that you can possibly achieve is not good enough if you have to strain all the time to reach it. A thing is only worth doing, and doing again and again, if you can do it rather easily, and get some joy out of it.) ─ 도널드 마퀴스 (Donald Marquis), 『거의 완벽한 경지(The Almost Perfect State)』

바퀴벌레를 비롯하여 과대망상에 빠진 두꺼비와 개미와 도둑고양이의 시각으로 인간의 온갖 행태를 분석한 해학가 마퀴스는 행복을 "여러 불행한 시기의 사이사이를 메꾸는 막간(the interval between periods of unhappiness)"이라고 정의했다.

어쩌다 잠깐씩 즐거워지는 인생이라고는 하지만, 그 잠깐의 막간을 얼마나 오래 즐겁게 맛보고 기억하느냐가 행복에 쉽게 도달하는 첩경이다. 만성적인 불행의 기나긴 기간보다 그 사이사이의 짧은 간격을 더 길게 늘인다면, 불행은 조금씩 행복에 젖어들고, 그러다가 불행은 축복과 행복의 사이사이를 메우는 짧은 막간으로 전복된다. 윌리엄 사로얀의 세계에서는 사람들이 그렇게 살아간다.

태어나서 죽을 때까지 날이면 날마다, 하루 종일 행복한 사람은 별로 없다. 하루에 두 시간씩, 한 달에 닷새씩이나마 행복했던 시간은 우리가 두고두고 즐거움으로 기억하는 만큼 자꾸만 길어진다.

지금 가지고 있는 것에 만족할 줄 모르는 사람은 그가 원하는 모든 것을 얻어도 만족하지 못한다.(He who is not contented with what he has, would not be contented with what he would like to have.) — 소크라테스(Socrates)

출처가 불확실한 인용문은 행복을 추구할 때 욕망의 목표를 미리 적정선에 묶어놓아야 한다고 중용의 지혜를 권장한다. 우리 인생은 미칠 듯 황홀한 희열로만 이어지지를 않고, 고통만으로 일관하지도 않는다. 하루도 안 거르고 행복한 평생은 지상 낙원이나 극락에서조차 찾기가 불가능하고, 날이면 날마다 불행한 지옥 같은 삶 또한 통계학적으로는 그리 많지 않다. 우여곡절을 받아들이며 중간쯤 가야 하는 인생에서 어느 한쪽 끝으로만 치닫는 외곬을 찾으려 하면 무리가 간다.

적절한 크기의 행복은 대다수 소시민이 찾아내고 누리기가 과히 어렵지 않다. 그러나 사람들은 불필요한 몫을 남들보다 조금이나마 더 차지하려고 피곤하게 아웅다웅 끊임없이 싸우고 서로 미워한다. 내가 타고난 능력과 나에게 주어진 여건을 함수로 삼아, 나에게 가능한 최선의 성공은 그 상한선이 어디쯤일지를 계산하여 최종 목적의 좌표로 삼아야지, 광신자들이 사이비 종교의 이상향처럼 상상하여 섬기는 허황된 성공의 개념을 충족시키려고 했다가는 신세만 고달파진다.

작은 성공을 하나 거두면 사람들은 용기와 자신감이 붙어 더욱 큰 도전에 거침없이 임하고, 모든 도전과 행동은 거듭될수록 추진력에 점점 가속도가 붙는다. 행복의 추구 역시 마찬가지다. 굶주린 소망은 욕구와 탐욕의 단계를 거쳐 끝없는 배고픔의 어리석은 무덤으로 마구 돌진한다.

죽어서 보낼 세월은 얼마든지 많으니, 살았을 때 즐겨야 한다.(Enjoy life, there's plenty of time to be dead.) — 한스 크리스찬 안데르센(Hans Christian Andersen)

"인생은 세상에서 가장 멋진 동화"라면서도 안데르센은 "꿈을 추구하는 사람은 불행을 찾아가는 길에 나선다"는 비관적인 경고를 남겼다. 미래를 위한 꿈에 의존하기보다는 눈앞 현실에 충실하려는 인식이 더 중요하다는 믿음에서였다. 흑인 가수 크리스 브라운은 "당연히 꿈을 추구해야 옳겠으나, 우선 즐길 줄부터 알아야 한다"고 했으며, 희극배우 시드 시저는 "여러 목표를 추구하는 틈틈이 어떻게 해서든지 인생을 즐기며 살아갈 여유를 찾아야 한다"고 같은 주제를 부연했다.

이렇듯 "오늘의 삶부터 즐기고 보자"는 여러 사람의 제언은 무책임하게 살라는 부추김이 아닌가 오해를 살 여지가 크지만, 우선 열심히 일한 다음에 즐기라는 조건이 선행한다. 발명왕 토마스 에디슨은 "나는 재미있게 놀기만 했지 일이라고는 단 하루나마 한 적이 없다"는 주장을 했고, 출판인 윌리엄 페더는 "인생을 즐길 줄 아는 사람들이 가장 쉽게 성공한다"고 진단했다. 일을 평생 놀이처럼 즐기는 사람이 인생에서 성공한다는 맥락이다.

미국의 종교 지도자 고든 B. 힝클리는 "사람들이 불행해지는 대부분의 원인은 가장 갈망하는 최후의 목적을 달성하기 위해 지금 당장 원하는 바를 포기하는 어리석음"이라며 미래보다 현재의 삶에 정진하기를 당부했다. 그는 또한 "실패하리라는 걱정으로 자신을 괴롭히지 말고 아예 능력이 못 미칠 듯싶은 목표는 세우지 말라"면서 "언제나 많이 웃고 즐겨야 한다. 즐기라는 인생이지 무작정 참고 견디기만 하라는 인생은 아니다"라는 명언도 남겼다.

간절한 무엇을 몇 가지쯤은 없이 지내겠다는 마음가짐이 행복의 필수적인 조건이다.(To be without some of the things you want is an indispensable part of happiness.) ― 버트란드 럿셀(Bertrand Russell), 『행복의 철학(The Conquest of Happiness)』

수(數)의 아름다움을 음악으로 설명할 만큼 다방면의 지식을 종합하는 식견이 통달한 철학자에 수학자이고 역사가이며 노벨문학상을 수상한 영국인 럿셀의 행복론은 아주 소박한 논리에 기초한다. 그는 1888년 열여섯 살 생일을 맞은 이틀 후에 "그리스인들의 생활 수련"이라는 글에서 이렇게 밝혔다. "나의 유일한 신조는 모든 의무를 다하고, 현세에서나 내세에서나 그에 대한 보상을 기대하지 말자는 마음가짐이다.(My whole religion is this: do every duty, and expect no reward for it, either here or hereafter.)"

소망이 간절해서 욕심이 많아지면 현실에서는 그 바람을 만족시키기가 점점 어려워져 우리가 느끼는 부족함이 커지고, 아쉬움과 불만이 자라면 그것이 곧 불행의 씨앗이 되어 미래에 마음의 질병으로 찾아온다. 가당치 않을 만큼 커다란 미래의 꿈과 옹색하나마 작은 기쁨들이 기다리는 현실 가운데 어느 쪽이 더 중요한가? 최대의 노력을 다하되 최소치 보상을 기대한 럿셀은 불가능한 조건과 존재하지 않는 가능성을 심리적으로 배제하는 처방을 중학생 나이에 이미 터득했다.

꿈은 미래의 잠재성일 따름이고 현실은 실재하는 상황인데, 비현실의 미래가 생동하는 현재를 파괴하도록 허락하면 그것은 현명한 삶이 아니다. 이왕 불가능한 조건은 불행의 원인이 아니다.

비참한 신세가 된 다음에   (There is no greater sorrow
행복했던 시절을 그리워해봤자   Than to recall a happy time
슬프기만 한이 없나니.   When miserable)

— 단테 알리기에리(Dante Alighieri), 『신곡(The Divine Comedy)』

2장

낙관과 비관의 사이에서

　지금의 처지는 그대로이건만, 행복했던 시절을 아쉬워하면 현재는 상대적으로 실제보다 불행하게 여겨지고, 훨씬 고달팠던 시절과 현재를 견주면 그나마 이 정도는 다행이다 싶어 위안을 받아 고난을 이겨낼 힘을 얻는다. 득과 실이 워낙 자명하여 어느 시각으로 살아가야 좋겠는지를 누구나 다 아는 단순한 공식이다. 그럼에도 불구하고 사람들은 괴로운 선택을 마다하지 않는다. 현재를 관리하는 지혜를 알기는 하지만 쉬운 진리를 믿으려고 하지 않는 탓이다.

'위기(危機)'를 중국인들은 두 글자로 쓴다. 한 글자는 '위험'을 그리고 다른 글자는 '기회'를 뜻한다. 위기를 맞으면 위험을 경계하되 기회 또한 찾아봐야 한다.(The Chinese use two brush strokes to write the word 'crisis.' One brush stroke stands for danger; the other for opportunity. In a crisis, be aware of the danger but recognize the opportunity.) ― 존 F. 케네디(John F. Kennedy)

케네디 대통령이 취임식에서 인용한 이 말은 어느 교수가 한자를 잘못 풀이해서 유명해진 표현이다. 두 번째 글자는 '기회'가 아니라 '시기'나 '시점'을 뜻하고, '위기'는 그래서 기회하고는 거리가 먼 "위험한 때"가 정확한 의미다. 하지만 미국 교수의 오역은, 이율배반적 필연의 개념을 워낙 절묘하게 부각하는 바람에, 지금까지도 많은 사람이 말과 글에서 역경과 호기(好氣)의 역학을 상징하는 방정식으로 즐겨 차용한다.

그럴듯하게 포장하거나 위장한 큰 그릇이 워낙 멋지고 좋아 보이면 사람들은 그 속에 담긴 곡식 가운데 작은 몇 개의 쭉정이쯤이야, 암세포처럼 치명적인 결함일지라도, 아무러면 어떠냐고 너그럽게 전체를 받아들이려는 무분별하고 위험한 심리의 지배를 받는다. 광장에서 우렁차게 선동하는 구호나 어리석은 군중의 다수결 원칙이 바로 그런 사례에 속한다.

한자를 제대로 알지 못하는 교수가 오역한 '위기'는 미국 대통령의 연설문에서 진리의 명언으로 진화하고, 거짓말을 진실이라고 믿어버린 수많은 사람들이 대대로 그 말을 인용한다. 교수와 대통령은 물론 자신들이 거짓말을 한다는 사실을 알지 못했다. 요란한 오류는 그렇게 진리가 되기 쉽고, 나 혼자만의 멋진 믿음과 신념이 독선과 위선으로 둔갑하여 썩어버리고는 한다.

033

낙관주의자는 모든 난관에서 기회를 찾아낸다. 비관주의자의 눈에는 모든 기회가 고달픈 일거리로만 보인다.(An optimist is one who sees an opportunity in every difficulty. A pessimist is one who sees a difficulty in every opportunity.) ― 로렌스 피어솔 잭스(Lawrence Pearsall Jacks)

위기를 맞으면 "준비는 비관주의자처럼 철저히 하고 행동은 낙관주의자처럼 과감하게 하라"고 국민을 독려한 존 F. 케네디 대통령의 격문은 냉전 시대의 국제 정세에만 해당되는 처방이 아니다. 인생과 세상은 선과 악, 좋고 나쁜 요소들이 마구 뒤엉킨 혼합체인 까닭에, 위기와 기회의 양면성은 우리의 삶에서 필수적이고 자연스러운 양상이다. 절대악이나 절대선은 우리 세상을 지배하는 절대적인 현상이 아니다.

인생은 단 한 가지 빛깔로만 이루어지지를 않아서 섣불리 흑이냐 백이냐를 한눈에 가리기가 어렵다. 인간의 생애에서는 불행과 행복이 뚜렷한 색깔을 드러내지 않고 여기저기 중첩하며 뒤섞이건만, 그렇다고 해서 전체가 회색인 인생 또한 별로 없다. 대부분의 삶은 조르주-피에르 쇠라(Georges-Pierre Seurat)의 점묘파(pointillism) 그림을 닮아서, 행복과 불행의 총천연색 점들이 뒤죽박죽 섞여 만들어내는 한 폭의 영원한 미완성 작품이다.

점묘파 추상화를 연상시키는 알록달록한 이시하라 색맹 검사표에서 어떤 특정한 빛깔만 인지하는 선별적 시각처럼 사람들은 자신의 인생에서 어떤 요소들은 유난히 잘 보는 반면에 어떤 다른 요소들은 전혀 보지 못한다. 편향적인 주관이 지나치게 간섭하면 삶의 어지러운 무늬 속에서 저마다의 색깔이 어울려 이루는 전체적인 점묘파 형상을 제대로 분별하지 못하기 때문이다.

낙관주의자는 불이 없는 곳에서 빛을 보기도 하건만, 왜 비관주의
자는 불을 보면 자꾸만 달려가서 얼른 꺼버리는가?(An optimist may see
a light where there is none, but why must the pessimist always run to blow it out?)

— 르네 데카르트(René Descartes)

　　"난세에 영웅이 난다"는 속담은 위기와 역경이야말로 출중한 인물이 진가
를 보여주는 절호의 기회라고 해석하는 논리다. 위대한 군주의 덕으로 만인이
편히 살아가는 세상을 맞으면 이제는 더 이상 구세주의 수요가 사라지고, 그래
서 태평성대는 영웅과 위인을 생산하지 않는다. 영웅은 최악의 상황에서 진가
를 보여준다.

　　나쁜 환경에서 자란 식물과 동물일수록 생명력이 강하고, 인간도 마찬가
지다. 동식물은 역경을 이겨내야 적응력을 키우고 진화하며, 인체는 힘든 운동
을 하지 않으면 근육이 빠지면서 나태함과 고도 비만의 무기력으로 인하여 온
갖 잔병치레를 해야 한다. 천하태평 무풍지대에서는 안락하게 만물이 가라앉
아 정체하고, 정신력 또한 평화의 시기에는 쇠락의 길로 접어든다. 그러다가 전
쟁을 맞으면 인간과 동물과 식물까지 너도나도 긴장하여 역동한다.

　　난세가 닥쳤을 때 역경을 기다렸다는 듯 드디어 내 존재성을 발휘할 기회
가 찾아왔노라고 반기며 앞으로 나서는 영웅이나 위인은 대범한 낙관주의자
다. 비관적인 대다수의 무리는 세상이 망했다고 울부짖으며 보따리를 싸서 피
난을 떠난다. 내 인생의 붓자루를 쥔 주인은, 험난한 세상에서 칼자루를 쥔 영
웅이 세상을 호령하듯, 삶의 진로를 마음대로 그려낼 권리를 구가한다.

지금은 무엇이 없다고 걱정할 때가 아니다. 있는 것으로 무엇을 하겠는지를 생각해봐야 한다.(Now is no time to think what you do not have. Think of what you can do with what there is.) ― 어니스트 헤밍웨이(Ernest Hemingway), 『노인과 바다(The Old Man and the Sea)』

쿠바의 늙은 어부 산티아고는 84일 동안 고기를 한 마리도 못 잡고 허탕을 쳐 '억세게 재수 없는 찌질이(salao)'라고 낙인이 찍혔지만, "훌륭한 어부들이 많고 대단한 어부들도 좀 있으나, 나는 오직 하나밖에 없는 존재다"라고 자부할 만큼 긍지 하나는 충천한다. 그래서 늙은 찌질이가 다짐한다.

"내 운이 다한 모양이지만, 그래도 누가 알겠는가? 혹시 오늘은 다를지. 하루하루가 새로운 날이다. 좋은 날이 오기를 기다려야 한다. 그러나 준비는 철저히 해야겠지. 그래야 행운이 찾아오면 놓치지를 않을 테니까. (중략) 나는 내가 생각하는 만큼 강하지 않을지는 모르지만, 요령은 많이 알고, 각오 또한 단단하다."

행운이 찾아오면 놓치지 않으려고 언젠가 찾아올 기회를 낚아낼 준비를 부지런히 하는 낙천적인 기질의 어부는 성공을 설계하고, 회의적인 비관주의자는 실패할 이유를 열거한다. 내가 갖춘 수단으로 무엇이 가능한지를 계산하는 사람은 성공을 준비하는 낙관주의자이고 나에게 무엇이 없기 때문에 어떻게 실패할지 핑계를 계산하는 사람은 패배를 준비하는 비관주의자다. 실패를 준비하는 사람은 성공하기 어렵다. 두려움을 동기로 삼으면 무책임한 도피의 구실만 늘어나는 탓이다.

인간을 파멸시키는 요인은 패배 자체가 아니라, 패배를 당했다고 기가 꺾이는 나약한 마음이다.(It is not defeat that destroys you, it is being demoralized by defeat that destroys you.) — 이므란 칸(Imran Khan)

    2018년 파키스탄 총리로 등극한 칸은 운동선수 출신답게 전투적이고 긍정적인 사고방식의 소유자이며, 칸에 못지않게 적극적인 삶을 살았던 어니스트 헤밍웨이는 『노인과 바다』에서 패배와 파멸에 관해 이런 명언을 남겼다. "그러나 인간은 패배를 당하는 그런 존재가 아니다. 인간은 파멸을 당할지언정 패배는 하지 않는다.(But man is not made for defeat. A man can be destroyed but not defeated.)"

    산티아고 노인은 헤밍웨이의 정체성을 의인화한 분신이었다. 50대 초반에 전성기를 맞은 작가로서는 오만에 가까운 자신감을 늙은 주인공의 마음에 심어주기가 전혀 어려운 일이 아니었다. 그런 불굴의 인간상을 창조한 다음, 10년을 못 가서 겨우 환갑을 넘긴 나이에, 헤밍웨이가 극렬한 자살을 위해 선택한 도구는 사냥총이었다. 엽총은 헤밍웨이의 정체성을 가장 확실하게 상징한 소도구였다.

    노벨문학상에 부와 명성을 비롯하여 그가 원하는 바를 모두 얻었건만, 왜 헤밍웨이는 인생을 비관하여 불굴의 노인으로 살아가기를 포기했을까? 그것은 '수그러진 남성의 기능'을 생명의 시효가 끝나는 신호라고 착각한 계산 착오 때문이었다. 지적인 영웅의 무기는 엽총이 아니다.

"내 인생이 너무나 빨리 흘러가고 나는 그 인생을 제대로 살지 못한다는 생각을 하면 화가 치밀어."("I can't stand it to think my life is going so fast and I'm not really living it.") — 어니스트 헤밍웨이(Ernest Hemingway),『태양은 다시 떠오른다(The Sun Also Rises)』

'길 잃은 세대(génération perdue)'의 집단 초상화라고 널리 알려진 헤밍웨이 초기 작품(1925년)에서 유대인 대학 동창 로벗 콘이 주인공 제이크 반스에게 늘어놓은 비관적인 푸념이다. 그래서 반스가 삶의 환경을 바꿔보자며 아프리카로 떠나자는 제안을 하지만 콘은 "어디로 가건 인간은 자신으로부터는 벗어나지 못한다"며 사양한다.

콘과 마찬가지로 헤밍웨이는 '심심한 삶'에 익숙하지 못한 사람이었다. 그리고 전쟁터에서 부상을 당해 성불능자가 된 반스나 마찬가지로 헤밍웨이의 삶에서는 남자다움(masculinity, virility)이 평생을 관통하는 심각하고 부담스러운 주제였다. 사나이(machismo) 작가로 널리 각인된 헤밍웨이는 남들이 보기에 극적이고 멋진 인생을 살았으나, 아직 한창일 나이인 50대에 이미 '정력'이 옛날 같지 않아 심한 우울증으로 시달렸다고 전기 작가 A. E. 핫치너(Hotchner)가『파파 헤밍웨이(Papa Hemingway)』에서 밝혔다. 삶에서 무엇이 정말로 소중한지를 헤밍웨이는 착각했던 듯싶다.

데일 카네기(Dale Carnegie)가『인간관계론(How to Win Friends and Influence People)』에서 밝힌 행복의 계산법은 이러하다. "우리가 행복하거나 불행하다는 기준은 무엇을 얼마나 소유했거나 나는 누구이며 무엇을 하면서 살아가느냐가 아니다. 그런 조건들을 내가 어떻게 받아들이느냐가 행복의 잣대다."

자존감이 높은 사람일수록 남들 앞에서 잘난 모습을 보일 필요성을 덜 느낀다.(The better you feel about yourself, the less you feel the need to show off.) ― 로벗 핸드(Robert Hand)

어니스트 헤밍웨이의 단편 소설 『프랜시스 매코머의 짧고 행복한 생애(The Short Happy Life of Francis Macomber)』에서는 주인공이 부유하지만 별다른 매력이 없어 미모의 아내 앞에 서면 늘 열등감에 시달리는 서른다섯 살 남자다. 그는 어느 정도의 열등감과 권태 또한 삶의 불가피한 구성 요소라는 진실을 받아들이기가 힘겹다.

그의 의기소침은 불행하고 비관적인 삶의 첫 번째 조건이었다. 행복한 자존감은 내가 느끼는 보람이지 남들에게 보여줘야 하는 증거물이 아니다. 지식이나 재능이 없으면서 돈만 많아도 으스대며 행복하게 잘 살아가는 사람은 얼마든지 많다.

그러나 '남자의 자격'을 증명해 보이고 명예를 찾으려는 안간힘으로 매코머는 일종의 뒤늦은 성년식을 치르기 위해 아내와 함께 아프리카로 사냥을 떠난다. 야생의 초원에 도착하여 처음에는 사자를 보고 무서워 도망쳐 비겁한 꼴만 보이다가 모처럼 들소를 사냥하는 데 성공한 남편은 영웅이 된 듯 신이 나서 거들먹거리며 비열한 사나이 기질을 드러내기 시작한다.

그제야 아내는 자신이 여태까지 얼마나 자유로운 향락의 삶을 누려왔는지를 뒤늦게 깨닫는다. 주눅이 들려 살아온 남편은 그녀의 화려한 남성 편력을 묵인하는 정도를 넘어 때로는 방조하기까지 했었다. 그러나 자신감을 찾은 남편이 귀국한 다음 그녀의 못된 버릇을 바로잡으려는 기미를 보이고, 불안해진 아내는 사냥터에서 기회를 노리다가 들소 대신 남편을 쏴 죽인다.

탐욕이라는 이름의 뚱뚱한 악마는 입이 작아서 아무리 먹여줘도 배가 부른 줄 모른다.(Greed is a fat demon with a small mouth and whatever you feed it is never enough.) ─ 얀빌렘 반 데 베테링(Janwillem van de Wetering)

선불교에 심취했던 네덜란드 소설가 반 데 베테링의 비유는 부르주아 계층의 끝없는 물욕 심리를 절묘하게 꼬집는다. 어니스트 헤밍웨이 소설에서 부르주아 집안 출신인 덕택에 남부러울 바가 없던 프랜시스 매코머가 섣부르게 사나이 흉내를 내며 덧없는 허상을 추구할 욕심으로 아프리카까지 머나먼 길을 가서 애써 얻은 행복한 '생애'는 겨우 몇 시간 만에 종지부를 찍었다.

무의미한 세월이라고 비관적으로 계산한 그의 나머지 인생은 부유함의 가치를 인정하지 않았기 때문에 억울하게 손해를 본 기나긴 시간이었다. 돈이 인생의 전부가 아니라고 아무리 수많은 현인들이 부르짖어도 경제적인 여유는 으뜸가는 행복의 선결 조건이다. 속물적인 삶을 살아간다고 때로는 손가락질을 당할지언정 돈이 많아서 행복한 사람은 부지기수다. '속물' 또한 행복할 권리가 당당하기 때문이다.

매코머를 버러지처럼 멸시한 이기적인 아내는, 용감해진 그의 새로운 모습을 보고, 만만한 남편의 돈으로 화려하고 방탕한 애정 행각을 즐기는 삶이 이제부터는 더 이상 불가능하리라는 두려운 현실을 깨닫고서야 복에 겨웠던 과거를 뒤늦게 아까워한다. 매코머 부부는 두 사람 다 뚱뚱한 탐욕의 악마처럼 작은 입으로 삼키지도 못할 크기의 행복을 물어뜯으려 욕심을 부리다가 비극을 맞는다. 작은 그릇에 지나치게 많은 먹을거리를 담아봤자 지저분하게 식탁에 쏟아지기만 한다.

040

비관주의자는 강풍이 불어오면 불평을 늘어놓고, 낙관주의자는 바람이 자기를 기다리고, 현실주의자는 돛을 손본다.(The pessimist complains about the wind; the optimist expects it to change; the realist adjusts the sails.)
— 윌리엄 아더 워드(William Arthur Ward)

바다에서 풍랑을 만난 선장에게는 현실의 조건을 바꿔보려고 아프리카 사냥터로 도피하는 선택이 허락되지 않는다. 역경을 맞은 배를 버리고 태평양에서 바다로 뛰어들어봤자 아프리카까지 헤엄쳐 가서 살아나기는커녕 더 빨리 죽기만 한다.

인생과 운명은 답답할 때마다 벗어던져도 좋은 장갑이나 신발이 아니다. 날이 무디어져 송판을 썰기가 어렵다며 톱을 버린다고 해서 널빤지가 저절로 잘라질 리가 없으니, 현실주의자 목수는 주어진 여건을 개선하는 방법을 모색하여 줄칼로 갈아 톱날을 세운다. 내가 사용하는 연장이 불량하다고 버린들 미결의 문제가 함께 사라지지는 않는다는 현실을 알기 때문이다.

오늘날 우리 모두의 보편적인 삶에서는 어제나 내일과 별로 다를 바가 없이 똑같은 오늘만 끝없이 반복되고 이어져 행복 입자와 불행 요소를 흑백 논리로 분리하기가 불가능하건만, 사람들이 보고 싶은 어느 한쪽만 골라서 보는 시각에 따라 전체의 모습이 비관과 낙관으로 몽땅 쏠린다.

사실주의자는 H_2O에서 두 개의 수소와 한 개의 산소가 결합한 분자 모형을 보지만, 현실주의자는 목마름을 해소하는 물의 맛을 입안에서 느끼며, 인상파 화가는 수면을 덮고 반짝이는 빛의 무늬까지 머릿속에서 상상한다. 현실주의사는 공식을 벗어나러 하지 않고, 낭만파는 헛것을 보면서 희열한다.

낙관주의자들과 비관주의자들은 양쪽 다 우리 사회에 공헌한다. 낙관주의자는 비행기를 발명하고 비관주의자는 낙하산을 발명한다. (Both optimists and pessimists contribute to our society. The optimist invents the airplane and the pessimist the parachute.) — 길 스턴(Gil Stern)

비관과 낙관은 똑같은 현실을 다른 눈으로 반대쪽에서 본 풍경이다. 너도 나도 제멋을 찾는 세상이어서 우리는 걸핏하면 남들이 보지 못하는 온갖 헛것들을 혼자만 보면서 살아간다. 좋은 헛것을 우리는 환상이나 꿈이라 하고, 나쁜 헛것은 악몽이나 환각이라고 한다. 이왕 헛것을 보려면 좋은 쪽으로 봐야 삶에 조금이나마 보탬이 된다.

그래서 캐나다의 교육자 로렌스 J. 피터(Laurence J. Peter)는 "낙관주의자들은 꿈이 현실로 이루어지기를 기대하고 비관주의자들은 악몽이 현실로 나타나리라고 예상한다"고 분류했다. 어니스트 헤밍웨이가 한때 기자로 활동했던 신문(the Kansas City Star)에서 30년 동안 고정란을 집필한 빌 본(William E. "Bill" Vaughan)은 "낙관주의자는 새해를 맞으려고 자정까지 잠자리에 들지 않고 비관주의자는 금년이 어서 지나가기를 기다리느라고 자정까지 잠을 못 이룬다"고 꼬집었는가 하면 엘리너 루즈벨트는 "나무 그루터기를 보면 비관주의자는 발이 걸려 넘어질 걱정을 하고 낙관주의자는 딛고 지나갈 디딤돌로 삼는다"고 했다.

오스카 와일드는 더 나아가 "비관주의자에게 두 가지 나쁜 조건을 제시하고 하나만 고르라면 둘 다 선택한다(Pessimist: One who, when he has the choice of two evils, chooses both)"고 일갈했다.

비관주의자는 구름의 아래쪽 시커먼 부분만 올려다보며 울적해지고, 철학자는 아래위 양쪽을 모두 보고 그러려니 하지만, 낙관주의자는 아예 어느 쪽도 보지 못하니—구름을 타고 하늘에서 떠다니기 때문이다.(A pessimist sees only the dark side of the clouds, and mopes; a philosopher sees both sides, and shrugs; an optimist doesn't see the clouds at all—he's walking on them.) ― 레너드 루이스 레빈슨(Leonard Louis Levinson)

평상시에는 일상적인 인생사에 무감각하다가 코로나 같은 역병이나 전쟁이나 자연재해가 닥치면 사람들의 반응이 모세 앞에서 갈라진 홍해 바다처럼 확연하게 양쪽으로 나뉜다. 먹구름만 보려는 비관주의자들의 영혼은 역경에 맞서야 할 항체가 힘을 쓰지 못하여 마음까지 병들고, 하늘을 날아다니는 낙관주의자들은 패배의 가능성을 믿지 않으면서 구름 위에 공중누각을 짓는다.

곤경이나 위기를 기회로 낙관하느냐 아니면 재앙으로 비관하느냐 여부의 선택이라면 웬만큼은 의지력으로 통제가 가능한 심리적 기능이다. 어떤 색깔들을 골라서 내 인생관을 조립하면 좋겠는지 하는 시각의 선택은 자유 의지를 행사하는 만인의 권리인데, 일부러 어두운 밑바닥만 보려는 성향은 나의 행복을 도모하는 의무를 저버리는 직무 유기에 해당된다.

내 의지력이 지배하지 않는 삶은 내 인생이 아니다. 어려울 듯싶어서 행동하지 않는 비겁함은 자신의 능력이 부족함을 알고 포기하는 겸양의 조건과 같은 미덕이 아니다. 그것은 단순한 어리석음을 넘어 자신을 괴롭히는 학대 행위로, 자살의 모의 훈련에 가깝다.

043

낙관주의가 죽었다고 생각하는 사람이 혹시 있다면 한 마디 알려주고 싶은데—보통 연필의 길이는 20센티미터이지만 거기 달린 지우개는 2센티미터가 채 안 된다.(The average pencil is seven inches long, with just a half-inch eraser—in case you thought optimism was dead.) — 로벗 브롤트(Robert Brault)

연필로 쓴 인생의 계산서에서 지워버리고 싶은 부분이 10분의 1뿐이라면 그 삶의 행복지수는 90점이다. 우리 주변에서 찾아보기 힘든 훌륭한 삶이다. 시선의 각도를 조금만 바꾸면 짧은 지우개보다 훨씬 긴 행복의 연필이 보이건만, 어떤 사람들은 자신의 삶에서 지워버리고 싶은 10점의 결함으로부터 좀처럼 눈을 떼지 못한다. 예쁜 한복에 간장 한 방울이 떨어져 얼룩이 나면 자꾸만 그 얼룩에만 시선이 끌리는 현상이다.

우리 조상들이 말복보다 입추가 먼저 오게 절후를 설계한 용병술은 고난의 무게를 덜기 위한 자기 최면의 묘기였다고 여겨진다. 이미 가을이 왔노라고 믿으면 지겨운 여름의 마지막 더위를 이겨내기가 훨씬 수월해진다. 삶의 어려움을 극복하려는 그런 아전인수 속임수의 지혜는 죄악이 아니다. 때때로 아전인수 착각은 나를 해치려는 무기의 방향을 돌려 역경을 공격하는 훌륭한 본능적 기제(機制, mechanism) 노릇을 한다.

절반만 좋고 절반이 싫을 때는 이왕이면 허물은 덮어두고 좋은 절반을 보고 살아가야 편하다. 눈에 사랑의 콩깍지가 씌어 서로 좋은 쪽만 보고 짝을 정해 백년해로를 맹세하는 청춘들처럼 말이다. 그렇게 현실을 왜곡하는 의도적인 오역 행위를 사람들은 '제 눈의 안경'이라고 비웃는다. 눈이 나빠서 사태 파악이 어려운 사람은 당연히 제 눈에 맞는 콩깍지 안경을 써야 한다.

마지막에 이르러서 보니 비관주의자의 말이 옳았다고 밝혀지더라
도 그때까지는 낙관주의자가 훨씬 즐거운 시간을 보낸다.(In the long
run the pessimist may be proved right, but the optimist has a better time on the trip.)

— 대니얼 L. 리어든(Daniel L. Reardon)

　　10년 동안 괴로워하며 힘겹게 겨우 이룩한 성공의 기쁨은 자칫 얻는 보상
이 노력에 비해 미흡하다는 억울함이나 원한으로 바뀌는 경우가 많다. 실패하
면 어쩌나 하는 걱정이 너무 심해 남들은 물론 나까지 괴롭히며 기진맥진 상태
에 이른 다음에는 웬만한 성공의 맛이 별로 달콤하지가 않아서다. 성공을 거둔
어떤 사람들이 "내가 고생한 만큼 너도 고생을 해보기 전에는 단맛을 보지 못해
야 공평하다"며 아랫사람들에게 부리는 핍박의 원인으로는 그러한 실망의 앙
금이 크게 작용한다. "개처럼 벌어서 정승처럼 쓰기"는 그토록 어렵다.

　　반면에 10년 동안 즐겁게 일했는데 끝내 실패한 사람은 결과에 크게 연연
하지 않아 여한이 별로 남지 않는다. 실패는 했지만 그때까지의 과정에서 얻은
즐거움을 소득으로 이미 거두었기 때문이다. 게다가 혹시 작은 성공이나마 거
둔다면 즐겁게 일한 사람이 느끼는 성취감과 행복의 부피는 훨씬 커진다.

　　피땀 흘려 기업체 소속의 축구 선수가 되어 시합에 지면 안 된다고 날이면
날마다 악전고투를 벌이는 사람과 동네 조기 축구에서 10 대 0으로 지고도 신
이 나서 이른 아침에 해장국을 맛있게 먹는 사람이 차는 공은 크기가 같다. 똑
같은 공을 차더라도 두 사람이 느끼는 행복감의 크기는 서로 다르다.

보기 드문 기회가 찾아오기를 기다리지 말라. 평범한 계기를 잡아서 크게 키워야 한다. 무능한 사람들은 기회를 기다리고 강한 자들은 기회를 만들어낸다.(Don't wait for extraordinary opportunities. Seize common occasions and make them great. Weak men wait for opportunities; strong men make them.) — 오리슨 스웨트 마든(Orison Swett Marden)

기나긴 인생에서 최후의 일격으로 언젠가는 대박 한 건을 건져 올리겠다고 마지막 결과에만 목숨을 거는 모험은 도전이라기보다 도박에 가깝다. 그것은 하루 푸짐한 잔칫상을 받으려고 시시한 음식은 거부하며 20일을 굶는 격이다. 웅장한 쾌거를 하나만 이루겠다는 각오로 일로매진하겠다고 수많은 자질구레한 일상을 소홀히 하며 5년이나 10년을 헛되이 보내는 사람은 잔칫상을 받기 전에 굶주려 기운을 잃고 쓰러진다.

아무리 셰익스피어가 『끝이 좋으면 다 좋다(All's Well That Ends Well)』는 희곡을 썼을지언정, 시작이 좋지 않아 싹수가 노란데 끝만 좋아지는 현상은 희귀한 기적이라고 해야지 보편적인 순리가 아니다. 시작이 반이라고 우리 조상들이 출발의 중요성을 강조한 까닭은 마무리보다 시작에 공을 더 많이 들여야 한다고 믿었기 때문이다. 무엇인가 시작은 하지만 마무리를 짓지 못하고 세상을 떠나는 인생이 얼마나 많은가.

생존 경쟁에서 살아남기 위해서는 작은 성공을 여럿 모아 쌓아올려 층계처럼 밟고 올라가 큰 성공에 이르러야 하는데, 큰 성공을 노리느라고 눈앞에 오가는 작은 기회를 성가신 날파리처럼 쫓아버리며 허송세월을 하면 사다리를 놓지 않고 지붕을 오르기만큼이나 힘겹다. 삶의 질은 단판 승패보다 수많은 나날을 어찌 살아왔는가를 모두 따져 결산한다.

삶의 현실은 신나는 순간이나 황홀한 모험으로만 엮이는 한 편의 교향악이 아니다. 삶의 여로에서는 우리를 좌절시키는 뜻밖의 상황들이 어디서 불쑥 나타날지 알 길이 없다. 우리의 삶을 영원한 무도회로 만들고 싶다면, 한쪽 발로는 단단히 현실의 땅을 밟고 있어야 한다.(Real-life may not always be a symphony of buoyant instants or ecstatic exploits. Downbeat emotional externalities can emerge unpredictably throughout our life journey. If we wish to turn life into an undying dance prom, let's keep one foot in reality for sure.) — 에릭 페버나지(Erik Pevernagie), 『낯선 만남(Blind date)』

평범한 우리가 살아내는 인생이 모조리 위대한 작품의 경지에 오르지는 못한다. 인생은 베토벤의 〈합창교향곡〉이나 헨델의 성담곡(聖譚曲, oratorio) 〈메시아〉처럼 황홀하고 웅장한 함성으로만 지속되는 기나긴 축제가 아니다. 80년 동안 날마다 이어지는 황홀은 신기루 환각일 따름이니, 그런 축복과 선물은 아예 기대하지를 말아야 한다.

행복한 인생과 꿈은 현실에 뿌리를 내려야 합리적인 한계 안에서 어느 정도나마 구현이 가능하다. 무수한 순간들을 행복과 불행으로 조각조각 분류하여 선별적으로 받아들이거나 배척하는 낯가림과 까다로운 입맛은 삶의 흐름을 어지럽히는 장애물이다. 인생살이는 음식이나 마찬가지로 행복한 대목만 골라 폭식하지 않고 다양한 기쁨과 즐거움을 조금씩 야금야금 그리고 괴로움 또한 소금처럼 끼마다 섭취하는 소식(小食)이 건강에 좋다.

권태와 황홀 사이를 오가며 우리는 오랜 세월을 조금씩 경험한다.
(Between Ennui and Ecstasy unwinds our whole experience of time.) — 에밀 씨오랑
(Emil Cioran), 『쓴맛(All Gall Is Divided: The Aphorisms of a Legendary Iconoclast)』

권태의 기나긴 나날에는 동면을 하고 황홀의 짧은 시간이 닥칠 때만 깨어나 즐겁게 살아가도 되는 그런 세상은 없다. 물의 흐름에서 칼이나 가위로 격랑을 잘라내고 잔잔한 부분만 다시 이어 붙여 편집하기가 불가능하듯 인생은 마음에 드는 부분만 골라서 살도록 우리를 허락하지 않는다.

기나긴 역정에서 나의 삶을 몇 토막만 잘라내고 추려 가치와 의미를 따지는 방식은 이력서를 작성하는 요령이지 참된 존재 양식의 총체가 아니다. 돼지고기와 통고추와 된장 한 숟가락을 따로따로 먹을 때보다 함께 끓여 찌개로 만들어야 맛이 제대로 나듯이, 인생 또한 시간을 쪼개 분리하지 말고 서로 상쇄하는 희로애락의 합성 단위로 함께 받아들이고 수용할 줄 알아야 고난을 견디고 지복을 절제하는 평형 감각을 잃지 않는다.

권태와 황홀의 중간쯤에서 적당히 즐겁고 적당히 슬프며, 때로는 편하고 때로는 긴장해야 인생 전체가 한 그릇에 담긴다. 고급 요리만 골라 먹는다고 해서 행복의 맛이 음식의 비싼 가격만큼 올라가는가? 우물가에서 시골 아낙이 체하지 말라고 잎사귀 한 장을 띄워 나그네에게 건네준 시원한 물에는 행복이 한 바가지 가득하다.

비싸고 번거로운 사치를 탐하기보다는 부족하지 않을 만큼만 벌어서 아껴 쓰고, 가당치 않은 욕심을 부리느라고 남들을 시기하지 않아야 마음이 훨씬 풍요로워진다.

잠을 이루지 못하던 그는, 행복이 아주 따분하다고 여겨지는 까닭은 둔감한 사람들이 때로는 아주 쉽게 행복해지는 반면에, 똑똑한 사람들은 자신과 주변의 모든 사람을 비참하게 만드는 능력을 갖추었을 뿐 아니라 실제로 그 능력을 행사하기 때문이라는 생각이 들었다.(Happiness is often presented as being very dull but, he thought, lying awake, that is because dull people are sometimes very happy and intelligent people can and do go around making themselves and everyone else miserable.) — 어니스트 헤밍웨이 (Ernest Hemingway), 『흐르는 섬들(Islands in the Stream)』

헤밍웨이가 세상을 떠난 다음에 출판된 첫 소설에서 주인공인 화가 토마스 허드슨은 '사나이'답게 격랑의 젊은 시절을 보낸 다음 아내와 이혼하고 혼자 바하마의 비미니 섬에서 무기력한 노년을 외롭게 지낸다. 여름을 맞아 휴가를 같이 보내려고 오랜만에 자식들이 찾아오자 그는 흘러간 세월을 돌이켜보며 후회하다 번민에 빠져 이리저리 뒤척이느라고 잠을 이루지 못한다.

어지러운 마음이 평화를 찾고 허드슨으로 하여금 다시 잠들게 한 묘약은 아프리카 사냥터나 에스파냐 전쟁터의 추억이 아니라 장성한 두 아들의 숨소리였다. "세 아들은 덧문 바깥 현관의 평상에서 잠들었는데, 밤중에 깨어났을 때 아이들의 숨소리가 들려오면 외로움을 견디기가 훨씬 수월하다.(The boys slept on cots on the screened porch and it is much less lonely sleeping when you can hear children breathing when you wake in the night.)"

잡으려고 하면 늘 멀리 도망치지만, 조용히 앉아 기다리면 나에게로 날아와서 앉는 나비—그것이 행복이다.(Happiness.—A butterfly which, when pursued, is always beyond our grasp, but, if you will sit down quietly, may alight upon you.) — 뉴올리언스 일간지의 편집진(L,《The Daily Crescent》)

『흐르는 섬들』에서 주인공은 이혼한 다음 오랫동안 같이 살지를 않아 많이 낯설어진 두 아들의 잠든 숨소리를 오래간만에 듣고 겨우 마음의 평화를 찾았지만, 휴 프레이더(Hugh Prather)는 평화롭게 잠든 아내의 얼굴을 보고 황홀한 슬픔을 느꼈다. 멋진 시와 소설을 쓰고 싶어 그가 작가로 성공할 때까지 몇 년 동안 생계를 아내에게 맡겼던 프레이더는 좀처럼 꿈이 이루어질 기미를 보이지 않자 결국 먹고살기 위해 콜로라도 목장에서 하천의 물길을 관리하는 일자리를 구했고, 아내는 숙박 시설에서 청소부로 고달프게 지냈다.

그러던 어느 날 고된 하루의 날개를 나비처럼 접고 잠든 아내의 얼굴을 보고 프레이더는 "지금까지 이미 행복하게 같이 살아왔으므로 오늘밤 당장 아내가 죽더라도 슬퍼하지 않겠다"는 해괴한 행복감에 젖어 현실의 소중함을 깨닫고는, 그런 삶에 만족하리라며 창작을 포기했다. 대신 그는 일기장을 뒤져 현실의 행복에 관한 단상들을 골라 엮어서 어느 시골 무명 출판사에 보냈다.

그렇게 태어난 『나에게 쓰는 편지(Notes To Myself)』는 그의 생전에 500만 부가 팔렸고, 《뉴욕 타임스》는 프레이더를 "아메리카의 칼릴 지브란"이라고 극찬했다. 그가 꿈꾸던 걸작은 무한 상상력이 지어낸 환상의 소설이 아니라, 틸틸과 미틸이 찾아 헤맸던 행복의 파랑새처럼, 프레이더가 그의 집 안방에서 현실을 기록한 일기장 속에 숨어 있었다.

050

도대체 왜들 그러는지 모르겠지만, 사람들은 무엇이 영원히 계속 되기만 바란다면서 금방 지나갈 사소한 것들은 거들떠보지를 않는다. 시계가 재깍거리며 돌아가고 나면 그 모든 작은 것들이 모여 커다란 무엇인가를 이룬다.(I'm not sure why, but when a person expects something to last forever, they don't notice the little things. It's only when the clock is ticking all those little things add up and become bigger.) — 섀논 비어스빗츠키(Shannon Wiersbitzky), 『꽃들은 기억한다(What Flowers Remember)』

온 세상이 젊고 싱싱하고 풍족하다는 오만함에 빠지기 쉬운 청춘 시절에는 작고 짧은 온갖 축복을 시시하거나 하찮다며 거들떠보지 않고 함부로 내버린다. 그러다가 중년을 넘기고 육신과 영혼이 수그러질 때쯤 되어서야 사람들은 어깨에 앉아 한없이 오랫동안 나를 쳐다보며 기다리다 지쳐 날아가버린 나비들이 얼마나 소중하고 아쉬운 인연이요 자산이었는지를 깨닫는다. "그까짓 것" 했다가 갑순이가 시집간 다음에 달을 보고 울었다는 갑돌이처럼.

우리 곁에서 별로 소리를 내지 않고 조용히 나날을 보내는 가족 또한 그렇다. 자식과 부모와 배우자—가장 가까운 곳에서 늘 함께 살아 워낙 익숙해지다 보니 우리는 그들이 얼마나 소중한 존재인지를 모르는 채로 평생을 살아간다, 가까운 인연을 당연하다 싶어 소홀히 하고 영원한 사랑과 행복을 멀리서 찾으려 하는 환상의 낭만적 속성 탓이다.

바닥에 널린 축복은 등잔 밑이라 안 보여 멀리 수평선 너머를 우리는 동경하지만, 삶의 이삭이 영글 무렵에 이르면 위만 올려다보는 꿈의 날개를 그만 접어두고, 머리를 수그려 아래를 굽어보며 발밑에 흩어진 결실을 거두어들일 채비를 해야 한다.

노인이 된 그는 외로웠다. 아쉽다며 그를 찾아오는 자식들이 아무도 없었고 돈벌이가 시원치 않았던 그는 가족으로부터 단절된 느낌이었다. 그리고 외로움에 지친 나머지 자식들 가운데 아무하고나 가까워지고 싶었지만 아들딸은 하나같이 너무나 바쁜 나머지 그런 사실을 알지 못했다.(He was lonesome and he was an old man. Because none of the kids went to him for anything and because he didn't earn much money he felt like he was cut off from the family. And in his lonesomeness he wanted to be close to one of his kids and they were all so busy that they didn't know it.) ― 카슨 매컬러스(Carson McCullers), 『마음은 외로운 사냥꾼(The Heart Is a Lonely Hunter)』

장성해서 제 갈 길을 따라 뿔뿔이 흩어져 떠나기 전에, 아직 손길이 닿을 때 마음의 끈으로 자식들을 잡아두지 않으면, 한 번 멀리 날아간 나비는 아무리 하염없이 기다려봤자 돌아오지 않는다. 그리고 혹시 늙은 몸으로 개울을 건너고 언덕을 넘어 기를 쓰고 겨우 따라가봤자 나비는 수명이 두 주일밖에 안 되기 때문에 어디선가 명을 다해 이미 죽었기 십상이다.

어른이 된 자식들이 나한테 신경을 쓰지 않아서 야속하다면 나는 그들 나이에 밥벌이를 하느라고 바쁘다는 핑계를 당당하게 내세우며 얼마나 자식들에게 신경을 안 썼는지를 계산해보라. 누군가 나를 필요로 할 때는 거들떠보지 않다가 아무도 나를 필요로 하지 않을 때 찾아오지 않는다고 섭섭해하는 마음은 이기적인 함수 때문에 셈이 서투르다.

이른바 사업이라는 일에만 한없이 헌신적으로 매달리다 보면 다른 수많은 것들에 대해서는 한없이 소홀해질 수밖에 없다.(Perpetual devotion to what a man calls his business, is only to be sustained by perpetual neglect of many other things.) — 로벗 루이스 스티븐슨(Robert Louis Stevenson), 『수상록(Essays of Robert Louis Stevenson)』

병원이나 은행이나 우체국 따위의 어떤 흔하고 특수한 공간에서 벌어지는 잠재적 상황들을 상상하는 대역 놀이를 하면서 가족과 많은 시간을 보냈다는 스티븐슨은 비가 내리던 어느 날 아들과 함께 머나먼 바다의 낭만적인 고도가 어떤 곳일지 지도를 그려보았다. 그러다가 아버지와 아들은 그들이 해적이라면 그곳 어디쯤에 보물을 파묻어 숨겨놓을지를 한참 궁리해보았다고 한다.

그렇게 장난삼아 아들과 지도를 그리면서 스티븐슨이 구상을 시작한 소설이 『보물섬(Treasure Island)』이었다. "소년들을 위한 이야기 '바다의 요리사'(The Sea Cook: A Story for Boys)"라고 가제를 붙였던 이 소설을 스티븐슨은 조지 노드(George North) 선장이라는 가명으로 1881~2년 《어린이(Young Folks)》잡지에 "히스파니올라 호의 반란(Treasure Island or the Mutiny of the Hispaniola)"이라는 제목으로 연재하여 모험 소설의 세계적인 고전을 탄생시켰다.

쓸데없이 한가한 짓을 하는 시간이 때로는 이토록 생산적인 위업으로 이어진다. 미국의 교육자 스티븐 코비(Stephen Covey)는 남들을 위해 꼭 해야 하는 일과 내가 하고 싶은 즐겁고 하찮은 일이 실생활에서 차지하는 배분율을 이렇게 정의했다. "우리 대부분은 급한 일에 너무나 많은 시간을 빼앗기는 바람에 정작 중요한 일에는 충분한 공을 들이지 못한다."

대부분의 목표를 우리가 달성하지 못하는 까닭은 덜 중요한 일들을 먼저 하느라고 시간을 빼앗기기 때문이다.(The reason most goals are not achieved is that we spend our time doing second things first.) ─ 로벗 맥케인(Robert J. McKain)

　　생계를 유지하는 일이 인생에서 첫째가는 선결 문제라고 사람들은 말하지만, 그것은 우리가 동물적인 생존을 성취하기 위한 첫 번째 조건이지 행복을 위한 절대 조건은 아니다. 해야 할 일이 먼저인가 아니면 하고 싶은 일이 먼저인가를 진지하게 따지는 사람은 의외로 그리 많지 않고, 웬만한 사람들은 그 차이조차 알지 못한다. 그래서 생존을 위한 일에 모든 시간을 바치고는 "집안의 가장으로서 내가 할 바를 다 했다"는 계산 착오로 비뚤어진 주장을 고수하는 경우가 허다하다.

　　가장 필요한 일과 가장 중요한 일을 식별하는 방법은 간단하다. 필요해서 꼭 해야 하는 일을 하면 배는 부를지언정 괴롭고 힘들 때가 많지만, 하고 싶은 일을 하면 배가 좀 고파도 늘 즐겁다. 직업의 선택은 그래서 행복과 불행을 가르는 분기점이 된다. 날이면 날마다 똑같은 일을 반복해야 하는 쳇바퀴 직장 생활이 권태롭다고 사람들이 투정하는데, 권태의 진짜 원인은 동작의 반복이 아니라 반복성이건 1회성이건 행위 자체가 싫기 때문에 발생하는 후유증이다.

　　원로 가수 이미자는 〈동백 아가씨(椿姬)〉를 수천 번 반복해 부르면서 지겹기는커녕 얼마든지 더 부르고 싶어 했을 듯싶다. 한 번 부를 때마다 돈이 들어오고 그때마다 다른 사람들이 몰려와 박수를 치고 슬피 감동하는 사이에 그녀의 존재감이 자꾸 올라간다는 행복감 때문이다. 내가 좋아하고 즐거운 일은 날마다 50년을 반복해도 지겨워지기는커녕 오히려 권태를 쫓아버린다.

작품에 대한 보상은 그것을 창조했다는 보람이 가져다주고, 노력에 대한 보상은 그 작업을 통해서 이루어지는 성장이다.(The reward of a work is to have produced it; the reward of effort is to have grown by it.) ― 앙토냉-질베르 세르티랑주(Antonin-Gilbert Sertillanges), 『공부하는 삶(The Intellectual Life: Its Spirit, Conditions, Methods)』

    어떤 별미일지언정, 특히 공을 많이 들인 요란한 고급 음식일 경우에는, 하루에 세 끼를 연거푸 먹었다가는 질려서 다시는 보기조차 싫어진다. 그래서 살림살이를 하는 전업주부에게는 끼니마다 꼬박꼬박 밥상을 차리기가 여간 권태로운 고역이 아니다. 날이면 날마다 똑같은 반찬을 밥상에 올리지 않아야 한다는 창조적 변화의 의무가 심리적 부담으로 작용하기 때문이다.

    맛집 주인과 주방장에게는 온갖 잡다한 요리보다 꼬치 족발이라든가 주꾸미 쫘배기처럼 한두 가지 희한한 특식을 날이면 날마다 잘 만들어 전문성을 인정받는 편이 훨씬 효과적인 성공의 전략이다. 요식업소에서는 같은 음식을 똑같은 사람이 날마다 와서 먹지는 않기 때문이다. 비록 같은 일을 할지언정 장소와 조건에 따라 상응하는 효과와 보상이 그렇게 양극으로 갈린다.

    뿐만 아니라 음식점은 생산량에 따라 보상이 증가하는 반면에 살림살이에서는 노동량이 늘어나봤자 현실적이고 가시적인 보상이 늘어나지를 않는다. 가정에서는 취사 작업의 양이 보람의 크기와 반비례한다는 뜻이다. 똑같은 행위에 얽힌 여러 다른 복합 함수의 영향은 물질적인 보상과 정신적인 보상의 방정식이 벌이는 농간에 따라 황홀과 권태 사이를 제멋대로 오간다.

그대 자신이나 인류를 위해 어떤 업적을 이룩했거나 간에, 가족에게 사랑과 배려를 베푼 기억이 없다면, 도대체 그대는 정말로 무엇을 달성했다는 말인가?(No matter what you've done for yourself or for humanity, if you can't look back on having given love and attention to your own family, what have you really accomplished?) ― 리 아이아코카(Lee Iacocca)

자식을 낳아 키우는 육아가 비록 힘들기는 할지언정 즐거운 도전이며 황홀한 행복으로 받아들여야 하는지, 아니면 지겹고 허무한 낭비의 삶이요 형벌 같은 불행으로 여겨야 할지 이 또한 비관과 낙관의 기준에 따라 흔들리는 변덕스러운 개념이다.

육아의 시간을 고통과 권태라고 분류하는 오해의 씨앗은 그것이 하루 세 끼씩 밥상을 차리는 고역과 더불어 일상적인 노예 생활의 일부라는 착각에서 비롯한다. 그것은 또한 가정이 감옥인가 아니면 자유의 공간인 안식처인가를 규정하는 전제에 따라 좌우되는 사항이다. 하지만 자식을 키우는 보람과 행복감을 목화 농장 땡볕에서 시달리던 흑인 노예의 고통에 비유하는 비관적인 시각만큼은 멀쩡한 인식으로서는 납득하기 어려운 비논리적 유추다.

사랑이 결실을 맺어 둘이서 하나로 창조한 아이는 그 자체가 고귀한 선물이며, 자식은 태어난 순간부터 7년 동안 온갖 재롱을 떨면서 평생 해야 할 효도를 아낌없이 다 부모에게 쏟아준다. 어릴 적 아이가 베풀어주는 그런 기쁨은 사랑하는 청춘남녀와 부부 사이에서조차 주고받기 어려운 크나큰 축복이다. 그래서 결혼한 부부는 곧잘 배우자보다 아이를 더 사랑하게 된다. 어른이 된 자식에게서 더 이상 어리광과 효도의 보상을 기대하는 욕심을 부리지 말아야 하는 이유다.

낳아 키운 자식들을 보면서 과거를 후회하기란 불가능한 일이다. 그들은 지난날들이 남긴 가장 훌륭한 결실이다. 어쩌면 유일한 결실인지도 모른다.(Your children make it impossible to regret your past. They're its finest fruits. Sometimes the only ones.) ─ 애나 퀸들렌(Anna Quindlen), 『멍드는 인생(Black and Blue)』

화초를 키우는 내내 우리는 씨앗이 싹터 잎이 나고 꽃이 피는 모든 과정을 지켜보면서 거듭거듭 보람을 느낀다. 그런데 하물며 인간을, 그것도 내가 낳은 아들딸을 키우며 행복감을 얻지 못하는 부모라면 정상이 아니겠지만, 우리 주변의 현실을 살펴보면 부모와 자식이 서로 사랑하기를 포기하고 갈등에 빠지는 가족이 이상할 정도로 많다.

기특하게 자라 크게 성공하는 자식은 곁에서, 그리고 멀리서 처다보기만 해도 평생 가는 기쁨이건만, 그들을 키워낸 오랜 세월을 노예의 고역이라고 계산하려는 비관주의자의 인식은 삶의 가치관에서 심각한 장애를 일으킨 결과로 생겨난 후유증이다. 엄청난 부의 축적이나 숭고한 지식의 추구만이 인생의 바람직한 목적은 아니다. 교육과 육아 그리고 가정의 경영은 인간 가족을 창조하는 예술이요 무한 도전의 위대한 과업이다.

좋은 가족을 만들기란 참으로 어려운 일이기는 하지만, 그에 대한 보상으로 우리는 성장하는 아이로부터 초기 발육과 지능 발달이 보여주는 오묘한 갖가지 신비감을 확인해가면서 감동의 세월을 보낸다. 세계 평화도 좋고 애국심을 표방하는 국수주의나 종교적인 순교도 거룩하겠지만, 가장 위대한 사랑과 행복은 내가 사는 집의 지붕 아래서 피어나고 자란다.

많은 사람들이 두 도둑 사이에서 십자가에 못박히는데—과거에 대한 후회와 미래에 대한 두려움이 그 도둑들이다.(Many of us crucify ourselves between two thieves-regret for the past and fear of the future.) ― 풀턴 아워슬러(Fulton Oursler)

　　여성이 자식들을 다 키워놓고 나서 느끼는 허탈감은 손해를 봤다는 잘못된 계산에서 비롯한다. 자식에 대한 뒷바라지가 끝날 때까지는 거의 30년이라는 시간이 걸리는데, 어떤 부모들은 그토록 오래 걸리는 위대한 업적을 끝내놓고는 청춘과 세월을 도둑맞았노라고 허무해한다. 힘겹게 일으켜 세운 가정의 기초가 보람찬 도전의 소득이라고 계산해야 옳지만, 이소를 시켜야 하는 아들딸을 손실의 목록에 올려놓고 보면, 내 인생에서 그동안의 세월은 어디로 갔을까 억울한 마음이 들기 때문에 생기는 부작용이다.

　　그런 서운함은 사실 손실이 고통스러워서라기보다는 지금까지의 보람찬 업적을 더 이상 계속하지 못하게 되었다는 단절감에서 기인한다. 거기다가 나이 또한 수그러지는 중년에 이르렀으니 이제는 나의 쓸모가 세상에서 지워지리라는 불안한 위기감까지 비관의 효소로 작용한다.

　　그렇다고 해서 기껏 다 키워놓았더니 어른이 되었다고 냉큼 떠나가는 아들딸이 아깝고 서운하다며 본전을 따지는 어리석음을 부리면 안 된다. 성장하는 자식을 지켜보며 이미 누린 즐거움을 헛되다고 하면 식당에 가서 남의 음식을 맛있게 다 먹고 나서는 그릇에 아무것도 남지 않았으니 돈을 못 내겠다고 허튼 투정을 부리는 격이다.

"그래, 사람이란 누구나 다 실수를 하기 마련이니까, 그만 잊어버리도록 해라. 우린 잘못을 후회하고 거기에서 배우는 바가 있어야 옳겠지만, 이미 저지른 잘못에 얽매어 미래를 망쳐선 안 된단다."
("Well, we all make mistakes, dear, so just put it behind you. We should regret our mistakes and learn from them, but never carry them forward into the future with us.") — 루씨 모드 먼고메리(Lucy Maud Montgomery), 『애번리의 앤(Anne Of Avonlea)』

아일랜드의 시인 윌리엄 버틀러 예이츠(William Butler Yeats)는 1909년 9월 16일자 일기에서 "인생이란 어찌하여 끝내 이루어지지 않을 무엇인가를 영원히 준비만 하는 과정이어야만 하는가?(Why is life a perpetual preparation for something that never happens?)"라고 비관적인 질문을 던졌다. 그로부터 14년이 지난 1923년에 그는 노벨문학상을 받아 대단한 무엇인가를 이루어냈다.

시인이야 주관이 워낙 뚜렷한 예술가이니 미래를 지나치게 비관하는 오류가 때로는 자연스럽다손 치더라도, 대한민국의 여러 어머니들은 '자식 농사'를 멀쩡하게 잘 지어놓고는 모처럼 이미 성취한 과거를 비관하며 서러워한다. 보람을 손실이라며 후회하는 지혜롭지 못한 계산법에서 그치지 않고 그렇게 상상해낸 실망에 굴복하여 미래까지 괴로움으로 망치려는 불쌍한 부모들이 우리 사회의 단체 사진 속에서 줄을 지어 늘어선다.

"내 탓이요"라며 마음을 두드리는 참회도 정도껏 해야지, 별로 큰 죄를 짓지 않은 부모가 지나치게 자책을 하면 자신과 가족의 행복에 별로 도움이 되지 않는다.

059

작은 일조차 제대로 못하는 사람이라면 큰일을 똑바로 해낼 리가 없다.(If you can't do the little things right, you will never do the big things right.) — 윌리엄 H. 맥레이븐(William H. McRaven) 제독

1990년에 영화로 제작된 〈하얀 전쟁〉 현지 촬영의 자문을 맡아 베트남 남부 바닷가 마을 롱하이(龍海)에서 40일을 함께 지냈을 때의 일이다. 가정적이라고 소문난 배우 안성기는 짬만 나면 서울 집에 국제 전화를 걸러 우체국으로 찾아갔다. 통신 시설이 낙후된 시절이었던지라 짧게는 30분에서 길게는 두세 시간이나 시골 우체국 귀퉁이에 쪼그리고 앉아 기다려야 그는 겨우 몇 분 동안이나마 가족과의 통화가 가능했다.

그렇게 애쓰는 모습이 안쓰러웠던 나머지, 어느 날 저녁 호텔 휴게실에 둘러앉아 심심풀이로 고스톱을 치다가 장난삼아, 그가 가족과 무슨 대화를 나누었는지 "내가 맞춰보마"고 했다. 기껏해야 "다빈이는 학교 갔다 왔니?" "당신은 밥 먹었고?" 정도를 물어보기가 고작이었을 텐데, 도대체 왜 우체국에 가서 날마다 그 고생을 하느냐고 놀렸더니, 안성기가 웃으면서 핀잔을 주었다. "선생님은 늙어서 그런 잔재미 잘 몰라요."

사랑의 잔재미는 작고 얕을수록 맛이 깊다. 국제 전화로 배우의 가족이 듣고 싶어 기다렸던 것은 사랑한다느니 어쩌니 입에 발린 미사여구 대사나 바이런의 시보다 그냥 귀에 익은 사람의 목소리였다. 사랑은 조용한 목소리로 자질구레하고 한가한 잡담을 나누는 사이에 무르익는다.

밤이면 밤마다 잘 자라고 아이들의 이마에 입을 맞추도록 하고—아이가 이미 잠들었더라도 그렇게 하라.(Always kiss your children goodnight—even if they're already asleep.) ― H. 잭슨 브라운 2세(H. Jackson Brown, Jr.)

인생은 찬란한 교향악이 아니듯 행복 또한 태풍처럼 요란하게 몰아치지는 않는다. 가족의 사랑은 격렬하고 격동적이기보다는 조용히 오래간다. 사랑하는 가족은 희열하지 않고 가만히 웃는다. 그래서 잠든 아이는 부모의 입맞춤으로부터 태교를 받는 듯 잠결에도 사랑의 체온을 느낀다.

안성기처럼 가족 사랑의 표상으로 널리 알려진 미국 영화배우 마이클 J. 폭스는 "가족은 그냥 중요한 정도가 아니라 우리 삶의 모든 것(Family is not an important thing, it's everything)"이라고 했다. 인생에서 가장 중요한 활력소는 나 자신에 대한 나의 사랑과 더불어 가족이 저마다 서로 주고받는 사랑이 아니겠느냐는 뜻이다.

인간은 나이를 먹을수록, 원하든 않든 간에, 수신제가치국평천하의 서열을 뒤집어 거꾸로 살아가게 된다. 청춘은 천하를 호령하려 덤비고, 전성기에는 나라를 다스리는 꿈을 꾸지만, 성숙한 중년을 넘기고 장년에 이르면 뒤늦게나마 집안을 돌보고, 늙으면 그제야 내 몸과 마음을 가다듬는다. 인생살이에서는 고지식한 공식에 역행해야 지름길 정답이 나오는 경우가 많기는 하지만, 막무가내 거역이 항상 정답은 아니다.

실망은 기대에 어긋났을 때 빚어지는 후유증이다. 실망을 덜 하려면 남들에게서 바라는 바를 줄이거나 나 자신에게 더 많은 요구를 해야 한다.(Disappointments are a result of failed expectations. To have less disappointments, either expect less from other people or demand more from yourself.) — 케빈 응오(Kevin Ngo)

3장
축복과 실망의 상대적인 속성

중년을 넘기면 우리는 도전할 용기가 줄어들고 문제를 타개할 능력 또한 약해진다. 그에 따라 최소한의 노력으로 최대한의 성과를 얻어야 한다는 경제 원칙을 뒤집어, 희망하는 목표를 점점 줄여가면서, 최대한의 노력을 기울이되 최소한의 성과로 만족하는 내려놓기에 익숙해져야 한다. 양보를 패배라고 서러워해서 저항을 계속했다가는 노년으로 떨어지는 추락에 가속도가 붙기 쉽다. 우리가 지닌 능력은 산술급수적으로 줄어드는데, 성공과 수확만 기하급수적으로 늘어나기를 기대하면 공식의 기초가 뿌리째 무너진다.

우리가 해내지 못한 힘겨운 도전에서 멍청이들이 성공하는 꼴을 봐야 할 때만큼 굴욕적인 경우는 또 없다.(Nothing is more humiliating than to see idiots succeed in enterprises we have failed in.) ― 귀스타브 플로베르(Gustave Flaubert),『감성 교육(Sentimental Education)』

어니스트 헤밍웨이는 사후에 두 번째로 출판된 그의 소설『에덴동산(The Garden of Eden)』에서 "내가 알기로는 지적인 사람들한테서 찾아보기 가장 희귀한 요소가 행복"이라고 지적했다. 플로베르는 "행복의 세 가지 조건은 어리석음, 이기심 그리고 건강인데 우선 어리석음부터 갖추지 못하면 모두가 허사"라고 비꼬았으며, 조르주 상드에게 쓴 편지에서는 모름지기 "부르주아에 대한 증오가 지혜의 시작이라는 속담을 여성들 또한 새겨들어야 한다"고 주문했다.

19세기 후반 유럽과 러시아의 사상계에서는 부자들을 천박한 '속물'이라고 욕할 줄 아는 사람이 고고한 지성인이라는 인식이 팽배했다. 돈을 경멸한 그들의 심리적인 행태는 경제적인 열등감에 시달리는 지적인 집단이 느끼는 질투와 무기력의 반작용인 경우가 많았다. 이런 사고방식은 얼마 후에 사회주의 계급 타파 혁명으로 이어지며 대단히 요란하게 세상을 풍미했던 지식인 계급의 독선이었다.

사상적인 재산은 넘쳐나지만 물질적인 빈곤함에 시달리는 많은 사람들이 돈은 더럽다며 경멸하는 척하지만, 금은보화 한 보따리를 선물이라며 누가 코앞에 내밀면 침을 뱉고 재물을 내다버릴 사람이 과연 얼마나 될지는 알 길이 없다. 영적인 행복만 최고요 물질적인 행복은 무가치하다는 주장 역시 편견이다. 다양한 사람들이 섬기는 행복의 개념은 저마다 종류와 질이 크게 다르다.

오늘날의 위대한 세상 모든 면에서 드러나는 천박함은 그냥 끔찍할 지경입니다. 우린 지적인 빈민굴에서 살아갑니다.(The mediocrity of everything in the great world of today is simply appalling. We live in intellectual slums.)

— 조지 산타야나(George Santayana)

철학자 산타야나가 고고학자 친구(Victor Wolfgang von Hagen)에게 보낸 서한에서 속물 집단을 개탄하는 내용이다. 병리학자(George Sturgis)에게 보낸 편지에서도 그는 인생에 대하여 "2등만 줄줄이(Life is a succession of second bests)"라고 못마땅해하면서 소수정예주의(elitism)를 옹호했다.

세상에 속물들이 넘쳐난다고 해서 지식층이 정말로 꼭 그렇게 개탄할 일만은 아니다. 1등만이 능사가 아니고, 특권 집단만이 존재 가치가 당당하다고 주장해서는 안 된다. 못나고 평범하고 무능한 사람들이 대다수이기 때문에 훌륭한 인물들이 세상에서 돋보이고, 그렇게 인정받은 우월성으로 인해 지적 귀족 계급은 특권을 누린다. 특권층은 피지배자들을 깔보고 업신여기는 대신 자신들의 위상을 상대적으로 밀어올린 상승효과의 우발적 원동력을 고마워해야 마땅하다.

달콤한 꿀을 즐겨 빨아먹는 벌새의 삶이 얼마나 고달픈지를 계산해보라. 만물의 영장이라는 인간이 겨우 한 번밖에 팔을 휘두르지 못하는 1초 사이에 벌새는 꽃 앞에서 공중에 정지하여 꿀을 빨기 위해 70번이나 날갯짓을 해야 하고, 인간의 심장이 70번 박동하는 1분 동안 벌새의 심장은 1,200번이나 뛴다. 그래도 꼭 꿀만 빨려고 고생하면서 살고 싶다면, 그 또한 선택이다.

무식한 사람의 지혜는 어딘가 동물의 본능을 닮아서, 아주 좁은 공간밖에 차지하지 못할지언정, 그 영역 안에서는 일사불란하게 활력을 발휘하여 성공을 거둔다.(The wisdom of the ignorant somewhat resembles the instinct of animals; it is diffused in but a very narrow sphere, but within the circle it acts with vigor, uniformity, and success.) ― 올리버 골드스미드(Oliver Goldsmith), 『세계의 시민(The Citizen of the World, Or, Letters from a Chinese Philosopher)』

18세기 아일랜드 작가 골드스미드는 대표작 『웨이크필드의 목사(The Vicar of Wakefield)』에서 주인공의 입을 통해 "가장 큰 희망을 걸었던 목적들이 대부분 치명적인 결과를 가져온다(What we place most hopes upon, generally proves most fatal)"라고 말했다. 타인들에게서 얻게 될 도움이나 미래에 대한 크나큰 기대 때문에 지금 소유한 작은 자산을 가볍게 보고 경솔하게 내버리지 말라는 경고다.

성취하기 어려운 난이도에 따라 인간이 느끼는 기쁨의 서열을 가늠하자면 영적인 행복, 지적인 행복, 정서적인 행복, 감각적 행복으로 줄을 세우기가 가능하겠지만, 실제로 사람들이 즐거움을 느끼는 크기의 순서를 보면 꼭 난이도 계급에 상응하지를 않는다.

지식인이 어마어마한 철학적 또는 종교적 고뇌 끝에 겨우 얻는 숭고한 행복보다 '무식한' 집단이 하찮은 대상으로부터 동물적 본능으로 찾아내는 행복이 오히려 진정한 지혜의 열매인지도 모른다. 방방곡곡 맛집을 찾아 여행을 즐기는 한가한 사람들에게서 쉽게 확인이 가능한 진실이다.

064

독서와 사색은 물론 중요하지만, 정말이지 먹는 것도 중요하다. 행복한 인생의 비결들 가운데 하나는 계속 이어지는 작은 도락들이며, 어쩌다 돈을 별로 안 들이고 빨리 누릴 만한 즐거움이 찾아온다면 그 더욱 좋다.(Of course reading and thinking are important but, my God, food is important too. One of the secrets of a happy life is continuous small treats, and if some of these can be inexpensive and quickly procured so much the better.) ─ 아이리스 머독(Iris Murdoch), 『바다여, 바다여(The Sea, the Sea)』

번잡한 군중의 소음과 영광의 시절로부터 탈출하여 바닷가 마을에 은둔하며 자서전을 집필하는 원로 연극인 찰스 애로우비는 조금쯤 과대망상에 빠진 주인공이지만, 좋아하는 간단한 음식을 혼자 만들어 먹는 도락을 지적인 희열 못지않게 소중하다고 생각한다. 최고급 음식과 취향만 여기저기 찾아다니려고 하면 당연히 즐거움의 횟수와 가짓수가 줄어든다는 진리를 그는 잘 안다.

영국 철학자에 소설가인 머독은 "우리는 환상의 세계, 착각의 세상에서 살아간다. 인생에서는 현실을 찾아내는 일이 막중한 과제다(We live in a fantasy world, a world of illusion. The great task in life is to find reality)"라며 비현실로부터의 탈출을 독려한다.

평생 황홀하고 위대한 대형 행복을 벼르고 별러 두 번만 희열하는 사람과 7,400번의 자질구레한 즐거움을 어디서나 찾아내는 사람 가운데 과연 누가 더 행복한 삶을 살아가는가? 좋은 음식과 나쁜 음식은 모양과 맛만 다를 뿐이다. 저마다 제 입에 맞는 음식이 가장 맛있는 먹을거리다.

"산더미처럼 쌓아놓은 황금보다 음식과 와자지껄한 노래를 소중하게 여기는 사람들이 더 많아진다면 세상은 훨씬 즐거운 곳이 되겠지."("If more of us valued food and cheer and song above hoarded gold, it would be a merrier world.") — J. R. R. 톨킨(J. R. R. Tolkien), 『호빗(The Hobbit)』

맛좋은 음식을 인생 최고의 도락으로 여겨 하루에 다섯 끼 즐거움을 누리는 소인족에 대하여 교만한 욕심꾸러기 난쟁이 왕 토린은 숨을 거두며 빌보에게 "적절히 배합된 용기와 지혜(Some courage and some wisdom, blended in measure)"를 갖춘 현명한 종족이라고 인정한다. 산더미처럼 황금을 긁어모아 쌓아놓은 탐욕스러운 괴룡보다 한 끼의 맛있는 식사에 만족할 줄 아는 소인족이 즐거운 세상에 훨씬 가까이 그리고 쉽게 접근하는 길을 알기 때문이다.

인도의 심리 지도사 오데시 싱(Awdhesh Singh)은 『행복의 비결 31(31 Ways to Happiness)』에서 용기와 지혜의 적절한 배합 방정식을 이렇게 설명한다. "삶에 대한 올바른 접근 방식은 목표를 지나치게 낮거나 높이 설정하지 않고 성공과 실패가 적절한 비율로 균형을 이루는 최적의 접합점을 찾아내는 것이다."

용기라고 해서 항상 진취적이거나 긍정적이어야 하는 속성을 갖춰야 할 필요는 없다. 보는 시각에 따라 소극적이고 부정적인 퇴행처럼 여겨질지 모르지만, 양보하고 물러설 줄 아는 용기가 때로는 마구 밀어붙이는 독선보다 훨씬 위대하다. 성공의 크기에 억지로 나를 맞추려 하지 않고 나의 크기에 맞춰 행복을 재단하는 타협과 절제가 투쟁이나 경쟁보다 난이도가 훨씬 높다.

인간은 행복해지기 위해 돈을 벌려 하고, 그 돈을 벌기 위해 인생의 가장 좋은 부분과 모든 노력을 바친다. 수단을 목적이라고 착각하면 행복이 자취를 감춘다.(A man wants to earn money in order to be happy, and his whole effort and the best of a life are devoted to the earning of that money. Happiness is forgotten; the means are taken for the end.) ― 알베르 카뮈(Albert Camus), 『시지프의 신화(The Myth of Sisyphus and Other Essays)』

재물의 축적은 행복을 추구하는 가장 잘 알려진 방법이다. 누가 뭐라고 주장하든 두둑한 돈과 재물은 행복으로 가는 빠르고 확실한 길이다. 그렇기 때문에 행복의 추구는 악이 아니듯 부의 축적도 죄악이 아니다. 돈벌이가 신통치 않으면 불행한 삶으로 직행하고, 그래서 세상 사람들은 누구나 다 돈을 벌려고 피땀을 흘리며 열심히 일한다.

실존주의 전성시대 부조리 사상의 기수였던 카뮈가 내린 진단은 배금사상을 지나치게 얄잡아본 지성의 오만함을 표구해놓은 듯 부조리하게 들린다. 행복의 경제학에서는 적금처럼 목표 액수를 정해놓고 책임량을 다 채운 다음 기쁨 충전소나 은행에 가서 합계를 정산하여 그에 해당하는 보람을 한꺼번에 일시불로 지급받는 형식을 취하지는 않는다.

수단을 목적으로 삼는 모든 행위가 카뮈의 주장처럼 착각은 아니다. 여러 수단으로 이루어진 과정을 가볍게 보고 목적과 결과만을 섬기며 살아가는 삶은 과연 얼마나 현명하고 행복한가? 그리고 열심히 세워놓은 목적을 이루기 전에 결과를 보지 못하고 고생만 하다가 세상을 떠나는 사람들은 어디로 가서 낭비된 과정의 억울함을 호소해야 하는가?

내가 소유한 것들이 얼마나 많은지를 날마다 시간을 내어 점검해
보라. 그것이 비록 원하는 모든 소망을 채워주지는 못할지언정, 내
가 이미 소유한 바를 어디선가 누군가는 꿈꾸고 있으리라는 사실
을 잊지 말아야 한다.(Take time daily to reflect on how much you have. It may
not be all that you want but remember someone somewhere is dreaming of what you
own.) — 저매니 켄트(Germany Kent)

미국의 매체 전문가 켄트는 "참으로 신기한 일이지만, 우리가 살아가면서
고마워해야 할 일들을 하나씩 손꼽기 시작하면, 섭섭한 일들이 하나씩 사라진다"
는 놀라운 셈법을 알아냈고, 영국의 흑인 인생 훈수꾼 라쉬드 오군라뤼(Rasheed
Ogunlaru)는 "언젠가 특별한 날이 오기를 기다리느냐, 아니면 하루하루를 특별
한 날이라고 기뻐하며 살아가느냐, 그대 마음대로 선택하라"고 주문했다.

행복은 도대체 어떤 크기로 어디에 숨어 있을까? 행복은 늦가을 참나무
숲 낙엽 밑으로 숨어든 수많은 도토리처럼, 얼핏 눈에 띄지는 않지만 사방에 질
펀하게 널려 있다. 우리는 낙엽이 밟히는 아름다운 소리에 귀를 기울이며 시적
인 감흥에 젖지만, 도토리가 발에 밟혀도 신발 바닥에는 감각이 없어 마음의 양
식을 찾아먹을 줄은 모른다.

미국의 명상 작가 로벗 브롤트는 "작은 기쁨들이 사라지기 전에 열심히 찾
아 누리도록 해야 하는 까닭은 먼 훗날 돌이켜 생각해보면 그것들이 아주 크다
는 사실을 뒤늦게 깨닫기 십상"이어서라고 했으며, 캐나다의 심리 지도사 에카
르트 톨레(Eckhart Tolle)는 "삶에서 그대가 이미 소유한 바를 인지하는 감각이
모든 풍요한 삶의 기본"이라고 부연했다.

여러 욕망을 충족시키려고 애를 쓰기보다는 가짓수를 제한함으로써
나는 행복을 찾아가는 길을 찾아냈다.(I have learned to seek my happiness by
limiting my desires, rather than in attempting to satisfy them.) ― 존 스튜어트 밀(John
Stuart Mill)

지나친 교육열과 경쟁의식 때문에 우리나라는 1등밖에 기억해주지 않는
냉정한 사회가 되었노라고 사람들이 개탄한다. 그런 살벌한 민족이 2002년 월
드컵에서는 '메달권'에조차 들지 못하고 겨우 4등의 전적을 올린 우리나라 선수
들에게 정신 나간 사람들처럼 열광했고, 네덜란드인 거스 히딩크 감독이 한국
대통령으로 출마하면 틀림없이 당선되리라는 농담까지 나돌았었다.

그때 히딩크를 뒤에서 돕던 체육인 박항서는 15년이 흘러간 훗날 베트남
청소년 축구 선수들을 이끄는 감독으로 발탁되어 '히딩크 신화'를 복제하고는
말년에 엄청난 영광을 누리며 싱글벙글 살아간다. 그는 올림픽이나 월드컵처
럼 전 세계의 주목을 받을 만큼 큰 행사가 아니라 동남아시아 지역에서만 벌어
지는 경기에서 명실상부한 영웅이 되었는데, 그가 임하는 경기의 국제적인 위
상과 거기에서 얻는 보상은 상식적인 화법으로 설명이 되지 않는 새로운 인과
법칙을 수립했다.

꼭 세계 1위만이 세상에서 가장 큰 행복을 보장하지는 않으며, 제한된 영
역의 제한된 분야에서 거두는 아주 작은 영광으로부터 때로는 엄청난 성취감
이 쏟아진다. 월드컵에서 걸핏하면 우승을 거두는 브라질의 국가 대표 선수단
을 이끄는 어느 1등 감독보다도 어쩌면 박항서가 엉뚱한 타향 땅에서 훨씬 행
복한 인생을 살아가는지도 모른다.

쉽게 처리해도 될 일은 절대로 복잡하게 만들지 않아야 한다. 그것
이 삶에서 가장 중요한 비결 가운데 하나다.(Never do anything complicated
when something simple will serve as well. It's one of the most important secrets of
life.) ― 에릭 마리아 레마르크(Erich Maria Remarque),『검은 오벨리스크(The Black Obelisk)』

하찮은 잡담을 나눌 때조차 동서남북 여러 사람의 심리를 따지고 이해득
실을 계산해가며 복잡하게 살아가는 눈치 인생은 행복해지기가 더디다. 한마
디 말로 해결될 작은 갈등을 꼬치꼬치 어렵게 따지면 말꼬리 반발과 자존심 저
항의 골만 깊어진다. 그러나 아무리 복잡한 고르디아스 매듭일지언정 단칼에
잘리고, 어려운 문제는 많은 경우에 쉽게 풀려고 하면 단번에 해답이 나온다.

인생의 온갖 수수께끼를 푸는 작업은 시간이 흐를수록 이해관계와 견해
가 서로 뒤엉키면서 당연히 복잡하고 어려워지기 마련이다. 쉽게 간단히 보면
세상은 지극히 단순하여, 산은 산이요 물은 물이건만, 더덕더덕 추상 개념과 복
잡한 공식을 붙여 무기한 탁상공론으로 왜곡해서 읽으면 원인과 결과가 점점
난삽하게 중첩하여 인생의 함수들을 풀어내기가 어려워진다.

끊임없이 머리를 써야 하는 심리전에 지치고 극심한 경쟁의 현실에 시달
리다가, 고달프고 힘겨운 고생살이를 못 견디겠으면 사람들은 어떻게 하는가?
많은 사람들이 매듭 풀기를 포기한다. 쓸데없이 복잡하게 살아야 하는 세상을
벗어나는 가장 쉬운 방법 가운데 하나는 도피다. 도망은 가장 쉽고 간단하고
확실하게 짐을 벗어버리는 방법이다. 그러나 모든 극단적이고 쉬운 방법이 현
명하고 옳은 선택인지는 다시 복잡하게 따져봐야 한다.

"현재를 견디지 못할 지경에 이르면 사람들은 두 가지 가운데 하나를 하는데 과거에 집착하거나, 미래를 바꿔보려는 시도를 하지."("When people can't abide the present, they do one of two things ... either they turn to a contemplation of the past, or they set about to alter the future.") ― 에드워드 올비(Edward Albee), 『누가 버지니아 울프를 두려워하랴?(Who's Afraid of Virginia Woolf?)』

올비 희곡의 주인공은 삶의 의욕이 고갈되어 정신적으로 무능해진 대학 교수와 부부 생활이 육체적으로 불만족스러워 암고양이처럼 사나워진 그의 아내다. 대단히 지적인 부류이지만 그들은 현실을 바로잡아 앞날을 보다 바람직한 차원으로 개조할 준비를 하는 대신 망상으로 도피하고 잘못된 과거에 집착하여 현재를 망가트리고 미래를 포기한다.

고뇌를 해소할 지혜로운 방법을 잘 알지 못하는 그들은 술에 취해 현란한 욕지거리를 퍼부어가며 잔혹하게 서로 상처를 주고 헐뜯기를 계속하는데, 그들이 집요하게 이어가는 싸움의 주제는 지금까지 살았으면 열여섯 살이 되었을 외아들의 죽음이다. 하지만 욕쟁이 부부는 아이를 낳지 못하고, 교통사고로 죽었다는 아들은 태어난 적이 없는 상상의 산물이라는 사실이 후반부에 가서야 밝혀진다.

존재하지 않는 아이를 두고 처절하게 싸우다가 기진맥진 지쳐 마지막 장면에서 절망의 침묵에 빠지는 그들 부부의 비참한 모습을 보면, 저런 식으로 인생을 낭비하는 사람이 우리 주변에 실제로 얼마나 많은가 무상한 마음이 든다. 이미 흘러가버렸기 때문에 필사적으로 매달려봤자 아무 소용이 없는 과거로 인하여 현재와 미래를 망치는 사람은 세월과 정서와 동력을 모두 낭비한다.

타인들을 미워해봤자 그들로 하여금 좋은 사람이 되도록 별로 영향을 주지는 못하듯이, 자신의 처지를 증오하는 마음은 상황을 개선하는 데 아무런 도움이 되지 못한다.(A man's hatred of his own condition no more helps to improve it than hatred of other people tends to improve them.) — 조지 산타야나(George Santayana), 『이성적인 삶, 상식에 담긴 이성(Life of Reason, Reason in Common Sense)』

세상 만물의 모양을 환하게 비춰주는 빛의 요정을 따라 틸틸과 미틸 남매는 인생을 지배하는 행복의 비밀을 학습하러 파랑새를 찾는 여로에 오른다. "파랑새는 과거와 현재와 미래 어디에나 있지만, 딱히 어디에서도 찾기 어렵다"는 요정의 아리송한 가르침에 따라 그들은 우선 과거가 잠든 공동묘지로 찾아가 돌아가신 할아버지와 할머니를 만난다. 하지만 어린 남매는 죽어버린 세상에서 살아 있는 파랑새를 만날 길이 없다.

다음에 그들은 현재 세상의 어둠 속에서 온갖 악덕이 흥청거리는 나태함과 사치의 궁전으로 가는데, 온 세상 모든 물질적 부귀영화로 곯아버린 추악하고 비정한 환락의 혼란스러운 나라에는 사랑과 평화가 없다. 그리고 아기들이 인류에 이바지할 재능을 가꾸며 태어날 순서를 기다리는 미래의 구름 나라에서 어느 아이는 고통과 불행만이 기다리는 세상에 태어나기 싫다며 슬퍼한다.

전국 방방곡곡 과거와 현재와 미래 어디를 뒤져도 없는 행복은 그렇다면 도대체 어디에서 찾아야 하는가? 허탕 학습의 여로를 마치고 집으로 돌아와 "우리 부모는 가난하지 않고 그냥 돈이 없을 뿐"이라고 깨닫는 순간에 아이들의 눈앞에 파랑새가 나타난다.

믿고자 하는 사람은 마음의 빛이 길을 밝혀주지만, 믿기를 원하지 않으면 불신의 그림자가 앞을 가린다.(In faith there is enough light for those who want to believe and enough shadows to blind those who don't.) ― 블레즈 파스칼 (Blaise Pascal)

틸틸과 미틸이 파란 행복을 과거와 현재와 미래에서 못 찾은 이유는 그곳에 없어서가 아니라 어디에나 있지만 고달픈 삶과 가난의 슬픔에 가려 보이지를 않아서였다. 행복은 과거와 현재와 미래에서 하나의 커다란 덩어리를 이루어 따로 존재하지를 않고, 무수한 작은 조각으로 쪼개지고 흩어져 우리의 삶 구석구석에 박혀 있으니, 쉽게 눈에 띌 리가 없다.

어떤 추상적인 대상을 보겠다고 작심하면 조금밖에 없는 빛이나마 도움이 되고, 안 보일까봐 걱정하면 어둠이 더욱 짙어져 환상의 빛이 드러나지를 않는다. 유일무이하고 아름답기 짝이 없는 형체를 갖춘 행복의 새가 눈에 잘 띄지 않는 까닭은, 꿈의 날개란 가짜 상징일 따름이어서 빛을 받으면 깃털의 색이 달라지고, 파랑새가 도망쳐 사라지거나 심지어는 아예 죽어버리기 때문이다.

가까이 있는 대상을 멀리서 찾으려다 실패한 남매는 집으로 돌아와 부모를 만나면서, 알고 보니 그들에게는 이미 행복이 넉넉했다는 믿음이 살아나자 새장에 갇혀 벌써부터 그들과 함께 살아온 평범한 비둘기가 파란빛으로 변했음을 깨닫는다. 파란 새를 찾아내야 행복이 올 줄 알았는데, 행복부터 찾아내야 모든 새가 파랗게 보인다는 뜻이다. 파랑새를 보겠다고 낙관적으로 작심했으니 보통 새가 파란빛으로 채색되는 현상은 당연한 일이다.

073

"전혀 그렇지 않아요. 저 사람들은 부자잖아요."("Not at all; they're rich.")

— 모리스 마테를링크(Maurice Maeterlinck), 『파랑새(The Blue Bird)』

이웃 호화 주택에서 벌어지는 춤판 잔치를 먼발치서 구경하며 재미있다고 깔깔대는 틸틸과 미틸의 모습이 안쓰러워진 빛의 요정(Bérylune)이 "저렇게 많은 음식을 자기들끼리만 먹다니. 너희들한테 좀 나눠주지 않는 건 아주 나쁜 짓이야"라고 아쉬워한다. 참으로 상식적인 비판이다. 하지만 틸틸은 "자기 재산을 남에게 나눠주느냐 마느냐는 부자가 결정할 문제이지 다른 사람이 따질 일이 아니다"라는 뜻으로 반론을 제기한다.

벨기에 시골 마을에서 가난뱅이 나무꾼 아버지 그리고 옹색한 살림을 힘겹게 꾸려나가는 어머니와 함께 객관적인 불행 속에서 살아가는 어린 남매한테 상다리가 휘어지는 진수성찬 불꽃놀이 잔칫상이란 언감생심 불가능한 호사여서, 눈으로 구경만 해도 넉넉히 즐거운 체험이다. 천하절경은 먼발치서 둘러보기만 하면 그만이지, 그것을 꼭 집 안에 들여놓아야만 분에 찰 행복이 아니다. 그래서 가난한 남매는 나의 가난을 크게 비관하거나 서러워하지 않고 이웃의 풍족함을 부러워하지도 않는다.

나의 현실은 내 문제인데 왜 남들의 조건을 참조하면서 슬피 아쉬워하는가? 부자를 시기하거나 미워하고, 이웃을 부러워하며 보내는 일생은 얼마나 미련한 정신적 낭비인가? 남의 행복이 크다고 해서 내 작은 즐거움의 가치가 주눅이 들어서는 안 된다. 내 기쁨을 알뜰하게 챙기는 대신 성공한 사람들을 시기하며 괴로워해봤자 나도 그들과 똑같은 수준으로 성공하기 전에는 속이 편치 않은 배앓이가 평생 간다. 십중팔구 나는 그들처럼 대단한 성공을 거둘 가능성이 없기 때문이다.

참된 발견의 여로에서는 새로운 풍경을 찾는 대신 새롭게 보는 눈을
갖춰야 한다.(The real voyage of discovery consists not in seeking new landscapes,
but in having new eyes.) — 마르셀 프루스트(Marcel Proust), 『잃어버린 시간을 찾아서
(Remembrance of Things Past)』

    파랑새 남매에게 "남들을 불행하게 하면 나 또한 불행해진다"면서 "욕심
과 의구심이 불행을 불러온다"고 가르쳐온 아버지는 내가 행복해지는 비결을
알기 때문에 남을 즐겁게 해주는 비결 또한 잘 아는 어른이다. 그래서 남매는
부모가 시키는 대로 행복의 빛깔이 갇혀 사는 새장을 들고 병들어 괴로운 삶을
살아가는 이웃집 소녀 안젤라에게 얼른 달려간다.

    행복을 꺼내 안젤라한테 건네주려고 새장의 문을 열자 파랑새가 훨훨 멀
리 날아가버린다. 그러나 아이들은 슬퍼하지 않는다. 새가 자유를 찾아 도망쳤
지만, 그들의 마음은 이미 빛깔이 달라졌기 때문이다. 사랑하고 돌봐주며 키운
답시고 비좁은 공간에 가둬 감옥살이를 시켜온 새가 해방을 찾았으니 마음 또
한 한없이 홀가분하다.

    완제품 행복의 현실을 찾아내야 할 곳은 내 고향 나의 집에서다. 늘 곁에
머무는 가족의 행복은 지나치게 가깝고 익숙해서 눈으로 보는 대신 마음으로
느껴야 한다. 가족보다 더욱 익숙한 존재는 나 자신이다.

    지나간 과거의 아름다운 추억은 곱씹을 때마다 행복이며, 건강하게 살아
숨 쉬는 현재의 모든 순간은 황홀한 광채가 세상에 가득한 축복이고, 아직 이루
지 못해 마음이 설레어 더욱 신비한 꿈은 미래의 보람을 약속한다. 내가 그렇
게 생각하면 세상이 그렇게 된다.

인간은 견디기 어려운 처지로부터 도망칠 수단을 저마다 창조해낸
다.(We each devise our means of escape from the intolerable.) — 윌리엄 스타이론
(William Styron), 『바닷물이 들어오는 아침(A Tidewater Morning)』

현대 문명을 배척하겠다면서 원시에 대한 향수를 느끼는 대다수 사람들
은 머나먼 섬나라의 때 묻지 않은 자연에 순수의 옷을 입혀 평화로운 안식처의
환상을 머릿속에 만들어놓고 언젠가는 그곳으로 도망치기를 갈망한다. 그러나
그들이 꿈꾸는 남태평양 섬나라는 현실을 도피하기 위해 숨어들 피난처일 따
름이요 진정한 행복이 꿀물처럼 줄줄 사방에서 흘러내리는 천국은 아니다.

사람들이 낙원이라고 일컫는 오지의 불결한 밑바닥 현실은 실제로 찾아
가서 영주할 조건으로서는 그냥 또 다른 하나의 고난일 경우가 많다. 서울의
짜증스러운 일상에서 자질구레한 행복에 만족하지 못하는 사람은 독충과 맹수
와 열대병이 들끓는 밀림으로 도망친다고 한들 성탄절 선물처럼 곱게 포장한
행복 꾸러미들이 주렁주렁 매달린 야자나무를 찾아내기가 어렵다.

낯선 원시 자연의 낙원은 그곳에 사는 원주민들에게야 만사가 편안한 고
향이겠지만, 경쟁이 힘겨운 도시 문명으로부터 벗어나기 위한 수단으로 그곳
을 선택한 도망자에게는 덤으로 하나 더 처음부터 개척하고 새롭게 적응해야
하는 역경이다. 남들의 고향을 기웃거리고 찾아다니며 그들의 행복을 흉내 내
려고 애를 써봤자 환상으로서의 꿈은 신기루 백일몽에 지나지 않아서, 현실이
되어야만 실용 가치를 지닌다. 행복은 현실에 대한 관념이라기보다는 그냥 지
극히 단순한 느낌에 가까운 현상의 자산이다.

076

희한하게도 모든 종교는 문명사회의 취향에 익숙한 사람이라면 아무도 절대로 가서 살지 못할 그런 낙원을 약속한다.(It is a curious thing that every creed promises a paradise which will be absolutely uninhabitable for anyone of civilized taste.) — 이블린 워(Evelyn Waugh), 『더 많은 깃발을 내걸고(Put Out More Flags)』

전에는 대부분의 지구인들이 듣도 보도 못했던 바누아투(Vanuatu) 공화국이 2006년에 세계에서 행복 지수가 가장 높은 국가라고 소문이 나자, 그곳이 지상 낙원이라는 집단 최면이 일어나 인류가 착각에 빠지기 시작했다. 하지만 어째서 그곳이 '천국'일까?

바누아투는 면적이 세계 163위여서 별로 넓은 영토를 보유하지는 못하고, 인구는 2020년 현재 29만 8,900명으로 세계 183위이며, GDP는 세계 175위인 9억 달러다. 어느 모로 보나 신통치 않은 나라다. 그런데 일본 영화 〈잠깐만 회사 좀 관두고 올게(ちょっと今から仕事やめてくる)〉에서는 직장 생활에 기진맥진한 회사원이 그가 태어난 조국을 버리고 영원한 행복을 찾아 심심한 자유의 나라 바누아투로 달려간다.

삶에 대한 바누아투 주민들의 만족도와 행복감이 세계 최고라고 하여 나 역시 그곳에 가서 살면 세상에서 가장 행복한 낙관주의자가 되리라는 기대감은 몽상이다. 멧돼지 이빨과 조개껍질을 장식품이나 화폐로 사용하며 휴대용 계산기를 21세기로 접어들 무렵에야 겨우 사용하기 시작한 사람들의 나라에 가서, 인터넷과 전자오락과 '똑똑한' 전화가 없으면 몇 시간 만에 금단 현상을 일으켜 숨이 막혀 죽을 지경인 한국인들이 무슨 황홀경을 기대하겠는가?

어리석은 낙원보다는 지적인 지옥이 낫겠다.(An intelligent hell would be better than a stupid paradise.) ― 빅토르 위고(Victor Hugo), 『1793년(93)』

　　한국의 어느 텔레비전 방송에서는 "무소유의 행복한 삶, 필리핀의 약타족"을 소개하며 작살로 물고기를 잡아먹는 원주민을 "지상 낙원이 따로 없는 행복한 사람들"이라고 부러워했다. 바다와 야자수가 먹을거리를 공짜로 풍족하게 내주어 의식주를 쉽게 해결하는 자급자족 약타족은 생존 경쟁의 부담이 없어서 얼핏 여유만만하고 행복해 보인다.

　　약타족이 누리는 '무소유'의 행복한 삶은 법정 스님의 초탈한 영적 경지가 아니라 천혜로 주어진 모든 재물을 이미 소유했으니 더 이상 욕심을 부리지 않겠다는 게으름의 형태일 듯싶다. 남태평양 섬나라에서 아쉽고 필요한 물건이 없다고 여겨지는 까닭은 따로 소유하고 싶은 값비싼 백화점 명품 따위를 아무도 탐내지 않기 때문이다. 아무리 갖고 싶어해봤자 구하기는커녕 구경조차 할 길이 없어서다. 어떻게 생겼는지 알지를 못하는 물건이 아쉽다고 탐내는 사람은 세상에 없다.

　　약타족 사회에서는 출세나 승진이나 명성이나 성공의 기회 그리고 경쟁에 대한 욕구 또한 심하지 않다. 야망과 포부가 없이 생존의 차원에서만 살아가는 원시 부족은 불가능한 미래의 보람을 아예 꿈꾸지 않는다. 그러나 무작정 꿈이 없고 성공을 탐내지 않는 사람들이라고 해서 모두가 행복하지는 않다.

　　의식주를 해결하는 일만이 인생의 전부가 아니다. 먹고사는 수단은 생존의 기본 조건일 따름이요, 인생이라 함은 삶의 영적인 질을 함께 따지는 개념이다. 문명을 구축할 능력이 없는 동물은 야성을 잃으면 인간에 기생하는 식용 가축이나 아양을 떠는 노리개로 전락한다.

내가 깨달은 바에 의하면 홀가분한 삶에서는 무엇을 소유했느냐보다 왜 그것을 소유해야 하는지를 따진다.(I've learned that minimalism is not about what you own, it's about why you own it.) ― 브라이언 가드너(Brian Gardner)

검약하고 홀가분한 삶(minimalism)을 열심히 구가하는 미국 여성 코트니 카버(Courtney Carver)는 "가진 것이 적을수록 얻는 것이 많아진다"는 부제를 붙인 『소박한 영혼(Soulful Simplicity: How Living with Less Can Lead to So Much More)』에서 "온갖 수많은 목적을 충족시키느라고 그렇게 열심히 기를 쓰는 대신 목적의 가짓수를 줄이도록 노력하라(Instead of working so hard to make ends meet, work on having fewer ends)"고 권한다. 가지 많은 나무에 바람 잘 날이 없으니 삶을 단순화하라는 도움말이다.

동양인들의 정신세계를 서양에 널리 알려 노벨문학상을 받은 미국 여성 작가 펄 S. 벽(Pearl S. Buck)은 "커다란 행복을 가꾸느라고 작은 기쁨들을 잃는 사람이 많다(Many people lose the small joys in the hope for the big happiness)"고 아쉬워했다. 거대한 꿈과 야망을 추구하는 영원한 목마름이 어떤 사람에게는 발전과 도약의 촉진제로 작용하는 반면에 어떤 사람에게는 파멸로 직행하는 독약이 되기 때문이다.

꿈과 목적이 많다고 해서 꼭 위대한 생애가 되지는 않는다. 지나치게 많은 여러 목적으로 삶의 동력이 분산되면 그 가운데 단 하나도 이루지 못할 위험성이 커진다. 여러 목적을 다 이룰 만큼 인생이 길지 않기 때문이다. 행복은 추구의 대상이지 탐욕의 대상이 아니다.

공사를 끝내지 못한 지붕의 대들보들은 거미줄로 뒤덮였다. 새로운 시선으로 물끄러미 천장을 올려다보던 나는, 중년에 접어든 얼굴의 주름살과 조화를 이루는 백발이 흔히 그러듯이, 서까래의 경직된 선을 부드럽게 다듬어주는 거미줄이 아름답다는 생각이 들었다. 나는 흰머리를 뽑거나 거미줄을 빗자루로 걷어내는 짓을 더 이상 하지 않는다.(The unfinished beams in roof are veiled by cobwebs. They are lovely, I think, gazing up at them with new eyes; they soften the hard lines of the rafters as grey hairs soften the lines on a middle-aged face. I no longer pull out grey hairs or sweep down cobwebs.) — 앤 모로우 린드버그(Anne Morrow Lindbergh), 『바다의 선물(Gift From the Sea)』

숲속 거미줄에 방울방울 매달려 여름 햇살을 분광하며 빛나는 아침 이슬의 황홀함 그리고 첫눈이 깔린 겨울의 새벽 들판처럼 연륜이 하얗게 빛나는 백발의 아름다움은 세상을 살아가기에 바쁜 젊은 사람들의 눈에 좀처럼 감흥으로 들어오지 않는다. 백발과 거미줄을 아름답다고 읽는 노년은 싱싱한 동력을 숭배하는 청춘과 똑같은 가치관으로 세상을 평가하거나 해석하지 않는다.

힘이 모자라서 약동하지 못할 나이에는 가공하지 않고 그냥 존재하는 그대로 과거와 현재를 새김질하는 명상이 행복을 내다보는 창문이다. 승승장구 젊은 운동선수에게는 극도로 긴장한 군중이 아우성치는 경기장이 낙원이다. 하지만 칠순 팔순 노인은 그런 박력의 긴장감을 삶에서 기대하기 어렵다.

피로하고 지쳐서 쉬고 싶은 나이를 맞은 이들에게는 편히 숨을 돌리는 정자나무 밑 그늘이 낙원이다. 나무 밑 사람들에게는 작고 하찮은 기쁨의 조각에 만족하며 살아가는 시시한 인생을 받아들일 낙관적인 용기가 필요하다.

행복이란 얼마나 단순하고 소박한지를 나는 다시 한 번 깨달았다. 한 잔의 포도주, 한 알의 군밤, 작고 허름한 화덕, 바다의 소리. 더 이 상은 필요가 없었다.(I felt once more how simple and frugal a thing is happiness: a glass of wine, a roast chestnut, a wretched little brazier, the sound of the sea. Nothing else.) ― 니코스 카잔차키스(Nikos Kazantzakis), 『그리스인 조르바(Zorba the Greek)』

 붓다에 관한 글을 쓰려다 몇 달쯤 영혼의 휴식이 필요해진 젊은 사회주의자 지성인 화자는 지극히 촌스럽고 세속적인 육순의 노인 광부 조르바를 만나 이러한 인생의 의미를 학습한다. "야망이 없으면서도 온갖 야망을 추구하는 듯 짐승처럼 일하는 삶, 이것이 참된 행복이다. 사람들을 필요로 하지 않아 그들을 멀리하며 살아가지만 인간을 사랑하는 삶. 별들을 우러러보고, 한쪽에는 땅을 그리고 다른 한쪽에는 바다를 곁에 두고 살아가다가 인생이 마지막 기적을 일으킨다고 불현듯 마음이 깨닫는 순간, 삶은 전설이 된다. (This is true happiness: to have no ambition and to work like a horse as if you had every ambition. To live far from men, not to need them and yet to love them. To have the stars above, the land to your left and the sea to your right and to realize of a sudden that in your heart, life has its final miracle: it has become a fairy tale.)"

 인간으로부터 우화하여 신의 경지에 이르고 싶어 했던 작가 카잔차키스가 동물들의 본능을 닮은 무식한 촌사람에게서 발견한 삶의 해답이다.

감사할 줄 모르는 사람만큼 마음이 가난한 자는 없다. 고마워하는 마음의 표현은 아무나 마음대로 찍어내는 화폐나 마찬가지여서, 쓰고 또 써도 파산할 걱정이 없다.(None is more impoverished than the one who has no gratitude. Gratitude is a currency that we can mint for ourselves, and spend without fear of bankruptcy.) ― 프렛 드 윗 밴 앰버그(Fred De Witt Van Amburgh)

히틀러 암살 계획에 가담했다가 처형을 당한 루터교 목사 디트리히 본회퍼는 "남들에게 베푸는 것보다 세상으로부터 받는 은덕이 훨씬 많다는 사실을 우리는 깨닫지 못하고, 감사하는 마음이 삶을 얼마나 풍성하게 해주는지 또한 사람들은 알지 못한다"고 걱정했다. 무형의 행복 자산을 이미 내가 충분히 보유했다는 은총을 깨닫지 못하는 사람은 자그마한 풍요함의 크나큰 안락을 고마워할 줄 모른다.

파키스탄 작가 라힐 파루크(Raheel Farooq)는 "감사하다는 말은 다른 어느 누구보다도 그대 자신에게 보내는 찬사"라고 정의했다. 내가 받은 사랑과 도움을 헤아려 한두 마디 고맙다고 말하기는, 돈을 받고 영수증을 써주듯이, 그리 어려운 일이 아니다. 일찍이 유아기에 익혀두었을 그런 당연한 기초적인 예절을 파루크가 '찬사'라고 분류하는 까닭은 "고맙다"는 말 한마디를 입 밖에 내기가 어떤 어른들에게는 가상한 용기를 발휘해야 할 만큼 힘들기 때문이다.

재물이 없는 가난보다 감사할 줄 모르는 마음의 빈곤함이 훨씬 치유가 어렵다. 많은 사람들이 고맙다는 말을 하면서 열등감을 느끼는 증상은 요망한 자존심의 농간 탓이다.

감사할 줄 아는 마음은 행복을 격발하는 막강한 기폭제다. 그것은 우리의 영혼이 기쁨으로 타오르게 불을 붙이는 쏘시개다.(Gratitude is a powerful catalyst for happiness. It's the spark that lights a fire of joy in your soul.) — 에이미 콜레트(Amy Collette), 『고마운 마음의 접속(The Gratitude Connection)』

내가 모르는 사이에 나한테 누군가 베풀어준 온갖 크고 작은 축복을 일부러 찾아내어 확인하고 그에 대하여 진심으로 반응하는 마음은 세상살이를 헤쳐나가는 동력에 수시로 연료를 공급한다. 아무리 하찮은 보살핌과 도움일지언정 그것을 잊지 않고 고마워하는 긍정적인 마음가짐은 보다 밝은 인간관계를 지향하려는 동기와 활력으로 전환된다.

상극일 듯싶은 사랑과 증오의 공통된 한 가지 근본적인 속성은 동류의 반응을 경쟁적으로 상승시키는 연쇄 작용을 쌍방에서 유도하는 힘이다. 미국의 행복 심리학 교수 소냐 류보머스키(Sonja Lyubomirsky)는 "아무리 사소한 삶의 선물일지언정 소중하게 아끼면서 오늘 하루의 중요성과 가치를 한껏 음미하고 감사하는 마음이야말로 시기하고 미워하고 걱정하고 짜증을 내는 따위의 온갖 부정적인 감정들을 잠재우는 효과적인 해독제"라고 처방했다.

자존심을 살리겠다며 버티는 대신 내가 먼저 용서하거나 사과하는 너그러움을 흔히 그렇게 잘못 평가하듯이, 사람들은 고맙다는 표현을 남들에게 굴복하여 손해를 보는 행위라고 오독하기 쉽지만, 그런 편견은 열등감에서 기인하는 그릇된 인식이다. 잘했다고 칭찬하며 표창장을 주는 사람과 상장을 받는 사람의 상대적 위치를 따져보면 쉽게 이해가 가는 계산법이다.

우리의 일상적인 삶—지금 이 순간 현세에서 느끼는 것보다 큰 황홀경은 기대하지 말아야 한다.(We cannot expect any ecstasy greater than right here, right now—our everyday lives.) — 우치야마 고쇼(內山興正, Kosho Uchiyama Roshi), 『사와키 고도 선사의 가르침(Zen Teaching of Homeless Kodo)』

인생은 우리가 소망하고 기대하는 그만큼 늘 찬란하지는 않으니, 정신적인 배고픔만 면하고 포만감을 삼가면 극락이 쉽게 가까워진다는 선사(禪師)의 가르침이다. 과거에 받아놓은 축복에 감사하는 마음이 부족하여 현재가 불행한 사람은 기쁨의 창고가 텅 비어 있는 탓에 미래까지 서러워진다. 이미 얻은 자산의 가치와 소중함은 영원히 못 얻을 환상의 영광보다 100배는 소중하다.

즐겁게 살고 싶다면 과연 얼마나 행복해야 인간은 만족하는가? 머나먼 훗날 얻게 될 결실이 어디까지 이르러야 현재의 고역을 미리 충족시킬 조건으로 타당할까? 나폴레옹과 카이사르와 알렉산드로스와 히틀러가 세상을 정복하려고 원대한 장정에 나선 다음, 엄청나게 바쁘고 힘들었을 그들의 삶에서 진정으로 행복했던 시간은 과연 얼마나 되었을까?

차라리 시골 마을에서 편히 밭을 가꾸면 모종이 자라 빨간 고추가 매달릴 때까지 지켜보면서 평상적인 나날의 기쁨과 보람을 거둔다. 무엇인지 내 손으로 생산하고 성장을 확인하는 성취감을 즐기게 해주는 고추밭은 나폴레옹의 엘바 섬이나 히틀러가 자살한 지하실보다 훨씬 행복한 낙원이다. 다만 농부는 고추를 심어놓고 금반지가 주렁주렁 달리기를 바라지 말고, 심은 만큼만 거두면 그것으로 만족할 줄 알아야 옳겠다.

이겼을 때 자만심을 다스릴 줄 아는 사람은 패배할 때 절망을 이겨 내는 능력을 발휘하기가 어렵지 않다.(If you can cope the pride when winning, then you can confront despair when lose.) ― 토바 베타(Toba Beta), 『어리석음의 달인 (Master of Stupidity)』

방랑하는 고대 그리스의 음유 시인처럼 현대를 살아가는 인도네시아의 낭만 소설 작가 토바 베타는 "자존심은 번쩍거리는 나약함(Pride is a shiny weakness)"이라고 현란하게 비웃었다. 강력한 자존심은 나약한 열등감과 양극을 이룬다. 그러나 독립된 개별적 심리 상태일 듯싶은 자존심과 열등감은 사실상 똑같은 본질이 빚어내는 두 가지 허상이며, 둘 다 비교할 상대적 기준을 필요로 하는 불완전 개념이다.

어떤 사람이나 상황에 대치하는 나의 위치를 확인했을 때 내 존재감이 우뚝하면 자존심이 피어나고, 수그러지면 열등감에 병들어 앓는다. 나는 그냥 똑같은 존재인데, 부정적으로 보면 열등감에 빠지고 긍정적으로 보면 자존심이 솟는다는 뜻이다.

겸손한 승자가 패배에 굴하지 않는 까닭은 열등감 또한 쓰러지지 말라고 자존심을 제어하는 통제력이 잡아주기 때문이다. 나의 존재가 꼿꼿하고 줏대가 확실하면 현실에서 오가는 바람이나 물살에 어느 쪽으로건 휩쓸리지 않는다. 비교할 대상의 기준이나 주변 조건의 종속으로부터 벗어나 홀로 고고한 자리에 오른 나의 정체성은 위상이 함부로 오르내리지 않아서 삶이 타인들의 유령에게 쫓기거나 밀려 좀처럼 비틀거릴 걱정이 없다.

085

비교는 자신을 해치는 폭력 행위다. 비교는 우리보다 "잘나가는 사람들"에 대한 비난과 시기심으로까지 이어지기도 한다. 우리가 비교하지 않더라도 다른 여자들이 우리를 비교의 대상으로 삼는다. 어느쪽에서 행하건 비교와 비난과 시기심은 자칫 추악한 행동을 촉발한다.(Comparison is an act of violence against the self. It also leads to judgments and jealousy of those we deem "better off" than we are. If we aren't the ones doing the comparing, then we're the ones against whom other women measure themselves. In either case, the comparison, judgments, and jealousy can lead to ugly behavior.) ― 이얀라 밴잔트(Iyanla Vanzant), 『21일 동안의 용서(Forgiveness: 21 Days to Forgive Everyone for Everything)』

　　나의 위치와 존재 가치가 어디쯤인지 비교의 좌표를 읽어내야 할 주체는 나 자신이다. 그런데 내가 나를 독립된 개체로서 보지를 않고, 간접적으로 나 자신과 비교해야 할 대상을 기준으로 먼저 지정해놓으면, 역설적으로 나 자신이 2차 대상으로 설정된다. 그래서 나의 존재는 두 차례 굴절되는 사이에 가치가 사라지고 삭막한 껍질만 남는다.

　　나를 간접 시각으로 보려고 할 때 상대적인 기준이 뒤틀리면 애꿎은 내 삶이 심리적인 자학으로 인하여 낭비될 위험성이 커진다. 이런 분석이 복잡한 궤변처럼 들리겠지만, 대상의 선택에 따라 삶의 질이 결정되는 공식의 논리는 지극히 간단하다. 나보다 못한 사람과 나를 비교하면 나는 행복하다는 미망에 빠진다. 그리고 나보다 잘난 사람과 비교하면 나는 불쌍하기가 그지없어진다.

비교는 모든 악의 근본적인 원인이다. 어떤 두 사람도 똑같지를 않은데 왜 비교를 하는가?(Comparison is the root cause of all evil. Why compare when no two people are alike?) — 하레시 시피(Haresh Sippy)

"바쁜 여성들이여 혼자만의 세계를 구축하라"고 독립성을 주창하는 미국의 인생 훈수꾼 제인 트래비스(Jane Travis)는 "비교를 하면 우리는 우월하거나 열등하다고 느끼는데, 양쪽 모두 아무런 쓸모가 없다(Comparisons make you feel superior or inferior, neither serve a useful purpose)"고 경고한다.

개인의 인생 조건 자체는 변함이 없건만 어떤 대상을 비교의 기준으로 삼느냐에 따라 똑같은 삶이 행복하거나 불행하다고 사람들은 가공의 평가를 내린다. 비교의 거울을 통해서 보면 나의 절대 존재가 사라지고 상대적인 개념만 그림자처럼 어른거린다. 그리고 나 자신보다는 남들 때문에 내가 열등하고 불행하다고 느껴 부정적인 자괴감에 빠지는 망상은 특히 중독성이 강하다.

문제는 비교할 대상을 선정하는 주체인 내가 골라잡는 기준이 나 자신보다 못난 사람보다 잘난 사람인 경우가 훨씬 많다는 사실이다. 나에게 유리한 조건을 선택할 권리를 버리고 하필이면 일부러 불리한 쪽을 선택하는 성향은 생존을 위한 경쟁 본능의 작용일 가능성이 크다.

나보다 훌륭하고 많이 가진 모든 자를 이겨야만 내가 살아남으리라는 착각에 빠지면 우리는 엄청난 과잉 경쟁의 불안감에 사로잡힌다.

출발점에 선 나를 중간까지 간 누군가와 비교하지 말라.(Don't compare your beginnings to someone else's middle.) ― 팀 힐러(Tim Hiller), 『짧은 인생이여 분투하라(Strive: Life is Short, Pursue What Matters)』

100미터 경주에서 다른 사람들은 이미 50미터를 달려나갔는데 이제 출발점에서 달리기를 뒤늦게 시작해놓고 1등을 하기란 그리 쉬운 일이 아니다. 같은 지점에서 같은 순간에 출발하더라도 경쟁 상대가 우사인 볼트라면 그 도전은 무모하기가 이를 데 없다. 50년 전 중학 2학년 때 운동회에서 같은 반 아이들과 100미터 달리기를 했다가 1등을 한 번 기록한 정도의 실력을 믿고 볼트를 이기겠다는 욕심은 망상에 지나지 않는다.

실생활에서 부러운 대상들과의 경쟁 조건을 점검할 때 보통 사람들의 인식은 이와 크게 다를 바가 없다. 무작정 "나는 할 수 있다"며 경쟁 상대나 목표를 지나치게 높이 설정하면 그 높이만큼 나만 힘들어진다. 마음만 먹으면 다 그대로 되는 세상이 아니기 때문이다.

고속도로에 나타난 맹꽁이가 자신의 외형을 팽창시켜 크게 보여 겁을 주려고 아무리 몸을 잔뜩 부풀려봤자 과속으로 달려오는 8톤 화물차가 놀라 도망치기는커녕, 그냥 밟고 지나간다. 본디 타고난 규모가 겨우 주먹만큼밖에 안 되는 탓이다. 세상은 다 나를 뱁새라고 생각하는데 황새 노릇을 하려면 가랑이가 불편하다. 황새와 뱁새의 보폭 차이는 결함이라기보다는 당연한 사실인데, 그 차이를 인정하지 않으며 약점이라고 고집하면 나만 괴로워진다.

나에게 맞지 않는 상대를 적으로 골라잡으면 결국 나는 내가 감당하기 어려운 나 자신의 적이 된다.

서로 비교만 하지 않는다면 아무것도 거대하거나 왜소하지 않다고 말하는 철학자들의 주장은 의심할 나위가 없는 진실이다.(Undoubtedly, philosophers are in the right when they tell us that nothing is great or little otherwise than by comparison.) — 조나던 스위프트(Jonathan Swift), 『걸리버 여행기(Gulliver's Travels)』

자신이 유별나게 크거나 작다는 생각을 염두에 두지 않고 살아가던 걸리버는 몸뚱어리의 제원이 그대로이건만, 갑자기 비교의 대상이 되자 상대적으로 한 차례 8톤 화물차처럼 커졌다가 얼마 후에는 맹꽁이로 줄어든다. 릴리풋(Lilliput) 소인국에서 천하무적 거인 노릇을 하며 뽐내던 걸리버이건만 브롭딩낵(Brobdingnag) 나라의 옥수수밭에서는 '괴수(monster)' 농부가 그를 생쥐처럼 붙잡아 손수건에 싸서 집으로 가져다가 딸에게 생물 인형으로 선물한다.

남의 떡이 커 보이는 단순한 부러움에서 그치지 않고 내 떡이 작으니 내 존재 자체가 덩달아 작아진다고 탄식하는 열등감은 행복보다 불행을 선호하는 성향이다. 남을 선망하고 자신을 학대하는 성향은 백해무익한 자학이건만, 다른 선택이 가능하다는 가능성을 납득하지 못해서 사람들은 고통을 자초한다. 꿈과 야망을 내가 타고난 분수와 잘 맞춰 재단해야 자해 심리가 사라진다.

"만인이 평등하다"고 주장하는 사람들은 나를 중간쯤에 위치한 평균치라고 계산하지 않는다. 그들은 자신이 가장 부럽고 잘난 사람들과 동등하다고 믿으며, 그러니까 내가 세상에서 최고의 대접을 받아야 옳다고 주장한다. 대부분의 사람들은 딱히 위대한 인물이 아닐진대, 그런 대접을 기대하고 조바심을 하며 기다려봤자 실망의 몸집만 비대해진다.

그대가 바라던 바를 현실이 뒷받침하지 못하는가? 그렇다면 기대와 현실 가운데 하나를 바로잡아야 할 때가 되었다는 뜻이다.(Does your reality match your expectations? If not it's time to change either your expectations or your reality.) — 스티븐 레드해드(Steven Redhead), 『인생의 해답을 찾는 열쇠(The Solution: Keys to Life)』

아직 진정한 능력을 인정받지 못한 탓으로 사회의 하층부에서 천한 일을 고달프게 해야 하는 청춘이 열등감을 느끼는 까닭은 무엇일까? 그것은 지금 하는 일이 실제로 품격이 낮아서라기보다는 여태까지 부모의 보살핌을 받으며 편안하게 살아온 과거, 그리고 나중에 어마어마하게 출세할 나의 잠재적 위상과 현재의 낮은 처지를 비교하며 느끼는 상대적 굴욕감 때문일 가능성이 크다.

아직 실현되지 않은 미래의 가능성과 지금의 현실을 비교하여 상상해내는 수치심은 추락한 위상으로 인한 상처라기보다 미래의 경쟁 대상을 잘못 설정하고 비교하는 실수의 부작용인 경우가 많다. 불확실한 미래는 확실한 현재가 아님으로, 성공하기 전에 성공한 이후처럼 행동하면 일종의 월권행위가 된다. 직장에서 가불을 하듯 고난의 쓴맛은 뒤로 미루고 단맛부터 미리 즐기거나 돈을 벌기 전에 쓰는 재미부터 선행 학습을 하겠다는 역산은 순리가 아니다.

세상살이는 누구나 다 밑바닥에서부터 시작한다. 이 세상 어느 누구도 태어나자마자 기업 총수 노릇을 하다가 전무나 상무를 거쳐 부장에서 과장으로 강등되어 신입 말단 사원으로 정년퇴직을 하지는 않는다. 갓 대학을 졸업하고 하찮은 직장에서 일하는 현재가 아니라 정년퇴직 나이에 여전히 밑바닥에서 내가 헤어나지 못한 미래에 이르면, 그때는 부끄러움을 느낄 조건이 성립된다.

여러 가지 부담스러운 기대를 내거는 인생은 무거운 삶이다. 그 열매가 슬픔과 실망이기 때문이다.(A life that is burdened with expectations is a heavy life. Its fruit is sorrow and disappointment.) — 더글라스 애덤스(Douglas Adams), 『영혼이 차를 마시는 길고 어두운 시간(The Long Dark Tea-Time of the Soul)』

　　퇴폐적인 말썽꾸러기 영국 화가 세바스찬 호슬리(Sebastian Horsley)는 자전적 수상록 『밑바닥의 멋쟁이(Dandy in the Underworld)』에서 "우리가 갖춘 재능과 기대감 사이의 공백은 불행이 싹트는 곳"이라며 재능에 대한 보상이 기대에 못 미친 자신의 삶에 대한 불만을 털어놓았다.

　　그러나 어디에서건 권리보다 의무가 먼저이고, 보상은 재능의 원인이기보다 결과다. 사람들이 따지는 공과의 크기는 노력과 성공의 정도를 참조하여 대가를 책정하는 결산이지 온 세상이 나에게 온갖 공물을 무조건으로 바쳐야 한다는 전제 조건이 아니다. 그런 상대적인 속성을 무시하고 누군가 아무런 능력을 발휘하지 못하면서 축복만을 기대하는 이기적인 주장은, 남의 집에서 내가 주인 행세를 하려고 덤비는 격이어서, "만인에게 평등한 분배"라는 논리의 근거가 되지 못한다.

　　18세기 영국 시인 알렉산더 포프는 "아무것도 기대하지 않는 사람은 복이 있나니 절대로 실망할 일이 없다"고 성경 말씀을 변주했으며, 캐나다의 심리학자 어니 J. 젤린스키(Ernie J. Zelinski)는 『게으른 사람의 행복 찾기(The Lazy Person's Guide to Happiness)』에서 "모든 것을 갖겠다고 기대하는 사람은 아무것도 얻지 못한다. 아무것도 갖지 못할지언정 행복해질 줄 아는 사람이 모든 것을 얻는다!"고 소망과 보상의 상대성을 재확인했다.

아직 구체적인 목표조차 확실하지 않으면서 한없이 드높아지기만 한 기대는 위험한 법이야.(Expectations are dangerous when they are both too high and unformed.) ― 라이오넬 슈라이버(Lionel Shriver), 『케빈에 대하여(We Need to Talk About Kevin)』

칠레 작가 로베르토 볼라뇨(Roberto Bolaño)는 『참을 수 없는 가우초(The Insufferable Gaucho)』에서 "하고 싶은 말을 하면 듣기 싫은 말을 듣게 된다(If you're going to say what you want to say, you're going to hear what you don't want to hear)"라는 지극히 당연한 상대성 원리를 제시했다. 내가 무엇인가를 요구하기에 앞서 과연 그런 요구를 할 자격이 나에게 충분한지부터 점검해야 한다는 주문이다.

내 마음대로 돌아가지 않는 여건들 때문에 억울해하는 불만은 해소되지 않을 괴로움만 끝없이 쌓아올린다. 넓고 넓은 모눈종이 세상의 귀퉁이에서 깨알처럼 작디작은 한 칸을 겨우 차지하고 살아가는 나의 소망을 모든 사람이 앞다투어가며 모여들어 채워주기를 기대하는 과욕은 실현이 불가능한 꿈이다. 그러니 내가 먼저 세상이 어떤지를 파악하고 그에 맞춰 나에게 주어질 축복의 몫을 찾아 나서는 수밖에 별다른 도리가 없다.

미국의 여성 명상 심리학자 타라 브락(Tara Brach) 박사는 행복의 상대적 속성에 대하여 "삶이 나에게 모름지기 어떻게 해줘야 된다는 모든 허황된 관념을 내려놓으면 우리는 현실 그대로의 인생을 홀가분하게 받아들일 자유를 얻는다(When we put down ideas of what life should be like, we are free to wholeheartedly say yes to our life as it is)"라는 정답을 내놓았다.

사회에서 살아가기가 불가능하거나 자립이 가능하기 때문에 사회를 필요로 하지 않는 사람은 틀림없이 짐승이거나 아니면 신이다.(He who is unable to live in society, or who has no need because he is sufficient for himself, must be either beast or a god.) — 아리스토텔레스(Aristotle), 『정치학(Politics)』

4장
도망치는 권리, 그 비겁한 용기

내가 하고 싶은 일만 하면서 한평생 속 편히 살아가는 삶은 만인이 꿈꾸는 낙원이다. 조직 사회에 속박되지 않고 그런 자유를 누리려면 생존 수단을 내가 확보해야 한다는 전제 조건을 혼자서 충족시켜야 한다. 자립을 선행해야 하는 해방이 부담스럽다고 느끼는 사람은 자유를 얻더라도 그것을 감당할 능력이 없기가 보통이다. 타인에게 의존하지 않고 혼자 일어설 능력이 없으면 자유가 무섭고 두려운 탓이다.

우리에게 위안을 주는 거의 모든 것은 가짜다.(Almost anything that consoles us is a fake.) — 아이리스 머독(Iris Murdoch), 『선량함이 최선이다(The Sovereignty of Good)』

할리우드 영화와 한국 텔레비전 방송이 열심히 홍보하는 낙원의 개념은 대부분 번거로운 기계 문명과 과속으로 이루어진 산업 발전에 대한 염증, 그리고 원시와 자연에 대한 그리움을 기초로 삼는다. 그런데 원시적인 삶이 정말로 폴 고갱의 이상향 타히티에만 존재하는 유일한 풍경일까?

아름다운 무인도에서의 행복과 원시적인 삶에 대한 낭만적인 찬미는 대부분 광장의 선동적인 정치 구호처럼 침소봉대한 과장법의 산물이다. 150만 년 전 원시인의 평균 수명은 10년 정도였다고 한다. 혹독한 환경과 삶의 조건 때문이었다. 서기 0년의 인간 수명은 20세, 20세기로 접어들 무렵의 유럽인 수명은 40세였다. 21세기 초 인간의 수명은 세계 평균 66.57세이고, 한국은 79.05세다. 그리고 지상 천국 바누아투는 63.98세로 세계 167위여서, 63.81세인 북한보다 겨우 한 단계 높은 순위다.

기껏 20년만 살다가 죽기 위해 머나먼 과거로 돌아가려는 사람은 많지 않을 듯싶다. 80억 지구인 가운데 실제로 작심하고 바누아투로 이주하는 사람이 별로 없는 까닭은 행복의 환상이 비현실적인 망상이기 때문이다.

온갖 독충과, 질병과, 불편함과, 가난의 한가운데서 움막을 지어놓고 열악한 음식을 비위생적으로 먹어가며 사타구니에 헝겊 한 조각을 걸치고 맨발로 돌아다니는 사람들의 삶은 관광용 낙원의 풍경이다. 지상 낙원 바누아투에서 한 발자국도 벗어나지 못하고 평생 갇혀 사는 종신형과 서울에서의 고된 인생 가운데 사람들은 과연 어느 쪽을 더 많이 선택할까?

고통이 사람의 품격을 숭고하게 다듬어준다는 말은 진실이 아니어서, 행복이라면 가끔 그런 역할을 할지언정 고통은 대부분의 경우 사람들을 옹졸한 복수심에 불타게 만들기만 할 따름이다.(It is not true that suffering ennobles the character; happiness does that sometimes, but suffering, for the most part, makes men petty and vindictive.) ─ W. 서머셋 모음(W. Somerset Maugham), 『달과 6펜스(The Moon and Sixpence)』

프랑스의 후기 인상파 화가 폴 고갱의 생애를 소재로 삼아서 쓴 소설 『달과 6펜스』의 40대 주인공은 주식 중개인 찰스 스트릭랜드(Charles Strickland)다. '스트릭랜드'는 "고지식하고 답답한 나라(strict land)"를 연상시키는 이름이다. 보편적인 개념으로는 남부러울 바가 없이 편안한 삶을 살아가던 그는 중년에 이르자 고지식하고 답답한 나라의 권태로부터 탈출하여 이른바 새 출발을 하려는 용감한 결단을 내린다.

하지만 자신의 내면세계를 예술로 승화시키는 화가가 되겠다며 가족을 버리고 산업 도시 런던에서 문화의 도시 파리로 도망친 그의 행태는 객관적인 시각으로 보자면 무책임한 이기주의에 해당된다. 도망치는 자유란 진정한 자유가 아니고 불완전한 권리일 따름이며, 도피는 용기 또한 아니다.

권리를 누리기 위하여 당연히 치러야 하는 의무로부터 도망치는 권리라면 그것은 모든 사람에게 추천할 만큼 바람직하고 좋은 인생살이의 방식은 아니다. 이와 비슷하게 찬란하고 비현실적인 꿈이 논리적인 현실과 충돌하는 현상을 우리는 주변에서 한 가지 흔한 전형으로 늘 접한다.

"공중누각의 열쇠가 내 손에 있기는 하지만, 그 문을 내가 열게 되려는지 여부는 아직 모르겠어요."("I've got the key to my castle in the air, but whether I can unlock the door remains to be seen.") ― 루이자 메이 올콧(Louisa May Alcott), 『작은 아씨들(Little Women)』

무엇보다도 먼저 안전하게 발을 디딜 자리를 땅바닥에서 확인한 다음에야 전진하려는 순응주의자와 공중누각을 찾아 들어가려고 하늘을 살피는 몽상가 사이에서는, 현실이 아닌 가능성의 가치를 놓고, 하늘과 땅 가운데 어느 쪽이 더 중요한지에 대하여 당연히 견해가 엇갈린다. 그런 상충의 갈피는 나이를 먹고 성숙하는 사이에 동일한 인간 개체의 인식 속에서 역시 오락가락한다.

서머셋 모음은 어렸을 때, 길을 걸어가며 휘영청 밝은 달을 구경하느라고 발치에 떨어진 6펜스짜리 동전을 그냥 지나치는 어른을 보고 참 멍청하다는 생각이 들었단다. 그런 기억을 살려 모음은 『인간의 굴레(Of Human Bondage)』에서 주인공 필립 캐리를 이렇게 묘사했다. "수많은 청춘들이나 마찬가지로 그는 하늘에서 빛나는 달에 정신이 팔려 발치의 동전 한 닢을 보지 못했다."

나이를 먹고 성숙해지면서 모음은 달빛과 동전의 가치에 대한 관점이 달라져 다음 작품에서 "6펜스짜리 동전 한 닢을 줍겠다고 땅바닥만 살펴보다가는 하늘의 달을 보지 못한다(If you look on the ground in search of a sixpence, you don't look up, and so miss the moon)"라는 말을 본문에 넣으려고 했지만 무슨 이유에서인지 빠트리고 말았다. "달과 6펜스"라는 제목의 의미가 무엇인지 두고두고 독자들 사이에서 분분한 해석을 낳은 사연이다.

현실적인 난관은 극복이 가능하지만, 상상해낸 난관은 우리를 꼼짝 못하게 한다.(Real handicaps can be overcome, it is the imaginary handicaps that disable us.) ― 로저 크로포드(Roger Crawford),『불가피한 도전, 선택하는 패배(Being Challenged In Life Is Inevitable, Being Defeated Is Optional)』

『달과 6펜스』의 주인공 찰스 스트릭랜드는 파리의 허름한 싸구려 여관방에서 굶주림과 질병에 시달리며 빈곤하고 비참한 현실을 한없이 견디어낸다. 주변 환경을 개의치 않고 육체적인 고난을 마다하지 않으며 스트릭랜드가 꿈을 추구하는 치열한 삶에 만족하고 버티도록 도와주는 힘은 끊임없이 그를 사로잡고 충동질하는 내면의 예술혼이다.

무책임하기 짝이 없었던 그는 친구의 부인과 불륜을 저질러 그들 부부를 파멸시킨 다음 파리를 탈출하여 타히티로 다시 도망치지만, 나병에 걸려 시력을 잃고 고통의 나날을 보내다가 자신이 창조해낸 가장 훌륭한 걸작을 불태워버리고 죽는다. 숭고한 예술가와 인생의 낙오자가 동일한 인간 개체의 내면에서 벌이는 처절한 투쟁의 이야기다.

꿈은 이루어질 때까지는 그냥 꿈일 뿐이어서, 실현이 되기 전에는 전혀 경제적인 가치가 없는 상상의 가능성에 지나지 않는다. 다리가 부러지거나 이빨이 흔들리면 우리는 의사를 찾아가 치료를 받아 고치지만, 꿈이 망가지면 고쳐달라고 찾아갈 곳조차 없다. 그렇기 때문에 낭만적인 달빛과 실리적인 동전이 충돌하는 갈등은 현실과 환상의 분기점에서 영원히 계속된다.

세상의 온갖 보편적인 규칙에 순응하며 힘겹지만 쉽게 살아가느냐 아니면 역경을 마다하지 않고 홀로 환상을 따라가느냐―도피와 도전을 놓고 하나만 선택해야 하는 순간에 우리에게 닥쳐오는 영원한 숙제다.

아주 오래전 언젠가 내 삶에서는 고통이 어떤 짜릿함을 주고는 했었다. 시간이 흐르면서 짜릿함은 사라지고 더러움만 남았으며, 캘리포니아에 사는 아들 에드워드에게 털어놓았듯이, 나는 더 이상 그런 삶을 감당하기가 어려워졌다.(At one time, much earlier in this life of mine, suffering had a certain spice. Later on it started to lose this spice; it became merely dirty, and as I told my son Edward in California, I couldn't bear it any more.) ─ 솔 벨로우(Saul Bellow), 『우왕 헨더슨(Henderson the Rain King)』

웃기는 환상 소설의 주인공 헨더슨은 일류 대학 출신에 돼지 사육장을 경영하는 백만장자이건만, 전혀 행복하지 않다. 골치 아픈 세상이 못마땅한 그는 욕구 불만에 분노 조절 장애로 시달리다가, 인생의 의미와 마음의 평화를 찾는다며 치유를 위해 문명 세계를 버리고 아프리카로 떠나간다.

우여곡절 끝에 오지에서 왕의 자리에 오르게 되자 그는 다시 아프리카로부터 고향으로 도망친다. 헨더슨이 낯선 땅에서 야생과 싸우며 아무리 헤매고 찾아다녀도 마음의 평화를 얻지 못한 까닭은 행복이 머나먼 낙원이 아니라 그의 내면에 잠든 무의식이었기 때문이다.

살아가는 행복은 아르키메데스가 "유레카!"를 외쳤을 때의 엄청난 희열보다는 평범한 일상이 양념처럼 조금씩 뿌려주는 자질구레한 작은 기쁨들로 대부분 이루어진다. 토끼의 발만큼이나 작은 신발을 신고 아장아장 걸어가는 아기의 손을 잡고 공원을 산책하는 젊은 엄마의 뿌듯하고 자랑스러운 표정을 보면 우리는 행복의 유레카를 아무데서나 쉽게 확인한다.

그게 진짜 문제라니까요. 멋지고 평화로운 곳을 절대로 찾아낼 수가 없는 건 그런 게 세상 어디에도 없기 때문이라고요. (That's the whole trouble. You can't ever find a place that's nice and peaceful, because there isn't any.)

— J. D. 샐린저(J. D. Salinger), 『호밀밭의 파수꾼(The Catcher in the Rye)』

우리나라에서 전쟁이 한창이던 1951년에 출판된 이래, 『호밀밭의 파수꾼』이 지금까지 6,500만 부 판매를 기록하고, 샐린저가 세상을 떠난 지 10년이 지난 2020년까지도 전 세계적으로 해마다 100만 부가 팔려나가는 까닭은, 그만큼 많은 사람들이 절망에 열광하기 때문이다.

10대의 반항을 대변하는 주인공인 열일곱 살 홀든 콜필드는 기숙사 학교에서 퇴학을 당하고, 집으로 가봤자 부모에게 야단이나 맞겠고, 그래서 갈 곳이 없어 사흘 동안 길거리를 방황하는 어린 낙오자다. 당연히 그는 절망감과 소외감으로부터 벗어날 피난처가 필요하고, 인간은 무엇이 절실하게 필요하면 꿈을 꾸기 시작한다.

더럽고 답답하고 두려운 세상이 싫어서 콜필드는 아무도 그를 알아보지 못하는 외진 곳으로 사라지고 싶은 망상에 사로잡힌다. 그것은 자유와 해방을 누리고 싶은 욕구와 충동이 잘못 굴절된 현실 도피 형태의 꿈이다.

짜증스러운 세상에 분노하던 콜필드는 같이 스케이트를 타러 간 샐리에게 오늘밤 뉴잉글랜드 오지로 도망쳐 숨어 살자고 충동적으로 제안했다가 거절을 당한다. 유일하게 마음이 통하는 여동생 피비는 서부로 가서 주유소 '알바'라도 하며 같이 은둔 생활을 하겠다고 가방을 꾸려 콜필드를 따라나서지만, 주인공은 "멋지고 평화로운 곳"을 끝내 찾지 못해 결국 정신 병원으로 간다.

만나봤자 전혀 반갑지 않은 사람한테 나는 걸핏하면 "만나서 반갑습니다" 소리를 한다고요. 우린 죽지 못해 그따위 헛소릴 하고 돌아다니죠. (I am always saying "Glad to've met you" to somebody I'm not at all glad I met. If you want to stay alive, you have to say that stuff, though.) ― J. D. 샐린저(J. D. Salinger), 『호밀밭의 파수꾼(The Catcher in the Rye)』

성숙으로 가는 비무장 지대에서 반드시 거쳐야 하는 과도기에 호밀밭의 파수꾼이 가장 먼저 배우는 인생 교훈 가운데 하나는 예의 바르게 남발해야 하는 거짓말이다. "엉뚱한 이유로 박수를 치는 사람들(People always clap for the wrong reasons)"에게서 홀든 콜필드는 미래의 전조가 될 자신의 현재를 읽고 가치관의 혼란에 빠진다.

생존을 위한 거짓과 위선을 배우는 성인식을 거치려다가 어서 입성하고 싶었던 어른 나라에 대한 환멸에 빠져 좌절한 파수꾼은 과거로 돌아갈 길이 막히고 미래로 진입하기도 싫어서 꿈을 빼앗기고 청춘 인생 최초의 최대 위기를 맞는다. 그리고 정직하게 성실한 일상을 살며 성공하라던 어른들의 가르침을 파괴하면서 마지못해 자신도 결국 어른이 되어야 하는 변신을 앞두고 주인공이 마침내 터득하는 타협의 공식은 이러하다.

"성숙하지 못한 사람의 특징은 명분을 위해 숭고하게 죽는 거라지만, 성숙한 사람한테는 겸손하게 살아가는 게 훌륭한 명분이죠. (The mark of the immature man is that he wants to die nobly for a cause, while the mark of the mature man is that he wants to live humbly for one.)"

환상은 살아가는 데 꼭 필요한 한 가지 구성 요소인데, 그것은 또한 망원경을 거꾸로 들고 인생을 보는 한 가지 방법이기도 하다.(Fantasy is a necessary ingredient in living, it's a way of looking at life through the wrong end of a telescope.) ― 디오도어 수스 가이설(Theodor Suess Geisel)

세상이 통째로 싫어져 청춘 특유의 폭발적 좌절감에 찌든 호밀밭의 파수꾼이 가장 심한 역겨움을 느끼는 대상은 신신애가 요지경으로 세상을 보며 노래한 '짜가들(phonies)'이다. 감수성이 예민하여 미세한 정서에 크게 반응하는 청춘의 순진한 환상은 껍데기뿐인 거짓 세상이 뿌리는 고뇌에 쉽게 오염된다. 정직하거나 순수하지 못한 짜가들과의 무방비 조우에서 청춘은 남들이 집단적으로 가르쳐준 정상적인 원칙과 공식만으로는 현실에 대처하기가 불가능한 위기에 봉착한다.

공식으로 해결이 안 되는 비논리적 변칙의 미로에서 탈출하여 사회를 지키는 파수꾼이 되려면 청춘은, 존재하지 않는 길을 찾아내거나 상상해가며, 비정상적인 사고로 인생의 온갖 위기에 대처할 준비를 하기 위해 창의력이 필요해진다. 그것은 거짓을 창조하는 짜가가 되기 위한 첫걸음이다. 환상과 꿈은 지성의 작품일 듯싶지만, 망원경을 거꾸로 들고 세상을 볼 줄 아는 모험적 본능이 창조한 모조품이다.

'수스 박사님(Dr. Seuss)'이라는 필명으로 생전에 6억 권의 판매 기록을 세운 아동 도서 작가 가이설은 그의 환상 세계를 이렇게 설명했다. "내 세상에서는 모든 사람이 망아지이며, 그들은 무지개를 먹고 나비를 똥으로 싼다.(In my world, everyone's a pony and they all eat rainbows and poop butterflies.)"

"난 경쟁하길 두려워하진 않아. 경쟁심이 생긴다는 거—그게 오히려 겁나지. 다른 모든 사람의 가치관을 그냥 받아들이게끔 내가 한심할 정도로 길이 들었고, 거기다가 사람들이 날 보고 늘어놓는 갈채와 찬사를 내가 즐긴다고 해서 경쟁심이 정당화되진 않아. 난 진짜로 시시한 인간이 되겠다는 용기를 잃어버린 나 자신이 역겨워. 꼭 와장창 무슨 요란을 떨고 싶어 하는 나 자신과 다른 모든 사람이 구역질난다고. "("I'm not afraid to compete. I'm afraid I will compete that's what scares me. Just because I'm so horribly conditioned to accept everybody else's values, and just because I like applause and people to rave about me, doesn't make it right. I'm sick of not having the courage to be an absolute nobody. I'm sick of myself and everybody else that wants to make some kind of splash.") — J. D. 샐린저(J. D. Salinger), 『프래니와 주이(Franny and Zooey)』

실존주의적 좌절에 빠져 정신 분열(조현병) 직전에 이른 여대생 주인공의 이름 '프래니'는 '광란(frenzy)'이라는 단어의 변형이다. 주변에 만연한 이기주의와 짜가(inauthenticity)에 대한 환멸을 영적인 환몽으로 치유하기가 불가능하여 짐승처럼 정신이 미쳐 광란하는 그녀에게 안식처 노릇을 해주는 오빠의 직업은 현실을 무대에서 가짜로 복제하는 배우인데, 그의 이름 '주이'는 '동물원(zoo) 지킴이'를 뜻한다.

동물원이 감옥인가 아니면 안식처인가, 인간 사회에서는 그 경계가 모호하다. 많은 예비 어른 청춘들 그리고 중늙은 어른들이 경쟁 사회를 벗어나려는 갈망에 지친다. 그리고 섬나라 낙원의 동물원에서는 탈출과 도피의 경계선이 모호해진다.

환상을 현실로부터의 도피라고 하기는 어렵다. 환상은 현실을 이해하는 한 가지 방법이다.(Fantasy is hardly an escape from reality. It's a way of understanding it.) ― 로이드 알렉산더(Lloyd Alexander)

수스 박사님처럼 아동과 청소년을 시장으로 삼는 소설가 알렉산더는 환상이 현실의 본질적인 한 부분이며, 고난을 아름답게 소화하여 즐겁게 배설하는 한 가지 효과적인 수단이라고 주장한다. 사실이 그렇다. 꿈꾸는 시간 또한 분명히 수많은 인간이 숨을 쉬고 '살아가는' 시간인 탓이다.

호밀밭의 파수꾼은 그가 설계하는 대로만 살아도 야단을 맞지 않는 곳으로 탈출하겠다는 환상이 해방과 자유로 통하는 문이라고 믿었지만, 결국은 분노의 수위를 낮추면서 현실에 적응하려고 정신 병원에서 치유를 시작한다. 현실을 떠나지 않고 그냥 제자리에 남으려는 이유를 그는 "깨끗이 잊지 못하면 벗어나는 것이 아니기 때문"이라고 설명한다.

"슬픈 이별이냐 나쁜 이별이냐 난 그런 건 따지지 않지만, 어딘가를 떠날 때는 진짜로 마음까지 확실하게 떠나야 해요. 미련이 남는다면 헤어지지 않느니만 못하니까요.(I don't care if it's a sad good-bye or a bad good-bye, but when I leave a place I like to know I'm leaving it. If you don't, you feel even worse.)"

나이를 먹을수록 인간은, 세상살이를 이겨내려고 점점 더 많은 변칙을 구사해야 한다는 생존의 필요성 때문에, 환상을 현실로 대치하는 실용적 기술을 습득하기 시작한다. '광란'으로부터의 탈출을 포기하고 현실에서의 성공으로 가는 길을 찾는 도전은 그렇게 싹이 튼다.

환상이 어디에서 생겨나는지 알고 싶어요.
마음인가요 아니면 머리인가요?
(Tell me where is fancy bred,
Or in the heart or in the head?)

― 윌리엄 셰익스피어(William Shakespeare), 『베니스의 상인(The Merchant of Venice)』

머리는 이성적 논리를 파악하기 힘들고 마음은 감성적 혼란에 시달리면서 이성과 감성이 서로 가장 치열하게 싸우는 나이에 호밀밭의 파수꾼은 "도대체 무엇으로부터 내가 도망치려고 하는지 알 길이 없다"는 현실을 인지한다. 안식처는 이리저리 돌아다니며 찾아내야 하는 곳이 아니라 내 손으로 지어야 하는 오두막이다. 내가 머물고 살아가는 곳이 불만이면 어디를 가도 내 인생은 불만스럽다. 인생 한 토막을 정리하고 새롭게 출발하는 시점을 결정하는 주동적인 함수는 장소가 아니기 때문이다.

청춘은 정신적으로 성숙하려면 경쟁하고 성공해야 한다는 물리적인 의무감의 부담을 이겨내야 한다. 그래서 파수꾼은 머리가 터져나갈 정도로 엄청난 고뇌에 시달리면서도 "약자가 되어봤자 인생은 재미가 없다"고 자각하고는 성숙의 고빗길 쪽으로 삶의 방향을 바꾼다. 하찮은 위기가 지극히도 우매한 자살 충동으로 빗나가는 시기에 꼭 깨달아야 하는 지침을 알아낸 덕이다.

지금까지의 삶에서 부끄럽거나 숨기고 싶은 대목들, 그리고 온갖 나쁜 기억은 다 지워 없애버리고 과거의 삶을 말끔히 청산하고는 새로운 출발을 하고 싶은 열망이 인생의 여러 환절기에 머리를 든다. 그러나 인생은 그렇게 토막토막 잘라내고 지워내며 편집하는 권리를 우리에게 허락하지 않고, 연속성만 집요하게 요구한다.

103

"그토록 쓸데없이 자신의 삶을 복잡하게 만들어놓느라고 바쁘지 않았다면 아마 그 친구는 심심해서 죽었을 겁니다."("I have the impression that if he didn't complicate his life so needlessly, he would die of boredom.") ― 보리스 파스테르나크(Boris Pasternak), 『의사 지바고(Doctor Zhivago)』

감성을 통제하고 이겨내야 하는 논리적 이성과 실질적 타산의 타협점을 찾아내야 하는 계절로 접어든 청춘은, 가진 재산은커녕 별다른 생존 수단이 미흡한 데다가 처세술과 세상 물정까지 서투르니, 복잡하기 짝이 없는 바깥세상으로 뛰어들기가 당연히 불안해진다. 하지만 어떻게 해서든지 그 부담을 벗어나야 하는 도전은 회피하면 안 될 인생의 크나큰 숙제다.

육신이 성장하면 섭취하는 영양분의 양과 종류 역시 늘어나 무엇인가 더 많이 먹어야 하듯, 점점 커가는 영혼의 성숙 또한 그에 따라 늘어난 책임의 총량을 기꺼이 감수하는 용기를 먹이로 삼는다. 어릴 적 우리에게는 학업 성적만이 궁극적인 목적이었건만, 사춘기부터는 사랑과 이성이 새로운 숙제로 추가되고, 갓 성년이 된 어른에게는 취업과 자립의 문제가 성공과 행복으로 가는 길을 가로막는 힘겨운 장애물로 등장한다.

이렇듯 끊임없이 늘어나는 인생살이 숙제를 풀어내고 해방을 맞으려면 무슨 문제이건 주어진 복잡한 상황의 여러 갈래를 정리하여 가짓수를 줄이고 점점 단순하게 다듬어야 해결이 쉬워진다. 이런저런 다른 고민거리까지 얹어 점점 복잡하게 얽어놓으면 기존의 문제에 매듭만 자꾸 많아지고, 해답은 더욱 멀어져 보이지 않다가, 급기야 우리는 수렁의 미로 속으로 빠져 들어간다.

104

무엇이건 지나치면 파멸을 가져오는 모양이라고 사이먼은 생각했다. 너무 어두웠다가는 죽을지 모르지만, 지나치게 밝으면 눈이 멀기도 한다.(Too much of anything could destroy you, Simon thought. Too much darkness could kill, but too much light could blind you.) ― 카산드라 클레어(Cassandra Clare), 『길 잃은 영혼들의 도시(City of Lost Souls)』

　　과용, 과음, 과식, 과속, 과체중처럼 지나침은 하나같이 나쁘다고 하듯이, 과다한 노력 또한 언제나 바람직하고 한결같은 미덕이라고 믿으면 위험하다. 지나치게 많은 걱정과 준비도 마찬가지다. 과도하게 심각한 걱정은 꿈을 추진하는 동력을 떨어트려 인생을 복잡하게 만드는 청춘의 병이다. 지나치게 큰 꿈은 이겨내고 치유해야 하는 병이어서, 한없이 굴복을 계속하면 몸이 시들시들 마르고 정신력이 덩달아 쇠락하여 죽는다.

　　완전주의자들을 평범한 다수가 꺼리고 불편해하는 가장 큰 이유는 완벽한 실천을 지향하는 그들의 과도한 욕구에 내재된 비타협적 결함 때문이다. 한 가지 문제를 겨우 해결하면 기존의 체제가 붕괴하면서 풍선 효과에 따라 열 가지 새로운 문제가 생겨난다고 했듯이, 문제를 완전하게 풀려고 시도하는 노력은 대부분의 경우 도저히 끝을 알 길이 없다. 사람들은 완벽을 기하느라고 점점 더 지나치게 많은 준비를 기하급수적으로 하고, 그에 따라 복잡한 걱정의 종류와 수량은 더욱 많아지기만 한다.

　　미국의 어느 심리학자가 말하기를 흔히 사람들이 우려하고 불안해하는 일들 가운데 정말로 걱정해야 할 경우는 겨우 7퍼센트에 불과하다고 계산했다. 나머지는 모두 현실화할 가능성이 없는 공연한 고민이라는 얘기다. 우리는 그렇게 인생의 93퍼센트를 쓸데없이 걱정하면서 살아간다.

우울증과 낙원이란 같은 동전의 앞면과 뒷면일 뿐이다.(Melancholy and utopia are heads and tails of the same coin.) — 귄터 그라스(Günter Grass), 『달팽이의 일기(From the Diary of a Snail)』

　　1999년에 20세기 마지막 노벨문학상을 받은 그라스의 우울한 몽환 여행기에서는 빌리 브란트 시대의 독일 사회를 "우울한 디스토피아의 열린 감옥"이라고 보는 관점이 지배한다. 사실상 그라스의 유토피아는 천국이 아니라 조직화한 집단 농장의 개념에 가깝고, 천국과 감옥은 하나의 유기적인 체제를 드나드는 앞문과 뒷문인 셈이다.

　　20세기 현대 소설에 등장한 반영웅(antihero) 개념은 100퍼센트 착한 선인이나 100퍼센트 철저한 악인은 존재하지 않는다고 전제한다. 동일한 인물을 보는 다른 시각에 따라 선악의 양면성에서 비중이 크다고 느껴지는 쪽으로 믿음이 기울어 악당과 선당의 선입견과 편견이 생겨날 따름이라는 논리다. 선악의 결합체를 선인으로 보느냐 아니면 악인으로 분류하느냐 여부는 현상과 세상을 보는 다양한 인간 집단이 시각을 작동하는 방식에 따라 좌우된다.

　　우리가 인생과 행복을 인식하는 성향 또한 그라스의 우울한 낙원이라는 개념의 양면성과 별로 다를 바가 없다. 인생과 세상의 양상은 실체와 별로 상관없이 인간 개개인이 저마다 만들어 쓰고 보는 제 눈의 안경이 설정한다.

　　청춘의 안경으로 인간 세상에서 천국과 지옥을 식별하는 기준은 아직 통합적인 정보가 부족해서 생겨나는 착각의 각도에 따라 달라지는 경우가 허다하다. 그래서 사랑의 콩깍지 현상이 생겨 어떤 사람을 좋게 보기 시작하면 다 좋아 보이고, 연쇄 살인범을 사랑하는 여자들이 "그이는 파리 한 마리 못 죽일 선량한 남자"라고 당당하게 증언한다.

미래는 제멋대로 전개될 텐데, 앞날이 어떻게 될까 조바심을 해봤
자 그 두려움이 현실로 이루어지도록 도와주는 결과만 가져온다.(The
future will be what it will, and fretting about it will only make your fears more likely
to come true.) — 크리스토퍼 파올리니(Christopher Paolini), 『유산(Inheritance)』

두려운 생각을 자꾸만 하면 멀쩡하다가도 정말로 두려워지고, 행복한 생
각만 하면 하찮은 나날조차 행복해지고, 누군가를 사랑하기로 작정하면 점점
더 사랑하게 되고, 미워하면 점점 더 미워진다. 지극히 자연스러운 인간 심리의
다단계 연쇄 작용이다.

미래를 살아가기 위해서 현재의 준비를 실천하는 긍정적인 도전이, 앞날
이 어떻게 될지에 대한 지나친 걱정 때문에, 방해를 받아서는 안 될 일이다. 두
려움을 물리치려면 나를 괴롭히는 두려움의 크기부터 가늠해야 순서가 맞는
다. 아직 덜 성숙한 인생의 불가피한 약점과 결함에 대한 온갖 두려움을 단순
화하고 축소하여 정리하면 때로는 혼란스럽고 어지러운 세상살이의 부담이 부
쩍 줄어든다.

불완전한 인간의 본성을 참작하지 않고 자신의 부족함만 머릿속에 차곡
차곡 모아가며 지레 겁을 먹는 부정적인 사고방식은 불완전한 완전주의다. 그
것은 과다한 자존감의 부작용인 교만함과 독선이나 마찬가지로 자신의 분수를
알지 못하는 처사여서, 상식적인 수위 조절이 필요하다.

불행한 미래만 일방적으로 전망하려는 상상은, 골치 아픈 망상으로 공연
히 현재의 삶을 복잡하게 얽어가며, 인생에 백해무익한 가능성을 주로 탐구한
다. 망하는 생각을 자꾸 하면 결국 그런 걱정은 미래가 망하도록 인생의 텃밭
에 좌절의 독성 퇴비를 뿌려준다.

"자네 같은 젊은이들은 정말 알다가도 모르겠어. 자넨 과거를 증오하고, 현재는 경멸하고, 미래에 대해선 무관심하지. 그러면서 도대체 무슨 좋은 결과를 기대하겠다는 건가?"("Extraordinary creatures you young people are, altogether. The past you hate, the present you despise, and the future is a matter of indifference. How do you suppose that can lead to any good end?") ― 에릭 마리아 레마르크(Erich Maria Remarque), 『3인의 전우(Three Comrades)』

전쟁의 후유증으로 시달리는 우울한 시절의 레마르크 주인공들이나 오늘날 대한민국의 '푸르른 봄(靑春)'들이 맞이하는 현실은 행복 지수에 있어서 크게 다를 바가 없어 보인다. 학교만 졸업하면 제한된 공간에 갇혀 시달리던 과거의 우열 경쟁으로부터 순식간에 영원히 해방될 듯싶었지만, 더 힘겨운 자립의 장벽이 닥친다.

실력이 모자라 취업을 못한 사람들은 물론이요, 마음에 드는 직장이 없어 무한 대기를 하는 청년들에게는 현재의 시간이 감옥이다. 겨우 직장을 마련한 대부분의 사람들 또한 고달프기가 마찬가지다. 조직에서 이제 겨우 최하층 계급으로 선발된 그들에게는 성공을 위한 대장정이 시작만 했을 따름이지 벌써부터 꿈꾸던 행복의 자리에 이르려면 아직 머나먼 길을 가야 하기 때문이다.

현재로부터의 탈출을 절반밖에 이루지 못한 미완성 성공은 미래의 불확실성으로 이어지고, 사방을 둘러봐도 둥지를 틀 나무는 보이지 않는다. 미래가 보이지 않는 까닭은 미래를 보는 눈을 내가 아직 뜨지 못했기 때문이다. 평생 눈을 감고 살아가기는 쉬운 일 같지만 결코 그렇지 않다.

1분 동안 화를 낼 때마다 우리는 60초의 행복을 손해본다.(For every minute you are angry you lose sixty seconds of happiness.) ― 랠프 월도 에머슨(Ralph Waldo Emerson), 『에머슨 선집(The Essential Writings of Ralph Waldo Emerson)』

남들하고 나를 비교해가면서 상대적 빈곤을 느끼고 분노하는 사람들은, 엄청나게 많은 타인들이 다 발전하고 승리를 거듭하는 동안, 불행한 현실을 벗어나지 못하고 제자리걸음을 한 나 자신을 우선 탓해야 한다. 노력을 포기하려면 과분한 보상을 함께 양보해야 계산이 맞는다. 베풀지 않으면 얻지 못한다는 공식이 진정한 합리적 사회 정의다.

"일하지 않으려면 먹지도 말라"던 고루하고 야박한 가르침은 "베풀지 않고 얻기만 하려는 부당한 욕심은 이기적인 특혜를 강요하는 계산법"이라고 깨우쳐준다. 나하고 비슷한 출신의 사람들이 왜 그리고 어떻게 성공하여 풍족한 나날을 즐기는지를 교훈으로 삼지 않고 행복한 사람들을 무작정 밉다고 분개하는 갈등은 독선적인 열등감에서 비롯한다.

불우한 인생을 벗어나기 위해서는 환경이나 사회나 다른 사람들을 비난하기 전에 나의 결함이 무엇인지를 먼저 따져야 해답이 나온다. 마음이 행복의 기준을 설정하기 때문이다. 힘겹다고 경쟁을 기피하는 사람은 경쟁에서 얻는 보상을 지나치게 많이 기대하거나 요구해서는 안 된다. 노력을 덜 했으면 좀 부족한 삶에 만족하도록 마음부터 길들여야 한다.

인생에서 가장 어려운 결정은 나쁜 대상과 좋은 대상 또는 옳거나 잘못된 대상 가운데 하나가 아니라 두 가지 좋은 대상 또는 옳은 대상 두 가지 가운데서 하나를 선택하는 경우다.(The hardest decisions in life are not good and bad or right and wrong, but between two goods and two rights.)

— 조 앤드루(Joe Andrew)

　　적극적인 사고방식에 과도하게 중독되어 황당하고 헛된 꿈을 추구하는 넘침 현상은 분명히 경계해야 할 자학의 족쇄다. 보편적 진리를 무작정 주입시키며 타인들이 주도하는 집단 교육은 무조건 따르는 복종과 순응을 요구하지만, 그것은 궁극적인 미덕이 아니다. 온 세상의 권위를 부정하는 지나친 개인주의적 자신감 또한 도가 지나치면 비타협적 독선으로 인생을 병들게 한다.

　　걱정과 자존감은 적당하면 절제를 통해 건강한 삶을 추진시키는 보약 노릇을 하지만, 지나치거나 부족하면 양쪽 모두 독이 된다. 자제력과 겸손함을 이끌어내는 두려움이나 마찬가지로 용기와 추진력의 원천인 자존감 역시 지나치게 적거나 너무 많으면 장애를 일으킨다. 좋고 나쁨의 구성 비율이 반영웅 개념과 비슷한 자존감은 선과 악이 불규칙하게 뒤섞인 혼합체다. 자존감이 지나치게 심하면 오만함을 범하고, 겸손함과 성찰로부터 지나친 간섭을 받는 자존감은 겸양이 지나치면 무기력과 무능함을 유발하는 열등감을 키운다.

　　인간은 상대적인 우월감과 열등감의 혼합체다. 옳고 그름 또는 좋거나 나쁨 가운데 어느 한쪽을 선택하는 결정은 지극히 쉽다. 하지만 우월감과 열등감이 서로 알아서 상쇄하는 균형을 유지하기란 복잡하고 어려운 줄타기다.

110

대부분의 사람들은 행복해지려는 모험을 하기보다 확실하게 비참해지는 안전한 길을 택한다.(Most people would rather be certain they're miserable, than risk being happy.) ― 로벗 앤토니(Robert Anthony)

할 수 없는 일을 할 수 있다고 부르짖는 과잉 자존감의 오만함 그리고 자존감 결핍으로 인하여 할 수 있는 일을 할 수 없다고 좌절하는 비겁함은 상극처럼 여겨지지만, 생을 망가트리는 독소의 기능으로서는 동종이다. 몸에 좋은 약을 잘못 먹으면 독이 되듯 모든 이율배반적 함수는 돌출 변수로 둔갑하여 인생 여로의 갖가지 선택을 어렵게 하는 장애물이 된다.

심리 전도사 앤토니는 "남들을 탓하기 시작하면 내가 변화할 힘을 포기하는 격이다. 문제를 벗어나는 가장 훌륭한 방법은 그 문제를 해결하는 행동이다(When you blame others, you give up your power to change. The best way to escape from your problem is to solve it)"라며, 행복을 추구하는 도전이 부담스러워 차라리 편하게 불행해지려는 사람들의 책임 회피 심리를 꼬집었다.

가혹할 정도로 자신의 무능함을 탓하는 과도한 죄의식이 나쁘기는 하지만 실패한 나의 허물에는 너그럽고 성공한 남들만 탓하는 마음은 더 나쁘다. 힘든 경쟁을 좋아하거나 원하는 사람은 많지 않다. 놀고먹는 편한 삶이 행복의 진수요 본질적인 제1 조건이라고 꼽는 사람들은 타인들과의 경쟁을 피하려고 적극적으로 저항한다. 행복해지려는 도전은 늘 실패의 가능성을 수반하지만, 모험을 거부하면 불행의 추구에 아주 쉽게 백발백중 성공한다.

음주는 일시적인 자살 행위여서, 술이 가져다주는 행복감은 잠깐 불행을 정지시키는 부정적인 처방일 따름이다.(Drunkenness is temporary suicide: the happiness that it brings is merely negative, a momentary cessation of unhappiness.) ― 버트란드 럿셀(Bertrand Russell)

술에 절어서 현실을 망각하는 낭비 행태는 고난과 궁핍의 문제를 해결하는 모범적인 답안이 아니다. 술이나 마약은 현실의 멱살을 잡고 싸워 이겨내야 할 책임을 시한부로 회피하는 임시변통에 불과하다. 눈앞에 닥친 과업을 자꾸 나중으로 미루기만 해봤자 문제를 해결할 때까지 지연되는 기간 동안 초조한 불안감의 시간만 쌓이면서 연장된다.

자신이 없다고 체념하거나, 능력이 모자란다고 포기하거나, 마지못해 양보하는 방식의 도피 심리는 초탈의 경지와 빛깔이 사뭇 비슷하지만, 색조는 크게 다르다. 철학이라기보다는 수필처럼 읽히는 『행복의 철학』에서 럿셀은 힘겹고 고달프게 얻어내야 하는 행복을 회피하는 대신 아주 쉬운 방법으로 찾아내는 비결을 제시한다. 인생에 대한 훈수는 대부분 지극히 상식적인 얘기다.

럿셀은 아무리 시시하게 보일지언정 내가 좋아하는 활동을 즐기는 시간이 행복한 인생의 핵심이라고 했다. 예를 들어 철봉을 잘하는 사람은 철봉에 매달려 있을 때 가장 행복하다. 그러나 하루에 10시간씩 철봉에만 매달려 살면 즐거움은 고통이 된다. 그러니까 철봉 하나만 좋아하지 말고 여러 가지 취미를 키우면 행복의 양이 그만큼 늘어난다고 럿셀은 주장했다. 럿셀이 행복에 관하여 추상적이고 난해하고 관념적인 얘기를 하지 않는 까닭은 인생이 난해하거나 관념적이지 않고 알기 쉬운 현실인 까닭이다.

112

이것이 행복이라며 다른 사람들이 나에게 권하는 개념은 사양하겠다. 행복의 기준은 '누구의 발에나 맞는 똑같은 크기의 신발'이 아니다.(I refuse to accept other people's idea of happiness for me. As if there's a 'one size fits all' standard for happiness.) ― 카녜 웨스트(Kanye West)

행복의 본질적인 구성 요소는 누구에게나 똑같이 적용되는 공통분모일지 모르지만, 자신에게 주어진 몫의 인생에 대하여 개개인이 느끼는 만족감의 질을 측정하는 응용 공식은 기준이 서로 다르다. 우리가 저마다의 삶에서 기대하는 행복의 크기가 그래서 천차만별이다.

남들에게 잘 맞는 옷과 신발은 내 몸에 전혀 안 맞는 경우가 많다. 내가 행복의 옷가게에 가서 남들한테 잘 맞는 헐렁헐렁하거나 지나치게 몸에 꽉 끼는 옷을 비싼 돈까지 들여 샀다가는 낭패하기 쉽다. 내 눈이 아니라 남의 눈으로 행복을 찾아내려는 불합리한 습성은 제 눈의 안경을 싸구려라고 내버리고는 남의 비싼 안경을 쓰고 돌아다니며 눈앞이 어지러워 비틀거리는 격이다.

버트란드 럿셀은 "독서의 동기가 두 가지인데, 하나는 즐거워서 읽는 경우이고 다른 하나는 자랑거리를 만들기 위해서"라고 인간의 과시욕을 지적했다. 과시는 흡족하지 못한 마음의 반작용이어서, 무엇인가 남들에게 자꾸 보여주고 싶어 하는 사람들은 아무리 자랑을 늘어놓아도 자존감이 좀처럼 분에 차지 않는다. 럿셀은 "모든 형태의 두려움은 피로감을 낳는다"고도 했는데, 과시는 타인들에 대한 상대적인 존재감이 뒤떨어진다는 두려움의 그림자일 가능성이 크다.

113

거인의 어깨에 올라선 난쟁이가 정작 거인 자신보다 더 멀리 내다 보기도 한다.(A dwarf standing on the shoulders of a giant may see farther than a giant himself.) ── 로벗 버튼(Robert Burton), 『우울함의 해부학(The Anatomy of Melancholy)』

인용문은 12세기 프랑스 신플라톤 학파의 철학자 베르나르드 샤르트르 (Bernard de Chartres 또는 Bernardus Carnotensis)가 남긴 명언("nanos gigantum humeris insidentes")으로, 수많은 유명인(Diego de Estella, George Herbert, Isaac Newton, Samuel Taylor Coleridge, Umberto Eco 등)들이 즐겨 재활용했으며, 본디 "난쟁이 같은 현대인들은 고대의 거인들이 물려준 업적과 지식의 힘을 빌려 더 멀리 본 다"는 뜻이었다. 하지만 읽는 시각에 따라서는 잠재한 상대적인 가치와 능력을 헛된 높이와 효율적인 거리로 오산하는 착각에 대한 우화적이고 기묘한 비유 로 자주 활용된다.

내가 행복한지 아닌지는 주관적으로 따져야지 누구보다는 내가 요만큼 잘났고 누구보다는 조만큼 못났다고 빈곤의 크기를 상대적으로 견주면 오류가 발생한다. 아무도 무엇 하나 갖지 못한 만인 빈곤의 세상에서는 누구나 평등의 안도감을 느끼는 반면에 풍족한 세상에서 남들은 대부분 안락하지만 나 홀로 빈곤하다고 느끼는 박탈감은 상상력의 후유증이다.

상대적 빈곤이란 내가 아예 소유하지 않았던 무엇을 남들이 빼앗아갔기 때문에 잃었다는 비논리적인 상실감에서 연유한다. 욕심은 행복의 가수요를 비생산적으로 부풀려 높인다. 반면에 탐욕을 초탈한 무소유의 상상력은 소유 하지 않았던 모든 것을 버렸다는 유사한 착각의 오류에 빠져 아무런 부족함을 느끼지 않는다.

"내 마음이 소망하는 바를 혹시 언젠가 다시 찾아 나서야 한다면, 난 우리 집 뒷마당보다 먼 곳은 찾아가지 않겠어요. 뒷마당에 없다면, 애초부터 난 정말로 그걸 잃은 적이 없을 테니까요."("If I ever go looking for my heart's desire again, I won't look any further than my own back yard. Because if it isn't there, I never really lost it to begin with.") — 노을 랭리(Noel Langley), 『오즈의 마법사(The Wizard of Oz)』

두 작품의 주제와 줄거리에 구조까지 서로 닮았기 때문에 혼동하는 사람이 많지만, "뒷마당의 파랑새"라는 표현의 원조는 모리스 마테를링크가 아니다. 인용문의 출처는 L. 프랭크 보움(L. Frank Baum)의 환상 소설(『The Wonderful Wizard of Oz』)을 각색한 랭리의 극본으로, 여주인공 도로티가 고향으로 돌아가기 직전에 북쪽나라의 예쁘고 착한 마녀 글린다에게 고백하는 말이다.

완벽하게 행복한 인생은 워낙 희귀하여 아무리 멀리 어디를 가도 찾기 어렵지만, 욕심을 부리지 않겠다는 마음가짐만 나의 내면에서 다지면 집 밖을 나서지 않더라도 마테를링크의 파랑새처럼 제 발로 찾아온다. 무소유가 행복이라는 착각은 어떤 사물을 소유하려는 욕심을 내지 않기 때문에 세상의 모든 재물을 소유한 듯싶은 마음의 경지에 이를 때 발생한다.

행복의 형태와 종류가 워낙 여러 가지 천차만별이어서, 성공의 높이는 행복의 크기와 반드시 정비례하지는 않는다. 바라는 바가 크지 않으면 아쉬움이 적어지고, 불행의 가능성이 줄면 잠재적 행복의 공간이 넓어진다. 어느 만큼의 작은 행복 공간으로 만족하느냐에 따라 삶의 질이 달라진다.

"너는 그림을 그릴 줄 모른다"라는 내면의 목소리가 들려오면, 그때는 악착같이 그림을 그려야 하고, 그러면 그 목소리가 잠잠해진다. (If you hear a voice within you say "You cannot paint," then by all means paint, and that voice will be silenced.) — 빈센트 반 고흐(Vincent van Gogh)

생전에 세간의 평가 기준으로부터 엄청난 구박을 받았던 불우한 화가의 자기 최면 방법은 남들이 나를 인정하기 전에 내가 먼저 나를 인정해야 한다는 깨우침이었다. 어린 소녀 도로티를 따라 오즈의 마법사를 찾아가는 세 동행자는 반 고흐와 비슷한 수난 그리고 극복의 길에서 방랑한다.

허수아비는 지푸라기로만 가득 찬 머리를 대신할 두뇌를 얻어 똑똑해지기를 소망하고, 속이 비어 정서가 아쉬운 깡통 인간은 다정한 마음이 필요하고, 세상이 무서워 몇 주일씩 잠을 못 자는 겁쟁이 울보 사자에게는 생쥐를 두려워하지 않는 용기가 절실하다. 우리 모두가 추구하는 용기와 정서와 지혜를 선물로 받고 싶어서 그들은 마법의 도시로 간다.

하지만 기껏 셋이서 찾아가 만난 마법사의 정체는 장바닥 야바위꾼으로 밝혀진다. 그들의 소원을 들어줄 아무 능력이 없어서 당황한 마법사는 마녀의 빗자루를 빼앗아오라며 불가능한 전제 조건을 숙제로 내걸고 호통을 쳐 자신의 책임을 회피하며 그들 일행을 쫓아낸다. 그래서 두뇌가 없다고 한탄하던 허수아비는 서쪽나라의 마녀를 물리칠 엉뚱한 지혜를 머리에서 짜내고, 겁쟁이 사자와 속빈 깡통은 남들의 도움을 받지 않고 자기들끼리 힘을 모아 반지 원정대와 해리 포터처럼 용감하게 요괴들이 우글거리는 마녀의 성으로 쳐들어가 적들과 싸워 이겨 빗자루를 쟁취한다.

자신감이란 우리가 갖기를 열망하는 자신감을 이미 소유한 듯 행동함으로써 저절로 굳어지는 습성이다.(Confidence is a habit that can be developed by acting as if you already had the confidence you desire to have.) ― 브라이언 트레이시(Brian Tracy)

나쁜 마녀를 죽이고 가져온 빗자루를 내놓으며 오즈의 탐험대가 용기와 두뇌와 마음을 보상으로 요구하자 마법사는 "그건 너희들이 벌써부터 갖고 있었다"면서 엉터리 졸업장과 훈장과 표창장을 얼른 내주고 도망친다. 주어진 과업을 성공적으로 수행하고 돌아온 3인방이 도전과 모험을 거쳐 천신만고 끝에 시련과 고행을 감수하고 이겨낸 대상은 적이 아니고 그들 자신이었다.

도움을 받으려고 머나먼 길을 떠나는 행위 자체가 오즈의 일행에게는 이미 자아를 찾아나서는 도전의 시작이었다. 남들이 나를 인정하는 공식적인 '인증' 절차는 요식 행위에 지나지 않는다. 성공은 길바닥에 떨어진 돈을 줍듯 공짜로 얻는 선물이나 횡재가 아니라 가야 할 길을 끝까지 가서 쟁취하는 목표다. 요즈음에는 길에서 돈을 주워 그냥 가지고 가면 횡재는커녕 범법 행위를 저질렀다고 처벌을 받는다. 노력하지 않고 얻는 불로소득을 공짜라고 해서 속담에서처럼 양잿물을 마시는 사람은 현명하지 못하다.

아직 실험하고 발휘하여 입증하지 못한 미덕과 자질은 흔히 내가 없다고 생각하면 없고 있다고 생각하면 있다. 내가 지닌 어떤 대단한 자아의 능력을 찾아내어 발휘하기는커녕 그것을 인지하려는 노력조차 안 하고 그냥 내버리는 겸양은 결코 지혜가 아니다. 작은 행복에 만족하라는 말은 큰 행복이 탐욕의 죄악이니까 무작정 버리라는 뜻이 아니다. 큰 행복은 작은 행복보다 분명히 크다.

자아의 가치를 올리고 싶으면, 계산기를 남들에게 내주는 짓부터 그만두라. (If you want to improve your self-worth, stop giving other people the calculator.)

— 팀 파고(Tim Fargo)

    자신감의 부족이건 겸양의 소치이건, 작은 소득과 행복에 쉽게 만족하여 내가 지녔을지 모르는 가능성을 모두 써먹으려는 시도를 하지 않으면, 그것은 내가 지닌 잠재력을 한껏 실험하지 않고 그냥 내버리는 낭비여서, 그만큼 손해를 초래한다. 이 또한 소탐대실의 역설적인 한 가지 형태다.

    아기였을 때 자장가 노랫말에서 들어본 "무지개 너머 근심 걱정이 없는 나라"로 가기를 꿈꾸던 도로티가 오즈의 마법사를 만나려는 목적은 크나큰 파랑새 행복을 포기하고 칙칙한 현실이 기다리는 고향으로 돌아가는 길을 물어보기 위해서였음이 나중에야 밝혀진다. 낯선 땅의 허황된 행복보다 아는 얼굴이 많은 현실의 작은 기쁨으로 돌아가려는 귀소 본능이 작동한 결과다.

    취옥의 마을(Emerald City)을 떠나기 직전에 예쁜 마녀 글린다는 도로티에게 "넌 더 이상 도움이 필요 없단다. 캔자스로 돌아갈 능력을 너는 처음부터 갖고 있었으니까"라고 알려준다. "그런 사실을 왜 진작 알려주지 않았느냐?"는 허수아비의 항변에 글린다는 "그건 스스로 알아내야 하는 비밀이었기 때문"이라고 설명한다.

    도로티처럼 어린아이가 자신의 능력을 깨닫도록 도와주는 일은 부모와 어른들이 하는 일이다. 그러나 도와준다며 어떤 힘든 일을 부모가 대신해주면, 아이는 자신의 힘이 얼마나 강한지를 알아낼 기회를 잃어서, 그런 자질을 보다 크게 개발할 도전에 나서지 못한다.

그대가 자신의 쓸모를 알아낸 다음부터는 아무도 그대를 쓸모없는 인간이라고 느끼게 만들지 못한다.(Once you know your worth, no one can make you feel worthless.) ― 라시다 로우(Rashida Rowe)

"인간은 자신으로부터 인정을 받지 못하면 마음이 편치 않다"고 마크 트웨인이 진단했고, 요한 볼프강 폰 괴테는 『파우스트』에서 "그대 자신을 믿으면 어떻게 살아가야 할지를 당장 깨닫게 된다"고 했다. 그럼에도 불구하고 "사람들은 자신이 쓸모없는 인간이라고 믿으려는 집요한 편견을 떨쳐버리지 못한다"고 미국 심리학자 램 다스(Ram Dass)가 지적했으며, 희극배우 티나 페이(Tina Fey)는 자서전 『잘난 사람들(Bossypants)』에서 "남들의 견해를 바꿔보려고 정력을 낭비하지 말라. 그대가 해야 할 일을 하고, 사람들이 그걸 좋아하건 말건 신경을 쓰지 말라"고 주문했다.

그런가 하면 미국 정신과 의사 M. 스콧 펙(M. Scott Peck)은 "전통적인 가치관과 영적인 성장과 사랑의 새로운 심리학"이라는 부제가 달린 『인적이 드문 길(The Road Less Traveled)』에서 "인간은 자신의 가치를 인정하기 전에는 그의 시간이 소중한 줄 알지 못하고, 시간의 소중함을 알지 못하면 소중한 일을 해야 할 기회를 모두 잃는다"라고 아주 구체적인 조언을 했다.

이런 여러 유명인들의 훈수를 모두 종합하면 "남의 눈치를 보느라고 인생을 낭비하지 말라"는 아주 간단한 결론이 나온다. 마음에서 미움의 공간이 줄어들어야 사랑이 들어설 자리가 생겨나듯 소심한 마음이 줄어야 성공할 공간의 면적이 넓어진다.

119

모든 인간이 저마다 평생 지니고 다니는 혼자만의 거울은 그의 그림자처럼 제거하기가 불가능하다.(Every man carries with him through life a mirror, as unique and impossible to get rid of as his shadow.) — W. H. 오든(W. H. Auden), 『염색공의 손(The Dyer's Hand)』

행복과 성공을 얻으려면 그전에 나 자신부터 찾아야 하건만, 도대체 나의 정체가 무엇인지를 자아가 깨닫기 힘든 까닭은 내가 나에게 그림자처럼 너무 가까이 달라붙어서 평생 버티기 때문이다. 동전의 양면과 양날의 칼과 야누스의 얼굴처럼 이율배반적 개체는 양쪽 극단 가운데 어느 한쪽으로 치닫기가 쉽기 때문에 중심에서 오락가락 흔들리는 실체를 알아보기 어렵다. 손바닥으로 쥐는 온갖 사물을 손등으로는 잡지 못하는 난감함과 비슷한 현상이다.

샤워 꼭지를 휘둘러 욕실 구석구석 다 물을 뿌려 닦아주기는 어렵지 않지만 정작 꼭지 자체는 물길이 닿질 않아 사람의 손이 따로 공을 들여야 깨끗해진다. 자신의 내면에 이미 존재하는 비밀을 내 힘으로 알아내는 일 또한 그렇게 어렵다.

우리는 평생 자신의 얼굴을 보지 못하고 살아간다. 거울에 비친 내 얼굴은 기껏해야 왼쪽 눈이 오른쪽에 달리고 오른쪽 눈은 왼쪽에 달린 가짜 뒤집힌 모습이다. 평생 나를 따라다니는 그림자나 마찬가지로 거울 속에 거꾸로 비친 나는 나의 실체가 아니다. 거울과 그림자에서 나의 심상을 찾기가 그래서 불가능하다. 나는 나의 주인일 듯싶지만, 내가 나를 찾아내어 주인이 되는 과업은 오즈의 마법사나 마녀 글린다조차 도와주지 못하는 난제다.

"딸보다 10년이 더 젊어 보이기만 한다면야 여자로서는 더 이상 바랄 게 영원히 없겠지."("As long as a woman can look ten years younger than her daughter, she is perfectly satisfied.") — 오스카 와일드(Oscar Wilde), 『도리안 그레이의 초상(The Picture of Dorian Gray)』

영원한 젊음을 간직하고 싶어 하는 도리안에게 헨리 워튼 경이 19세기 말 여성들의 행태를 신랄하게 비꼬면서 하는 말이다. 모름지기 내가 인생에서 무엇을 원하는지를 우선 알아야 옳겠지만, 그 소망의 실현 가능성과 당위성 또한 따져야 우리는 건강한 실체를 구상할 준비가 갖추어진다.

레프 톨스토이의 『안나 카레니나』에서 나탈리아는 자녀를 지나치게 엄격히 교육하려는 남편더러 "완벽함을 추구하면 절대로 만족할 수가 없어요"라며 극단적인 욕심을 비판한다. 그리고 영국 종교인 웰린스 콜콧(Wellins Calcott)은 『푸르름의 어려움(It's Not Easy Being Green)』에서 "만족할 줄 아는 사람은 어디에서나 행복하다"고 상식적인 분별력이 가져다주는 보상을 역산한다.

네 여고생의 성장 모험을 그린 연작 소설 『청바지 돌려 입기(The Sisterhood of the Traveling Pants)』에서 앤 브르셰어스(Ann Brashares)는 "그런 고민은 문제가 아냐. 문제에 대한 네 태도가 문제지"라는 문제를 제기한다. 그러고는 자신이 제기한 문제에 대하여 브르셰어스는 네 번째 소설 『영원히 푸르른(Forever in Blue)』에서 "소유하지 못한 무엇 때문에 이미 소유한 무엇을 헛되게 낭비하지 말라"는 절제의 해답까지 제시한다.

행복의 추구에서는 소망의 크기에 대한 허황된 집념과 환상을 적정선에서 극복해야 어머니가 딸보다 마음으로나마 젊어진다.

만족하면 가난뱅이는 부자가 되고, 만족하지 못하면 부자도 가난해진다.(Content makes poor men rich; discontent makes rich men poor.) — 벤자민 프랭클린(Benjamin Franklin), 『가난한 리처드의 달력(Poor Richard's Almanack)』

모르몬교 지도자들(Marvin J. Ashton, Dallin H. Oaks)은 "필요하지 않은 무엇인가를 아무리 많이 소유해봤자 만족하지 못하는 까닭은 필요하지 않은 대상이 아무런 만족을 주지 못하기 때문"이라고 했다. 필요가 없는 재물은 아무리 많이 끌어 모아봤자 쓰레기의 총량만 늘어난다. 만족감은 그 자체가 행복이다.

만족하는 사람은 부족한 바가 없으니 마음이 부유하고, 마음이 풍족하다고 느끼면 몸이 조금 불편한들 사람들은 불행한 줄 모른다. 고통과 기쁨이 비슷하게 배합된 만인의 삶에 대하여 개인이 저마다 느끼는 행복 지수가 사람마다 다른 이유는 만족감이란 채워야 할 그릇의 크기가 결정하지 우리가 열심히 채집하는 내용물의 분량이 좌우하지를 않기 때문이다. 마음의 그릇을 채우는 정신적 용액은 사물이 아니라 개념이다. 조금일지언정 필요한 만큼만 적당히 소유하고 만족할 줄 알면 행복은 탐욕에 오염되지 않는다.

적게 벌어 적게 쓰고 조금이나마 돈이 남으면 그 사람은 부자다. 많이 벌지만 더 많이 쓰느라고 늘 쪼들리면 그 사람은 가난하다. 어느 만큼에서 만족하느냐 하는 지수와 얼마나 행복해지느냐 하는 결산의 크기는 역비례한다. 행복은 벌어들인 돈의 액수가 책정하지 않는다. 소유한 재물과 생활 방식이 화평하게 타협함으로써 충족시키는 조화의 수준이 만족 여부를 좌우한다.

"위로 올라갈 재주가 없는 비더러 왜 자꾸 아래로 쏟아져 내리느냐고 화를 내봐야 아무 소용이 없다오."("Do not be angry with the rain; it simply does not know how to fall upwards.") — 블라디미르 나보코프(Vladimir Nabokov)

5장
자유 의지의 발견과 활용

하늘에서 내려오는 비를 맞기 싫으니 위로 올라가라고 하늘에 대고 외쳐봤자 아무 소용이 없다. 나보코프가 아내에게 했다는 이 말은 어차피 인간이라면 자연의 섭리와 세상의 순리를 따르며 살아가야 한다는 뜻이다. 그렇다고 해서 마음대로 통제가 안 되는 자연 현상에 굴복만 하며 살아갈 여유 또한 우리에게는 없다. 비를 맞지 않으려고 만나야 할 사람을 만나지 않거나, 할 일을 안 하겠다며 맑은 날만 골라 회사에 출근할 자유가 우리에게는 허락되지 않는 탓이다. 그리고 세상에는 비바람을 헤쳐나가기를 즐기는 사람 또한 많다.

122

용기가 모든 미덕 가운데 으뜸인 까닭은 용기가 없으면 어떤 다른 미덕도 초지일관 실천할 힘이 나지 않기 때문이다.(Courage is the most important of all the virtues because without courage, you can't practice any other virtue consistently.) — 마야 앤젤루(Maya Angelou)

    런던교향악단의 지휘자였던 콜린 데이비스(Sir Colin Rex Davis)는 "성공으로 가는 길과 실패로 가는 길은 거의 똑같다"고 했다. 성공과 실패의 길이 처음부터 따로 갈라지지 않고 방향은 같지만, 성공하는 사람과 실패하는 사람이 도중에 따로 자기들끼리 무리를 지을 뿐이라는 주장이다. 그들 두 집단의 성향은 모든 행동과 발전과 성공의 원동력인 용기의 함량에 따라 나뉜다. 승자와 패자의 승부는 같은 길을 끝까지 가느냐 아니냐의 여부가 결판을 낸다.

    그런가 하면 아예 출발조차 포기하는 사람 또한 부지기수다. 그들은 길이 보여도 도전하지 않는다. 실패할까봐 두려워서다. 실패의 가능성이 없으면 그것은 도전이 아니라는 사실을 그들은 이해하지 못한다. 승부에 임하려는 용기가 아예 없는 사람은 선천적 패배자이기 쉽다. 싸워보지도 않고 당하는 기권패를 당연하다며 억울해하지 않는 사람은 아무도 승자라고 칭송하지 않는다.

    승부를 즐거운 놀이라고 여기는 사람들은 낙천주의자이고, 경쟁이 유일한 생존의 필사적인 수단인 사람은 비관주의자의 성향을 보인다. 성공의 길이 사방으로 훤히 뚫린 낙원은 즐거움만 골라 추출한 개념이어서, 호락호락한 현실이 아니다. 욕망의 그릇이 크면 클수록 그것을 채워야 할 노력의 양과 시간이 늘어나고, 그릇을 겨우 다 채우고 나서 즐길 시간의 여유는 그만큼 줄어든다.

우리 세대에 이루어진 가장 위대한 발견은 마음가짐을 바꾸면 인간의 삶이 달라지기도 한다는 원칙이다.(The greatest discovery of my generation is that a human being can alter his life by altering his attitudes of mind.) ― 윌리엄 제임스(William James), 『심리학의 원리(Principles of Psychology)』

어떤 특정한 꿈을 추구할 자격을 내가 갖추었는지, 그리고 성공할 잠재성의 준비가 충분한지 여부는 무엇보다도 나의 삶을 내 마음대로 구성하거나 바꿔보려는 마음가짐이 좌우한다. 꿈은 성공하리라는 판단과 믿음에서 출발하고, 실천하려는 결단과 용기가 추진하며, 끝까지 분투하겠다는 지구력이 마무리를 한다.

성공과 행복을 설계하고 실현하고 완성하는 과정을 거치면서 우리는, 꿈의 크기를 계산할 때, 혹시 욕심이 과분한지 아니면 반대로 목표를 지나칠 정도로 소심하고 작게 설정하여 내 능력을 미처 한껏 실험해보지 않고 내버리는 결과를 가져오지는 않을지, 끊임없이 걱정한다. 인생 설계에서는 두루두루 살펴야 할 일이 그렇게 많다. 그런 고비마다 우리는 결단을 내려야 한다. 판단과 선택은 심리적인 자세를 주관하는 자유 의지가 보유한 기능이다.

조금만 소망하고 작은 행복에 만족하겠다는 마음가짐은, 타인들이 보는 시각에 따라, 소극적이고 비겁한 책임 회피로 빛깔이 달라진다. 금욕하고 검약하고 참고 견디는 작은 삶을 실천하며 많은 사람들이 느끼는 상대적 빈곤은 도피주의의 후유증이다. 실패와 성공 또한 동전의 양면이어서, 실패를 각오해야 성공의 가능성이 발생하고, 실패를 회피하면 성공할 기회 또한 회피하는 결과를 가져온다.

124

인생을 두려워하지 말아야 한다. 인생은 살 만한 가치가 있다고 믿으면 살 만한 인생을 창조하는 데 실제로 도움이 된다.(Be not afraid of life. Believe that life is worth living, and your belief will help create the fact.) ― 윌리엄 제임스(William James), 『믿으려는 의지(The Will to Believe and Other Essays in Popular Philosophy)』

　　인용문은 꿈이건 환상이건 현실이건 인간은 "일단 믿으면 그 믿음에 따라 행동에 착수하고, 행동으로 실천하면 당연히 응분의 결실이 뒤따른다"는 자유 의지의 공식을 쉽게 풀이한 표현이다. 내 삶이 나아갈 길을 내가 선택하여 운명의 내연 기관에 첫 시동을 거는 순간에는 두려움과 감동이 교차한다. 두려움과 감동 가운데 어느 쪽이 내 삶을 지배하게 될지는 자유 의지가 결정한다.

　　삶이 살아갈 만한 가치가 없다고 믿는 사람은 자신의 가치관을 지배하는 계산법이 옳은지 건강 진단을 해보면 미래의 설계에 도움이 된다. 가치관이 병들었다 싶으면, 건강하지 못한 정신적 체력이 혹시 내 기호와 성향에 맞지 않는 외적인 기준 지표들로부터 오염되지나 않았는지 여부를 점검하여 수정하는 예비 작업이 바람직하다.

　　내 인생의 정답은 객관식이 아니라 주관식이다. 인생은 타인들이 구축한 기존의 틀을 따르기보다 저마다 개인이 만들어가며 살아가는 쪽이 훨씬 건강하다. 나의 삶과 타인의 삶 가운데 어느 쪽이 나에게 보다 큰 가치가 있는지를 선택하는 일은 나의 의무다. 우리는 청춘에 이르면 남이 골라주는 옷보다 내 마음에 드는 옷을 입으려고 한다. 내 몸에 맞는 옷을 고르려는 나이에 이르렀으면, 마음에 맞는 가치관 또한 내가 골라야 한다.

경쟁을 끝내는 날이 경쟁에서 이기는 날이다.(The day you stop racing is the day you win the race.) — 밥 말리(Bob Marley)

　각자의 한계와 분수를 알아서 "적당히 끝내고 내려놓으라"는 인용문의 훈수를 거꾸로 읽으면 "적당히 만족하여 경쟁을 끝내는 순간에 인생 또한 멈춘다"는 뜻이 된다. 끝없는 경쟁에서 중도에 탈락하면 그것은 승리가 아니라 패배의 미완성 진행형이다.

　윈스턴 처칠은 그런 말을 한 적이 없다지만 너도나도 즐겨 인용하는 '처칠의 명언'이 하나 있다. "성공은 끝이 아니요 실패는 운명이 아니어서, 포기하지 않고 계속하는 용기가 중요하다.(Success is not final, failure is not fatal; it is the courage to continue that counts.)" 누가 한 말이건 명언은 확실히 명언이다.

　젊어서 자존감을 잃고 경쟁을 개시하려는 시도조차 안 한다면 그것은 직무 유기다. 큰 업적을 성취하는 사람들의 주요 자산은 실패할까봐 포기하는 대신 우선 저질러보는 무모함이다. 가장 대단한 용기는 실수와 고생을 각오하고 역경을 자초하는 무모함일 듯싶다. 실패를 계산에 넣고 그에 따른 대처를 하지 않고도 거두어들일 만큼 쉬운 성공은 크기가 별로 탐탁하지 않다.

　끝없이 변화하는 환경을 한없이 극복하고 적응을 거듭하는 부담스러운 의무에 지친 사람들은 쉽게 분노한다. 무엇인지 부당하다며 타인을 향해 쏟아내는 그들의 분노는 옳고 그른 수많은 공식에 적응하지 못하고 낙오하는 나의 무능함을 외적인 요인의 탓으로 돌리는 분풀이인 경우가 많다. 변화를 받아들이고 극복하는 성숙의 과정에서 고역을 기피하려는 안간힘과 회피는 대부분의 경우 도피적 순응과 적응을 학습하려는 구실을 미화하는 전주곡에 불과하다.

미래에 대한 걱정은 하지 않아야 한다. 이왕 걱정을 하더라도, 걱정은 풍선껌을 씹어서 대수학 방정식을 풀겠다고 덤비는 짓이나 마찬가지임을 알아야 한다. 그대가 두려워하는 일을 하루에 한 가지씩 해보라.(Don't worry about the future. Or worry, but know that worrying is as effective as trying to solve an algebra equation by chewing bubble gum. Do one thing everyday that scares you.) ― 메어리 슈미치(Mary Schmich)

'돌부처' 이창호 9단은 돌다리를 두들겨보고도 안 건너기로 유명했다. 돌 하나하나에 대국의 목숨을 걸어야 하는 바둑 기사에게야 어쩌면 그것은 필수적인 자질이다. 그러나 길을 가다 다리가 나올 때마다 차를 멈추고 내려서 100미터에 한 번씩 바닥을 두드려본 다음에야 건너는 지나친 조심성은 인생을 살아가고 행복을 쟁취하는 데 별로 큰 도움이 되지 못한다.

쓸데없는 걱정이 너무 많아 지레 겁을 먹고 행복을 추구할 욕구를 망치느니보다는 섶다리를 두들겨보지 않고 그냥 건너는 편이 낫다. 허술한 다리에서 떨어져봤자 신발과 옷이 좀 젖겠지만, 물에 빠져 철벅거리며 개울을 건너기에는 아무 문제가 되지 않는다. 옷이 흠뻑 젖을지언정 어떻게 해서든지 다리를 건너지 않으면 새로운 경지에 이르지 못한다.

엘리노어 루즈벨트도 자메이카 가수 밥 말리와 비슷한 훈수를 했다. "우리는 단호하게 두려움을 직시하며 겪는 하나하나의 경험으로부터 힘과 용기와 자신감을 얻는다. 두려움을 한 번 이겨내면 두 번째 두려움을 이겨낼 용기가 생겨난다. 우리는 할 수 없다고 여겨지는 일을 해봐야 한다."

127

실제로 해를 주지는 않으면서 걱정만 끼치는 일이 훨씬 많다 보니, 사람들은 현실보다 불안감 때문에 더 많은 고통을 받는다.(There are more things to alarm us than harm us, and we suffer more often in apprehension than reality.) — 루키우스 안나이우스 세네카(Lucius Annaeus Seneca)

근심 걱정은 아직 발생하지 않았거나 시작은 되었지만 결과를 알 길이 없는 상황에 대한 비관적 상상에서 비롯한다. 그런 면에서는 상상이 불행의 박테리아를 증식시키는 주범이다. 그렇다고 해서 상상을 안 하면 꿈조차 꾸지 못한다. 미래의 성공과 실패가 어떤 형태로 눈앞에 나타날지 미리 추리하여 예견하지 않으면 꿈의 실현을 방해하는 장애물을 제거할 해결 방법이 보이지 않고, 그래서 성공을 실천할 계획을 세우기가 어려워진다. 길을 가는 사람이 10미터 앞에 돌부리가 빤히 보이는데도 미리 피할 생각을 하지 않고 직진하려는 고집은 용기가 아니다.

불행으로부터 탈출하는 꿈을 키워주는 자양분 또한 상상력이다. 수많은 사람들이 꿈을 꾸며 미완성 현실로부터 위안을 받는다. 행복한 미래의 성공을 꿈꾸며 진행형 가상 현실을 설계하지 못하고 근심 걱정에 휘둘려 주저앉는 사람은 그의 상상력을 주인으로서 다스릴 줄을 모르기 때문에 삶의 주도권을 허깨비에게 빼앗긴다. 무엇 때문에 내가 왜 얼마나 불안한지 냉정하게 계산하고 논리적으로 고민거리를 분석하면 무한 팽창을 일삼는 공포의 환각이 일목요연하게 구체적인 숫자와 사건으로 정렬이 가능해진다.

근심 걱정 역시 너무 많이 하면 해롭고 너무 적게 해도 안 된다. 정신 건강은 균형이 정답이다.

128

위대한 일을 해내려면 우리는 행동하기에 앞서 꿈을 가져야 하고, 계획을 세우기 전에 신념을 가져야 한다.(To accomplish great things we must not only act, but also dream; not only plan, but also believe.) ― 아나톨 프랑스(Anatole France)

노벨 문학상을 받은 프랑스가 수에즈 운하를 건설한 페르디낭 마리 드 레셉스의 업적을 기리며 한림원에서 한 연설이다. 육신이 행동을 개시하기 전에 정신이 먼저 작동해야 한다는 지적이다. 행복한 삶의 추구에서는 행동과 실천이 제일이라지만, 사실은 꿈과 신념이 먼저인 까닭이다. 정신이 육신의 주인이라면, 당연한 인과의 순서다.

창조의 씨앗인 영감과 착상은 정신이 하는 일이다. 행동과 실천은 의지의 명령에 따르는 동작일 따름이어서, 자아의 혁명을 일으키려면 행동보다는 마음가짐과 생각의 구조부터 근원을 바꿔야 준비 운동이 끝난다. 꿈꾸지 않으면 행동이 작동되지 않고 실천이 작동하지 않으면 꿈은 실현되지 않는다.

물론 환상은 환상으로서의 엄연한 가치를 지니기는 한다. 꿈이 인간을 좌절시키는 위험성은 아직 실현하지 못한 환상을 현실로 오해하는 착각에서 싹튼다. 단순히 환상으로만 현실을 이겨내겠다는 환상을 버리고, 미흡한 현실에 대한 거부감에 굴복하여 좌절하는 대신, 현실을 이겨내는 실용적인 기술 그리고 응용이 가능한 전략과 비법을 선별하고 연마하는 길이 성숙하려는 인간의 기본적인 의무다.

자기 증오는 고독감보다 훨씬 해롭다.(Self-hatred is worse than loneliness.)
— 존 어빙(John Irving), 『한 인간의 초상(In One Person)』

그렇지 않아도 혼란스러운 사춘기 위기를 맞은 양성애자 소년 빌리 애봇
은 비정상적인 성의 정체성으로 인한 열등감과 자기 혐오감에 빠진다. 자신의
약점을 가장 먼저 발견한 애봇은 남들이 그를 배척하기 전에 자기 증오를 실시
하여 외톨이의 고독을 증폭시킨다. 정상적인 평균치 주류 집단에 속하지 못하
는 열외자들이 자신을 불신하면, 그들의 삶에서는 주인이 사라진다.

타인들과 세상에 대한 두려움으로 정신세계가 위축된 작가 지망생 주인
공이 "열일곱 살이 되어서도 내가 누구인지 모르겠어서 그걸 알아내느라고 기
진맥진 녹초가 되었다"고 호소하자, 음경과 유방이 함께 발달한 도서관 사서 프
로스트는 "소설을 끝까지 읽어보지 않고는 내용을 알기 어렵다"며 살아보지 못
한 미지의 인생을 함부로 망가트리거나 내버리지 말라고 충고한다.

인생에서 겨우 5분의 1밖에 살지 못한 아이가 자신의 완전체를 상징하는
정체성을 파악하지 못하는 현상은 당연지사다. 나는 누구인지 그리고 내 삶의
생김새가 어떤지를 내가 모르면 남들은 더 모르고, 그래서 온 세상 아무도 모르
는 존재라면 그것은 5분의 4가 무형질인 무한의 가능성이나 마찬가지다. 내가
어떻게 살아 어떤 인간이 될지 모르는 상황은 내가 이제부터 나의 정체성과 삶
에서 5분의 4를 구성할 힘겨운 의무와 영광스러운 권리를 보유했다는 조건을
동시에 의미한다.

미완성 인생을 앞에 놓고 혼란스러운 아이는 나의 미래를 구사할 무한의
권리와 자유가 감당하기 어려움으로 둔갑하는 바람에 한시적인 고통을 거칠
따름이다. 그런 고통은 권리와 자유의 전제 조건이다.

130

그러다가 봉오리 안에 박혀 꼼짝 않고 버틴다는 것이 차라리 꽃으로 피어나는 위험을 감수하기보다 훨씬 어려운 그런 날이 왔다. 인생이란 무엇인가 되기 위하여 거쳐야 하는 과정을 구성하는 다양한 현상(現狀)들의 조합이다. 사람들은 한 가지 현상을 골라 그 안에서만 계속 머물려는 실수를 범한다. 그것은 죽음이나 진배없다.(And the day came when the risk to remain tight in a bud was more painful than the risk it took to blossom. Life is a process of becoming, a combination of states we have to go through. Where people fail is that they wish to elect a state and remain in it. This is a kind of death.) — 아나이스 닌(Anaïs Nin)

양성애자 빌리 애봇은, 역시 열일곱 살에 사춘기 혼란의 절체절명 위기에 빠졌던 호밀밭의 파수꾼이나 마찬가지로, 끝내 정신적인 방황을 완전히 이겨내지 못하지만 좌절의 굴레만큼은 벗어난다. 대부분 성장 소설의 주인공처럼 그들은 성숙의 단계로 진입함으로써 출구를 발견한다.

정체성의 파악이 어려운 까닭은 아직 성장이 진행 중이어서 미래에 완성될 삶의 형태가 잘 보이지 않기 때문이다. 아무리 하나를 보고 열을 안다 해도, 인생을 겨우 5분의 1만 살아가지고는 성현군자의 초탈한 경지에 이르기가 쉽지 않다. 그나마 빌리 애봇과 호밀밭의 파수꾼처럼 자아를 찾으려다 지치는 사람은 귀찮다고 찾기를 그만두는 사람보다 적극적이어서, 장애물 경기 과정 하나를 앞선다.

꽃이 피어나려면 봉오리가 찢어지고 터져야 한다. 꽃으로 피어나는 변신이 화려한 선택처럼 사치스러워 보이지만, 사실은 성숙과 번식을 위한 통과의례를 수반하는 마음앓이에 지나지 않는다.

안전한 삶을 향하여 후퇴하거나 성장을 향하여 전진하는 선택권이 우리에게 주어진다. 성장을 선택하고 또 선택해야 하며, 두려움을 이기고 또 이겨야 한다.(One can choose to go back toward safety or forward toward growth. Growth must be chosen again and again; fear must be overcome again and again.) — 에이브러햄 마슬로우(Abraham Maslow)

시간은 성장하는 미래를 향해서 흘러가는데 나 혼자 안전한 과거로 돌아가겠다고 버티면, 어떤 역주행이나 마찬가지로, 힘겹고 위험하다. 살아가면서 우리의 꿈이 자꾸 작아지는 퇴행의 가장 큰 원인은 알지 못하는 미래에 대한 두려움이다.

죄얀 키에르케고르는 『공포와 전율(Frygt og Bævens, 영어 제목 Fear and Trembling)』에서 "사람들이 무엇인지를 두려워하고 벌벌 떠는 까닭은 대상의 정체를 모르기 때문"이라고 아주 쉬운 화법으로 진단하고는 "나를 위대한 인간으로 만드는 힘은 주어진 여건이 아니라 내가 취하는 행동"이라며 극복의 필요성을 처방했다. 무형의 대상이 두려우면 공포의 정체가 무엇인지를 알아내고 원인을 제거해야지, 전율의 응어리를 마음속에 그냥 간직한 채 이리저리 함께 도망치고 숨는 선택은 "위대한 인간으로 성숙하는 길"이 아니다.

적극적으로 인생을 설계하는 긍정적인 사람은 자신의 미래를 어느 정도 미리 내다보기 때문에 앞날을 두려워하지 않고 전진한다. 용기를 낼 만큼 자신감이 있어서 선택한 길이라면 어느 정도까지는 안전한 모험이다. 자신감은 용기를 키우고, 용기는 추진력을 키우고, 추진력은 성공의 확률을 키우고, 성공은 보다 큰 도전을 위한 자신감을 다시 키워 성장의 연쇄 작용을 순환시킨다.

성장과 자아의 변신은 남에게 위탁해서 해결되는 일이 아니다.(Growth and self-transformation cannot be delegated.) — 루이스 멈포드(Lewis Mumford)

남들이 대신 살아주는 인생은 내 인생이 아니다. 성장은 변화의 부산물이며, 나의 변화는 내가 주도한다. 로이 T. 베넷(Roy T. Bennett)은 『마음속의 빛(The Light in the Heart)』에서 "변화가 항상 성장을 가져오지는 않지만, 변화가 없이는 성장이 불가능하다"고 했다. 도전하고 노력하여 달라지려는 의지가 부족한 마음은 새로운 삶의 발전을 견인하지 못한다는 뜻이다.

미국의 인생 담론가 게일 쉬히(Gail Sheehy)는 "인간은 변화하지 않으면 성장하지 않고, 성장하지 않으면 우리는 살아 있는 생명체가 아니다"라고 주장했다. 내가 누구인지를 알고, 내 삶의 현재 좌표는 전체 과정에서 어떤 상대적인 함수를 나타내는지 알아야 미래가 기다리는 다른 좌표를 향해 이제부터 이동할 방향이 보인다. 시공간에서 내가 엉거주춤 서 있는 현 시점의 좌표를 확인한 다음 나를 새로운 목적지로 견인할 동력을 내지 못하면, 표류자의 뗏목은 뭍에 좌초하여 무인도의 모래밭을 벗어나지 못한다.

인권 활동가인 미국 흑인 여성 음악인 버니스 존슨 리곤(Bernice Johnson Reagon)은 "인생의 여러 도전은 우리를 가로막아 무력화하기보다는 우리가 누구인지를 알아내도록 도와주기 위해 마련된 장애물"이라고 했다. 밥을 먹기 싫다며 거부하거나 회피하면 우리는 굶어 죽는다. 고난의 체험이라는 인생살이 장애물은 역경을 이겨내는 면역력을 키워주고, 그래서 성장에 꼭 필요한 추진력을 생성하는 밥이다.

목표를 달성하지 못한 실패가 인생의 비극이 아니라는 사실을 명심해야 한다. 달성할 목표가 없는 삶이 비극이다. 꿈을 실현하지 못하고 맞는 죽음이 아니라 꿈을 꾸지 못하는 삶이 비운이다. 이상을 실현하지 못하는 좌절보다 실현할 이상이 없다는 현실이 재앙이다. 별을 따지 못하기보다는 따야 할 별이 없어야 치욕이다. 실패가 아니라 낮은 목표가 죄악이다.(It must be borne in mind that the tragedy in life doesn't lie in not reaching your goal. The tragedy lies in having no goal to reach. It isn't a calamity to die with dreams unfulfilled, but it is a calamity not to dream. It is not a disaster to be unable to capture your ideal, but it is a disaster to have no ideal to capture. It is not a disgrace not to reach the stars, but it is a disgrace to have no stars to reach for. Not failure, but low aim is sin.) ── 벤자민 일라이자 메이스(Benjamin Elijah Mays)

　내가 겁을 낸다고 해서 나를 괴롭히는 적이 양심의 가책을 느껴 비켜나거나 도망가주지는 않는다. 두려운 장애물을 내가 밀어내겠다는 마음의 몸집을 키워야 나를 가로막는 허깨비가 사라진다. 헛것은 체력이나 정신력이 나약한 사람의 눈에만 보인다. 목표를 사냥하여 성공을 영양분으로 섭취해서 연료를 비축하고 더 큰 다음 도전을 위해 몸집을 계속 키우는 과정이 인생이다. 그리고 성장을 위한 사냥은 한두 번으로 끝나는 시한부 숙제 또한 아니다.

　자유는 성공이 보상해주는 축복이요 선물이며, 보람이 주는 기쁨은 오랜 고통을 보상하고 남는다.

자유란 샴페인으로 축배를 드는 보상이나 훈장이 아니다. 그와는 반대로, 자유는 힘겨운 과업이어서, 기진맥진할 때까지 오직 혼자서 달려야 하는 장거리 경주다.(Freedom is not a reward or a decoration that you toast in champagne. On the contrary, it's hard graft and a long-distance run, all alone, very exhausting.) ── 알베르 카뮈(Albert Camus), 『전락(The Fall)』

인생의 장거리 경주에 임하여 고생 끝에 우리를 찾아오는 낙은 기진맥진 지칠 때까지 60년에 걸쳐 장거리 경주를 끝낸 다음에 겨우 20년 동안 누리는 특권이다. 예순까지 죽어라 일만 하다가 늙어서 겨우 20년 즐거움의 여유가 허락되다니, 수치로만 봐서는 참으로 밑지는 3 대 1 장사 같지만 실제로는 그렇지 않다.

이른바 다시 갑자년에서 새로운 삶이 시작되는 환갑에 이르러 은퇴할 때까지 우리가 가장 열심히 일하는 기간은 전체 인생의 여정에서 기껏 절반이 안 된다. 인간이 세상에 태어나 발육 과정을 거치는 데 10년이 걸리고, 다시 집단 교육과 훈련을 통해 10년 이상을 열심히 준비한 다음, 실제로 생존 경쟁에 적극적으로 참여하는 정상적인 생산 시대는 40년을 넘지 않는다. 그렇다면 인생 손익 계산이 2 대 1로 격차가 줄어든다는 뜻이다.

이제는 80년을 넘기고 90으로 가는 인생이 예사가 되었고 퇴직 연령은 오히려 낮아졌으니 그 비율은 더욱 내려앉는다. 그래서 퇴직 이후의 삶은 그 길이가 인생 전투에서 가장 역동적인 기간과 별로 차이가 없어지는 추세다. 90 인생에서 마지막 30년은 '마음'의 바깥쪽 가슴팍에 훈장을 달고 샴페인만 마시기에는 지루할 만큼 긴 세월이다.

누군가 오래전에 나무 한 그루를 심었기 때문에 다른 누군가 지금 그늘에 앉아서 쉰다.(Someone is sitting in the shade because someone planted a tree a long time ago.) — 워렌 버핏(Warren Buffett)

덧없는 세월과 속절없이 늘어가는 나이에 대한 이런 숫자풀이 노인정 우스갯소리가 유행한다. 노인들의 푸념이 섞인 시간의 속도 공식에 의하면, 어서 자라 어른이 되고 싶은데 하루하루가 더디기만 한 10대 때는 인생이 시속 10킬로미터로 흘러가고, 먹고살기에 바쁜 40대에는 40킬로미터, 60대에는 60킬로미터, 그러고는 살날이 얼마 안 남은 80대에 이르면 일각이 아쉽건만 무심한 인생이 시속 80킬로미터로 도망친단다. 하지만 이 공식은 계산 방법에 따라 정답이 달라진다.

따로 할 일이 없어 무료한 노년의 지거운 나날은 1년이 세 번의 가을과 같다. 8세 아이와 80세 노인의 삶은 딱히 절박한 생존 목적이 없어 똑같이 단순하여, 그들의 정체된 삶은 시속 10킬로미터로 느릿느릿 더듬거린다. 활기차게 전속력으로 달려가는 40년과 심심한 노년의 20년은 정서적으로 느끼는 길이가 같은 기간이다. 그래서 일하는 40년 = 노는 20년의 공식이 성립된다.

지치고 병약할 때 20년을 쉬게 해주는 그늘이 얼마나 큰 축복인지를 아는 사람은 젊어서 나무를 심는다. 셸 실버스타인(Shel Silverstein)의 짧은 명작 그림책 『아낌없이 주는 나무(The Giving Tree)』의 공식을 변주한 경제인 버핏의 교훈은 보완 사항이 필요하다. 비록 남을 위해서는 심지 못할망정 내 그늘을 마련하기 위해서는 내가 젊어서 일찌감치 나무를 심어야 한다는 전제 조건 말이다.

성공의 확률을 세 배로 올리는 가장 빠른 비결은 인격의 개발에 두 배를 투자하는 마음가짐이다.(The swiftest way to triple your success is to double your investment in personal development.) — 로빈 샤르마(Robin Sharma)

총수익(gross income)은 순이익(net income)과 다르다는 결산 방식으로 따지자면, 2를 투자하여 3을 얻으면 이익이 1이어서, 절반 장사가 안 된다. 그러나 캐나다 작가 샤르마의 공식을 40 = 20 계산법에 대입하면 정답의 값이 달라진다. 60년 동안 성장하고 준비하며 일하고 나서 한가롭게 누리는 즐거움의 기간은 일하며 보낸 세월보다 3분의 1뿐인 20년이면 족하다.

40년 = 20년 공식의 또 다른 풀이 방식은 행복지수의 대입법이다. 우리가 항상 느끼듯이 즐거우면 시간이 정말로 빨리 간다. 그러니까 생존 경쟁의 60년은 불행하게 살면 100년이 되고, 행복하게 살면 20년이 된다. 막심 고리키는 "일이 즐거우면 인생은 기쁨이요, 일이 의무가 되면 인생은 노예 생활"이라고 했으며, 이탈리아 신학자 토마스 아퀴나스(Saint Thomas Aquinas)는 "일에서 즐거움을 느끼지 못하면 삶에서 즐거움을 찾지 못한다"고 했다. 똑같은 일을 하며 행복하거나 불행한 두 종류의 사람들이 따로 생겨나는 원인이다.

인생이 불행하다고 느끼는 사람들은 흔히 자질구레하지만 즐거운 일들은 당연한 듯싶어 쉽게 잊고 슬프거나 고달팠던 기억만 족집게로 집어내어 차곡차곡 마음속에 진열하는 경향을 보인다. 그런 감정의 편식은 내가 하는 일에 대한 투자와 보상의 서툰 계산법에 짓밟히기 쉽다.

그대가 원하는 인생을 창조할 시간을 따로 마련하지 않으면, 원하지 않는 인생을 뒤늦게 억지로 해결하느라고 엄청난 시간을 바쳐야 한다.(If you don't make the time to work on creating the life you want, you are eventually forced to spend a lot of time dealing with a life you don't want.) — 케빈 응오(Kevin Ngo), 『행동하라는 100마디 훈수(Let's Do This! 100 Powerful Messages to Help You Take Action)』

하는 일이 즐거우면 우리는 아침에 잠자리에서 일어나자마자 어서 뭍이나 바다의 밭으로, 아니면 도시의 일터로 나가 열심히 일해 능력을 한껏 발휘하고, 그 보상을 돈으로 환산하여 두둑하게 받고 싶어진다. 즐거운 일을 신나게 한참 동안 하고 유쾌하게 지치면 밥맛까지 좋아지고, 땅거미가 질 무렵 일손을 놓고 쉬는 시간 또한 덩달아 즐겁다. 그렇게 열심히 일하고 편히 쉬는 사람은 일취월장 성공에 성공을 거듭하며 고속으로 승진하여 세상을 호령하고, 그를 좋아하여 사방에서 몰려드는 사람들과 어울려 평생 즐거운 시간을 보낸다.

반면에 먹고살기 위해서 억지로 하는 일은 날마다 거듭하기가 지겨워 오늘 하루를 시작조차 하기 전에 마음이 먼저 지치고, 지치면 밥맛조차 없어지고, 아예 직장에 나가기가 싫어진다. 일을 하기 싫으니 일터로 나간들 당연히 능률이 나지 않아 실적은 부진하여 만년 남들 밑에서만 맴돌게 되고, 내 위에 군림하는 상전들과 주변의 온갖 경쟁자가 모두 원수처럼 미워 더욱 짜증이 나고, 그래서 수없이 많은 적을 만들고는 즐겁고 고달픈 싸움터에서 패배한 외톨이가 된다. 그런 사람들은 십중팔구 집으로 돌아가봤자 가족과 같이 휴식을 취하는 시간조차 귀찮아 잠밖에 자지 않는다.

우리는 최고의 자리에 오른 높이로 사람을 판단하면 안 되고, 출발한 지점으로부터 얼마나 멀리 왔는지 거리를 따져야 한다.(We should not judge people by their peak of excellence; but by the distance they have traveled from the point where they started.) — 헨리 워드 비처(Henry Ward Beecher)

미국 CBS-TV 방송 〈추적 60분(Sixty Minutes)〉 말미에 매주일 촌철살인 사회 논평으로 당대를 풍미했던 방송인 앤디 루니(Andy Rooney)는 "누구나 다 산꼭대기에서 살고 싶어 하지만, 행복과 성장은 산을 오르는 과정에서 이루어진다(Everyone wants to live on top of the mountain but all the happiness and growth occurs while climbing it)"고 했다.

얼마나 높이 오르겠느냐는 목표보다 얼마나 일찍 출발하여 준비와 성장의 과정을 어떻게 성실히 살아가느냐가 훨씬 중요하다는 뜻이다. "스카이 캐슬" 꼭대기 부잣집에서 태어나 부자가 된 사람과 산기슭 개천에서 태어나 용이 된 사람의 주행 거리는 아예 성공의 척도가 다르다.

"발전은 도약을 위한 도전에서 시작하고 거기에 필요한 원동력은 용기"라며 흑인 여성 방송인 숀다 라임스(Shonda Rhimes)는 이렇게 말했다. "선을 긋느라고 인생을 낭비하지 말고, 선을 넘으면서 살아가라."

하지만 "선을 넘는다"는 말은 미래로 가기 위해 과거를 부정하라는 허무주의 개념이 아니라고 주장하는 제임스 R. 셔먼(James R. Sherman)은 『불합격(Rejection)』에서 새 출발의 의미를 이렇게 해석한다. "처음으로 돌아가 새로운 출발을 하기는 누구에게나 불가능하지만, 지금 출발하여 멋지고 새로운 마무리를 지을 가능성은 누구에게나 있다."

"많은 경우에 그건 새로운 사람이 된다는 말이 아니어서, 어떠한 인간이 되리라는 자질을 이미 갖추었지만, 어떻게 그런 인격을 완성해야 하는지 그것만 모른다는 뜻이지."("Often, it's not about becoming a new person, but becoming the person you were meant to be, and already are, but don't know how to be.") ― 히드 L. 벅매스터(Heath L. Buckmaster), 『머리카락의 신탁(Box of Hair: A Fairy Tale)』

돈이건 옷이건 무엇이건 남부러울 바가 없는 아름다운 카리나 공주가 천국 같은 성을 뛰쳐나와 정열의 사나이(Flame)와 함께 모험의 길에 나선 이유는 행복에 대한 개념이 남들과 달라 궁궐을 호화로운 감옥이라고 해석했기 때문이다. 공주를 위한 행복의 모든 요소는 이미 감옥 안에 준비되었지만, 그 상대적인 가치를 카리나는 낙원을 벗어난 다음에야 깨닫는다. 아주 흔한 주제다.

자아를 찾으려는 여정이 바로 그러하다. 자아는 삶의 어느 시점에서인가 새로 만들어내는 창조의 대상이 아니다. 그것은 이미 나의 내면에서 함께 살아온 나의 주체를 인지하는 현상이다. 그러니까 무엇인가를 그냥 발견하는 오지에서의 탐험보다는 자신을 새로운 눈으로 해석한다는 개념에 가깝다.

자유와 해방은 남태평양의 무인도나 아프리카의 오지로 가야만 채집이 가능한 환상의 선물이 아니다. 남들의 노예가 되지 않으면 인간은 지하철 안이건 가정이건 직장이건, 어디에서나 자유인이다. 내가 나의 주인이 되면 어느 누구도 나를 하인으로 부리지 못한다. 내가 나의 주인이 되려고 자아를 찾아가는 해방의 여로는 미래를 위해서 자신을 실험하고 투자하는 용기에서 출발한다.

"왜 떠나야 하느냐고? 그야 돌아오기 위해서지. 네가 떠나온 고향이 어떤 곳인지를 새로운 눈으로 보고 세상을 더 많은 빛깔로 다시 채색하려고 말이야. 그러면 그곳 사람들 역시 너를 달리 본다. 출발한 곳으로 돌아오는 건 아예 길을 떠나지 않는 거하곤 달라."("Why do you go away? So that you can come back. So that you can see the place you came from with new eyes and extra colors. And the people there see you differently, too. Coming back to where you started is not the same as never leaving.") — 테리 프랫쳇(Terry Pratchett), 『하늘이 가득한 모자(A Hat Full of Sky)』

　　타성의 제자리걸음을 하면서 내가 아는 만큼의 나만 바라보느라고 독선적인 혼자만의 감옥에 갇히지 말고 문밖을 나서 멀리 떨어져 내가 살아온 곳을 객관적으로 다시 보라는 영국 환상 소설가의 제언이다. 어디론가 떠났다가 돌아와야만 깨닫기가 이루어지지는 않는다며 토굴에서 면벽하고 득도의 각성과 해탈에 이르는 사람은 평범한 우리와는 어딘가 크게 다른 혜안을 갖춘 승려들 뿐이다.

　　많은 보통 사람들은 길을 나선 다음에야 집에 두고 온 자아를 찾아낸다. 길을 떠나 보기 전에는 도전의 여정에서 무슨 영적인 변화가 벌어질지 모르는 탓이다. 그런 여정을 우리는 성장과 성숙이라고 한다. 많은 부모들이 군복무를 마치고 돌아온 아들에게서 그런 현상을 자주 발견한다. 무엇인가 찾아 떠나는 방랑 행위는 성장의 기본적인 전제 조건 한 가지를 충족시키는 행동이다. 그래서 많은 사람들이 길을 떠난다. 깨우치며 돌아오기 위해서.

"고통은 어떤 다른 가르침보다도 훌륭한 스승이었고, 고통은 나로 하여금 과거에 핍의 마음이 어땠을지를 깨닫게 해주었어요. 나는 꺾이고 부러졌지만 이왕이면 보다 좋은 모습으로 달라졌기를 바라요."("Suffering has been stronger than all other teaching, and has taught me to understand what your heart used to be. I have been bent and broken, but I hope into a better shape.") ― 찰스 디킨스(Charles Dickens), 『위대한 유산(Great Expectations)』

난해하고 괴이한 인생 역정을 거친 다음 11년 만에 고향을 찾아간 주인공 핍에게 에스텔라가 하는 고백이다. 무너진 과거와 함께 폐허가 되어버린 저택에서 에스텔라는 일곱 살 때부터 그토록 그녀를 극진히 사랑했던 핍에게 용서를 빈다. 싱싱한 젊음과 오만한 자부심을 조금씩 잃고 마음조차 황폐해진 그녀에게 마지막 남은 재산이 오랫동안 깔보았던 과거의 추억뿐이었기 때문이다.

결혼마저 한 번 실패한 다음에야 그토록 구박하고 냉대했던 "미천한 고아" 핍에게 사과할 용기가 생긴 까닭은 에스텔라가 그만큼 성숙했기 때문이다. 나의 잘못을 인정하거나 남의 잘못을 허투루 용서하면 자존심이 상해서 손해라고 생각하기 쉽지만, 알고 보면 그것은 무작정 나를 지키려는 독선보다 행하기가 훨씬 어려운 미덕이다.

사과와 용서는 자존감을 잃는 패배가 아니라 멀어진 적을 가까이 당겨옴으로써 잃었던 나를 돌려받는 한 가지 우회적인 발전이다. 그런가 하면 타인들에게 용서를 빌기 전에 나 자신에게 먼저 사과하는 마음은 나의 잘못을 인정하고 궤도를 수정하려는 결단이며, 그것이 바로 전형적인 한 가지 자아 발견의 첫걸음이다.

우리는 자신이 살아온 과거의 산물이지만, 그렇다고 해서 과거의 포로로 살아갈 의무는 없다.(We are products of our past, but we don't have to be prisoners of it.) ― 릭 워렌(Rick Warren), 『내가 세상에 태어난 목적(The Purpose Driven Life: What on Earth Am I Here for?)』

　　자아를 찾아가는 장정은 만인이 성장기에 꼭 치러야 하는 과업이기가 보통이지만, 찰스 디킨스의 소설 『위대한 유산』의 여주인공 에스텔라에게는 그 역정이 정상적인 평균치 청춘의 통과 의례보다 훨씬 힘겹다. "꺾이고 부러지는" 과정이 그녀에게 유난히 힘든 이유는 과거의 포로가 된 하비샴 여사(Miss Havisham)가 비정상적인 가르침으로 극한 제동을 걸었기 때문이다. 하비샴은 나의 과거를 잣대로 삼아 자식의 인생을 설계하는 독단의 위험성을 보여주는 입체적 표본이다.

　　하비샴은 결혼식장에 나타나지 않고 돈만 챙겨 종적을 감춰버린 사기꾼 신랑에게서 받은 충격의 상처를 이겨내지 못해서, 빛을 잃은 결혼 예복과 한 켤레의 신발만 평생 몸에 걸치고 자신이 감옥으로 선택한 저택에 숨어 폐인으로 평생을 살아온 여인이다.

　　범죄자의 자식인 줄 모르고 양녀로 받아들인 에스텔라에게 하비샴은 치명적인 인생의 상처를 받지 않도록 "남자에게 정을 주지 말라"는 현명한 처방을 내린다. 그러나 양어머니가 보여주려던 '귀감'은 자신이 과거에 실천했더라면 옳았을지 모르지만, 결국 하비샴의 과거가 에스텔라의 미래를 좀먹는 결과를 가져온다. 행복을 적극적으로 추구하는 대신 불행을 모면하려는 소극적인 길은 또 다른 울타리에 갇혀 살아가야 하는 포로를 키워낸다.

143

세상에는 지배하려는 욕망보다 훨씬 사악한 힘이 하나 있으니, 복종하려는 의지가 그것이다.(There is one thing in the world more wicked than the desire to command, and that is the will to obey.) — 윌리엄 킹던 클리포드(William Kingdon Clifford)

　　"다 너 잘되라고 하는" 부모님 말씀과 주변인들의 우호적인 도움말조차 때로는, 내 발에 맞지 않는 신발처럼, 머나먼 인생의 길을 가기에는 불편한 장애물로 작용하는 경우가 많다. 하물며 개인적인 독기가 서린 하비샴 여사의 '참견'은 처방은커녕 무거운 족쇄가 되어 주변 사람들의 인생을 여럿 망가트린다.

　　혼자 자아를 찾아가는 여정만 해도 힘겨운데 타인이 앞을 가로막으면 내가 내 인생의 주인으로 성장하는 데 자칫 평생의 절반 이상이 걸린다. 내가 찾아내어 따라가야 할 길을 자신이 제대로 알아내기조차 힘겨울 때는 타인들, 특히 가장 가까운 타인들인 가족이 훼방을 놓아 자갈밭 험한 길을 깔아놓으면, 나 자신보다 먼저 거추장스러운 타인부터 극복해야 하는 이중의 고난이 닥친다.

　　부모에게는 모범적인 길이었는지 모르지만 나에게는 그렇지 못한 경우, 어른의 판단이 옳았는지 여부를 자식이 판단하기에는 오랜 혼란의 시간이 걸리고, 그러다 마침내 자아를 찾은 아이가 박탈당한 선택권을 행사하려고 저항하면, 어른이 훨씬 더 심하게 저항한다. 사고력이 염소의 뿔처럼 굳어져가는 어른은, 권위에 대한 도전을 받는다는 위기감을 느끼는 가운데, 자신의 잘못을 깨닫기가 그만큼 더 어려워지는 탓이다.

144

머리가 시키는 대로 하라. 마음이 시키는 대로 하라. 뱃장이 시키는 대로 하라. 사실상 그대 자신의 모든 가르침을 따르되 남들의 명령만큼은 복종하지 말라.(Obey your head. Obey your heart. Obey your gut. In fact, obey everything except commands.) ― 맷 헤이그(Matt Haig)

두 세대 사이에 타협이 이루어지지 않아 간극이 생겨나는 경우, 성장하는 아이가 어른보다 역행의 어려움에 훨씬 많이 시달려야 하는 까닭은 중간에서 객관적인 논리에 입각하여 두 사람으로 하여금 타협에 이르도록 설득하는 '제3자'가 없기 때문이다. 그 제3자란 많은 경우에 타인이 아니라 쌍방 저항에 대처하느라고 아이가 키워내는 3인칭 자의식이다.

복종과 순종은 어려서부터 누구나 다 배워야 하는 인생 학습 제1과다. 그러나 '착한 아이'의 개념은 대부분 어른의 편리함과 목적에 맞춘 온갖 다양한 공식을 벗어나지 않는다. 공교육과 종교와 '어르신'들의 훈수와 처방과 요구에 귀가 아프도록 세뇌를 당한 인간 개체가 삶을 개척하느라고 독자적인 행동을 개시하기에 이를 즈음에는 완전히 나 혼자만의 결단을 따라야 한다.

자의식의 두드러진 징후는 거역과 반발과 저항이다. 불복종의 용기가 싹트는 자리에서 자아가 자라나기 때문이다. 타인이 심어준 정체를 파괴하면서 부활하지 않고는 삶이 복종과 의무에 짓밟혀 혼자 가려는 의지가 너덜너덜 망가지고, 성숙의 변태가 일어나지 않는다. 자아를 찾으려는 저항은 논리적인 비폭력 설득의 방식으로 이루어지는 편이 바람직하다. 폭력에 의존하는 아이의 저항은 어른의 독선만큼이나 나쁘다.

사람들을 소극적으로 만들어 잘 복종하게 길들이는 효율적인 길은 용납할 만한 여론의 범위를 엄격하게 설정한 다음 그 범위 안에서 아주 활발한 토론을 허락하는 기술이다.(The smart way to keep people passive and obedient is to strictly limit the spectrum of acceptable opinion, but allow very lively debate within that spectrum.) ― 에이브럼 노암 촘스키(Avram Noam Chomsky),『공공의 선(The Common Good)』

미국 언어학자 촘스키는 전체주의적인 권력층이 자유를 통제하는 교활한 방식의 본질이 무엇인지를 설명한다. 독선적 이념의 벽을 넘어서려는 사상과 행동의 자유를 허락하지 않는 정치 행태에서 잘 드러나듯이, 제한된 선택만을 강요하는 자유의 흉내는 모조품에 불과하여 진정한 자유가 아니다. 촘스키가 정의한 자유의 울타리(spectrum)는 듣기 좋은 주제의 토론만 허락하며 독재자가 보고 싶은 조건 반사만 하도록 민중에게 허락하는 영역의 장벽이다. 우리나라의 경우, 이런 정치 전략을 우파와 좌파가 똑같이 구사한다.

광장 선동의 제물인 군중은 이성이 마비된 최면 상태에 빠져 자신도 모르는 사이에 편향적인 집단 논리로부터 자아의 주체가 오염당할 위험성이 크다. 주어진 환경과 제한된 여건의 철조망 안에서 표피적 화법으로 교류하는 집단의 구성원들은 너도나도 두뇌의 기제(機制)가 비슷해지면서 주변 사람들을 서로 쉽게 닮아가는 탓으로 남다른 새로운 세상을 찾아내는 시각을 발전시키기가 어렵다. 그들은 발가락 하나만 닮았다는 이유로 나 혼자만의 수많은 개성을 저버리고 무기력하게 공동체에 합류하여 남들이 훈련시키고 다듬어놓은 모조품 자유의 종교에 영혼이 물든다.

그리고 만일 다른 모든 사람이 당에서 주입시킨 거짓말을 받아들이고 만일 모든 기록이 똑같은 진술을 한다면—그때는 거짓이 역사로 전해져 진실이 된다. 당이 내세운 선전 구호는 "과거를 통제하는 자가 미래를 통제하고, 현재를 통제하는 자가 과거를 통제한다"였다.(And if all others accepted the lie the Party imposed if all records told the same tale then the lie passed into history and became truth. "Who controls the past," ran the Party slogan, "controls the future: who controls the present controls the past.")

— 조지 오웰(George Orwell), 『1984년(1984)』

이미 거의 반세기나 흘러간 까마득한 옛날(1984)을 1950년에 발표한 소설에서 끔찍한 미래로 그려낸 오웰의 예언은 세계 여러 곳에서 여전히 진행 중인 현재 상황이다. 극단적인 독선에 병든 고정 관념들이 서로 다투고 경쟁하는 다양한 집단의 통치 계급에서는, 가족에서 국가에 이르기까지, 자신에게 유리한 말만 하고, 듣기 싫은 소리는 교묘하게 왜곡하는 성향이 횡행한다.

권력을 잡은 승자가 과거의 역사를 기록하는 탓으로, 역사는 상대적 미래인 현재에 조작되고, 그렇게 차곡차곡 쌓인 거짓이 역사의 커다란 부분을 차지한다. 평화를 추구해야 할 종교가 중세부터 지금까지 각처에서 끊임없이 분쟁을 일으켜 각축하고, 우리나라의 정치 집단들은 듣기에 달콤한 찬양에만 귀를 활짝 열어놓고 타인의 정의는 인정하려고 하지 않는 일방적 청각 장애를 편리하게 조작하는 세상이다. 통치 주체가 진두지휘하여 훼손시키는 그런 거짓된 진실을 올바르게 파악하려면 자아의 냉정한 판단력을 끊임없이 키워야 한다.

"하지만 다른 사람들과 더불어 살아가는 길을 찾기 전에 나 자신과 함께 살아가는 길부터 알아야 한단다. 사람의 양심만큼은 다수결의 지배를 받아서는 안 되니까."("But before I can live with other folks I've got to live with myself. The one thing that doesn't abide by majority rule is a person's conscience.") — 하퍼 리(Harper Lee), 『앵무새 죽이기(To Kill a Mockingbird)』

변호사 애티커스 핀치가 어른들의 난해한 논리에 대하여 크게 혼란을 일으킨 말괄량이 어린 딸에게 정의가 무엇인지를 설명하는 말이다. 인종 차별이 극심한 미국 남부 앨라배마의 법정에서 핀치는 백인들의 일사불란한 집단 편견에 밀려 재판에서는 끝내 패배하지만, 정신적으로 위대한 승리를 거두는 신념의 법조인이다. 그는 아이에게 남들 앞에서 당당해지는 일이 물론 중요하지만, 그보다 먼저 나 자신에게 떳떳한 인간이 되어야 한다고 가르친다.

군중이 정의를 구현하는 동기와 방법의 기준은 소신이 아니라 다수결을 따른다. 광장의 군중은 빌라도에게 예수 그리스도를 십자가에 매달라고 다수결로 외쳐 정의를 실현했다. 운동장이나 강당의 집회에서 고함치는 달변과 구호는 진실과 거리가 먼 침소봉대 수사학적 아우성인 경우가 많다. 그래서 흥분한 판단이 항상 옳다고 주장하기가 어렵다.

광고와 선전과 선동이 넘쳐나는 굴절된 사회에서는 나의 판단력을 오도하려는 세력이 판을 치기 때문에 귀가 얇은 이성이 흔들리기 쉽다. 온갖 거짓 정보에 찌든 인터넷 세상에서는 남이 지정해준 제목을 놓고 토론을 벌이는 기존의 틀과 상황을 벗어날 줄 알아야 한다. 내가 생각의 주제와 제목을 찾아내려는 도전이야말로 나만의 인생을 경작하는 밭갈이의 진정한 기초 작업이다.

올바른 것은 따라야 옳다. 가장 강한 자에게는 다른 도리가 없어서 복종한다. 정의는 힘이 없으면 무력해지고, 정의를 도외시하는 권력은 포악하다.(It is right that what is just should be obeyed. It is necessary that what is strongest should be obeyed. Justice without might is helpless; might without justice is tyrannical.) — 블레즈 파스칼(Blaise Pascal), 『팡세(Pensées)』

14세기 독일 종교인 토마스 아 켐피스(Thomas à Kempis)는 "다스리기보다 순종하는 편이 훨씬 쉽다"고 했다. 순종하면 판단하고 결정하는 엄청난 의무가 면제되기 때문에 그렇다. 판단하고 선택한 다음 그 결과에 대한 책임을 지기 싫어서 아무것도 내가 결정하지 않으면 무엇 하나 내 마음대로 하는 인생이 아니고 종살이가 시작된다. 그런 순종은 불완전한 미덕이다.

17세기 아일랜드 극작가 조지 파쿠아(George Farquhar)는 "무지몽매한 자일수록 복종을 잘한다"고 진단했다. 내가 무엇을 해야 하고 왜 해야 하는지를 알지 못하기 때문에 혼자서는 아무것도 못하는 사람은 남들이 가르쳐줘야만 자신이 해야 할 일이 무엇인지를 깨닫는다.

『바람과 함께 사라지다』에서 KKK(Ku Klux Klan) 활동을 적극적으로 옹호하는 여주인공 스칼렛 오하라는 "흑인은 무능하기 때문에 백인이 보살펴주지 않으면 생존하지 못한다"는 착각의 계산착오를 일으킨 박애주의자다. 버락 오바마는 스칼렛 오하라나 KKK의 도움을 받아 대통령이 되지는 않았다.

오바마에게는 선택의 자유가 있었고, 그는 그 자유를 행사할 줄 알았다. 책임을 수반하는 자유를 선택할 용기가 없는 사람들이 좋아하는 곳은, 관리하고 유지하기가 힘겨운 으리으리한 저택보다, 아프리카 오지의 오두막 피난처다. 피난처는 숨는 곳이지 낙원이 아니다.

"모름지기 훌륭한 하인은 명령이라고 해서 모두 따르지는 아니하고, 올바른 지시만 수행해야 옳겠지."("Every good servant does not all commands, No bond but to do just ones.") — 윌리엄 셰익스피어(William Shakespeare), 『심벌린 (Cymbeline)』

궁중 모함에 빠진 나머지 아내 이모젠을 의심하여 죽이라고 하인에게 지시했던 주인이 그의 명령을 거역하고 이모진을 살려낸 하인 피사니오에게 고마워하며 때늦은 '훈시'를 한다. 주인의 이름 포스튜머스(Posthumus)는 "사후약방문(Posthumous＝죽은 다음)"을 암시한다. 아무리 부모나 윗사람일지언정 어른이 잘못된 명령을 내릴 때마다 아이가 순순히 따르면 자칫 친족 살인의 공범이 된다. 주범은 더 죄가 클지언정 그나마 소신이 있는 사람이지만, 공범은 그냥 우매하고 비열한 하수인일 따름이다.

성숙한 아이는 어른의 비판을 논리와 당위성에 입각해서 판단하고, 타인의 말이 옳으면 당연히 내 잘못이라고 깨닫고는 자신의 약점을 바로잡아야 한다. 그러나 타인의 비판이 옳지 않으면 역으로 내가 비판하며 받아들이지 않아야 남의 허물과 죄를 배당받는 위험으로부터 자유로워진다.

"어린 것이 뭘 알아"라던 시대는 20세기에 끝났다. 부모와 스승의 체험보다 훨씬 효율적인 기능을 하는 정보망이 기가바이트로 구축된 현실을 살아가는 아이로부터 "늙은 것이 뭘 알아"라는 소리를 21세기의 어른이 들어야 할 만큼 연령층의 위상이 반전된 세상이다. 아이는 미래를 보는 반면에 어른은 나이를 먹을수록 과거로 눈을 돌리고, 그래서 그들의 시선이 괴리를 향해 서로 점점 멀어지거나 어긋난다.

행동이 항상 행복을 가져다주지는 않지만, 행동하지 않으면 행복은 없다.(Action may not always bring happiness, but there is no happiness without action.)

— 윌리엄 제임스(William James)

실용주의를 주창한 19세기 미국의 심리학자이며 철학자인 제임스는 낯선 모험과 도전을 회피하려는 아이의 인격과 정체성은, 서른 살이 되면, "석고처럼 굳어져 평생 다시는 복구할 기회를 얻지 못한다"고 경고했다. 지금은 정체성 경직의 시기가 훨씬 빨리 스무 살에 찾아온다.

송충이가 몸에 너무 꽉 끼는 허물을 때맞춰 벗어버리지 못하면 광활한 하늘을 집으로 얻는 나비가 되지 못하고 죽는다. 싯다르타 태자는 궁궐 밖 변방으로 나가서야 영육이 헐벗은 인간의 생로병사 현실이 무엇인지를 깨닫고 부처가 되었다. 출가는 물질적인 집 그리고 성장하는 영혼의 허물을 벗어나는 상징적인 행동으로, 나의 아집을 벗어나는 순간부터 빠르게 진행된다.

우리말 사전은 아집(我執)을 "자기중심의 좁은 생각에 집착하여 다른 사람의 의견이나 입장을 고려하지 아니하고 자기만을 내세우는 것"이라고 정의한다. 그것은 자의식하고는 크게 다른 개념이다. 자의식의 열매를 얻으려면 내가 묘목을 심어 나무를 키워야지, 남들이 다 키워놓은 고목을 수목원에서 사다가 내 마음에 심어봤자 뿌리가 제대로 내리지 않는다.

나의 허물을 깨닫고 그것을 바로잡는 사이에 우리는 남의 일방적인 허물까지 수긍하여 용서하는 습성을 익힌다. 속세의 삶을 이해하여 나를 알고 남을 알면 만인의 단점까지 인간적이라며 사랑하는 방법을 터득한다.

꿈을 행동의 흙에 심어주지 않고 마음속에만 담아두면 후회의 열매가 맺힌다.(Dreams become regrets when left in the mind, never planted in the soil of action.) — 오스카 올릭-아이스(Oscar Auliq-Ice), 『마음을 살찌게 해주는 어록집(Wealth of Words)』

아역 배우 시절에 엘리자베드 테일러가 주연한 아주 오래된 영화 〈녹원의 천사(National Velvet, 1944)〉에서 초등학생 여주인공은 천덕꾸러기 애마(愛馬)가 "위대한 말이라는 사실을 증명하여 모든 사람의 존경과 사랑을 받게 될 기회를 마련해주겠다"며 경마 대회에 출전할 참가비를 달라고 부모에게 조른다. 아버지는 "쓸데없는 일에 엄청난 돈을 낭비하지 말라"며 화를 낸다.

그러자 만사에 생각이 깊은 어머니가 100파운드를 손수 마련해 딸에게 준다. 스무 살 때 도버 해협을 헤엄쳐 건넌 상금으로 받은 금화 한 쌈지를 언젠가는 소중한 일에 쓰리라고 평생 다락방에 숨겨두었던 어머니가 어린 딸의 꿈을 실험해보게 된 지금이 바로 그때라고 판단한 것이다. 말을 운반하는 경비까지 충당할 이 돈을 현재 가치로 환산하면 1천만 원쯤 된다.

그리고 엄마가 말한다. "아빠는 쓸데없는 일의 중요성을 잘 몰라서. 지금 네가 꾸는 꿈은 평생 잃지 말고 간직해야 하는 보물이란다. 인간은 누구나 살아가다가 한 번쯤은 쓸데없는 무엇에 열중할 기회가 필요해. 모든 일에는 적절한 때가 따로 있지. 경마 대회에 출전할 때, 사랑에 빠질 때, 엄마가 될 때가 그래. 우승하느냐 못하느냐는 중요하지 않아. 무엇인가 한 가지를 마무리 짓고, 다음 단계로 넘어가 다른 일을 해야 하는 지혜가 필요하지."

여기 황야의 나무 그늘에서 빵 한 덩어리에
술 한 병과 시집 한 권이 벗하고—
그대가 내 곁에서 노래를 불러주니—
황야는 그만하면 낙원이더라.

(Here With a Loaf of Bread beneath the Bough,
A Flask of Wine, a Book of Verse — and Thou
Beside me singing in the Wilderness —
And Wilderness is Paradise enow.)

— 우마르 하이얌(Omar Khayyám), 『루바이야트(Rubáiyát)』

고대 페르시아의 시인 하이얌은 "나물먹고 물마시고 팔 베고 누웠으니 대장부 살림살이 이만하면 족하다"고 노래한다. 인생살이의 모양새는 동서고금이 서로 그리 크게 다르지 않다.

인도의 구루 아밋 라이(Amit Ray)는 『비폭력의 힘(Nonviolence: The Transforming Power)』에서 "아름다움은 영혼이 느끼는 가장 순수한 감정이어서, 영혼이 만족하면 아름다움이 솟아난다"고 했다. 사람들은 흔히 아름다워야 만족하리라고 생각하지만, 만족해야 아름다워진다는 역순의 논리다.

브랜든 샌더슨(Brandon Sanderson)은 환상 소설 『시대의 영웅(The Hero of Ages)』에서 "어떤 인물이 되고 싶은가 하는 소망과 어떤 인간이 되어야 하는가라는 필연성 사이에서 어떻게 해서든지 균형을 찾아야 하지만, 지금으로서는 그냥 현재의 우리 자신에 만족해야 한다"고 진단했다. 그리고 칼릴 지브란은 "자신의 삶에 만족하는 사람은 인생을 두 번 사는 셈"이라고 덤을 얹었다.

관심이 없는 무엇인가를 위해 열심히 일해야 하면 우리는 그것을 고역이라고 한다. 좋아하는 무엇인가를 위해 열심히 일하면 그것은 열정이라고 한다.(Working hard for something we don't care about is called stress. Working hard for something we love is called passion.) ― 사이먼 시넥(Simon Sinek)

6장
어리석음의 무한 가치

오로지 돈을 받기 위해 나로서는 별다른 관심이 없는 일을 수행하여 성공하면 그것은 필시 남을 위한 과업이어서, 승리의 공덕은 그 일을 시킨 사람에게로 거의 다 돌아간다. 내가 누리는 보람은 금일봉 훈장이 담긴 봉투 하나로 끝난다. 요즈음에는 그런 일을 대부분 로봇(人造人間)이 대신한다. 내가 거둔 결실을 남이 몽땅 가져가고 나는 머슴처럼 그 노력에 대한 삯을 받고 끝나는 삶은 그래서 내가 좋아하는 일에 성공할 때만큼 행복하지가 않다.

인간으로서의 성장은 새로운 정보를 배우기보다 이미 익힌 기존의 한계들을 털어냄으로써 이루어진다.(Personal growth is not a matter of leaning new information but unlearning old limits.) — 앨런 코언(Alan Cohen)

고타마 싯다르타가 아내와 아들을 대궐에 남겨두고 29세에 출가하여 대각을 얻은 나이가 35세였다. 붓다가 태어났다고 추정되는 기원전 500년경에는 인간의 평균 수명이 18세였다니, 그의 출가와 대각은 정말로 늦어도 한참 늦어 사실상 '사후(死後)'에야 이루어진 셈이다.

싯다르타가 세상을 제대로 보기 시작한 시기가 그토록 늦어진 한 가지 근본적인 원인은 태자를 위해 어른들이 조작해놓은 세상을 벗어날 기회가 없었던 탓이다. 카필라성의 군주 슈도다나는 불결하고 험한 세상을 아들이 보거나 알지 못하도록 추한 사람들을 모두 유배를 보내 감춰버렸다. 인간의 고통으로부터 차단된 궁전에서 아름다움을 인공적으로 조립한 망상의 현실만을 살았던 태자는 전형적인 "온실 속의 아이"로 자라는 동안 참된 세상을 똑바로 마주보고 고통을 이겨내는 면역성을 키울 기회를 잃어버리고 말았다.

안락한 온실은 나의 자아가 뿌리를 내리고 자라나기에 좋은 서식지가 아니다. 잘못 알았던 세상으로부터 탈출하려면 인간 식물은 온실을 나와 자연의 토양에서 흙과 물과 태양을 먹고 스스로 정신적인 광합성을 해야 한다. 타인이 선별하고 조작한 세상에서는 아무리 눈을 크게 떠도 진실이 잘 보이지 않는다. 남들이 왜곡하는 현실은 시각을 현혹하고, 망상 속에서는 나의 존재 또한 보이지 않는다.

인간은 변화하기 위해 존재하고, 성숙하기 위해 변화하며, 성숙하려면 자아의 창조를 끝없이 계속해야 한다.(To exist is to change, to change is to mature, to mature is to go on creating oneself endlessly.) — 앙리 베르그송(Henri Bergson)

싯다르타 시대의 인간은 20이면 죽을 나이였는데, 지금 사람들은 스무 살이 훌쩍 넘어도 변화하고 성숙하여 자아를 창조할 엄두를 좀처럼 내지 못한다. 우리가 몸을 의탁해가며 사는 주택은 20년 낡으면 도배를 몇 번이나 새로 하고 전등과 문짝을 여기저기 부지런히 고치고 바꿔가며 보수한다. 심지어는 건물 전체를 몽땅 부셔버리고 새로 짓기를 서슴지 않는데 왜 우리는 마음과 영혼은 그처럼 돌보고 향상시키지를 않을까?

사람들은 철따라 옷을 갈아입고, 옷과 가방은 열심히 유행에 뒤떨어지지 않으려고 새것으로 때맞춰 바꾸는가 하면, 세 끼 밥을 꼬박꼬박 챙겨 먹지만, 영혼은 몇 년씩 굶기고 방치해두고도 부족함이나 불편함은커녕 죄의식조차 별로 느끼지 않는다.

부모로부터 물려받은 나의 몸과 마음은 20세부터는 내가 돌봐야 옳다. 지력과 심성이 각질처럼 응고하는 실질적 퇴화가 진행 중인 어른들이 전수시키려는 시대착오적 시각을 그냥 이어받는 단계에서 학습을 끝내면 아이는 어른과 함께 영적인 발육을 멈춘다. 어른은 신세계로 진입하는 출가의 조건을 아이에게 허락해야 옳고, 어른이 열어주지 않는 문을 찾아내어 밖으로 나갈 생각을 하지 않으면 아이는 대대로 순연 퇴화하는 부모를 닮아간다.

155

나는 내가 보유한 모든 자산의 총체다. 인격은 사람이 최초로 보유하는 개인 자산이다.(I am what is mine. Personality is the original personal property.) — 노먼 O. 브라운(Norman O. Brown)

"보지 않고, 듣지 않고, 말하지 않는다(見ざる, 聞かざる, 言わざる)"는 세 마리 일본 잔나비의 원형은 중국 유가 경전 『예기(禮記)』의 가르침 "예가 아닌 것은 보지 말고, 듣지 말고, 말하지 말고, 행하지도 말라(非禮勿視, 非禮勿聽, 非禮勿言, 非禮勿動)"에서 유래한다. 잔나비 3불(三不)은 인간이 본디 타고나는 바람직한 인성이라기보다 학습을 통해서 개량되는 자산이다.

똑똑한 세 원숭이의 눈과 코와 입을 가린 손은 스승이나 어미의 손이 아니다. 어린 잔나비 3형제는 이미 개성을 갖추어서, 더 이상 누가 시키지 않더라도 옳고 그름을 판단하여 실천할 줄 안다.

원숭이의 친척 오랑우탄은 '숲사람'이라는 뜻이다. 숲의 인간 오랑은 성장기에 보호를 받지 않으면 성체로 살아남지 못하기 때문에 7년 동안 어미가 생존법을 가르치며 보살핀 다음에야 독립시킨다. 인간은 7세에 겨우 공교육을 시작하고, 어떤 개체는 50세에 이르러도 부모의 영토를 벗어나면 어디로 가야 할지 길을 알지 못한다.

인간은 잔나비와 오랑보다 진화를 훨씬 탁월하게 이룩한 만물의 영장이라고 으스댄다. 하지만 인간은 혼자서 이겨나가기보다는 남들의 눈치를 살펴가며 무리를 지어야 살아남는 사회적 동물로 길이 들어 개성을 잃고 단체 생활을 훨씬 더 열심히 몸에 익힌다. 어떤 면에서 보기에 그것은 최초로 보유한 개인 자산인 자아를 잃어버리는 삶의 방식이다.

인생에서는 좋은 끝수를 쥐어야 대수가 아니라 때로는 나쁜 패를 잡더라도 어떻게 대처하느냐가 중요하다.(Life is not a matter of holding good cards, but sometimes, playing a poor hand well.) ― 잭 런던(Jack London), 『불을 지피는 방법(To Build a Fire)』

로벗 루이스 스티븐슨은 "인생에서는 어떻게 타개하느냐에 따라 불리한 조건이 때로는 좋은 조건을 이겨낸다(Life is not a matter of holding good cards, but of playing a poor hand well)"고 했다. 런던과 스티븐슨 말고도 역경을 성공의 발판에 비유한 유명인은 많고, 실제로 불우한 환경을 이겨내어 자수성가한 사례가 우리 세상에는 부지기수이며, 부유한 집안에 태어나 인간성과 인생이 망가진 사례 또한 흔하다.

인생의 도박에서는 어떤 끝수부터가 값지고 영광스러운 성공의 기회인지를 가름하기 어렵다. 투전꾼은 장땡과 갑오 가운데 어느 끝수를 잡았을 때 더 많은 돈을 따는가? 승패와 성공의 질은 끝수가 아니라 판돈의 크기가 결정한다. 인생 투전판에 임할 때 내가 손에 쥔 밑천은 부모가 물려준 재산보다는 세상이 마음에 심어준 최초의 자산이며, 그것을 종자돈으로 삼아 우리는 승부에 나선다. 나에게는 나 자신이 원자재요 유일한 제품이며, 팔아먹을 가장 큰 재산이다.

무엇이 나쁜 끝수이고, 무엇이 좋은 기회이며, 기회의 본질이란 도대체 무엇인지는 따질 필요가 없다. 온갖 성공과 기회는 저마다 크기만 다를 뿐, 개념의 본질은 같다. 크기는 해석하고 수용하는 방법이 다르기 때문에 생겨난다.

"능력이 미치지 못하는 높은 목적을 항상 꿈꾸고 추구해야 합니다. 겨우 동시대인들이나 선배들을 능가하겠다는 생각은 버려야죠. 자신보다 훌륭해지도록 노력해야 합니다." ("Always dream and shoot higher than you know you can do. Do not bother just to be better than your contemporaries or predecessors. Try to be better than yourself.") — 윌리엄 포크너(William Faulkner)

문학 전문지(《Paris Review》)와의 인터뷰에서 포크너가 한 말이다. 할 줄 아는 일만 계속하면 솜씨가 점점 세련되어 훌륭한 장인의 반열에 이르겠지만, 새로운 지평은 보지 못한다. 여러 번 해본 일을 다시 거듭하면 우리는 그것을 도전이라고 부르기를 마다한다.

내가 나 자신을 능가하면 그것은 곧 모든 타인과 세상을 능가하는 경지다. 세인트 루이스 윤리학회의 인기 연사 W. L. 셸던(W. L. Sheldon) 또한 "경쟁자들보다 앞섰다고 해서 존귀한 인물이 되지는 못하니, 과거의 자신보다 훌륭해져야 진정으로 고귀한 인품을 얻게 된다"며 자아 발전의 중요성을 강조했다.

경쟁적인 삶의 출발점에 서서 개성을 발휘해야 할 절실한 시기에 자신을 능가하는 무엇에 도전하기란 말은 쉽지만, 아직 완성에 이르기가 요원한 잠재적인 존재성의 형태를 최대한 세상에 보여주기는 그리 만만한 일이 아니다. 그러나 어쨌든 세상에 태어나 20년 동안 보고 듣고 말하기를 남들에게서 배웠으면 이제는 세상을 내 시각으로 보고, 주관으로 판단하여 받아들이고, 나만의 화법으로 말하기를 시작해야 한다.

소극적인 성격은 죽어버린 삶을 얌전히 살아가는 길을 간다.(Having a passive personality is a soft way to live a dead life.) ― 오마르 엘 카디리(Omar el Kadiri)

"나는 선생이 직업이지만 마음은 학생"이라고 주장하는 로빈 반(Robin Bhan)은 『실패를 받아들이는 선택(Why Accepting Failure Is Not An Option)』에서 "그대가 남들 꽁무니를 따라다니기만 한다면 누가 그대의 뒤를 따르겠는가"라고 물었다.

남들의 흉내만 내고 그들의 뒷바라지를 하면서 평생을 보내는 사람들에게 영적 훈수꾼 섀넌 L. 올더(Shannon L. Alder)는 "그대 자신이 되지 않고 남들이 원하는 인물이 되었다가는 인생에서 가장 큰 후회를 하게 된다"고 경고했다.

"미모는 눈길을 끌지만 개성은 마음을 사로잡는다(It's beauty that captures your attention; personality that captures your heart)"는 R. 로이 길슨(Roy R. Gilson)의 공식은 이제 진부한 상식이 되어버렸으나, 얼른 눈에 띄지 않는 나의 개성을 어떻게 드러내 만인에게 각인시켜야 할지는 불변의 난제로 영원히 수많은 청춘의 앞을 가로막는다.

'개성(個性)'의 사전적 의미는 "다른 사람이나 개체와 구별되는 고유의 특성"이라지만, 사실 세상에는 오직 혼자만의 개성이란 존재할 리 만무하고, 아무도 안 가는 나 혼자만의 길은 없다. 그러나 비록 홀로는 아닐지라도 내가 가고 싶은 길을 가는 사람은 개성이 그만큼 뚜렷하다.

덴마크의 상업미술가 올리버 파우르홀트 닐센(Oliver Faurholt Nielsen)은 "사람이 현명해지면 개성은 저절로 성장한다. 개성의 성장은 비교가 끝나는 곳에서 시작된다"고 했다. 개성은 비교의 대상이 아니라는 뜻이다.

159

역사는 반복된다는 말을 태어날 때부터 귀에 못이 박히도록 들어온 탓으로 우리는 미래가 과거를 반영할까봐 두려워한다. 그러나 인간은 역사가 아니어서, 자신을 반복하지 않고 재창조한다.(We fear the future will mirror our past, because we are born to believe that history repeats itself. But human beings are not history, they reinvent themselves instead of repeating themselves.) ─ 란야 나임(Rania Naim)

1660년에 창립된 지식인 및 학자들의 모임인 영국 왕립 학회(the Royal Society)는 지나간 시대에 활동했던 "자연 과학자들로 구성된 눈에 보이지 않는 학료(invisible college of natural philosophers)"임을 과거 지향적으로 표방한다. 그러면서 그들은 "어느 누구의 말도 믿지 말라(Nullius in verba)"는 역설적인 라틴어 좌우명을 섬긴다. 과거에 축적된 모든 지식을 숭앙하되, 권위라고 해서 무작정 믿거나 받아들이지는 말아야 한다는 지침이다.

역사가 반복된다는 말은 과거를 보고 배워 그대로 본받으라는 뜻보다 조상들의 잘못을 되풀이하지 말라는 경고의 의미가 훨씬 크다. 인간의 삶에서는 과거의 답습보다 미래의 개척이 훨씬 중요해서다. 과거의 진리와 원칙들을 점검하여 수정하기 위해 뒤를 돌아보는 할지언정 뒷걸음질로 도망을 치면서 "미래로 전진한다"고 우기면 안 된다.

"모든 규칙을 준수하면 인생은 하나도 재미가 없다." 명배우 캐더린 헵번이 남긴 명언이다. 남들이 시키는 대로만 살아가는 되풀이 인생은 당연히 재미가 없다. 처음부터 끝까지 예상과 확인이 가능한 길에는 신비한 모험이 없어서다. 모험과 신비는 지도에 없는 길로 들어서야 시작된다.

일관성이 지나치면 육신은 물론이요 정신 또한 피해를 입는다. 불변성은 자연의 법칙에 위배되고, 삶의 순리 또한 아니다. 철저하게 변할 줄 모르는 인간은 시체밖에 없다. 불변하는 지성과 영혼은 어느 차원까지는 가치가 있을지 모르지만, 결국 모든 개성을 하나씩 서서히 죽음으로 몰고 간다.(Too much consistency is as bad for the mind as it is for the body. Consistency is contrary to nature, contrary to life. The only completely consistent people are the dead. Consistent intellectualism and spirituality may be socially valuable, up to a point; but they make, gradually, for individual death.) — 올더스 헉슬리(Aldous Huxley), 『워즈워드의 착각(Wordsworth in the Tropics)』

변화가 없어 무미건조한 일상에 갇히면 사람들은 심심하고 지루하여 힘을 잃고 지친다. 무기력은 불변이 가져다주는 보상이면서 형벌이기도 하다. 한결같은 사랑 또한 오랫동안 자극이 없으면 권태의 씨앗이 되는 경우가 많다. 초지일관하는 현상 유지는 정신적인 기동력을 둔화하여 인간을 퇴화시킨다.

일관성은 획일성으로 멈춰버린 시간의 단위다. 흐르지 않고 정체된 일관성은 안정감을 주고 평화롭지만, 발전과 변화 그리고 개성과 도약의 속성에 반하는 독소로 작용한다. 흐름을 잃고 정체하는 인간의 삶은 고인 물처럼 썩는다. 영감은 단조로운 궤적의 바닷물에서 망둑어처럼 튀어 올라 뭍으로 탈출하는 창조의 격발 장치다. 인간의 지성을 통제하는 영원한 불변의 진리가 때로는 창의력과 독창성을 타성으로 질식시켜 죽음으로 밀어넣는 천적 노릇을 한다.

독창적인 작가는 어느 누구의 흉내도 내지 않는 사람이 아니라, 아무도 그의 흉내를 낼 수가 없는 존재다.(An original writer is not one who imitates nobody, but someone whom nobody can imitate.) — 프랑수아-르네 드 샤토브리앙(François-René de Chateaubriand), 『그리스도교의 정수(The Genius of Christianity)』

낭만파 시인 윌리엄 워즈워드는 아름다운 호수가 많은 영국 북부 전원의 푸른 산과 은빛 강물에 둘러싸여 살면서 자연을 노래했다. 그가 시로 읊은 자연의 환상은 고요한 평화와 조화와 아름다움이 넘쳐나는 세상이었다.

그러나 올더스 헉슬리는 워즈워드가 가짜 자연에 대한 착각에 빠져 살았으리라고 반론을 제기했다. 양떼가 풀을 뜯는 들판 그리고 구비치는 언덕들 너머로 끝없이 구불구불 뻗어나간 돌담은 인간이 가꿔놓은 풍경이어서 참된 자연이 아니라는 주장이다.

보호론자들이 지켜내자고 아우성치는 자연 또한 그 대부분이 인간의 생존을 위해 입맛에 맞게 수십만 년에 걸쳐 길들이고 구조를 수정한 인공 세계다. 식물원과 동물원과 수족관은 인간이 선정하여 조립한 자연의 모조품일 따름이다.

오스카 와일드는 "순발력이란 치밀하게 준비한 기술(Spontaneity is a meticulously prepared art)"이라고 했다. 권투 선수의 운동 신경이나 마찬가지로 반복적인 훈련을 거쳐 지성의 순발력을 준비하고 습득하기가 어렵지 않다는 주장이다. 영감과 상상력 그리고 예술적 감각은 아름답게 가공한 워즈워드 자연처럼 어느 정도의 학습을 통해 배양이 가능하다. 그러나 인간은 학습이 시작되기 전에 이미 어느 가르침도 능가하는 막강한 순발력과 독창성을 장착하고 세상에 나타난다.

"개인은 집단에게 제압을 당하지 않으려고 항상 투쟁해야만 했습니다. 그렇게 투쟁할 때는 흔히 우린 외톨이가 되고, 가끔은 겁이 납니다. 하지만 나 자신의 주인이 된다는 특전을 지키기 위해서라면 우린 어떤 비싼 대가라도 치러야 합니다."("The individual has always had to struggle to keep from being overwhelmed by the tribe. If you try it, you will be lonely often, and sometimes frightened. But no price is too high to pay for the privilege of owning yourself.") ― 러디아드 키플링(Rudyard Kipling)

1935년에 키플링이 《리더스 다이제스트》와의 인터뷰에서 남긴 말이다. 한평생을 살아가면서 온갖 집단의 지배를 받아 짓밟히지 않도록 버티려면, 옳지 않은 다양한 외적 영향력을 거부하고 이겨내는 훈련을 계속 쌓아야 한다. 평범한 세상에서 비범한 개성을 발휘하기란 위험한 일이기 때문이다.

인도의 두뇌 과학자 아비짓 나스카(Abhijit Naskar)는 『살아 있는 의식(Conscience over Nonsense)』에서 "신경이 과민한 사회의 규범들을 그대가 벗어나려는 행동을 취할 때마다 사회 집단은 당혹감에 빠져, 고유한 인간다운 그대의 독특함을 당장 조롱하기 시작한다"고 경고했다.

아동문학가 루한 찬드(Ruhaan Chand)는 "다르다(different)함은 비뚤어졌다(odd)가 아니라 독특하다(unique)는 뜻"이라고 풀이했다. 다름은 개성을 뜻한다. 대다수 사람들은 남의 눈에 나지 않는 평균치 인간이 되어 안전하게 군중 속에 숨어버리려고 노력하면서 동시에 개성을 발휘하여 온 세상이 나를 알아볼 만큼 '튀는 존재'가 되기를 간절히 바라는 이율배반적 심리에 사로잡힌다.

163

모든 일에 관심을 가짐으로 해서 파리지엥은 결국 어떤 한 가지 일에도 흥미를 느끼지 못하게 된다. (중략) 그런 사람은 이 세상이 항상 받아주지만, 그가 사라진다 한들 누구 하나 신경을 쓰지 않는다.(By dint of taking interest in everything, the Parisian ends by being interested in nothing. ... You are always acceptable to this world, you will never be missed by it.) ― 오노레 드 발자크(Honoré de Balzac), 『황금빛 눈동자의 아가씨(The Girl With the Golden Eyes)』

『인간극장(La Comédie humaine)』의 13번 총서 가운데 세 번째 중편소설(『La Fille aux yeux d'or』)에서 통속적인 부르주아 무리를 신랄하게 풍자한 대목이다. '파리 사람'이라고 하면 19세기에서 20세기 전반에 이르기까지 유행의 첨단을 가는 세계 최고 문화인의 표상이었다. 파리지엥처럼 모든 기준에 맞기는 하면서도 어디 하나 두드러진 개성이 없는 둥글둥글 만물박사 모범생은 누구나 쉽게 받아주는 이상형 귀감이지만, 다른 한편으로는 무시하고 잊어버려도 별로 문제가 되지 않는 판박이 존재다.

한때는 다재다능한 인물이 어디에서나 쓸모가 많았다. 그러나 정보의 양이 엄청나게 팽창한 지금은 다양한 지식을 양념처럼 조금씩 골고루 갖춘 표준형보다 한 가지 독특한 전문 분야의 깊은 재능을 갖춘 사람이 훨씬 값진 가치를 창출하는 인적 자원이다. 직장과 사회를 지배하는 옛날 규칙과 정답은 대부분 시효가 끝났고, 이제는 성공의 공식을 거꾸로 뒤집어 읽어야 하는 시대가 되었다. 남들이 다 잘하는 온갖 기본 소양을 아무리 많이 겸비해봤자 세밀하게 특성화한 사회에서는 별로 눈에 띄는 인재가 되지 못한다.

세상이 그대의 율동을 좋아하건 말건 개의치 말고, 그대가 좋아하는 장단에 맞춰 춤을 춰야 한다.(Dance to the beat of your own drum; whether the world likes your rhythmic movements or not.) — 맷쇼나 들리왜요(Matshona Dhliwayo)

    들리왜요는 유일무이하고 이색적인 인물이다. 짐바브웨 출신으로 캐나다에서 들리왜요만큼 성공한 기업인은 없을 테니까 말이다. 아주 기나긴 단판 승부를 벌여야 하는 인생 경기에서 우리는 세상으로 나가 어떤 춤을 춰야 들리왜요처럼 주목을 받고 성공하겠는가? 이런 질문을 받으면 대부분의 사람들은 "어떤 춤을 춰야 하는가?"라는 핵심을 건성으로 넘기고 "누구처럼 춤을 춰야 인기를 끌겠는가?"라고 반문하거나 자문한다.

    이색적인 인물은 '누구처럼' 춤을 추는 대신 나만의 춤 실력을 증명하여 성공한다. 개성은 성공을 위한 경쟁 수단이요 고유 재산인데, 그렇다면 나는 어떤 두드러진 자아의 색깔과 정체성을 준비해야 하는가? 다양한 분야에서 활동한 미국 가수 레스 폴(Les Paul, 본명 Lester William Polsfuss)은 이색적이고 독창적인 발명가다. 그는 작곡가이면서 '통기타'에서 '통'을 없애버린 전기 기타(solid-body electric guitar)를 발명한 장인이었다.

    개성과 독창성에 관해서라면 분명히 일가견이 뚜렷했을 폴은 《뉴욕 타임스》 기자에게 "오늘날까지 독창성을 갖추는 일목요연한 규칙의 목록을 아무도 내놓지 못한 까닭은 그런 것이 존재하지 않기 때문(To this day, no one has come up with a set of rules for originality. There aren't any)"이라고 밝혔다. 규칙을 따른다는 행위 자체가 독창적인 습성이 아니다.

"사람은 어리석을수록 현실과 가까운 삶을 살아가지. 어리석은 사람일수록 정체가 확실해. 어리석음은 생각이 짧고 꾸밈이 없는 반면에 지성은 이리저리 꼬리를 빼면서 본색을 드러내지 않아. 지성은 절조가 없지만, 어리석음은 솔직하고 직선적이지."("The more stupid one is, the closer one is to reality. The more stupid one is, the clearer one is. Stupidity is brief and artless, while intelligence squirms and hides itself. Intelligence is unprincipled, but stupidity is honest and straightforward.") — 표도르 도스토예프스키(Fyodor Dostoyevsky), 『카라마조프 형제들(The Brothers Karamazov)』

냉소적인 무신론자 지성인 이반이 박애주의자인 수도사 동생 알료샤에게 종교에 대한 논쟁을 벌이다가 펼치는 논리다. 총명한 식자들은 회피를 정당화하고 변명하는 화법으로 위선과 독선을 교묘하게 치장하며 사방으로 눈치를 살피는 감각이 뛰어난 반면에 솔직하고 직선적인 바보들은 거침없이 개성과 소신을 발휘하며 행동에 돌입한다는 주장이 이반의 견해다.

꾸밈이 없어서 솔직한 개성은 변화와 발전의 잠재성이 무제한에 가까운 1차 자원이다. 이른바 '세련된 인물'들은 남의 장단에 맞춰 춤을 추는 요령을 터득하려고 똑똑하지 못한 본능과 감각을 정보와 지식으로 가공한 2차 자원을 무기로 휘두른다. 인간은 가공을 하면 할수록 남들과 비슷해지면서 개성이 사라진다. 절조를 상실한 지성은 다수결 견해에 점점 더 의존하면서 소신이 사라져 가공된 제품처럼 획일화한다.

천재성과 어리석음의 차이라면 천재성에는 한계가 있지만 어리석음은 그렇지 않다는 정도다.(The difference between genius and stupidity is that genius has its limits, but stupidity does not.) — 알렉상드르 뒤마 2세(Alexandre Dumas, fils)

　　뒤마가 남긴 말이라지만 100여 년 전부터 프랑스에서 널리 유통된 속담이라고 알려진 인용문은 천재의 상상력은 논리의 지배를 받아 어디에선가는 한계에 부딪히지만, 바보의 상상력은 끝을 모른다는 의미다. 천재와 바보는 종이 한 장의 차이가 아니라는 미묘한 해석이 행간에서 읽힌다.

　　머세데스 랙키(Mercedes Lackey)는 환상 소설 『부엉이 기사(Owlknight)』에서 "멍청한 짓이기는 하건만 성공을 거두면 그건 멍청한 짓이 아니지(If it is stupid but it works, it isn't stupid)"라는 판결을 내렸다. 실패하리라고 모든 사람이 거들떠보지 않는 바보짓을 누군가 저질러 성공을 거두면 그것은 천재의 탁월한 비법이라고 객관적인 가치의 판단이 달라지고, 그러면 너도나도 엉뚱한 천재짓을 선지자의 말씀처럼 귀감으로 삼아 따라 한다.

　　토마스 만은 『마의 산(The Magic Mountain)』에서 "어리석음의 종류는 수없이 많으며 그중에서도 총명함은 가장 나쁜 어리석음에 속한다(There are so many different kinds of stupidity, and cleverness is one of the worst)"고 했다. 한스 크리스찬 안데르센의 동화에서는 미운 오리 새끼가 바보 같은 천재 고니였다. 그리고 우리가 살아가는 세상에서 실제로 바보짓을 하여 성공을 거둔 사람 또한 적지 않다.

불완전함이 아름다움이요, 미친 짓을 천재성이라 하니, 한없이 따분한 사람보다는 한심하기 짝이 없는 꼴불견 노릇이 훨씬 좋겠다.(Imperfection is beauty, madness is genius and it's better to be absolutely ridiculous than absolutely boring.) ― 마릴린 몬로(Marilyn Monroe)

출처가 분명하지 않은 이 말을 몬로가 남긴 명언이라고 믿는 사람이 많은 이유는 그녀가 '꼴불견'으로서의 아름다운 천재성을 구현한 장본인이기 때문이었을 듯싶다. 몬로는 인용문에서처럼 고급스러운 수사학을 뛰어나게 구사할 능력은 없었지만 '멍청한 금발 미녀(dumb blonde)'라는 부끄러운 개성으로 세상을 주름잡은 희대의 전설적인 여배우였다.

할리우드의 고전 시대와 황금기에는 여배우라면 얼굴이 가장 큰 재산이었다. 그러나 너도나도 열심히 화장을 하고 성형 수술로 서로 비슷비슷하게 가면을 열심히 다듬어 가꿔 쓰고 다녀봤자 빼어난 미모의 장점만으로 은막에서 두드러진 승부를 내기가 쉽지 않다. 물론 몬로 자신이 기획한 바는 아니었지만, 그래서 영화 산업은 그녀를 빼어난 미모와 몸매의 장점을 젖혀두고 못난이 개성을 앞세워 역주행을 감행하도록 유도했다.

남이 안 하는 무엇인가를 저질러 반전을 일으키는 역습의 전략은 사회생활에서 자주 주효한다. 연예계에서 못난이라는 단점의 개성을 자산으로 삼아 망가져가면서 약점을 장점으로 활용하는 기법은 분명히 성공으로 가는 한 가지 확실한 요령으로 꼽힌다. 몬로의 강력한 무기였던 백치미가 바로 그런 어리석은 개성의 상품화에 성공한 대표적인 본보기였다.

우리는 모두 가면을 쓰고 살아가는데, 얼굴의 살을 함께 깎아내지 않고는 가면을 벗어버리기가 불가능한 그런 시기가 언젠가는 닥친다.(We all wear masks, and the time comes when we cannot remove them without removing some of our own skin.) — 앙드레 버티옴(André Berthiaume)

　　바보가 아니건만 바보짓으로 우리나라에서 마릴린 몬로처럼 성공한 대표적인 사례는 1972년 70퍼센트의 선풍적인 시청률을 기록한 텔레비전 일일 연속극 〈아씨〉의 비정상적인 주인공 장욱제였다.

　　동국대 연극영화과 출신으로 누구 못지않게 잘 생긴 얼굴의 연기파였던 그는 바보 영구 역을 맡아 꺼벙한 머리에 땜통을 박고 앞니가 빠진 백치 화법으로 엄청난 인기를 얻었으며, 그를 흉내 낸 "영구 없다" 심형래와 〈봉숭아 학당〉의 맹구 이창훈 또한 희극계의 전설이 되었다.

　　그러나 너무나 특출한 바보 연기가 대중의 머릿속에 지나치게 깊이 각인된 나머지 다른 배역을 얻기가 힘들어진 장욱제는 결국 연기 생활을 포기했고, 이창훈 또한 진지한 연극 배우였다가 맹구의 명성에 가려 무대를 떠나야 했다. 사람들이 연기자 이창훈과 장욱제의 가면만 기억하고 그들의 다른 면모는 보지 않겠다고 거부했기 때문이다.

　　성공에 이르기보다 성공한 이후의 상황을 수습하는 몸가짐이 우리의 삶에서는 훨씬 어렵다. 상식에 역행하여 성공을 거둔 다음에는 진실의 껍질처럼 굳어버린 가면의 후유증을 벗어버리려는 각고의 대책이 필요해진다. 성공해서 유명해진 다음에 많은 사람들이 불행한 삶을 살아가는 까닭은 성공과 행복을 다스리는 예습을 하지 않았기 때문이다.

그리고 또 얼마나 많은 사람들이 가짜 얼굴을 간판으로 내걸고 살아가는가? 그런가 하면, 타인들이 잘못 상상한 자신의 모습을 훌훌 털어버릴 용기를 발휘할 사람은 몇이나 되는가?(How many more of us are faking the façade? Even better, how many of us will have the courage to be ourselves regardless of what others think?) — 케이티 맥개리(Katie McGarry), 『경솔한 짓(Dare You To)』

영화 산업이 그녀에게 얹어준 허상은 마릴린 몬로에게 고통스러운 멍에가 되었고, 그래서 거꾸로 뒤집어 규칙을 어긴 데 대한 보완 작업의 필요성을 깨달은 그녀는 영화에서 진지한 역을 단 한 번이나마 맡게 되기를 평생 갈망했다. 부박한 희극배우라는 딱지를 벗어버리려고 몬로는 1955년에 콘스탄틴 스타니슬라브스키 방식의 연기(method acting)를 연수하기 위해 뒤늦게 배우작업소(Actors Studio)에 입학하여 교실 뒤쪽에 얌전히 앉아 아주 열심히 공부를 했지만, 오히려 그런 노력마저 "어디서 감히 순수 예술을 넘보느냐"고 조롱거리가 되고 말았다.

언젠가 몬로는 이런 고백을 했다. "나는 세상을 기만한 적이 없어요. 사람들이 스스로 속아 넘어갔을 뿐이어서, 그들은 내가 누구이고 어떤 사람인지를 구태여 알아보려고 하지 않았어요. 나 대신에 그들은 어떤 인물을 하나 상상해냈고, 분명히 내가 아닌 누구인가를 그들은 사랑했어요. 난 그들의 상상력과 다툴 기력이 없었고요."

바보 천치들은 너무나 기발하기 때문에 그들이 빠지면 아무 일도 안 된다.(You can't make anything idiot proof because idiots are so ingenious.) ― 론 번 스(Ron Burns)

개와 고양이를 비롯하여 푸르딩딩한 온갖 환각 동물을 그려내는 미국 화가 번스는 무제한으로 해방된 예술 양식을 통해 백치의 경지를 추구한다. 운보 김기창 화백은 조선 민화의 어수룩한 화풍에서 영향을 받아 말년에 바보 산수화를 부지런히 그렸다. 그리고 김수한 추기경은 "모두가 내 탓"이라며 수다스럽게 각축하지 않는 삶의 미덕을 선창하여 거짓된 세상에서 순수함을 지키는 바보 역주행의 미덕을 널리 알렸다.

아이들과 바보 천치들의 순진한 상상력은 초현실적인 화법을 구사한다. 현상을 지배하는 규칙들의 한계를 지워버리는 어린 순진함은 자연과 본성으로 돌아가려는 정신에서 비롯한다. 글과 그림으로 구성된 수많은 사실적인 작품이, 어린 백치의 비논리를 멀리하기보다는 오히려, 진실로부터 더 멀리 거리를 두려고 한다는 역설적인 현상에서 우리는 변칙의 가치를 발견한다. 그러니 우리는 규범을 벗어나기를 두려워할 필요가 없다.

사람이란 우선 똑똑해야 성공과 행복에 접근하기가 그만큼 쉽다는 전제 조건은 아무도 부인하지 못할 상식이다. 하지만 높은 지능 지수가 행복한 성공의 절대 조건은 아니다. 못난 사람은 여러 면모가 평균치에 미달하지만 잘난 사람 또한 평균치가 아니기는 마찬가지다.

실제로 현실을 둘러보면 지적인 사람이 그렇지 못한 사람보다 크게 성공하는 확률이 월등하지도 않을뿐더러, 행복의 질 또한 지식의 양에 따라 결정되지 않는다는 비상식적인 사례를 확인하기가 어렵지 않다.

남다른 사람은 그를 있는 그대로 받아주는 수백만 명이 때로는 눈에 보이지 않는다. 못마땅해하는 사람에게만 신경을 쓰기 때문이다.(When you're different, sometimes you don't see the millions of people who accept you for what you are. All you notice is the person who doesn't.) ― 조디 피코(Jodi Picoult), 『달라지는 마음(Change of Heart)』

마릴린 몬로에 비하면 명성과 인기가 한참 아래였던 여배우 수잔 스트라스버그는 배우작업소 설립자의 딸이었다. 진지한 연기를 배우겠다며 작업소로 아버지를 찾아온 몬로를 보고 놀란 스트라우스가 "눈부신 미모로 그만큼 인기를 얻었으면서, 무엇이 부족하여 연기 수업을 받으러 왔느냐"고 묻자 몬로가 이렇게 대답했단다. "당신처럼 존경을 받는 사람은 내 심정을 알지 못하겠죠."

왜설 영화가 아니지만 성교 장면을 노골적으로 보여준 최초의 영화로 꼽히는 〈황홀(Extase)〉에서 오르가즘 표정 연기와 완전 나체 출연으로 세계적인 인기를 얻어 할리우드로 진출한 오스트리아 여배우 헤디 라마르(Hedy Lamarr)는 몬로 같은 '육체파 여배우'의 상품 가치를 이렇게 한탄했다. "그냥 꼼짝 않고 서서 바보 같은 모습을 보여주기만 하면 모든 여자가 매혹의 화신이 된다."

스트라스버그만큼 존경을 받고 싶었던 '멍청한 금발 미녀'에게 절실히 필요했던 자질은 지성미나 연기력이 아니라 자신감이었으리라고 많은 사람들이 지적한다. 가나의 언론인 이체추쿼 이좌코르(Ikechukwu Izuakor)는 "열등감은 황금으로 포장한 도로를 달려 우울한 영광으로 직행한다(Inferiority complex is a gold plated highway to the throne of depression)"고 진단했다.

간혀버린 정체성은 비참한 존재 양식이다. 자아를 찾아내고 해방된 삶을 살아야 한다. 자신에게 충실한 삶을 살다 보면 타고난 그대로의 나를 그냥 지지하고 사랑하는 사람들이 언젠가는 내 곁으로 모여들리라는 믿음을 가져야 한다.(A confined identity is a miserable way to exist. Be you and live free. Trust that in living true to yourself, you will attract people that support and love you, just as you are.) ― 제이다 디월트(Jaeda deWalt)

　　성장기에 겪은 온갖 비천한 시달림 때문에 쌓인 열등감 탓이었겠지만, 심한 자괴감과 정서 불안으로 인해서 끊임없이 정신과 치료를 받아야 했던 마릴린 몬로는 결국 15년 동안 '멍청한 금발'로 그리 행복하지 못한 영광을 누리다가 서른여섯 살에 자살로 추정되는 의문의 죽음을 맞아 일생을 마감했다. 자신의 가치를 인정할 줄 몰라서 맞은 비극이었다.

　　문명사회의 모든 여성 가운데 몬로의 미모와 몸매, 그리고 그녀가 누린 인기를 얻는다면 더 이상 소원이 없다고 나설 사람은 부지기수다. 한창 시절에 찾아온 그런 인기를 소중한 행복으로 마음에 담아 간직한다면, 그것은 여생 동안 되새김질하기에 충분한 추억의 샘이 된다. 온 세상 수백만 명이 나를 인정하는데 알량한 지성을 갖추지 못했노라고 혼자 엉뚱한 불만에 시달려봤자 나만 손해다. 나부터 나를 존중하고 사랑해야지, 내가 앞장서서 나를 한심하고 못났다며 하찮은 존재라고 멸시하면 아무도 나를 존경하지 않는다.

복수, 보복, 응징, 한풀이는 거짓의 동지들이어서 고통을 받는 영혼의 상실감에 대하여 합당한 보상을 해주마고 약속하며 기만하는 비열한 악마들이다. 알고 보면 그들은 우리가 간직해야 할 나머지 다른 모든 소중한 가치를 교묘하게 갉아먹기만 한다.(Vengeance, retaliation, retribution, revenge are deceitful brothers—vile, beguiling demons promising justifiable compensation to a pained soul for his losses. Yet in truth they craftily fester away all else of worth remaining.) — 리셸 E. 굿리치(Richelle E. Goodrich), 『달밤의 저주(The Tarishe Curse)』

　　미천한 태생의 여성일수록 결혼한 다음 한평생 공주 대접을 받으며 사치스럽게 살고 싶은 욕망이 그만큼 더 강하다고 한다. 누려보지 못했다는 박탈감 때문이다. 불행할수록 사람들은 행복해지려는 욕망이 상대적으로 커지고, 원하는 보상의 크기가 늘어나면 결과적으로 행복해지기가 그만큼 더 어려워진다. 남성 역시 상대적 빈곤에 대한 적개심 성향이 그와 별로 다를 바가 없다.

　　사랑을 듬뿍 받고 자란 사람은 그를 찾아오는 온갖 애정의 종류와 크기에 별로 연연하지 않는 반면에, 정에 크게 굶주린 사람은 악착같이 본전을 찾아 손해를 복구하겠다는 복수심에 불타오른다. 불행하게 살아온 사람은 조금만 잘 해주면 쉽게 행복해질 듯싶지만, 삶에 찌든 사람들은 흔히 여태까지 쌓이고 밀린 불행에 대한 정신적인 빚을 하나도 남김없이 고스란히 돌려받으려는 욕심을 부리느라고 좀처럼 즐거워하기를 거부하는가 하면, 어쩌다 누가 약간만 꾸짖어도 아주 크게 상처를 받아 즉각 반발하기 십상이다.

행복은 보상이 아니라—결과물이다. 고통은 형벌이 아니라—결과
다.(Happiness is not a reward—it is a consequence. Suffering is not a punishment—
it is a result.) — 로벗 그린 잉거솔(Robert Green Ingersoll)

남북 전쟁에 참전한 고위 장교 출신으로 미국의 자유사상(自由思想) 운동
을 이끈 불가지론자였던 잉거솔은 온갖 특정한 권위와 전통과 종교의 교리로
부터 인간이 해방되어 과학과 논리와 이성을 기반으로 진리를 추구해야 한다
고 부르짖었다. 잉거솔은 고통이라는 징벌과 행복이라는 보상의 개념은 종교
적인 상상력이 엮어낸 상징일 따름이며, 행복과 불행은 그냥 뿌린 만큼 거두는
경작 현상의 솔직한 인과율이라고 믿었다.

스코틀랜드 신학자 윌리엄 바클레이(William Barclay)는 "삶이 나에게서 무
엇을 빼앗아갔는지 따지기 전에 무엇을 주었는지를 더 많이 생각하면 우리는
훨씬 많은 보상을 받는다"고 했다. 그리고 19세기 헝가리의 사회 비평가 막스
노르다우(Max Nordau)는 "내가 나를 경멸할 때는 모든 사람이 나에게 경의를 표
하더라도 보람을 느끼지 못하는 반면, 나 자신을 존중하는 사람은 다른 사람들
이 아무리 나를 하찮게 여길지라도 전혀 개의치 않는다"고 했다.

병에 걸리는 원인은 건강 관리의 부실함이나 내 몸에 침투하는 병균의 소
행이지 내가 28년 전 어디선가 나쁜 짓을 했기 때문은 아니다. 불행의 병을 치
유하려면 바이러스의 확실한 정체부터 밝혀야 한다.

175

그대가 가야 할 목적지는 비록 하나뿐일지언정 그곳으로 가는 길은
많다.(There are many roads even though you have only one destination.) — 데바쉬
시 므리다(Debasish Mridha)

　모든 길은 로마로 통하고 모로 가도 서울만 가면 된다고 했다. 개인적인
취향과 기호 그리고 특성은 사람마다 다르니 행복으로 찾아가는 길 또한 당연
히 많기만 하다. 오직 한 길만을 고집하는 사람이 목적을 달성하는 방법은 한
가지밖에 없다. 융통성이 넉넉한 사람에게는 사방 어디로 가거나 길이 보이고,
그래서 남들이 알지 못해 가지 않는 편한 길을 어렵게나마 찾아낸다.

　선량함과 부지런함 그리고 게으름에서 포악함에 이르기까지 누구나 자
신만의 개성을 따로 타고나지만, 그 개성의 여러 속성 가운데 내가 추구하기로
선택한 나만의 지표는 내 인생이 흘러가게 될 방향을 결정한다. 성적인 매력이
개성이요 재산인 여배우가 지적인 매력을 억지로 추구하느라고 인생을 낭비할
필요는 없다. 수많은 여성이 갖추기를 갈망하는 성적인 매력을 천박하다며 마
다하고 억지로 지적인 매력을 추구하는 사람은 타고난 자산을 어리석게 내버
리는 셈이다.

　행복을 찾는 수단은 학식과 지적인 매력만이 전부가 아니다. 덜 똑똑하여
학교에서 공부를 못하는 수많은 아이들이 크게 성공하여 행복한 어른이 되는
가 하면, 외국에서 박사 학위를 어렵게 장만하고도 늙어서까지 생존 문제를 해
결하지 못하는 영재 출신도 많다. 남들이 뽐내는 개성이 부러워 흉내를 내겠다
며 내가 타고난 재능을 개발하지 않고 버리면 아무것도 남지 않는다.

176

연기는 어떤 다른 사람의 흉내를 낸다는 뜻이 아니다. 겉으로 보기에는 다른 인물인 듯싶은 주인공에게서 나 자신과의 유사성을 찾아내어 재생시키는 작업이 연기다.(Acting is not about being someone different. It's finding the similarity in what is apparently different, then finding myself in there.)
— 메릴 스트립(Meryl Streep)

배우라는 직종이 본질적으로 내가 아닌 남의 흉내를 내야 하는 일이라고 사람들은 생각하는데, 스트립은 타인을 복제하는 대신 나 자신의 일부를 변주하고 확대하여 새로운 인물을 구성하는 자아 재창조의 과정이 훌륭한 연기라고 주장한다. 정통 문학의 소설 창작 또한 많은 경우에 작가의 여러 경험 가운데 몇몇 조각을 추려 독립된 등장인물을 만들어내는 공정이 대부분이다.

모방의 주제가 타인이냐 아니면 나 자신이냐에 따라 흉내와 창조의 경계가 갈라진다. 자신의 정체성을 잃지 않고 존재의 울퉁불퉁한 파편들을 분리하여 적극적으로 활용하는 연기자를 우리는 개성파 배우(character actor)라고 한다. 1880년대 브로드웨이에서는 '개성파'라면 우리나라의 '감초 배우' 개념처럼 주연보다 더 많이 눈길을 끄는 조연급 연기자들을 지칭하는 무대 용어였다.

착하고 예쁜 사람들의 아름다운 사랑 이야기는 모두가 천편일률 똑같아서 따분하고 재미가 없어졌고, 관객은 '삐딱한 주변 인물들'의 돌발적이고 별난 사연에 눈과 귀가 훨씬 솔깃해졌으며, 그래서 공연 예술에서는 개성파를 '시선 도둑(scene-stealer)'이라고 불렀다. 낭만시대를 거쳐 황금기를 맞은 활동사진이 본격적 예술로 진화할 무렵의 할리우드는 그래서 얼굴보다 개성으로 승부하는 연기파 배우들의 전진 배치를 감행하기에 이르렀다. 주인공만이 주인 노릇을 하는 세상이 끝났음을 의미하는 현상이었다.

우리는 모두가 평범하다. 우리는 하나같이 따분한 존재다. 우리는 모두 대단하다. 우리는 다 소심하다. 우리는 모두 용감하다. 우리는 누구나 영웅이다. 우리는 누구나 무기력하다. 이 모두가 다 그날 하루의 기분에 따라 좌우된다.(We are all ordinary. We are all boring. We are all spectacular. We are all shy. We are all bold. We are all heroes. We are all helpless. It just depends on the day.) ― 브래드 멜처(Brad Meltzer)

찰스 브론슨, 리 마빈, 잭 팰런스 같은 개성파 연기자는 사극으로 치자면 조연조차 아닌 '포졸 7' 정도의 조무래기 단역 배우 출신이었다. 활극 영화에서 영웅적인 주인공을 돋보이게 소도구처럼 동원되던 그들 악당 전문 곁다리 개성파 연기자가 당당한 주연급으로 약진하는 데서 그치지 않고 웬만한 꽃배우들보다 훨씬 활동 수명이 길었던 이유는 그들이 갖춘 고유 자산의 가치 때문이었다. 험악한 외모는 변함이 없었건만 그들의 내면을 보려는 세상의 시선이 개화한 결과였다.

개체의 존재성은 시각에 따라 달라진다. 골방에 갇혀 밤낮으로 한없이 기계처럼 알만 낳는 여왕벌은 정말로 여왕인가 아니면 일벌들의 노예인가? 자유분방하게 돌아다니는 동물 그리고 동물에게 뜯어 먹히는 붙박이 식물 가운데 진정한 세상의 지배자는 누구인가?

물이나 공기 그리고 동물과는 달리 흐르지 않고 이동조차 못하는 식물은 동물이나 인간보다 지상에서 훨씬 넓은 면적을 보유하고 살아간다. 사람 한 마리가 차지하는 공간마다 곤충 2억 마리가 함께 살아가는 지상에서, 통계학적으로 따지면, 진정한 지구의 주인은 누구인가? 보는 눈을 바꾸면 영웅만이 세상의 영원한 지배자가 아니라는 사실을 우리는 뒤늦게나마 깨닫는다.

감정을 드러내서 미안하다고 사과하면 안 된다. 그러면 진실을 잘못이라고 사과하는 셈이다.(Never apologize for showing feeling. When you do so, you apologize for the truth.) ― 벤자민 디스랠리(Benjamin Disraeli), 『콘타리니 플레밍(Contarini Fleming)』

디스랠리는 "인간은 깊이 느끼고, 대담하게 행동하고, 솔직한 열정으로 자신의 마음을 피력할 때 가장 인간다워진다(Man is never so manly as when he feels deeply, acts boldly, and expresses himself with frankness and with fervor)"고 했다.

언어 예술은 참된 느낌을 현란한 비현실 거짓으로 왜곡한다. 좀 망측한 상상력을 동원해보자면, 모처럼 점지를 받아 임금님의 금침 품에 안겨 황홀한 하룻밤을 보내는 조선의 후궁은 그 감격을 무엇이라고 표현했을까? 절정의 순간에 이르러 궁중 사극에서처럼 가식적인 체통을 차려 "상감마마 성은이 망극하요이다"라며 온몸을 떨었을까?

『춘향전』에서 이몽룡과 성춘향의 "어화둥둥 내 사랑" 또한 호화로운 장식을 주렁주렁 매달아놓은 사랑(舍廊)놀이여서, 상감마마의 성은이나 마찬가지로 느낌의 진실하고는 거리가 먼 허상에 가깝다. 선남선녀 주인공들의 세련된 낭만에 식상한 현대 관객의 시선은 춘향과 몽룡보다 동일시와 몰입이 훨씬 쉬운 방자와 향단의 희롱으로 자연스럽게 옮겨간다.

나를 닮은 촌스러운 매력과 천박한 아름다움이나 감미로움으로부터 우리는 기쁨의 실감을 얻는다. 극중에서 곁다리(sidekick) 노릇을 하는 언저리 인물들이 관객의 현실과 감정을 훨씬 노골적으로 솔직하게 표현하는 탓이다.

179

그렇게 싸구려만 찾다가는 틀림없이 훗날 비싼 값을 덤으로 치르게 된다.(Thus it is that we always pay dearly for chasing after what is cheap.) — 알렉산드르 솔제니친(Aleksandr Solzhenitsyn), 『수용소 군도(The Gulag Archipelago)』

키가 153센티미터밖에 되지 않는 왜소한 체구로 온갖 뒷골목 영화에서 훨씬 몸집이 크고 험악한 악당들을 혼자서 서너 명씩 통쾌하게 때려눕히고는 했던 곁다리 활극 배우 황해는 독보적인 개성파 사나이였다. 그는 유랑극단 시절에 〈봄날은 간다〉의 원조 여가수 백설희에게 "내가 낳을 아이의 엄마가 되어달라"며 당시로서는 대단히 낭만적인 신파조 사랑의 고백을 했단다. 그래서 태어난 아이가 전영록이다.

영록은 성장하면서 배우나 가수가 되고 싶다며 가르침을 받으려 했지만, 부모는 "우리가 노래나 연기를 가르치면 너는 가수 백설희나 배우 황해밖에 되지 못한다"면서 도와주기를 거부했다고 한다. 그들이 아들에게 깨우쳐준 가장 소중한 교훈은 "힘을 안 들이며 쉽게 성공하려고 젊어서 노력과 고생을 아끼면 훗날 그 대가를 호되게 치르리라"는 보상과 징벌의 인과율이었다.

그래서 전영록은 수많은 서양 음반을 듣고 분석하여 나름대로 계보를 머릿속에서 정리해가며 어머니처럼 가수가 되었지만, 예쁜 목소리로 가락을 넘기는 백설희의 〈물새 우는 강 언덕〉과는 거리가 아주 먼 노래를 불렀고, 〈돌아이〉를 비롯해서 서른세 편의 영화에 출연하여 아버지처럼 배우가 되었지만 조연급 의리의 사나이하고는 거리가 먼 주연급 발랄한 청춘 배우로 성공했다. "네가 갈 길은 네가 알아서 혼자 찾으라"고 냉정하게 돌려세운 불친절한 부모는 위대한 스승이었다.

"타고난 운명이야 어쩔 도리가 없지만, 어떻게 행동하느냐에 따라 삶의 모습은 달라지니까."("But you cannot change what you are, only what you do.") — 필립 풀맨(Philip Pullman), 『황금 나침반(The Golden Compass)』

황해와 백설희는 그냥 부모로 존재함으로써 사실상 자식에게 스승과 교과서로서의 할 바를 다 했다. 사자, 여우, 담비 따위의 야생 동물은 어미를 흉내 내는 놀이를 통해 공격과 방어의 기술을 익히고, 자아가 발달하면서 어린 인간은 구태여 말과 글로 가르치지 않더라도 부모의 장점과 단점을 눈으로 보고 귀로 들어가며 제멋대로 배운다. 이른바 가정 교육이 이루어지는 과정이다.

타고난 환경 덕택에 전영록은 어머니의 노래를 듣고 아버지의 영화를 보며 장기간에 걸쳐 철저한 시청각 학습을 거친 셈이다. 아들은 거기에서 그치지 않고 어머니와 아버지가 시도하지 못했던 작곡을 독학하여 자신의 세상이 될 벌판에 무수한 씨를 뿌렸으며, 같은 노래를 여러 방식으로 변주하여 끊임없이 창법 실험을 계속해서 1990년대에 작곡가로 제2의 전성기를 살았다.

부모가 노골적으로 밝히지는 않았을 듯싶지만 "우리보다 크게 되어라"는 그들의 소망까지 자식 전영록이 실현한 기본 동력은 "지나치게 친절한 교육이 때로는 활발한 지적 성장에 방해가 된다"는 육아 원칙에서 발원했다. 인생 여로에서는 목적지까지 자식을 동행하지 않고, 하나뿐인 길을 부모가 손가락으로 가리키며 "저리 가라" 하지 말고, 숲이 멀리 보이는 방향만 알려주고는 적당한 시점에서 헤어져 아이가 혼자 길을 찾아내도록 기다리는 편이 때로는 훨씬 바람직하다.

호기심에 불을 지피면 창의력이 녹아 나온다.(Creativity flows when curiosity is stoked.) — 닐 블루멘탈(Neil Blumenthal)

크리스토퍼 놀란 감독의 영화 〈인터스텔라〉에서는 우주선이 심하게 망가져 추진력을 잃게 되자 주인공 매튜 맥카너헤이가 가르강튀아(Gargantua)의 중력을 받아 최대 속도로 빨려 들어갔다가 흑혈(黑穴, black hole)로부터 다시 튕겨나가 51년 동안 비행 기간을 연장하는 극적인 장면이 등장한다. 칼 세이건은 고등학생 시절에 이미 유리 콘드라티욱(Yuri Kondratyuk)의 도움닫기 기법(slingshot maneuver)으로 천체의 중력을 도약대로 삼아 광속보다 빠른 속도로 태양계 너머 우주를 여행할 방법을 모색했다고 한다.

세이건의 부모는 천체 물리학 분야에서 몸소 귀감이나 교과서 노릇은 못했을지언정, 자식이 무엇인지 보고 영감을 얻는 기회를 우발적으로 마련해주었다. 네 살 때인 1939년 부모를 따라 뉴욕 세계 박람회로 놀러간 세이건은 광전지(photoelectric cell)에서 나는 소리를 귀로 듣고, 오실로스코프(oscilloscope)가 그려내는 진동을 눈으로 보면서 우주로 뻗어나갈 상상력에 시동을 걸었다.

사실 그날 부모가 박람회장에 데리고 가지 않았더라도 천재 소년 세이건은 어디에선가 불가항력의 호기심으로 인해 틀림없이 비슷한 영감을 얻었으리라는 사실은 의심할 나위가 없다. 개성이 일찍 머리를 들 만큼 자아가 뚜렷한 아이는 어른의 손가락이 가리키는 길을 보면서 그보다 빠르고 좋은 다른 선택이 없는지를 탐색한다. 상상력의 도움닫기는 자식 대신 어떤 부모도 해줄 능력이 없다. 호기심과 상상력과 창의력은 유전 인자 말고는 전혀 대물림이 되지 않으며 누구한테서도 물려받지 못하는 창조의 삼위일체 자산이다.

나는 눈을 감아야 더 잘 보인다.(I shut my eyes in order to see.) — 폴 고갱(Paul Gauguin)

눈을 뜨면 현실이 보이지만 감으면 존재하지 않는 더 넓은 세상을 상상력이 펼쳐 보여준다. 눈을 뜨면 사물의 겉이 보이지만 감으면 마음의 눈이 세상만사 내면에 담긴 비밀을 읽어낸다. 인간은 어려서부터 '쓸데없는' 관심이 많아야 상상의 날개가 돋아 남들이 알지 못하고 보지 못하는 세상을 찾아간다. 어린 관심이 '쓸데없는'인지 '쓸데있는'인지를 어른은 주관적으로 판단할 능력이 부족한 경우가 많다. 나이를 먹을수록 눈을 감고 우주를 보는 상상의 시력을 잃는 탓이다.

같은 사물과 상황을 접하면서 사람들은 흔히 제각각 다른 생각을 한다. 박람회에서 부모가 신기한 전시품들의 꺼풀을 구경하는 동안 네 살배기 아이는 똑같은 물건의 원리를 궁금해하며 미래에 대한 환상에 젖어 일생일대의 영감을 얻었다. 과학에 대하여 거의 아는 바가 없어서 부모가 아무런 설명을 해주지 못했던 까닭에 칼 세이건의 호기심이 상상력을 혼자서 증폭시킨 결과였다.

동물원이나 식물원에 가서 어른이 이것저것 골라 보여주며 설명을 많이 하면 아이는 어른이 보지 못해서 알지 못했던 비밀을 보거나 찾아내기가 어려워진다. 어른이 지나치게 자세히 설명하면 아이가 애써 혼자 사고할 필요성을 느끼지 않는 탓이다.

도와준다는 착각에 빠진 친절한 부모는 내가 아는 정보만이 진리라며 눈을 똑바로 뜨고 보라 하지만, 역설적으로 그런 어른은 눈을 감고 보려는 아이를 심오한 지혜의 세계로 들어가지 못하게 앞을 막는 훼방꾼이 되기도 한다.

고지식한 나침반 옆에 녹슨 못이 하나 떨어져 있으면, 바늘이 진실을 벗어나 갈팡질팡하여 함대가 모조리 난파한다.(A rusty nail placed near a faithful compass, will sway it from the truth, and wreck the argosy.) ― 월터 스콧(Sir Walter Scott), 『십자군(The Crusade)』

7장
불사조 신화의 변신 과장법

인용문은 본디 "우발적인 작은 분노가 엄청난 재앙을 불러온다"고 경고하는 비유였지만, 융통성이 없는 객관적 진실을 섣불리 믿지 말라는 또 다른 교훈의 비유로도 읽힌다. 나침이 바늘은 남북을 가리키며 4방을 찾는 방법만 제시하고, 360도 8방 어느 쪽으로 우리가 가야 옳은지는 알려주지 못하는 불완전한 길잡이다. 나침반 바늘의 언어를 이해한 다음 인생이 가야 할 행로를 찾는 방법은 나그네가 따로 터득해야 한다.

온 세상은 하나의 무대,/ 그리고 모든 남녀는 한낱 배우여서,/ 그들이 드나드는 입구와 출구는 서로 다르고,/ 그들은 주어진 시간 동안 저마다 7막을 거치며/ 여러 역할을 연기할 따름이더라.(All the world's a stage,/ And all the men and women merely players;/ They have their exits and their entrances,/ And one man in his time plays many parts,/ His acts being seven ages.) — 윌리엄 셰익스피어(William Shakespeare), 『뜻대로 하세요(As You Like It)』

셰익스피어의 인간 배우는 일곱 단계를 거치며 살아간다. 강보에 싸인 아기, 코흘리개 학생, 무분별한 청춘, 열혈 군인, 탐욕스러운 배불뚝이 재판관, 콧등에 안경을 걸친 늙은이, 이빨이 빠지고 시력을 잃은 채 망각의 세월을 보내는 산송장 아기—그렇게 7막을 거치며 사람들이 '철따라' 인생을 경영하는 방식을 보면 많은 부분이 비밀과 꾸밈을 덧씌운 연기일 따름이고, 세상의 무대 위에 펼쳐지는 인생극장에서는 한껏 분장을 한 광대들이 거짓말 대사를 줄줄이 읊어댄다.

그래서 맥베드는 데스데모나의 죽음을 전해 듣고 이렇게 독백한다. "인생이란 한낱 걸어 다니는 그림자,/ 무대 위에서 주어진 시간 동안 활개치고 바장이다가/ 어느 순간부터 더 이상 목소리가 들리지 않는 가련한 배우이더라.(Life's but a walking shadow, a poor player,/ That struts and frets his hour upon the stage,/ And then is heard no more.)"

그리고 세상 극장에는 주인공 춘향이건 곁다리 향단이건 무대 위에서 이리저리 활개치고 바장이며 무엇인지를 보여주는 사람보다 객석에 앉아 구경만 하는 사람이 수백, 수천, 수만 배 많다.

아무리 대단한 업적을 달성한 사람일지언정, 자신이 훌륭하다고 느끼는 순간은 별로 많지 않다. 나에게서 단점과 과오만을 찾아내어 트집을 잡는 내면의 심판자에게 이의를 제기하는 타인들의 증언도 우리는 들어봐야 한다. 스스로 생각하는 만큼 내가 나쁘지 않다는 사실을 납득시켜줄 사람들이 우리에게는 필요하다.(No matter what our achievements might be, we think well of ourselves only in rare moments. We need people to bear witness against our inner judge, who keeps book on our shortcomings and transgressions. We need people to convince us that we are not as bad as we think we are.) ― 에릭 호퍼(Eric Hoffer)

배우가 아니더라도 우리는 평생 누군가의 시선을 의식하며, 남들이 반응하는 호감도를 인생의 나침반으로 삼아 '인기'의 꽃이 만발하는 길을 찾아간다. 다수의 타인이 나를 평가하는 객관적인 시선과 더불어 내가 나를 파악하는 개인적인 시선은 둘 다 음식의 양념과 마찬가지여서, 나를 향한 관심이 너무 적으면 삶이 맛을 내지 않아 싱겁고, 간섭이 지나치게 심하면 나 자신의 맛이 사라진다.

나침반은 누군가 함부로 버린 못 하나 때문에 쓸모가 없어지는 물건이다. 시선의 나침반을 절대적인 지침으로 지나치게 의존했다가는 녹슨 못 때문에 훼방을 당하기 십상이니, 타인과 나의 시각을 의식하기는 해야 옳겠으나, 갈팡질팡하는 바늘 끝에 평생 끌려 다녔다가는 자칫 영혼의 무인도로 표류하고 만다. 비록 곁에 놓인 못에 아직 속지 않은 착한 나침반일지언정 탐험대는 남북을 가리키는 바늘을 보고 남북으로만 가지는 않고, 동서를 살피고는 제 갈 길을 찾아 북북서로 간다.

185

한때 나는 장래성과 소질이 뛰어난 남자였다. 그러다가 귓전에서 불신의 속삭임이 들려오면서 기대에 못 미치는 인간이 되었는데, 너무 귀를 기울이고 쉽게 믿은 탓이었다.(I once was a man with promise and potential. Then doubt whispered in my ear and I became less than I could have been, all because I listened and believed.) — B. J. 휴큘랙(B. J. Huculak)

인생 나침반의 바늘을 이리저리 흔들어대는 녹슨 못은 자신에 대한 나의 불안정한 시각인 경우가 많다. 자성은 성숙에 절대적으로 필요한 자양분이지만 자책이 과하면 오히려 성장을 위축시키는 독이 된다. "잘되라고 하는 말"에 지나치게 얇은 팔랑귀는 청각 장애에 시달린다. 남들과 나 자신의 평가에 무관심했다가는 독선의 병에 걸리기 쉽지만, 소음에 과민한 자아 강박이 지나치면 치명적인 열등감이 나비 효과를 낸다.

78억 인류 가운데 70억 인간의 운명을 저마다 결정짓는 막강한 힘은 외계인의 침공이나 지구 온난화나 에스파냐 독감보다는 녹슬어 못쓰겠다고 누군가 내버린 못 하나 때문인 사례가 태반이다. 나침반의 바늘이 정신을 잃게 만드는 못은 없애야 하고, 없애려면 못된 못이 어디 박혔는지 위치부터 우선 찾아내야 한다.

그러나 애꿎은 못이 무슨 죄라고 탓하는가. 함대를 이끄는 십자군의 수장이라면 차라리 남북밖에 가리킬 줄 모르는 못난이 나침반을 지배하는 못이 되어야 옳다. 내가 갈 길을 아는 사람은 불안의 속삭임에 방향 감각이 시달리지 않아 나침반이나 길잡이의 도움이나 참견을 필요로 하지 않는다.

186

완벽주의는 완전함이나 만족감에 이르는 경우가 거의 없고—실망만을 안겨준다.(Perfectionism rarely begets perfection, or satisfaction—only disappointment.) ― 라이언 할리데이(Ryan Holiday)

인간은 본질적으로 불완전하다. 그래서 모든 동식물 그리고 우주의 '무생물' 천체들이나 마찬가지로 인간은 생로병사를 거치며 끊임없이 진화한다. 진화는 발전을 향한 변화의 진행형 과정이지 완전무결한 종말 단계가 아니다. 인간 개체가 아무리 완전하게 진화하려고 발버둥을 쳐봤자, 혹시 인류가 그때까지 멸종하지 않는다고 가정하면, 80억 년 후에 진화했을 상태를 지금 이룩하기는 불가능하다. 구태여 따지자면 불완전함이 인간의 완벽한 조건이다.

바라고 기대하는 바가 크면 만족하기가 그만큼 어렵고, 완벽을 꿈꾸면 수십억 년을 기다려봤자 소용이 없다. 80억 년 후에도 인간은 그냥 진화를 계속하는 과정을 거칠 뿐이지 완벽한 경지에 이르지는 못할 테니까 말이다. 완벽한 인간과 인생은 환상이요 착각이다. 여러 가지 결함을 갖춘 나 자신을 이끌고 살아가야 하는 인간은 끊임없이 발전해야 마땅하지만 '완전'해질 의무는 없다.

이미 저질러버린 하찮은 결함과 실수와 후회를 떨쳐버리지 못하고 자꾸만 눈물로 되새기며 부풀리면 솜털처럼 나약한 마음이 열등감의 짠물에 흠뻑 젖어 무거워져 미래를 향해 날아오르기 어렵다. 완전함이라는 목표에 목을 매는 대신 나 자신의 작은 모습에 실망하지 않고 그냥 받아들이며 작은 행복을 찾겠다는 마음가짐에서 출발해야 불완전한 조건을 극복하는 걸음이 빨라진다.

강점을 지닌 나약한 인간보다 약점을 지닌 강자가 되는 편이 낫다. 흠집이 없는 벽돌보다는 금이 간 금강석이 훨씬 비싸다.(Better to be a strong man with a weak point, than to be a weak man without a strong point. A diamond with a flaw is more valuable that a brick without a flaw.) ― 윌리엄 J. H. 뷔트커(William J. H. Boetcker)

전통과 범주를 무너트리는 음악인이었던 프랭크 자파의 딸로 태어난 미국 여배우 문 유닛 자파(Moon Unit Zappa)는 "모든 사람이 결함을 타고났으나, 그런 약점을 다스릴 줄 아는 사람은 많지 않다"고 했으며, 독일 물리학자 게오르크 크리스토프 리히텐베르크(Georg Christoph Lichtenberg)는 "자신의 약점을 알면 그 약점은 더 이상 우리를 해치지 못한다"고 반론을 제기했다.

미국의 여성 시인 마지 피어씨(Marge Piercy)는 "강점과 약점이란 같은 자궁에서 함께 태어난 쌍둥이"라고 정의했으며, 그래서 소설가 조디 피코는 "빛이 없으면 어둠 또한 없으니 약점이 없으면 강점 또한 없다"고 공감했다. 정치범으로 23년 옥살이를 한 싱가포르 반골 정치인 시야테포(謝太宝, Chia Thye Poh)는 "자신의 약점에 굴복하여 나약한 인간이 되지 말고 약점을 정복하여 강자가 되라"고 했는데, 여기에서 '정복'은 꼭 이겨야 한다는 뜻보다 그냥 받아들이라는 '극복'의 의미가 더 크다.

나아가서 19세기 영국 시인 존 러스킨(John Ruskin)은 "때가 되면 모든 허물이 낙엽처럼 떨어져나간다(Your faults will drop off, like dead leaves, when their time comes)"라면서, 나의 결함을 용서하듯 남들의 약점에 대하여 또한 너그러워지라고 고언했다.

나무 한 그루를 잘 살펴보면, 우리 몸이나 마찬가지로, 죽은 잔가지와 옹이들로 구성되었다. 여기에서 우리는 아름다움과 불완전함이 함께 어울려 오묘한 조화를 이룬다는 사실을 깨우친다.(If you look closely at a tree you'll notice it's knots and dead branches, just like our bodies. What we learn is that beauty and imperfection go together wonderfully.) — 매튜 폭스(Matthew Fox)

숲속의 늙은 나무 한 그루를 살펴보면 온갖 곡선의 자유분방한 배열이 참으로 감동적이다. 휘어지고 엇갈리는 나뭇가지들이 만들어내는 절묘한 미적 조화는 생존 경쟁에서 살아남기 위해 햇살을 받아 광합성을 하려고 저마다 벌이는 치열한 투쟁의 부산물이다. 그러나 같은 나무의 가지들이 사방으로 퍼져 나가는 경쟁의 구도가 전혀 살벌하다고 느껴지지 않는 까닭은 동족을 해치거나 방해하지 않고 공존하려는 섭리의 화음을 상징하는 듯싶어서다.

나무는 죽은 가지와 옹이라는 결함을 잘라 내버리는 능력을 진화시키지 않고 그대로 치유하여 포용하면서 서로 어울려 함께 삶을 계속하는 지혜를 온몸으로 보여준다. 잠자리 날개의 그물무늬와 붕어 비늘의 율동적인 장단 또한 자연계의 생존 섭리가 만들어낸 예술품으로, 일부러 아름다움을 창조한 것이 아니라 진화의 작은 고리들이 엮어놓은 무한 조화의 자연미다.

세상 만물은 합리적이고 수학적인 규칙을 정연하게 따르며 자유분방한 무질서의 기하학적 질서를 수립한다. 야생에서 이루어지는 무한 반복의 기하도형 배열은 그래서 아름답다.

가장 광범위한 의미에서의 발명과 모방은 인류가 역사를 걸어오게 끔 도와준 한 쌍의 다리라고 해도 과언이 아니다.(Invention, using the term most broadly, and imitation, are the two legs, so to call them, on which the human race historically has walked.) — 윌리엄 제임스(William James),『삶과 이상에 대한 담론 (Talks to Teachers on Psychology and to Students on Some of Life's Ideals)』

과학자들은 침팬지와 인간의 유전자가 97퍼센트가량 일치한다고 주장한다. 그러나 우리는 침팬지와 인간이 달라도 너무나 다르다고 생각한다. 100가지 양상 가운데 공통분모가 97일지언정 3의 우발적인 변이를 97 필연과 조합하면 전체가 통째로 달라 보이는 탓이다. 동종이나 유사종이라고 분류하는 수많은 개체가 존재성을 드러내기 위해 필요한 개성은 3퍼센트로 충분하다는 뜻이다.

인간 개개인은 다른 사람들과 97퍼센트 이상이 똑같거나 비슷한 일상을 살며 발전과 퇴화의 과정을 거친다. 우리의 삶에서는 오늘이 어제를 복제하고 내일은 오늘과 어제를 끝없이 복제하여, 밥을 먹느라고 하루에 세 시간, 잠을 자느라고 여덟 시간을 보내고, 겨우 남은 열세 시간에 일정표를 따라 출퇴근을 하느라고 차 안에 갇혀 또 두 시간을 보내고는, 똑같은 시간에 똑같은 자리에서 똑같은 일을 반복하며 여덟 시간을 보낸다.

자기 계발에 조금이나마 신경을 쓰는 사람이라면, 그의 허물은 자신의 본성에서 3퍼센트조차 되지 않을 터이니 허물지 못할 난공불락의 장애라고 지나치게 두려워할 필요가 없다. 자랑거리도 마찬가지로 그다지 대단한 크기가 아니어서, 평상인의 장단점은 심리적인 부담으로 키워놓고 끌려다니거나 자신을 과대평가하여 자아의 인식에 오류가 발생하면 인생에 도움이 되지 않는다.

특허품이나 발명품은 여태까지 아무도 그런 식으로 조립할 줄 알지
못했던 방법으로 여러 기술이나 개념을 함께 엮어놓은 온갖 조합의
산물이다. 특허청에서 내린 정의다.(A patent, or invention, is any assemblage
of technologies or ideas that you can put together that nobody put together that way
before. That's how the patent office defines it.) ― 딘 케이먼(Dean Kamen)

어디까지가 진실이고 어디서부터가 과장된 미화 작업인지 확인할 길이
없지만, 외젠 앙리 폴 고갱과 빈센트 반 고흐는 애증의 전설을 낳은 주인공들
이다. 사랑과 미움은 동일한 본질의 양극이다. 미움은 사랑을 역류하는 정서여
서, 사랑이 없으면 미움 또한 없어지기도 하고, 미움이 꺾이면 사랑이 솟아오르
고는 한다. 미움이 무관심보다 사랑에 가깝다고 사람들이 믿는 근거다.

고갱과 반 고흐는 극렬하게 다르면서도 어딘가 비슷한 개성의 소유자였
고, 그들의 가난하고 고통스러운 개척자의 인생 역정 또한 서로 닮았다. 두 사
람의 화풍은 일견에 표현 양식이 매우 달라 뚜렷하게 양극화했지만, 그들이 평
생 생산한 작품의 맥을 보면 라면처럼 꼬불꼬불한 반 고흐의 강렬한 광기와 고
갱의 평퍼짐한 우울함은 공통점의 뿌리를 찾아내기가 어렵지 않다. 양식의 아
주 작은 3퍼센트 차이에서 엄청나게 다른 예술 세계가 분기했기 때문이다.

두 사람은 유럽에서 유행하는 인상파를 벗어나려고 똑같이 새로운 경지
를 찾아 나섰지만, 같은 길을 보면서 전통을 재구성하는 조합 방식의 시각이 달
랐을 따름이다.

191

발명은 서서히 향상되면서 완전해지고, 저마다의 발전 단계는 그 자체가 새로운 하나의 발명이다.(Inventions become perfect by slow improvement, and each step is itself an invention.) — 조셉 재스트로우(Joseph Jastrow)

영국 낭만파 시인의 아내 메어리 셸리(Mary Shelly)는 괴기 소설 『프랑켄슈타인(Frankenstein; or, The Modern Prometheus)』에서 창조의 개념을 이렇게 정의한다. "겸손하게 시인하자면, 발명은 우선 재료가 준비되어 있어야 하기 때문에 허공에서가 아니라 혼돈으로부터 이루어지는 현상이어서, 암흑의 무형 물질에 형체를 부여할지언정 물질 자체를 만들어내지는 못한다."

그리고 '발명왕' 에디슨은 "발명에 필요한 요소는 쓰레기 한 무더기와 훌륭한 상상력이 전부"라고 했다.

폴 고갱의 독특한 화법에서는 그렇다면 과연 얼마만큼이 진정한 상상력의 창조였을까? 아무리 '활동' 사진이라고 할지언정 정지된 평면에 갇혀야 한다는 본질을 벗어나지 못하는 탓에 사람들은 '입체' 영화와 홀로그램으로 실감을 진화시키려고 안간힘을 쓴다. 그러나 고갱은 3차원보다는 2차원의 표현 정체성을 당당하게 인정하여, 진한 윤곽으로 화면 공간을 분리함으로써 어른거리는 빛과 형체를 그려내던 당대의 인상파 풍조에 역행하는 퇴화를 감행했다.

고갱이 독특한 화가인 이유는 무에서 유를 창조해서가 아니라 조합 방식이 새로워서였다. 폴 세잔도 마찬가지다. 어두운 바로크 풍의 주제를 추구하던 활동 초기에 세잔은 회화의 생명이라고 할 색채의 눈부신 환각을 멀리하고 이른바 '실감'이라는 입체적 표현을 무시한 평면의 공간 분할을 실험했다. 세잔과 고갱의 그림이 어딘가 비슷하게 눅눅해 보이는 이유다.

독창성은 종합으로 의미를 창출하는 작업이다.(Creativity is the production of meaning by synthesis.) — 알렉스 페이크니 오스본(Alex Faickney Osborn)

종합주의(synthètisme)를 표방한 폴 고갱의 화풍은 창조보다 체험을 모방하며 상상력을 합성한 연금술이었다. 일본 판화와 도기로부터 많은 영향을 받았다고 알려진 고갱은 폴리네시아 신화와 마오리족의 화법에 이집트 벽화의 측면 시선 기법까지 융합하고 복제하면서 재발견과 재창조의 경지에 이르렀다. 잡동사니를 모아 새로운 의미를 만들어낸 기적이었다.

그림 언어의 단순화 작업은 물론이요 어디서 한참 삶아낸 듯 썩어버린 색감까지도 고갱을 닮은 전위 미술의 선구자 앙리 루소(Henri Julien Félix Rousseau)는 원시적 근원으로의 회귀를 만유(漫遊)하면서 자신을 프랑스 최고의 사실주의 화가라고 자칭했다가 당시 대부분 비평가들로부터 비웃음을 샀다. 사실과 진실과 현실이 무엇인지에 대한 시각차 때문이었다. 그러나 누가 뭐라 하든 집시의 꿈속에서 전개되는 침침한 몽환을 그려낸 루소의 화법은 더할 나위 없이 '사실적'이다.

루소가 그려낸 우울한 권태의 평화로움 그리고 그와 동시대인이며 역시 후기 인상파였던 고갱이 구성한 평화로운 권태의 울적함은 주제의 맥이 닮았으면서도 지향하는 성향이 크게 다르다. 신기하고 낭만적인 환상을 해석하는 시각이 닮았으면서 다르기 때문이다. 그런가 하면 루소의 그림은 속칭 '동양화'라고 했던 우리나라 화투를 그대로 닮았다. 루소가 우리 화투를 표절했을 리는 만무하지만, 루소를 '모방'한 몇 세대의 전위 미술이 흘러간 다음 한국 가수 조영남은 화투 그림을 기발한 서양화로 변신시켰다. 그리고 조영남이 화투를 표절했다고 아무도 손가락질을 하지 않는다.

생명은 원자나 분자 또는 이른바 유전 인자보다는 유기적인 구조, 공생보다는 합성의 과정에서 탄생한다.(Life is not found in atoms or molecules or genes as such, but in organization; not in symbiosis but in synthesis.) ― 에드윈 그랜트 콘클린(Edwin Grant Conklin), 『결합의 진화, 공생의 역사(Evolution by Association: A History of Symbiosis)』

더글러스 애덤스(Douglas Adams)의 『은하수를 여행하는 떠돌이를 위한 안내서(The Hitchhiker's Guide to the Galaxy)』 그리고 가브리엘 가르샤 마르케즈(Gabriel Garcia Márquez)의 『백년 동안의 고독(Cien Años de Soledad)』과 더불어 1970~80년대 미국 대학가에서 지하 문학의 10대 걸작으로 꼽혔던 『선(禪)과 모터사이클 정비술(Zen and the Art of Motorcycle Maintenance)』에서 로벗 M. 퍼식(Robert M. Pirsig)은 '현실'의 개념을 이렇게 설명했다.

"우리는 선험적 개념들의 고정된 체계와 끝없이 달라지는 자료들을 여러 감각이 수집하고 지속적으로 융합하는 과정을 현실이라고 생각한다.(What we think of as reality is a continuous synthesis of elements from a fixed hierarchy of a priori concepts and the ever changing data of the senses.)" 현실은 현재에 국한된 개념이라기보다는 과거의 파편들이 누적된 집합을 감각으로 끊임없이 버무리며 흐르는 유동성 생명의 창조이지 불변의 고착된 완제품이 아니라는 뜻이다.

시인 윌리엄 버틀러 예이츠는 "재능은 차이를 인식하지만 천재성은 일관성을 찾아낸다(Talent perceives differences; genius, unity)"고 했다. 혼돈의 여러 갈래를 분별하고 인식하는 정신력의 수비 기능은 조화를 종합하여 새로운 생명을 창조하는 적극적 공격력을 당하지 못한다는 뜻이다.

산산조각이 난 꿈의 잿더미에서 불사조처럼 희망이 날아오른다.(Hope rises like a phoenix from the ashes of shattered dreams.) — S. A. 색스(S. A. Sachs)

영국 탐험가 제임스 쿡 선장이 18세기에 남태평양에서 발견하여 하얀 섬 (White Island)이라고 명명한 뉴질랜드의 화카리(Whakaari)는 15만 년 전에 바다 위로 솟아오른 화산섬이다. 활화산 화카리의 수많은 분기공에서 지금도 끊임 없이 방출되는 섭씨 400도의 독가스에는 유황이 섞여 뿜어 나와 주변 바위를 노랗게 덮어 껍질을 씌운다.

기독교 사상은 지옥에서 타오르는 영원한 불길을 유황불이라고 한다. 그러나 옛날부터 마오리족 원주민들은 한나절이나 배를 타고 화카리로 건너가 지옥에서 올라와 굳어버린 유황 껍질을 채취하여 농작물의 생명을 가꾸는 비료로 썼다. 온갖 잡다한 지하 광물을 태우고 끓여서 쏟아내는 화산재가 비옥한 토질을 만들어내는 현상은 널리 알려진 사실이다.

마오리족은 죽음의 시커먼 구름을 지옥의 형벌이라기보다는 새 생명을 뿌려주는 불의 세례라며 신의 선물로 받아들였다. 뿐만 아니라 항생제가 발명 되기 전에는 유황이 여러 의학적인 용도로 쓰이며 천연 항생제로 서구에서 인 기가 높았다. 19세기에는 유럽인들이 화카리로 들어가 황을 캐는 광산 사업까 지 벌였다가, 1914년 화산 폭발로 10명의 광부가 목숨을 잃는 바람에 폐업하고 말았다. 최근에는 2019년 12월에도 화카리 대폭발로 21명이 사망했다.

불사조는 왜 잿더미에서 날아오르는가? 부활의 전제 조건은 죽음이지만, 우리 삶에서는 불에 타버리는 극렬한 죽음 대신 단순한 변신이 부활의 기적을 행한다.

잿더미에서 솟아오르려면 불사조는 우선 몸을 불살라야 한다.(In order to rise from its own ashes a phoenix first must burn.) ― 옥타비아 E. 버틀러(Octavia E. Butler), 『재능의 우화(Parable of the Talents)』

프리드리히 니체의 자라투스트라를 비롯하여 간결한 화법을 구사하는 시인들이 불사조의 비유를 인용한 대부분의 격문은, 집단 심리 지도사들이 동원하는 과장법이나 마찬가지로, 듣기에 멋지기는 하지만 수사학적인 감동이 언제나 현실의 나침반이 되지는 못한다. 분신자살은 자아 계발을 위한 최선의 선택이 아니고 유일한 길도 아니다.

크리스텐 로저스(Cristen Rodgers)는 이렇게 말했다. "나는 1천 번을 죽었고, 그때마다 훨씬 더 밝고, 강하고, 순수한 나 자신을 재창조했다. 파괴의 한가운데서 나는 나 자신을 창조했다. 어둠의 한가운데서 나는 나 자신을 인도하는 불빛이 되었다." 1천 번의 분신자살은 자랑거리가 아니고 수없이 개과천선을 반복해야 할 사람이라면 성공의 가능성이 애초부터 별로 높지 않은 인물이다.

크리스텐은 불사조 비유를 별의 탄생으로 대치한 글도 올렸고, 조 스카일라(Zoe Skylar) 역시 비슷한 내용의 시를 썼다. "별이 태어나기 위해 꼭 필요한 한 가지 과정은 기체 상태인 성운의 붕궤다. 그러니까 깨져야 한다. 무너져라. 그것은 파괴가 아니다. 그래야 태어난다.(For a star to be born, there is one thing that must happen: a gaseous nebula must collapse. So collapse. Crumble. This is not your destruction. This is your birth.)" 그러나 파괴와 죽음의 혁명만이 발전의 수단은 아니다.

발전이란 단순함을 복잡하게 만드는 인간의 능력을 뜻한다.(Progress is man's ability to complicate simplicity.) — 토르 헤이어달(Thor Heyerdahl)

폴리네시아 문명이 잉카 제국에서 파생했다는 가설을 증명하려고 옛날 뗏목을 만들어 타고 물고기를 잡아먹으며 남태평양 6,900킬로미터를 101일 동안에 횡단한 노르웨이 문화 인류학자 헤이어달은 과잉 발전의 가치에 회의를 느낀 듯싶다. 에릭 마리아 레마르크와 보리스 파스테르나크 역시 쉬운 일을 복잡하게 만들어가며 사서 고생을 하는 지적 고뇌의 풍조를 개탄했다.

미국 흑인 재즈 음악가 찰스 밍거스(Charles Mingus)는 공연 예술의 원시적 즉흥성을 이렇게 예찬했다. "단순한 걸 복잡하게 만드느라고 모두들 법석이지만, 복잡한 걸 단순하게, 놀랍도록 단순하게 만드는 작업, 그것이 독창성입니다.(Making the simple complicated is commonplace; making the complicated simple, awesomely simple, that's creativity.)"

요즈음 휴대 전화나 컴퓨터처럼 점점 복잡해지는 첨단 기계들을 보면, 과연 우리는 쓸데없이 지나치게 편리해지기 위해서 끊임없이 구석구석 '향상(update)'시키느라고 얼마나 많은 잔심부름을 번거롭게 감수해야 하는지 의아해지고는 한다. 이른바 자아 계발의 예식도 비슷한 행태를 보인다.

모조리 무너지고 깨지고 붕궤하고 불에 타 죽어야만 진정 새로운 탄생인가? 우리의 어떤 약점일지언정 죽기보다는 극복하기가 간단하고 쉽다. 인간성의 발전은 멕시코 망자의 날(Día de Muertos) 집단 축제처럼 요란한 치장을 하고 겉멋을 부리며 시끌벅적 죽음을 미화하는 소란한 행사가 아니다. 성장할 줄 알면 죽었다 살아나는 복잡한 과정이 아예 필요가 없어진다.

197

"제2의 삶이래봤자 별거 아냐. 보다 나은 삶을 살아가기가 어렵지."
("Getting a second life is one thing. Making a better life, that's the trick.") — 릭 라이
오단(Rick Riordan), 『올림포스의 피(The Blood of Olympus)』

사람이 꼭 산산조각으로 망가져 잿더미만 남았다가 부활해야만 훌륭한 인물이 되지는 않는다. 완전히 창조적인 삶을 살겠다고 인류의 언어를 버리고 새로운 소통의 소리 체계를 발명하여 모든 개념과 논리의 체계까지 몽땅 다시 창조하기는 불가능하다. 그래서 '새로운' 변신이란 실제로는 기존의 자질들 가운데 좋은 것만 걸러 간직하며 단점을 장점으로 보완하는 차원에서 그친다.

타고났거나 성장기에 축적된 여러 성품을 그대로 간직하여 잘 가꾸기만 하면 대부분의 사람들은 만족스러운 인생을 살아가기에 별 어려움이 없어진다. '제2의' 삶 또는 '새' 출발이라고 하지만, 불사조의 탄생은 정말로 응애응애 울며 다시 태어나 처음부터 완벽한 형태의 인생을 사는 마법의 둔갑이 아니다.

실제로 육신이 다시 태어나봤자 엉금엉금 기어다니며 아기 시절을 보내고 유아기에는 동물적 학습을 모두 다시 거친 다음에야 인격 구성이 시작되어 어차피 삶이 더디어지기만 한다. 이왕 가던 걸음에서 보폭이나 속도 그리고 방향만 조금 틀어 계속 가면, 모든 전환의 순간이 곧 새 인생의 출발이다. 다시 태어나는 지루한 반복에 시달리기를 감수하기보다는 단순히 성장을 조금씩 계속해야 우리는 저마다 크고 작은 불사조가 된다.

달라지기는 했지만 세상은 그대로였지. 흡혈귀로 갓 태어난 나는 밤의 아름다움에 감동해서 <u>흐느껴</u> 울었어.(The world had changed, yet stayed the same. I was a newborn vampire, weeping at the beauty of the night.) ― 앤 라이스 (Anne Rice), 『흡혈귀의 고백(Interview with the Vampire)』

온갖 생명이 활동을 중단하는 밤이 200년 산 흡혈귀에게는 영생불멸의 피를 빨아 마셔 시한부 부활을 반복하는 감동적 눈물의 축제 기간이다. 흡혈귀의 어둠이나 화카리의 유황처럼 양잿물은 야누스 물질이다. 지금처럼 좋은 세제가 흔하지 않았던 20세기 중반까지 우리나라에서는 홑이불 같은 큰 빨래를 가마솥에 삶아 묵은 때를 우려내려고 집집마다 양잿물을 상비하고 사용했었다.

뿐만 아니라 『월든 숲속의 삶』의 〈콩밭〉 편에서는 어느 농부가 '자연인' 실험을 감행하는 지식인 헨리 데이빗 도로우더러 잿물을 밭에 좀 뿌려보라고 조언한다. 잿물은 칼슘과 포타슘처럼 식물의 건강을 도모하는 무기질들을 함유하고 있어서 비료 효과가 나기 때문이다.

그러나 식물에게 건강식품인 양잿물을 사람이 마시면 목숨을 앗아가는 독극물이 되고, 그래서 "공짜라면 양잿물도 마신다"는 속담까지 생겨났다. 한때는 민생고에 시달리는 서민들이 손쉽게 구하는 양잿물로 세상을 하직했고, 농촌에서는 양잿물을 구하기가 어려워진 요즈음 농약이 자살이나 타살에 가끔 쓰인다. 해충을 제거하여 작물이 잘 자라도록 도와주는 잿물이나 농약으로 자신이나 남을 살해하는 편법은 인간이 해충임을 자인하는 행위이다.

변신은 인식의 전환에 불과하다. 그대의 변신은 심성의 경지가 달라지는 현상이다. 그 모든 징후는 내면에서 일어난다.(Reincarnation is simply changing awareness. What you are reincarnating into are different states of mind. The whole show is on the inside.) — 프레데릭 렌츠(Frederick Lenz)

대부분 인생이 사람의 성질대로 가는 까닭은 인품, 성품, 품격, 개성, 인성—명칭이야 무엇이건 줏대 노릇을 하는 심성의 경지로부터 지배를 받기 때문이다. 심성의 줏대가 헐거워지면 인생의 바퀴가 비틀거리고 희로애락 네 가지 감성의 균형이 무너져 삶을 싣고 가는 수레가 엎어진다. 통제력을 상실하여 기우뚱거리는 마차를 억지로 끌고 가다가는 사람마저 땅으로 굴러떨어진다.

책상의 균형을 잡아주는 네 다리처럼 4는 마법의 숫자여서, 동서남북 전후좌우 사주 경계를 게을리하는 삶은 어디선가 낭패를 맞는다. 조선 말기에 한 의학자 이제마가 창시한 사상 체질 의학(四象體質醫學)에 훨씬 앞서 히포크라테스는 인간의 기질(humor)을 구성하는 몇 가지 체액이 균형을 유지하지 못할 때는 육체와 정신의 병이 발생한다는 학설을 내놓았고, 그리스 의학 사상가 클라우디오스 갈레노스(Claudius Galenos)는 그들 기본 체액이 네 가지라고 주장했다. 갈레노스 4체액은 강인하고 쾌활한 다혈질(sanguine)의 원천인 혈액(haima), 착하고 끈끈하게 붙임성이 좋은 성품인 점액(phlegma), 열정적인 힘(charisma)을 발산하는 황담즙(chole), 그리고 분별력과 창의성을 촉진하는 흑담즙(melan chole = melancholy)이다. 인간은 이 네 가지 특성을 다 함께 보유하지만, 어떤 기질을 어떻게 관리하느냐에 따라 인생의 모양이 제각기 달라진다고 했다.

200

어떤 상황을 바꾸기가 불가능한 지경에 이르면, 우리는 자신이 달라져야 한다는 도전에 직면한다.(When we are no longer able to change a situation, we are challenged to change ourselves.) — 빅토르 에밀 프랑클(Viktor E. Frankl), 『죽음의 수용소에서(Man's Search for Meaning)』

　　유대인 집단 수용소에서 3년 동안 참담한 고난을 겪는 사이에 아내와 부모를 비롯하여 온 가족을 잃고 홀로 살아남은 오스트리아 심리학자가 얻은 교훈이다. 나를 괴롭히는 외적인 영향력을 제거하거나 다스리고 이겨낼 능력이 부족할 때는 그것을 견디며 버티어낼 내면의 면역성을 키우는 수밖에 없다. 그래서 평천하를 꿈꾸기 전에 수신부터 하라고 그랬건만, 때로는 드넓은 세상을 바꾸기보다 작은 내 머릿속을 개조하기가 훨씬 더 어렵다. 어려우리라고 지레 겁을 먹기 때문이다.

　　예방 주사는 병균을 배양한 액을 우리 몸속에 투입하여 일부러 병을 일으켜 저항력을 키움으로써 독을 약으로 쓰는 기법이다. 체질과 인성의 연금술로 인생을 경작하는 작업은 정신적인 항체를 키우는 예방 과정과 비슷하다. 영혼의 경지가 사고방식을 지배하고, 생각하는 방식이 행동을 다스리기 때문에, 인간 육신의 외적인 변신은 내면의 정신이 주도한다.

　　우리는 예방 주사액을 이미 내면에 탑재하고 태어났으니, 운전대를 잡고 인생 수레를 작동시키기만 하면 된다. 사람은 네 가지가 훨씬 넘는 온갖 기질을 타고나지만 그것들을 섞어가며 드러내는 배합의 비율에 따라 사고와 생활의 방식이 달라지는 특질을 구성하며 온갖 다양한 개성으로 분기한다. 체액의 기질을 정신력으로 바꾸기가 절대로 불가능한 일은 아니라는 뜻이다.

201

"한낱 귀엽고 작은 송충이였던 나를 당신은 사랑했어요. 그래서 당신이 나한테서 영원히 떠나가지 않게 하려고 난 나비가 되었답니다."("When I was just a cute little caterpillar, you loved me. So I became a butterfly so you would never leave.") — 크리스탈 우즈(Crystal Woods), 『말이 안 되는 진실(Write like no one is reading)』

송충이가 나비로 변신하는 우화 현상을 우리나라 속담에서는 개천에서 날아오르는 용의 승천과 동류로 분류했다. 징그러운 가시벌레가 훗날 아름다운 나비로 비상하는 신기한 기적을 보려고 아이들은 송충이를 미리 귀여워하며 부지런히 배춧잎을 먹여 키운다. 그래서 내가 예쁜 모양이라고 착각한 송충이는 정말로 용이 되어 나비처럼 승천하는 존재가 된다.

송충이의 몸은 아름다운 변신을 행하는데, 육신을 지배하는 인간의 영혼이 똑같은 둔갑을 못하라는 법은 없다. 무엇인가 어렵게 생각하고 복잡하게 현학적으로 말해야만 명언과 웅변이 아니듯, 심성의 발전은 극렬하고 거창한 죽음의 예식을 치르지 않고도 실현이 가능하다. 자아의 재발견이란 흔히 이미 갖춘 개성이나 잠재적인 변화의 가능성을 그냥 인지하는 절차에 불과하다.

상극하는 두 기질을 하나의 추진력으로 조립하는 연금술은 첨단 과학이나 의술보다 유황과 잿물의 원리로 행하는 심리적인 마법에 가깝다. 외적 환경이 나에게 불리하다는 의구심이 일면 혹시 나의 기질을 방임해온 선택이 잘못된 전략은 아니었는지 수시로 확인하여 단점을 장점으로 역산하는 뒤집기 공식을 사사건건 온갖 상황에 대입하는 훈련을 쌓아야 한다.

그러나 스스로 강해지기를 멈추지 않는 자강불식(自彊不息)을 도모하기란 마음먹기만으로 성공하기가 그리 만만한 과업이 아니다.

내가 어디 있는지를 알지 못하면 지도는 아무 소용이 없다.(If you don't know where you are, a map won't help.) — 왓츠 험프리(Watts Humphrey)

사람들은 오랫동안 남극과 북극이 당연히 지구의 양쪽 끝이라 했지만, 동그란 구체에서 도대체 어디가 끝이라는 말인가? 유럽 사람들은 북쪽에 올라앉은 러시아를 동양(East)이라 하고 남쪽으로 내려앉은 이집트를 동방(Orient)이라고 한다. 남과 북이 동이라는 주장이다. 그리고 우리나라 사람들은 서양(West)으로 간다면서 비행기를 타고 태평양을 건너 동쪽으로 아메리카를 찾아간다.

어디가 동서남북인지 방향을 알지 못하고 어느 쪽이 끝인지조차 모르는 세상에서 인간이 어떻게 행복과 불행 같은 형이상학적 관념의 위치를 삶의 지도에서 쉽게 확인하는지 가히 신기한 일이다. 내 인생이 그리고 남들의 인생이 어째서 성공이나 실패인지, 성공의 사례에서는 어느 만큼이 성공이며 실패는 어디까지인지, 그리고 실패가 성공으로 전철(轉轍)되는 지점이 어디쯤인지, 무엇 하나 객관이 집계한 귀납적 관념의 지도만으로는 규정하기가 어렵다.

내가 삶의 여로에서 어느 방향으로 얼마나 왔는지 그 위치조차 모르면서 새 출발을 하려면 어디서 다시 떠나 어디로 가야 옳은지 난감하기 짝이 없어진다. 내가 끝자락이라고 확인한 절망은 어쩌면 희망으로 넘어가는 힘겨운 고빗길의 정상일지 모른다. 불행은 함량이 약간 모자라는 행복이며 실패는 아직 완성되지 않은 성공인 경우에, 지옥을 벗어나 불사조가 되겠다며 정신적인 유황불로 분신자살을 추구하는 선택은 온전한 지혜가 아니다. 중심에 자리를 잡아야 하는 나 자신을 버리려는 사람은 고장 난 나침반에 홀린 선장과 같다.

203

우리는 대단한 연금술사들이어서, 납으로 황금을 만드는 방법은 알아내지 못했을지언정, 지옥을 천국으로 또는 천국을 지옥으로 바꿔놓는가 하면, 아무것도 없는 곳에 연옥을 짓는다.(We are master alchemists: We may not have discovered how to make gold out of lead, but we are able to make heaven out of hell, hell out of heaven, and purgatory out of nothing.) — 응웬 캉(Nguyen Khang)

불의 본질과 속성은 변함없이 그대로이지만 사람들은 천국의 열기를 따뜻하다고 반기는가 하면 지옥의 유황불은 뜨겁다고 기겁한다. 육신이 어디 있느냐 그 위치에 따라 본질에 반응하는 인식이 달라지는 탓이다. 그러나 몸이 천국과 지옥 어디건 아무 자리에 앉아 있더라도 수도자들의 영혼은 처소의 조건에 주관적으로 반응하는 방법이 똑같고, 그 똑같음은 남다름의 경지로 올라선다.

만인이 겪는 몸과 마음의 고통이 때로는 깨달음과 성숙의 지혜를 키우는 배아가 된다. 에드바르 뭉크와 빈센트 반 고흐 같은 화가들 그리고 수많은 문인들에게 고통과 고뇌는 창조력을 키워준 소중한 양식이었다. 지적 장애아 큰딸을 키워낸 아픔을 숨김없이 회고한 『자라지 않는 아이(The Child Who Never Grew)』에서 펄 S. 벅은 행복과 불행의 다른 동질성을 이렇게 설명했다.

"슬픔을 완전히 받아들이면 나름대로의 보상이 찾아온다. 슬픔 속에서 연금술이 일어나기 때문이다. 슬픔은 지혜로 녹아들어. 기쁨까지는 아닐지언정, 행복으로 자라나기도 한다. 우리는 기쁨 못지않게 슬픔으로부터, 건강 못지않게 질병으로부터, 장점 못지않게 약점으로부터 배우는 바가 많고—어쩌면 더 많은 깨우침을 거기에서 얻는지도 모른다."

희망으로 다시 일으킨 마음은 증오가 죽여버린 꿈들을 되살린다.
(Hearts rebuilt from hope resurrect dreams killed by hate.) — 아버재니(Aberjhani, 본명
Jeffery J. Lloyd), 『꿈이 날아다니는 강(The River of Winged Dreams)』

여러 속성을 배합하는 비율을 바꿈으로써 합성된 본질 자체를 연금하는
비법을 제대로 구사하면, 분노와 증오의 열기를 다스려 열정의 동력을 얻는 길
이 보인다. 타인과 나 자신을 미워했다가는 절망에 빠지겠지만, 낙관적인 마음
은 증오로 무너졌던 꿈을 부활시킨다. 사랑이 반대쪽으로 기울어 증오가 일어
나고, 슬픔이 거꾸로 기울어 기쁨이 일어난다. 상극의 결합으로 개념의 본질이
달라지는 탓이다. 상반되는 기존 개념들이 돌고 돌아 마침내 제자리를 찾아내
는 이치가 그러하다.

소금만 한 숟가락 퍼먹었다가는 입안의 맛세포가 역겨워하지만, 조금씩
찍어 먹으면 싱거운 다른 온갖 음식이 별미를 낸다. 우리의 갖가지 단점은 짜
디짠 소금과 같다. 좌절을 낳는 단점이라고 여겨지는 나의 속성은 상극의 반대
편 속성과 융합하여 중화시키는 노력을 통해 극복이 가능해진다. 나쁜 기질은,
유황을 항생제로 내뿜는 화카리 분기공처럼, 방출하는 방향을 잘 골라 쓸모를
찾아내면 생산적으로 나를 사랑하는 적극적 전향의 촉진제 효과를 낸다.

절망은 예방 주사와 같아서, 슬픔이 무엇인지를 알고 난 다음에 찾아내는
기쁨과 행복의 크기와 깊이가 각별해진다. 그것이 고진감래의 의미다. 자신에
게서 발견한 단점은 평생 짊어지고 가야 하는 괴로움의 십자가일 듯싶지만, 항
체로 재활용하여 인생을 설계하는 데 큰 도움이 되는 소중한 정보이기도 하다.

인생길이 항상 완벽하지는 않다. 모든 길이 그러하듯, 여기저기서 꺾이고 오르락내리락하지만, 바로 그렇기 때문에 인생은 아름답다.(Life is not always perfect. Like a road, it has many bends, ups and down, but that's its beauty.) ― 아밋 라이(Amit Ray), 『산새의 울음소리(World Peace: The Voice of a Mountain Bird)』

매몰찬 원리와 원칙만을 따라 돌진하는 독선은 제멋대로 구비치는 인간적인 융통성의 곡선을 거두어 담아 다스리기에 역부족이다. 앞만 보고 곧장 직선으로만 질주하는 삶의 고속도로를 벗어나 오랜만에 찾아간 시골 고향의 꼬부랑 고개가 정다워 보이는 까닭은 구비마다 하나씩 다른 사연을 담고 제자리를 지키며 한없이 기다려주기 때문이다.

구불구불한 소나무 가지들은 제멋대로 휘었기 때문에 얼기설기 뭉친 전체와 신비한 조화를 이룬다. 멋진 자연의 예술품에서는 결함이 아름다움의 일부분이어서, 부러져 죽은 가지와 우툴두툴한 옹이가 모두 고목의 예술성을 구성하는 필수적인 요소다.

소나무는 상처를 입으면 끈적거리는 발삼을 분비하여 제 몸을 치유하고, 그로 인해 주먹만큼 돋아난 상처는 혹으로 퉁그러진 흠결이건만, 죽은 나뭇가지를 다듬어 만든 김삿갓 지팡이에서는 옹이가 편안한 손잡이 노릇을 한다. 뿐만이 아니라 옹이에 맺힌 송진 덩어리 관솔은 부싯돌 시절 우리 조상들에게 촛불이나 등불 대신 참으로 요긴한 불빛을 제공했었다.

병들고 상처가 났을 때 굳어진 관솔은 나무가 죽은 다음에 쓸모가 더 커진다. 고치고 바로잡을 길이 없어 굳어진 나의 옹이는 그냥 안고 가면서 미래의 불을 지피는 자산으로 삼아야 한다.

206

"살아가다가 어느 순간에 이르면, 우린 자신에게 일어나는 상황을 통제할 힘을 잃고, 그러면 우리의 삶을 운명이 제멋대로 좌우하게 된다고 그러지. 그게 세상에서 가장 고약한 거짓말이란다."("At a certain point in our lives, we lose control of what's happening to us, and our lives become controlled by fate. That's the world's greatest lie.") ─ 파울로 코엘료(Paulo Coelho), 『연금술사(The Alchemist)』

자아 변신의 여로에 나선 양치기 소년에게 노인은 "다스릴 능력이 없으면 운명에 굴복하라"는 세인들의 소극적인 지혜를 함부로 따르지 말라고 가르친다. 운명에 밀려 자유로운 삶을 포기하는 선택은 영적인 죽음을 뜻한다. 인생의 자유로운 주도권을 운명이라는 가상의 망령에게 양보하면 나의 삶 자체가 사라진다. 삶의 자유를 포기한 다음 우리에게 무엇을 할 자유가 남는가?

여건에 적응하는 삶은 죽음이 아니다. 남루한 몰골의 인생을 벗어나려면 타고난 운명을 무기력하게 탓하지만 말고 과감히 뒤엎으라고 수많은 사람들이 부추기지만, 전폭적인 변화를 수반하는 모험은 치명적 파멸로 이어지기 쉽다. 미완성인 나의 잠재성을 몽땅 없애버리면서 추구하는 부활은 자멸을 전제로 한다. 나를 파괴하여 내버리는 포기의 방식은 바람직한 변신이 아니다.

유일하고 소중한 무엇인가를 내치는 용기가 얼핏 보기에 멋지기는 하겠지만, 방향을 잘못 설정한 영혼의 재건축은 발전이라기보다 부분적인 자멸이다. 인생과 운명은 평생 걸려 고치고 다듬어가며 살아야 하는 기나긴 역정이지 편의점에서 아무 때나 사다가 교체하는 1회성 부품이 아니다.

추출하고 집합하는 동방의 검은 마법 연금술은 혼합체들을 근본으로 다시 녹였다가 재구성하는 기술이다.(Chymia, or Alchemy and Spagyrism, is the art of resolving compound bodies into their principles and of combining these again.) ― 게오르크 에른스트 슈탈(Georg Ernst Stahl), 『의학 이론의 진실(Theoria medica vera)』

17세기 독일 의학자 슈탈은 잿더미에서 다시 일어나는 불사조 신화를 근본으로 돌아가는 재구성의 화학 공식으로 해석했다. 그는 '이집트의 마법'이 속임수인 듯 보이지만 사실은 논리적 과학이라고 주장한다. 인생의 도전적인 실험과 계발 작업 또한 순간의 마술보다는 분리와 결합을 반복하는 오랜 각고의 노력으로 다지는 기나긴 과학 논리의 숙제에 가깝다.

아이작 아시모프, 아더 C. 클라크(Arthur C. Clarke)와 더불어 영어권 공상과학 소설의 3대 거장으로 꼽히는 로벗 A. 하인라인(Robert A. Heinlein)은 "누군가는 '마법'을 부리지만 누군가는 설계를 한다(One man's 'magic' is another man's engineering)"고 했다. 무엇인가 같은 일을 할지라도 신기한 마술을 부리는 사람이 따로 있고 꼼꼼하게 설계하는 사람이 따로 있다.

인생길을 헤쳐나가는 요령도 마법과 설계의 곡예와 다를 바가 없다. 문제는 양쪽 모두 서툰 사람들이 많다는 현실이다. 우리 대부분은 기적을 행하는 마법사니 첨단 기술을 구사하는 설계자가 아니다. 그래서 마땅한 통로를 찾지 못하여 외적인 삶의 여건과 내적인 심성을 통제하거나 중화시켜 수정하기가 불가능한 사람은, 할당된 한계를 그냥 받아들이는 수밖에 없다.

도구의 모양은 사람이 만들고, 그런 다음에는 도구가 사람의 모양을 만든다.(We shape our tools, and thereafter our tools shape us.) — 존 M. 컬킨 (John M. Culkin), 『마샬 맥루한 입문(A Schoolman's Guide to Marshall McLuhan)』

영겁에 걸쳐 자연이 유전자에 축적해준 선천적 기제에 힘입어 신생아는 동물적으로 완벽에 가까운 육신의 저항력을 발휘하며 용감하게 혼자 생존에 임한다. 그러다가 기본 인격을 갖추게 된 아이는 성장해가면서 환경의 학습을 통해 정신적 저항의 도구를 항체로 만들어 갖춘다. 조금 더 시간이 흘러 어른이 되면 인간은 여태까지 살아오면서 체험을 통해 쉽게 성공한 방식들만 수집하여 체계를 조립한다. 그렇게 해서 버릇이건 관성이건 습관이건 하나의 유기적 인생 모형이 설정된다.

성인이 되면 우리는 후천적 적응력으로 키운 경험 궤도를 벗어나지 않으려고 최선을 다하며 세월의 역경을 견디지만, 때맞춰 바로잡지 못해 굳어진 장애는 날이 갈수록 수정이 점점 불가능해진다. 익숙한 길이 편하다고 타성으로 고착시킨 다음에는 순항하는 인생의 모양과 흐름을 중년에 이르러 깨트리면서까지 모험을 감행할 필요가 없어지고, 그나마 간헐적인 도전마저 감당하기가 어려워진다. 청춘이 흘러간 다음에는 모든 열정이 피곤하다며 발전을 부담스러워하는 탓이다.

빈대를 잡는다고 초가삼간을 태우면 몸과 마음이 쉴 곳을 잃는다. 현명한 늙은 농부는 잡초가 무성하다고 해서 밭에 불을 지르고 땅을 모두 갈아엎어 새로 부활의 씨앗을 뿌리는 대신, 땀을 흘려 호미로 고랑마다 김을 매고는 작물이 건강하게 영글기를 무한정 기다린다. 솎아 다듬어가며 살아야 하는 인생이다. 진정한 인생의 주인은 다스리지도 않고 굴복하지도 않는다.

가진 도구가 망치 하나밖에 없으면, 모든 대상을 못처럼 처리하려는 충동을 느끼는 모양이다.(I suppose it is tempting, if the only tool you have is a hammer, to treat everything as if it were a nail.) — 에이브러햄 마슬로우(Abraham Maslow), 『과학의 심리학(The Psychology of Science)』

무인도로 표류했는데 몸에 지닌 문명의 이기가 망치 하나뿐인 사람은 망치를 휘두르며 짐승들과 싸우고, 망치로 돌을 두드려 도끼와 화살촉과 갖가지 다른 도구를 마련하여 집을 짓고 땅을 파고 농사를 짓는다. 그까짓 망치 하나일 듯싶지만, 때로는 송곳 하나가 만사를 해결한다. 인간이 타고난 온갖 특성은 '그까짓 망치'를 닮았다.

야구공으로 축구를 하기가 어려우면 당연히 공을 바꿔야 한다. 가진 장난감이 야구공밖에 없어 도구를 교체하기가 여의치 않을 때는 축구를 고집하는 대신 놀이 종목을 바꿔야 한다. 농구를 좋아하지만 배구공밖에 없는데 놀이의 종목을 바꾸고 싶지 않은 새벽 친목회는 배구공으로 농구를 하면 된다. 그것도 싫다면 다 그만두고 집안에 편히 들어앉아 심심하게 살아가는 수밖에 없다.

골프 말고는 어떤 운동도 좋아하지 않는 사람이 무인도에 표류해서 겨우 구한 놀잇감이 농구공 하나뿐이라면 아무리 마음에 들지 않을지언정 유일한 자산을 함부로 버려서는 안 된다. 살아가다가 쉬는 시간을 보낼 도구가 마땅치 않다면서 움막에 틀어박혀 800일쯤 보내고 났더니 더 이상 지루한 나날을 견디기 힘들어질 때쯤에, 우리는 결국 어딘가 내버린 농구공을 찾으러 나서야 한다. 농구공을 찾은 다음에는 그것으로 골프를 치면 된다.

"그토록 유별나게 엉뚱한 무엇이 존재할 가능성은 백만분의 1이라고 과학자들은 계산해왔지. 하지만 마술사들은 백만분의 1이 열 번 가운데 아홉 번 이루어진다고 계산했어."("Scientists have calculated that the chances of something so patently absurd actually existing are millions to one. But magicians have calculated that million-to-one chances crop up nine times out of ten.") — 테리 프랫쳇(Terry Pratchett), 『저승의 모티머(Mort)』

농구공으로 골프를 치는 사람을 가리켜 우리는 괴짜라고 한다. 좁은 구멍에 큰 공을 집어넣겠다고 기를 쓰는 사람을 정상이라고 생각하지 않기 때문이다. 골프 구멍에 농구공을 집어넣기가 불가능하다는 판단은 정상적인 개념이다. 그러나 정상과 비정상은 어느 쪽에서 보느냐에 따라 기준이 달라진다.

골프 구멍을 세숫대야나 아예 함지박만큼 비정상적으로 크게 넓혀놓으면 농구공이 잘 들어간다. 골프채로 쓸 마땅한 도구가 없더라도 걱정할 필요가 없다. 막대기로 때려 날리는 대신 그냥 발로 차는 비정상 방법으로 함지박 구멍에 농구공을 집어넣기가 더 쉽기 때문이다. 농구공을 발로 차는 골프를 하며 즐거워하는 나를 반칙이라고 적발하여 인생에서 퇴장시킬 심판은 없다.

과학자에게는 논리가 장점이고 마술사에게는 묘기가 재능이다. 마법을 모르고 재능조차 없는 사람은 이가 없이 잇몸으로 세상살이에 적응해야 한다. 상상력은 만능 잇몸이다. 상상의 세계에서는 1/1,000,000이 9/10다. 구멍을 넓히고 발로 공을 차는 비정상 해답을 상상력으로 찾아내어 농구공 골프를 즐기는 사람을 우리는 천재라고 한다.

지금 용납되는 모든 견해들이 한때는 궤변 취급을 받았으니, 해괴한 소신을 밝히기를 두려워하지 말아야 한다.(Do not fear to be eccentric in opinion, for every opinion now accepted was once eccentric.) — 버트란드 럿셀 (Bertrand Russell), 『자유주의 십계명(A Liberal Decalogue)』

　　지구가 우주의 중심이 아니라며 아리스토텔레스의 천동설에 반기를 든 그리스 천문학자 사모스의 아리스타르코스(Aristarchos, Aristarkhos ho Samios)는 인류 역사상 최고의 반열에서 우뚝한 철학자에 감히 맞서 '미친 소리'를 늘어놓았다고 조롱의 대상이 되었다. 하지만 그는 우주의 중심에 관하여 인류가 철석같이 믿었던 미신의 오류를 남들보다 무려 천 년 전에 깨우친 선지자였다.

　　갈릴레오의 우주관 역시 한때는 중세의 그릇된 종교적 상식에 짓밟혔고, 16세기 이탈리아의 성직자 출신 사상가 조르다노 브루노(Giordano Bruno)는 "우주 공간이 무한하고 태양은 하나의 항성에 불과하다"는 '가당치 않은' 주장을 폈다가 이단 신문에 회부되어 로마에서 공개 화형을 당했다.

　　낡은 통속적 진리를 의심하고 점검하는 선구자들은 생각하는 바가 남들과 달라 세상이 미처 보지 못하는 미래의 진실을 미리 깨닫고, 이성과 감성이 충돌하는 전장에서 목숨까지 걸어가며 신념을 지켜내기 위해 다수결이 지배하는 정상적인 사고방식에 맞서 분투한다.

　　용기와 소신이 뚜렷하여 잘못된 가설을 수정하려고 노력하는 그런 인물은, 집단이 키우거나 생산하기가 쉽지 않기 때문에, 대부분이 홀로 자생하는 개체다. 역부족이었을 부모가 칼 세이건의 상상력을 이끌거나 통제할 필요가 없었던 사례에서 분명하듯이, 선구자를 키울 사람은 선구자 자신뿐이다.

사회 관행을 이탈하려는 성향의 농도는 일반적으로 그 사회가 내포한 천재성과 이성적 활력 그리고 정신적 용기의 양과 정비례한다. 이단적 행동을 하려는 사람이 지금처럼 드물다는 사실은 우리 시대가 처한 가장 큰 위험의 징후다.(The amount of eccentricity in a society has generally been proportional to the amount of genius, mental vigor, and moral courage which it contained. That so few now dare to be eccentric, marks the chief danger of the time.) ― 존 스튜어트 밀(John Stuart Mill), 『자유론(On Liberty and Other Essays)』

영국의 공리주의 정치 철학자 밀은 세 살에 그리스어를 배우고 일곱 살에 플라톤을 읽었으며 초등학교에 들어갈 나이에는 라틴어를 공부하고, 열두 살부터는 논리학과 경제학에 정진했다. 나름대로 교육 지침이 뚜렷했던 아버지는 이런 영재 아들이 혹시 천재라고 과신하여 자만에 빠지지 않을까 노심초사 세심하게 견제했다고 한다. 자식은 못나도 걱정이지만 너무 잘나도 어떻게 관리해야 좋을지 모르겠어서 걱정이기는 마찬가지인 모양이다.

천재가 되지 못하게 막는 절제와 겸양의 노파심은 주입식 교육만큼이나 파괴적인 간섭이다. "천치로 태어난 아이는 아무리 백방으로 지도편달을 해봤자 백치밖에 안 되고 천재가 될 아이는 아무리 말려도 선구자가 된다"고 사람들은 말한다. 알벗 아인슈타인, 토마스 에디슨, 볼프강 아마데우스 모차르트, 빌 게이츠, 워렌 버핏처럼 자수성가하는 인재들은 부모나 스승 그리고 사회 집단이 조직적으로 키워낸 맞춤형 인간이 아니라는 논리다.

특출하다고 인정을 받는 가장 확실한 방법은 자신의 존재를 그대로 보여주는 것이다. 우리 가운데 그런 뱃장을 갖춘 사람은 찾아보기 어렵다.(The surest way of being considered eccentric is just to be yourself. So few of us have the nerve.) ― 마조리 벤튼 쿡(Marjorie Benton Cooke), 『밤비(Bambi)』

갖추지 못한 자질을 거짓으로 보여주려고 허세를 부렸다가는 결국 본색이 드러나는 순간 도태되기 마련이어서, 전정한 모습을 솔직하게 그대로 내놓고 인정을 받는 편이 훨씬 빠르고 효과적인 성공의 전략이다. '자수성가(自手成家)'는 자신이 내장한 잠재력을 동원하여 "내 손으로 일가를 이룬다"는 뜻이다. 돋보이는 인재가 자수성가의 도약을 할 때는 그의 시각을 갖추지 못한 다른 사람들은 그냥 부러워하거나 시기하면서 그가 승승장구하는 모습을 사실상 속수무책으로 구경만 하는 수밖에 별다른 도리가 없다.

단순한 생존 수단의 확보를 넘어 비범한 경지로 도약하는 사람들은 누가 키워주는 덕에 큰 그릇이 되는 경우가 많지 않다. 그러니 내가 남들보다 낫다고 생각하는 사람은 나를 키워줄 능력이 부족한 학교나 스승이나 부모의 무능함을 탓할 필요를 느끼지 않는다. 세상이 나를 따라오지 못하면 내가 세상을 이끌어야지, 누가 이끌어주기를 바라는 마음은 비범한 속성이 아니다.

나의 존귀함을 증명하는 과업은 나 혼자만의 몫이다. 누가 뭐라거나 인생살이는 나에게 주어진 몫의 선물인 동시에 십자가이며, 그 열매는 내가 거두고 실패의 결과는 나의 형극이 된다. 그렇다면 타인의 도움이나 지도를 받지 않고 무엇을 어떻게 해야 우리는 남들보다 앞서 가는 길을 찾아내는가? 그것은 삶에서 내가 직접 풀어내야 하는 첫 번째 선택의 숙제다.

상상력이 지어낸 이야기는 상상력이 없는 사람들을 불편하게 만드는 모양이다.(Stories of imagination tend to upset those without one.) — 테리 프랫쳇(Terry Pratchett), 『환상으로 가는 지도(The Definitive Illustrated Guide to Fantasy)』

8장

비정상 반칙의 승리

정상적인 논리와 뛰어난 재능으로 무장한 사람들로서는 비정상적인 상상력이 제멋대로 창조하는 산물을 정당하다고 인정하기가 당혹스럽다. 지식과 규범이 늘 승자의 무기인 줄만 알고 살아가는 정상인으로서는 비정상적인 일탈과 반칙이 승리로 도약하는 현실이 당연히 못마땅하다. 꿈이 없는 사람은 꿈의 가치를 모르는 탓이다. 논리는 굴레와 족쇄로 행동반경을 제한하지만 자유로운 영혼은 한계를 모르는 무지함 때문에 불가능한 승리를 쉽게 쟁취한다.

성장하기를 원한다면, 성장을 그대가 주도하기 위해 필요한 관점을 갖추기만 하면 된다.(If you want growth, just have the viewpoint that you are going to bring about growth.) ── 미어 에즈라(Meir Ezra)

러시아 작가 안톤 체호프는 "관점을 갖추지 못하면 지식은 아무런 가치가 없다(Knowledge is of no value unless you put it into perspective)"고 했다. 사람은 줏대가 튼튼해야 한다는 뜻이다. 상상력의 눈이 보는 시각과 자의적으로 선택하는 주관을 갖추지 못한 지식은 암기식 교육의 산물이다. 경쟁적 조기 교육의 폐해 그리고 자녀의 학습에 지나치게 간섭하는 인습에 반대하는 진보적 교육 이론의 근간에서는 무특질 대량 생산 방식에 대한 반발의 추세가 뚜렷하다.

남아프리카 공화국 출신의 시인 기프트 구구 모나(Gift Gugu Mona)는 『여성의 막강한 가치(Woman of Virtue)』에서 "포부가 큰 여성은 눈앞의 현실로부터 멀리 떨어져 남들과 다른 시각으로 저 너머의 원대한 가능성을 상상한다"라며 전형과 규범의 궤도로부터 벗어나기를 두려워하지 말라고 격문을 내걸었다. 남성의 경우도 다를 바가 없다.

19세기 미국 종교인 새뮤얼 핸슨 카스(Samuel Hanson Cox)는 『퀘이커 사상의 정수(Quakerism Not Christianity)』에서 "아무리 기이하거나 옳지 않은 행태라 할지언정 주관이 뚜렷한 행위는 흉내와 거짓된 생색이나 도둑질한 업적보다는 훨씬 바람직한 미덕임으로, 모름지기 인간은 항상 자아를 잃지 않아야 한다"며 남들과 다른 눈으로 사물을 보는 독창적 일탈의 중요성을 강조했다.

정말로 위대한 온갖 괴짜들은 아무나 흉내를 내기가 불가능한 존재들이며, 그들은 오직 한 가지 면에서만 특이한 것도 아니어서, 그들의 가장 심오한 자의식은 인류의 보편성을 통째로 거부한다.(The really great eccentrics are all inimitable; they are not possessed by a single oddity; they are, in their deepest selves, unlike the generality of mankind.) — 로벗슨 데이비스(Robertson Davies),『극장의 루이스 캐롤(Lewis Carroll in the Theatre)』

캐나다의 해학적인 석학 문인 데이비스는 "자신의 비뚤어진 모습을 보여주기를 두려워하지 말라"면서 유별나고 괴팍한 별종 이단아들의 위대함을 찬양한다. 세상은 비뚤어진 사람을 위험한 인물이라고 함부로 경계하지만, 문제는 어느 쪽으로 비뚤어졌느냐다. 자서전『흐르는 강물처럼(A River Runs Through It)』으로 유명한 노먼 매클린(Norman Maclean) 교수는 '정말로 위대한 괴짜(the most sublime of oddballs)'로 레오나르도 다빈치를 꼽았다.

미국의 유명한 요리 연구가 앤토니 보데인(Anthony Bourdain)은 "다른 사람들이 하지 못하는 무엇인가를 해내는 괴짜들의 탁월함을 인정하라. 괴이한 참신함을 예찬하라"고 촉구했다. 광장의 군중이 외치는 구호만 따라 하지 말고 나 혼자만의 비뚤어진 목소리를 내는 독불장군이 인류 발전에 진정으로 크게 기여한 개체들이었기 때문이다.

때로는 그런 독불장군들의 미친 짓을 사람들은 열정이라고 하며, "그들의 기이한 행동은 인습과 전통이라는 나침반(conventional compass tool)으로 통제하기가 불가능하다"고 1940년대 베트남 공산주의 지도자였던 응웬 캉(Nguyen Khang)이 진단했다.

"그 말이 맞아요. 당신은 미치고, 돌아버리고, 완전히 정신이 나간 모양이네요. 하지만 비밀을 하나 가르쳐드리고 싶어요. 진짜로 훌륭한 사람들은 다 그렇답니다."("I'm afraid so. You're mad, bonkers, completely off your head. But I'll tell you a secret. All the best people are.") — 루이스 캐롤(Lewis Carroll), 『이상한 나라의 앨리스(Alice's Adventures in Wonderland)』

심한 좌절감에 빠져 "나 머리가 돌아버린 거 아닌지 모르겠다"고 걱정하는 미치광이 모자 장수(Mad Hatter)에게 앨리스가 내린 진단이다. 미쳤거나 이상하다는 판단의 기준은 무엇일까? 인도 총독을 지낸 정치가이며 "붓이 칼보다 강하다"를 비롯하여 수많은 명언을 남긴 작가 에드워드 불워-리튼(Edward Bulwer-Lytton)은 "해괴한 방법으로 대단한 일을 해내면 세상은 그를 천재라 하지만 똑같은 방법으로 시시한 일을 하려는 사람은 그냥 미쳤다고 한다(The world thinks eccentricity in great things is genius, but in small things, only crazy)"고 풀이했다.

천재와 바보는 종이 한 장의 차이라고 많은 사람이 공감한다. 특출한 존재성의 정체는 불가해하기가 짝이 없고, 정상과 이상의 차이도 마찬가지다. 수많은 천재와 선지자는 얼핏 보기에 전혀 제정신이 아닌 사람들이어서, 평범한 잣대로 규제하기가 불가능하다. 그래서 논리를 벗어난 비정상적 엉뚱함은 무시무시한 만능 인공 지능을 인간이 이겨내는 가장 어수룩하고 효과적인 미래의 무기로 동원이 가능하다. 원칙을 모르겠어서 비논리적으로 단순하게 문제를 해결하는 못난이의 가치가 그래서 빛난다.

어떤 사람에게는 미친 짓이겠지만, 다른 사람에게는 그것이 현실이다.(One person's craziness is another person's reality.) ― 팀 버튼(Tim Burton)

작품마다 참으로 특이하고 흥미진진한 괴기 취향을 드러내는 버튼 감독이 영화로 만든 『이상한 나라의 앨리스』에는 정신이 말짱한 등장인물이 거의 없다. 그렇게 모두가 이상한 나라에서는 정상이 오히려 이상해진다. 하기야 루이스 캐롤 소설의 제목에서 Wonderland는 '이상한 나라'보다는 그냥 '신기한 곳'이라는 뜻이어서, 보통 사람들에게는 이상하겠지만 지하 세계로 내려간 앨리스에게는 그냥 또 하나의 새로운 현실이다.

프리드리히 니체는 "진실은 존재하지 않고 해석만 있을 따름(There are no facts, only interpretations)"이라고 했다. 위대한 문학 작품이나 학술 서적에 수록된 어휘들은 모범적인 정론이라고 하지만, 때로는 그 객관적인 글을 읽고 주관적으로 해석해가며 여백에 누군가 적어놓은 한 조각의 변칙 견해가 훨씬 심오한 진리로 발전하는 경우가 허다하다. 때로는 여백에 걸어놓은 미친 사람의 이상한 헛소리가 혁명적 진리와 명언으로 우화하기까지 한다.

영원불멸할 듯싶은 수많은 진리가 시간의 흐름에 따라 유기체처럼 성장하다 불구가 되거나 병들어 죽는다. 현실과 진실을 구성하는 실체가 해석이 시시각각 달라지는 유동적 현상이라는 가능성을 인지하지 못하여, 내가 현상을 보는 관점과 해석하는 사고를 편협하게 고착시키면, 인간의 영혼은 석고처럼 굳어져 유연성을 잃는다. 나름대로 자신만의 소신이 따로 없어서 남들의 보편적 상식과 지혜를 표절만 하는 습성은 뻐꾸기를 흉내 내어 탁란하는 앵무새와 다를 바가 없다.

218

사람들은 실제로 벌어지는 상황보다 그 현상을 자신에게 설명하는 방식에 훨씬 큰 의미를 부여한다. 사실 자체는 별로 중요하지 않고, 사람들은 그것을 전달하는 화법으로부터 주로 영향을 받는다.(What happens is of little significance compared with the stories we tell ourselves about what happens. Events matter little, only stories of events affect us.) — 라비 알라메딘(Rabih Alameddine), 『하카와티(The Hakawati)』

레바논 출신 알라메딘의 소설에 등장하는 '하카와티'는 아랍어로 '이야기꾼'이라는 뜻이다. 주인공은 천직이 사람들을 찾아다니며 온갖 경전과 설화와 민담의 세계로 이끌어 환상 체험을 시켜주는 노인으로, 우리나라의 기생충 학자 서민이나 역사 해설가 설민석과 비슷한 화법을 구사하는 인물형이다.

역사적인 사실을 다분히 주관적으로 변주하여 노래로 풀이하는 그런 전설 안내자는 동서고금 어디에나 존재했다. 고대 그리스와 중세 유럽 각국의 유랑 음유 시인(aoidos, troubadour, minstrel, trobairitz)과 아프리카의 그리오(griot, jali)는 물론이요 우리나라의 판소리꾼이나 심지어 만담가들 또한 이들 구전 역사의 변사들이다. 역사를 기록하여 고정시키는 문자가 없던 시대와 지역에서는 그렇게 진실이 이야기꾼 엿장수 마음대로 편집되었다.

그들 해설가의 공통된 한 가지 특징은 "이런 고얀 놈이 다 있는가"라는 식으로 화자의 개인적인 취향과 색채를 사설(辭說)에서 자유롭게 구사해가며 듣는 이의 감정을 유도한다는 점이다. 불특정 다수를 대상으로 하는 교과서의 냉정하고 매끄러운 진술보다는 허름하나마 솔직한 주석을 여백에 붙인 그런 이야기가 사람들을 설득하는 인간적 친밀감의 힘이 훨씬 강하다.

미친 일탈은 별장과 같다. 말짱한 정신이 그대를 집에서 쫓아내면 일탈에서 안식을 찾아야 한다.(Madness is like an alternative residence. When sanity chases you out of home, take shelter in madness.) — 뮤니아 칸(Munia Khan)

『이상한 나라의 앨리스』 7장에서는 정신 나간 모자 장수와 3월 발정기를 맞아 제정신이 아닌 토끼(March Hare)와 너무 졸려 기진맥진하여 역시 제정신이 아닌 잠꾸러기 생쥐(Dormouse)가 영원히 계속되는 저녁 여섯 시에 생일이 아닌 날을 축하하며 즐겁고 해괴한 수수께끼 다과회를 벌인다.

그들이 모두 미칠 지경으로 행복한 이유는 1년 365일 가운데 생일을 맞아 달랑 하루만 크게 즐기는 대신 안생일 잔치(unbirthday party)를 챙겨 먹느라고 즐거움의 횟수가 364배로 늘어난 탓이다. 거꾸로 뒤집어 한심한 역발상으로 생각을 전환하면, 시시하고 평범한 나날이 모두 신나는 축제가 된다. 말이 안 되는 비논리가 불완전한 불가능을 완전한 가능으로 뒤집어놓는 탓이다.

양자 역학과 원자 구조 연구의 선구자인 덴마크 물리학자 닐스 보어(Niels Bohr)는 "진실의 반대는 거짓이라지만, 한 가지 심오한 진리의 반대는 또 다른 심오한 진리일 가능성이 매우 크다(The opposite of a fact is a falsehood, but the opposite of one profound truth may very well be another profound truth)"라며 모순의 양면성 논리를 주장했다.

진리를 뒤집으면 또 다른 진리가 될 확률이 크다는 뜻이다. 그러니까 답답하고 막막한 개념을 뒤집어 허름하게 설명하는 생각의 전환은 세상살이에서 위기를 극복하는 현명한 비정상일 가능성이 크다.

윌슨은 강연을 멈추고 말없이 서서 기다렸다. 연사가 그런 행동을 하면 청중의 무관심은 확실하게 그리고 얼른 끝이 난다.(Wilson stopped and stood silent. Inattention dies a quick and sure death when a speaker does that.)

— 마크 트웨인(Mark Twain), 『19세기 세계일주(Following the Equator)』

고정 관념을 뒤집어 "침묵은 금이요 웅변은 은"이라고 한 옛 이집트 격언을 해학적으로 예시한 상황이다. 트웨인은 자서전에서 "나는 청중을 잘 아는데, 그들은 무슨 말이건 다 믿지만 진실을 얘기할 때만큼은 안 믿는다(I know all about audiences, they believe everything you say, except when you are telling the truth)"고 꼬집었다. 그런 불신의 이유를 레바논의 철학자 시인 칼릴 지브란은 『모래와 거품』에서 "독선이 심한 자는 귀가 먹은 웅변가와 같아서(A bigot is a stone-deaf orator)"라고 설명했다.

19세기 영국 시인 토마스 바빙톤 매콜리(Thomas Babington Macaulay) 남작은 『아테네의 웅변가들(On the Athenian Orators)』에서 "웅변의 동기는 진리보다 설득(The object of oratory alone is not truth, but persuasion)"이라고 했다. 웅변은 '목소리 큰 놈'의 화법인데, 큰 목소리를 사람들이 불신하는 까닭은 논리가 질서정연하게 일방적으로 제 할 말만 늘어놓는 정치꾼과 선동가와 논객들의 상습적인 위선이나 기만에 염증을 느끼기 때문이다.

다수가 불신하는 진실은 설득력과 가치를 상실하여 공염불이 된다. 트웨인은 그렇게 비정상 듣기를 하는 청중에 대한 역습이 침묵이라고 처방한다. 아무 말도 하지 않으면 청중은 그제야 무슨 일인가 싶어 귀를 기울인다.

나이를 먹어야만 사람들은 누구하고 나란히 앉아 아무 말을 나누지 않고도 흐뭇한 기분을 느낄 줄 알게 되는 모양이다. 젊은이들은 늘 경솔하고 참을성이 없어서 침묵을 깨트리지 않고는 견디지 못한다. 침묵이 두 사람을 함께 엮어주는 까닭은 서로 편안한 사이라면 구태여 말을 주고받을 필요가 없어지기 때문이다.(It seems only the old are able to sit next to one another and not say anything and still feel content. The young, brash and impatient, must always break the silence. Silence draws people together because only those who are comfortable with each other can sit without speaking.) ─ 니콜라스 스파크스(Nicholas Sparks), 『비망록(The Notebook)』

19세기 미국의 출판업자 사상가 엘벗 허바드(Elbert Hubbard)는 "그대의 침묵을 이해하지 못하는 사람은 아마도 말을 해봤자 십중팔구 알아듣지를 못할 것이다(He who does not understand your silence will probably not understand your words)"라고 했다.

말이 많으면 변명이나 미혹처럼 들리고 말수가 적은 사람이 어디서나 훨씬 믿음직해 보인다. 광장 선동가의 웅변은 과장된 목소리여서 청중은 미사여구의 값을 깎으려 하는 반면에, 마음에 담아두고 아직 입 밖에 꺼내지 않은 말은 무한의 가능성이기 때문에 기대치가 상한선으로 오른다. 기대감은 실망하기 직전까지 무엇이건 희망의 빛깔로 보려고 하는 심리적인 성향이다.

젊은이는 침묵의 참된 가치를 아직 깨우치지 못하고, 그래서 아이와 청춘은 시끄러운 싸움과 전쟁을 좋아하며, 어른과 노인은 조용한 평화에서 충만한 행복을 찾는다.

이왕 미친 짓을 할 바에야 돈을 받고 해야지 그러지 않으면 정신병원으로 끌려간다.(If you're going to be crazy, you have to get paid for it or else you're going to be locked up.) ─ 헌터 S. 톰슨(Hunter S. Thompson)

대중의 인기를 성공의 밑거름으로 삼는 연예인이 최대한 많은 사람의 시선을 끌어 돈을 벌기 위해서는 어떤 행동을 어떻게 해야 좋을까? 정치꾼은 무슨 연설을 어떻게 해야 많은 표를 얻어 권력의 꿀맛을 조금이나마 더 누려볼까? 사람들은 어떤 목소리에 귀를 기울이고 어떤 모습에 눈길을 주는가?

정상적인 사람은 어디를 가나 너무 흔해서, 아직까지 전혀 인연이 없는 대중의 눈에 두드러진 호기심의 대상으로 쉽게 각인되지를 않는다. '남다른' 사람들에 대한 호기심은 판에 박힌 빤한 일상과는 달리 예상하기 어려운 돌발적 변화를 보고 싶어 하는 일반적인 기대감에서 비롯한다. 강렬한 관심과 호기심은 낯선 대상을 탐구하려는 인간의 모험심과 도전을 자극하는 요인이다.

지금은 상상조차 못할 인권 침해 행위라서 지탄을 받아 마땅한 짓이지만, 19세기에 이르기까지 영국에서는 정신 병원이 관광 명소로 꼽혀 환자들이 신기한 구경거리를 상류층에 제공하는 인간 동물원의 전시품 노릇을 했다. 소설이나 영화에 양념처럼 등장하는 동네 바보나 '미친년' 역시 비슷한 기능을 했다. 그들은 분명히 많은 사람들에게 오랫동안 호기심의 대상이었다. 그리고 전혀 미치지 않았으면서 남들의 눈길을 끌려고 일부러 미친 짓을 마다하지 않는 사람들도 많다.

아이들은 눈길을 끌려 하고 어른들은 존경을 받으려 한다.(Boys seek attention, men demand respect.) — 하빕 아칸데(Habeeb Akande)

많은 사람의 시선이 오가는 분주한 아침 길거리에는 통행의 모든 법규를 착하게 지키며 지극히 정상적으로 걸어가는 행인이 대부분이다. 낯모르는 사람의 관심과 접근을 위험하다고 경계하는 험악한 대도시에서는 어쩌다 시선이 마주치면 "왜 째려?"라고 시비를 걸어오기가 십상이어서, 사람들은 서로 눈길조차 피하며 모르는 채하고 그냥 지나친다.

똑바로 서서 걸어가는 무수한 사람들 한가운데서 남들과는 달리 누군가 혼자만 몸을 거꾸로 뒤집어 물구나무를 서서, "못살겠다 갈아보자!"는 구호가 적힌 팻말을 두 발로 단단히 잡고 덕수궁 앞에서부터 청와대로 혼자 행진을 하면, 아마도 모든 행인의 시선이 쏠릴 듯싶다.

1인 시위에 나선 해괴한 시민에게 눈길을 주기를 아무도 주저하지 않는 까닭은 누가 처다봐도 물구나무는 "왜 째려" 시비를 걸지 않겠기 때문이다. 그는 미친 짓으로 오가는 군중의 눈길을 끄는 데 틀림없이 성공하고, 그런 관심이 감지덕지 고맙기까지 하다.

이렇게 물구나무는 대중의 순간적인 관심을 끄는데 어쨌든 크게 성공하겠지만, 그렇다고 해서 출근길의 수많은 시민이 만사를 젖혀두고 1인 시위에 동참하여 물구나무와 함께 우르르 청와대로 몰려가지는 않는다. 거꾸로 걸어가는 사람이라면 살벌한 논리를 펼치는 정치꾼의 편파 독선에 서툴러서다.

희한한 기행으로 다수의 이목을 끌었다고 해서 소수에게서나마 존경까지 받아내기는 쉽지 않다. 낯모르는 사람들의 동참을 유도하는 힘은 물구나무가 아니라 팻말에 적힌 구호의 진실성이다.

224

자신의 완벽한 불완전함을 불편해하지 않고 당당하게 존재성을 과시하는 여인처럼 희귀하고 아름다운 존재는 다시없다.(There is nothing more rare, nor more beautiful, than a woman being unapologetically herself; comfortable in her perfect imperfection.) ― 스티브 마라볼리(Steve Maraboli), 『뻔뻔스러운 그대(Unapologetically You: Reflections on Life and the Human Experience)』

여가수 홍자는 서러운 무명 시절, 모처럼 텔레비전 음악 방송에 초대 손님으로 출연할 기회가 생기자, 어떻게 해서든지 시선을 끌어 '튀어 보이려는' 절박한 심정에, 거꾸로 서서 손바닥으로 열 걸음을 옮겨 촬영장으로 입장했다. 그 눈물겨운 묘기를 보이려고 홍자는 물구나무서기를 집에서 3개월이나 혼자 연습했다고 한다.

출세하고 성공하려면 우선 누구에겐가 눈에 띄고 인정을 받아야 하지만, 소수의 눈에 띄었다고 할지언정 만인의 호기심을 자극하고 충족시키기에는 역부족인 경우가 허다하다. 결국 홍자가 정말로 대중의 인정을 받은 계기는 TV조선의 〈내일은 미스 트롯〉 경연을 통해 세 아이의 엄마 정미애와 옛날 최은희 시대 촌색시를 연상시키는 송가인과 더불어 영광의 정상에 오른 이후였다.

가수는 물구나무가 아니라, 그리고 율동이나 얼굴이나 의상이 아니라, 가창력으로 마지막 승부를 가른다. 물구나무 행진 단 한 가지 묘기만으로 평생 이목을 끌고 거대한 성공을 거두기에는 인생이 너무나 길고 복잡하다. 진정한 승리는 겉꾸밈을 버리고 당당하게 드러낸 불완전함으로 인정을 받는 존재성이 성취한다.

우리는 무엇이건 반대로 보고, 안과 밖을 뒤집어 보고, 아래위를 거꾸로 보는 방법을 배운다.(We learn to see things backwards, inside out, and upside down.) — 존 하이더(John Heider), 『지도자가 가는 길(The Tao of Leadership)』

새로운 영토를 개척하는 남다른 지도자가 되려면 남다르게 생각하는 길을 터득해야 한다. 크게 성공하는 사람은 남들이 모두 하는 일을 그대로 뒤따라 하는 대신, 남들이 아무도 하지 않는 무슨 '미친 짓'을 혼자서 감행하는 유형이 많다. 남들과 달라지기 가장 쉽고도 어려운 방법은 상식적인 말과 생각을 무작정 받아들이기 전에, 반드시 한 번씩 보편적 진리를 점검하며 거꾸로 생각하고, 원칙의 뒤집기를 거쳐 남들과 다른 해답을 찾아내어, 새로운 방식을 서슴지 않고 실천하는 용기와 슬기다.

가장 눈에 잘 띄게 남들과 달라지는 요령은 무엇이든 거꾸로 하는 청개구리 행동 방식이다. 뒤집어서 거꾸로 하는 실천이란 남들이 모두 하면 나는 할 필요가 없고, 아무도 하지 않는 일이어야 성공의 확률과 보람이 그만큼 커진다는 계산에서 출발한다. 양자택일의 길에서는 가야 할 방향을 반대로 잡는 편이 바로 탁월한 선택이었다고 나중에 밝혀지는 사례가 흔하다.

어떤 행위를 거꾸로 보고 뒤집어 실행하기 위해서는 눈으로 관찰하는 행위로 그치지 않고 두뇌가 상상력을 동원하여 보이지 않는 잠재적 가능성을 인지할 줄 알아야 한다. 거꾸로 가는 역발상은 줏대가 워낙 뚜렷하여 성공의 걸림돌을 제거하는 강력한 파괴력을 제공한다. 청개구리 행태의 본질은 건설적이고 창조적인 반항이라고 뒤집어 거꾸로 해석해야 납득이 되는 경우가 많다.

용기의 반대는 비굴함이 아니고, 순종이다. 흐름을 따라가는 짓이라면 죽은 물고기도 할 줄 안다.(The opposite for courage is not cowardice, it is conformity. Even a dead fish can go with the flow.) ─ 짐 하이타워(Jim Hightower)

노골적이고 통렬한 정치적 발언으로 유명한 언론인 하이타워는 순응주의자를 강물에 몸을 맡기고 흐름을 따라 유유자적 흘러가는 죽은 물고기에 비유했다. 현실에서는 살아서 힘겹게 물살을 거슬러 올라가는 물고기도 많다. 새 생명을 만방에 뿌리기 위해 곰과 새와 인간의 무자비한 사냥을 무릅쓰고 오르막 물길에 맞서는 연어가 바로 그런 물고기다. 자손이 길게 생존할 미래의 확률을 높이기 위해 연어는 얼마 남지 않은 자신의 짧은 목숨을 내걸겠다는 탁월한 셈법을 실천한다.

오르막 연어 대다수는 장엄한 서사시적 임무를 완성하고는 바다로 돌아가지 못하고 장렬하게 산화한 다음에야 하류로 떠내려간다. 종족 번식에 위대한 기여를 하겠다며 기를 쓰고 얕은 시냇물까지 기어 올라가 알을 낳느니 차라리 깊은 바다에서 편안하게 놀다 죽겠다는 연어, 그리고 꼭 남다르게 굵은 삶을 살아야 할 이유가 무엇이냐고 반문하며 가늘고 긴 인생을 선택하겠다는 사람들에게 하이워터는 이렇게 일갈한다. "작은 강아지조차 커다란 건물에 대고 오줌을 싸갈기기를 주저하지 않는다.(Even a little dog can piss on a big building.)"

"작고 확실한 행복에 만족하라"고 순응을 부추기는 도움말은 불확실한 모험에 나설 용기를 내기가 어려운 약자를 위로하는 유행어이며, 인생의 심오한 철학적 진리는 아니다. 작은 행복이 큰 행복보다 언제나 좋다는 역설은 성립되지 않는다.

"누가 뭐라고 하건 검은 양의 털도 따뜻하기는 마찬가지랍니다."
("After all, the wool of a black sheep is just as warm.") — 어니스트 리만(Ernest Lehman), 『사운드 오브 뮤직(Sound of Music)』

검정의 반대는 하양이지만, 따뜻함에 있어서는 양털의 흑과 백이 동의어로 둔갑한다. 빛깔은 겉으로 보이고 따뜻함은 몸으로 느낀다. 기준이 달라지면 개념의 본질이 달라진다는 뜻이다. 내가 새하얀 정상이 아니라 시커먼 비정상이라고 사방에서 눈을 흘길지언정, 표준에 맞지 않는다고 해서 주눅이 들 필요가 없는 까닭은, 검은 비정상이 모두가 결함은 아니기 때문이다.

세상에는 생산적이고 현명한 비정상이 얼마든지 많으며, 하얀 행동만이 항상 올바른 선택은 아니다. 검든 희든 덩샤오핑의 고양이처럼 쥐를 잘 잡아 올바른 소기의 목적을 달성해야 최선이다.

언론인 짐 하이타워는 "무엇이든 해야 한다. 그 방법으로 안 되면 다른 방법을 써보라. 무엇이 미친 짓이냐 아니냐는 생각하기 나름이다(Do something. If it doesn't work, do something else. No idea is too crazy)"라며 신념에 따라 적극적인 행동을 취하도록 고무했다. 정상이냐 비정상이냐 어느 쪽을 선택하건, 아무 선택을 하지 않는 책임 회피보다야 훨씬 가상한 용기의 발로다.

자동차 왕 헨리 포드는 "세상만사가 여의치 않을 때는 비행기가 순풍에 실려서가 아니라 맞바람의 도움을 받아야 땅에서 하늘로 떠오른다는 사실을 잊지 말라(When everything seems to be going against you, remember that the airplane takes off against the wind, not with it)"고 상기시켰다. 역풍이 불지 않으면 연이 떠오르지 않는다. 용감한 사람들은 험한 바닷물과 맞서는 파도타기를 인생에서도 즐긴다.

멀리 돌아가면 길이 막히지 않는다.(There's no traffic jam on the extra mile.)
— 지그 지글라(Zig Ziglar)

　　차를 몰고 어디론가 갈 때는 시간과 거리의 값이 여건에 따라 상대적으로 달라진다. 목적지에 다다르는 시간은 거리를 시속으로 나누면 계산이 나온다. 이론적으로는 그렇다. 하지만 교통 체증의 함수가 작용할 경우에는 아무리 시속 200킬로미터를 달릴 줄 아는 멋진 외제 차량일지언정 때로는 시속 10킬로미터로 찔끔찔끔 기어가야 한다.

　　시속 10킬로미터밖에 허락하지 않는 고속도로를 피해 제한 속도가 50킬로미터인 한가한 비포장도로를 선택하는 사람은 주행 거리가 훨씬 멀더라도 목적지에는 서너 배 빨리 도착한다. 누구나 다 아는 사실이다. 그러나 우물가에서 숭늉을 찾는 사람은 "급할수록 돌아가라"는 속담에 귀청이 닳아 없어져 정답을 듣지 못한다. 아무리 고전적인 진리의 말씀일지언정 그 가치를 인지하지 않으려는 면역이 생기면 우이독경이 된다. 샛길이 정답인 줄은 알지만 새 길을 찾아가기를 귀찮아하는 저항력이 생기는 가장 큰 원인은 관념적인 논리의 다양성을 따지는 부담으로부터 해방되고 싶어 하는 단순한 게으름이다.

　　죽은 물고기처럼 유행과 세파에 실려 떠다니면 머리를 썩이며 아무런 생각을 할 필요가 없어지고, 사람들은 그것이 자유의 개념이라고 오해하기 쉽다. 하지만 그것은 용기가 부족한 사람의 무기력한 도피일 따름이다. 용기가 없어 미녀를 얻지 못한 남자는, 미녀를 빼앗아간 자랑스러운 남자의 행복한 모습을 머나먼 훗날에 보는 순간, 자존심이 크게 위축된다. 남들이 기피하는 샛길로 빠져 엄청나게 성공한 동창생을 늘그막에 만났을 때도 마찬가지다.

길이 난 곳으로 가기보다 길이 없는 곳으로 가서 내 발자취를 남기겠노라.(I will not follow where the path may lead, but I will go where there is no path, and I will leave a trail.) ― 뮤리엘 스트로드(Muriel Strode), 『바람결에 나부끼는 들꽃(Wind-Wafted Wild Flowers)』

인생 여로에서 성공을 겨냥한 경쟁이 진행되는 속도와 방향은 고속도로 현상과 비슷하다. 다른 자동차들과 같은 방향으로 가면 아무리 가속을 해도 시원스레 달리기가 어렵지만, 나 혼자 반대 방향으로 가면 조금만 속도를 내도 시원시원하게 질주하는 통쾌함이 느껴진다. 뿐만 아니라 아무도 안 가는 방향으로 누군가 혼자서 가면, 같은 길을 가는 경쟁자가 없기 때문에 항상 1등이다. 그렇게 역주행을 해서 경쟁률이 줄고 여유가 생긴 여건에서는 무엇이건 내가 하고 싶을 일을 내 마음대로 하는 시간의 양이 늘어난다.

"놀 땐 놀고 공부할 땐 공부하자"던 선생님 말씀을 받들어 실천할 때 역시 역주행 일탈이 주효한다. 그런 교훈은 놀 때 놀고 공부할 때도 노는 아이를 꾸짖는 말이어서, 공부하기 싫거나 불편할 때마저 남들이 짜놓은 시간표를 따라 억지로 고역에 응할 필요는 없다. 남들이 공부할 때 놀고 남들이 놀 때만 공부하는 변칙 역시 고지식한 억지 역주행이어서 탐탁한 전략은 아니다.

이왕 공부를 할 바에는 내가 공부하고 싶을 때 공부하고 내가 놀고 싶을 때 놀아야 공부하기와 놀기가 다 신이 나서 능률이 오른다. 공부나 놀기를 남들이 언제 하건 개의치 않고 나만의 시간표에 맞추는 자유, 그것이 진정한 역주행이다.

"인간은 둥근 지구 둘레를 지나치게 빨리 날아다녀. 머지않아 그들은 자기 자신을 뒤에서 따라잡아 대형 추돌 사고를 일으킬 거야."
("Man is flying too fast for a world that is round. Soon he will catch up with himself in a great rear end collision.") ─ 제임스 더버(James Thurber), 『우리 시대를 위한 우화 (Fables for Our Times)』

　　미국 문학에서 아주 특이하게 단편 소설임에도 불구하고 고전 명작으로 꼽히는 『월터 미티의 은밀한 생활(The Secret Life of Walter Mitty)』의 작가로 유명한 해학가 더버의 현대 우화집에서 타조들이 회의를 연다.

　　명색이 새라고는 하지만 전혀 날지 못하는 비정상 조류의 위상이 못마땅하여 신세를 한탄하는 올리버에게 원로 타조가 "아무리 빨리 날아봤자 내 꽁무니를 내 머리로 박치기하는 격인 줄 모르더냐"고 시간과 공간과 거리에 관한 비논리적 논리를 전개한다.

　　여객기를 타고 태양과 같은 방향으로 날아갈 때는 기묘한 계산이 뒤엉킨다. 미국과 한국은 시간차가 12시간가량이고 비행에 걸리는 시간도 비슷하다. 태평양을 서쪽으로 횡단할 때는 아메리카에서 우리나라로 날아오는 동안 시간대가 계속 한 시간씩 당겨지며 거꾸로 흐른다. 그래서 비행기와 태양의 자리는 공중에서 고정되어 허공에 매달린 채로 멈추고 지구만 엄청나게 빠른 속도로 정신없이 자전하는 듯싶은 착각이 일어난다.

　　미국에서 오늘 아침 7시쯤 출발하면 시계로는 겨우 몇 시간을 날아 오후 늦게 인천 공항에 도착하는데, 해가 진 적이 없건만 한국의 시간은 이미 내일 저녁이다. 그렇다면 하루라는 시간이 어디로 날아갔을까?

"인간은 시간이 원인에서 결과로 곧장 진행한다고 믿지만, 직선이 아닌 비주관적 관점에서 보자면 사실은 삐뚤삐뚤 오락가락 굴러다니는 커다란 공과 훨씬 비슷하다고요."("People assume that time is a strict progression of cause to effect, but actually from a non-linear, non-subjective viewpoint — it's more like a big ball of wibbly wobbly time-y wimey stuff.") — 스티븐 모팻(Steven Moffat), 『닥터 후(Doctor Who)』

비행기를 타고 서쪽으로 태평양을 횡단하는 사이에 하루가 사라졌다면 우리는 미래로 시간 여행을 한 셈일까? 아니면 태양의 꽁무니만 쫓아다녔다고 하루를 벌금으로 우주의 지배자가 징수해간 것일까? 이것은 날짜 변경선이 부리는 요술이다. 그래서 환갑 여행을 하느라고 태양을 등진 채 거꾸로 가면, 태평양 상공에서 캄캄한 밤을 한참 뚫고 내일 샌프란시스코에 도착하더라도, 날짜는 여전히 오늘이어서 생일이 이틀이나 계속된다. 한국에서 새해를 맞고 이튿날 미국에서 다시 새해를 맞는 기적도 일어난다.

좀 억지스러운 비유이지만, 어제를 향해 거꾸로 가는 보상으로 우리는 태평양 상공에서 하루를 공짜로 얻는다. 그러나 광속으로 아무리 빨리 역회전을 1년 동안 계속한들 지구를 돌고 돌아 단군 시대로 돌아가는 길은 없다. 이렇게 어지러운 관념의 계산에 멀미가 났는지 스티븐 호킹은 『시간의 짧은 역사(A Brief History of Time)』에서 "시간 여행이 가능하다면 미래에서 찾아온 여행자들은 다 어디로 갔을까?"라고 짓궂게 물었다.

가장 훌륭한 여행가는 사진기를 들고 다니지 않는다.(The best traveler is one without a camera.) — 카만드 코주리(Kamand Kojouri)

여러 종류의 나그네가 저마다의 사연과 이유와 목적을 따라 길을 간다. 삶이 자꾸 과거로만 쏠리는 한가한 노년에 이르면, 어딘가 집 밖으로 나가서 팔을 걷어붙이고 할 일조차 없어진 세대에게는, 그동안 생산하여 축적한 결실을 소비할 권리를 보상으로 받아 명승고적 절경에 둘러싸여 누리는 즐거운 휴식이 크나큰 낙이다. 낯선 곳에서 인연을 만나 극적인 낭만의 추억을 만들어 아름답게 간직하려는 청춘은 번잡한 도시를 피한다면서 결국 사람들을 찾아 한없이 걷는다.

그런 사람들에게 사진은 시간을 영원히 잡아두는 마법이어서, 소중한 체험의 순간을 우리는 영상 기록으로 간직하려고 한다. 현재의 체험을 미래에 새김질할 증거품으로 남기려고 찍는 사진은 사실을 담아두는 기억의 물적 증거이고, 추억은 그것을 해석하는 감성의 반응이다.

이란에서 태어나 두바이와 토론토에서 성장하고 영국에서 활동하는 시인이며 소설가인 코주리는 미래가 창창한 젊은 여성이다. 세상을 널리 떠도는 시인은 사진을 내놓고 옛날에 굳어버린 낡은 현실과 사실을 증거물로 보여주는 대신 상징과 비유로 영적인 화법을 구사하는 사람이다.

조금만 눈으로 보게 허락하여 상상력으로 훨씬 많은 의미를 깨닫도록 이끌어주는 언어의 마술사에게 사진기가 필요하지 않은 이유는, 저마다 마음으로 기억하여 머리에 저장하는 추억이, 주관적 관점의 분장을 거쳐, 세월이 흐를수록 물적 증거보다 훨씬 더 아름다워진다는 비밀을 알기 때문이다.

"때로는 가장 중요한 것들이 목록에 오르지 못하거든요."("Sometimes the most important things don't fit on lists.") ― 앤드루 데이빗 맥도널드(Andrew David MacDonald), 『바이킹이 되고 싶은 청춘(When We Were Vikings)』

인간은 살아가면서 이러저러한 목표의 높이와 가짓수를 설정한 목록을 수없이 만들고, 흔히 금은동과 진선미를 가려 1에서 3까지, 또는 숨바꼭질에서처럼 1에서 10까지, 그리고 역시 십진법을 확대하여 간혹 1에서 100까지 꼬장꼬장 순위를 매기면서 개체들을 숫자의 틀에 끼워 넣는다. 그러나 아직 아무도 달성한 적이 없는 목적 그리고 현실에서 이루어지기 어려운 기적처럼 정말로 중요한 사항들은 평범한 기준으로 따지는 목록의 서열을 벗어난다. 희귀한 성공의 누적 빈도수를 집계한 물적 증거가 생성되지 않아서다.

목록은 평균치 사람들의 평균치 기준을 추종하는 계수의 표지판이다. 여행의 경우도 마찬가지다. 관광객은 주변 사람들 다수의 견해를 수집하거나 인터넷과 책을 뒤져 인기 순위의 꼭대기에 오른 몇몇 지명을 골라 목적지로 삼는다. 그러고는 남들이 모두 다녀온 곳을 찾아가 밥그릇을 먼저 증명사진으로 찍어놓고는 남들이 먹어본 음식을 먹고, 남들이 구경한 건물과 전시물을 구경하고, 기념품을 챙겨가지고 돌아와 "나도 그곳을 다녀왔노라"고 자랑한다.

무수한 사람들이 모두 아는 곳 어디를 몇 군데 들렀다는 명단을 작성하여 숙제 검사를 받는 격으로 남들에게서 인증을 받는 절차라면 우리는 그것을 차마 위대한 업적이라고는 기리지 않는다.

관광객은 어디를 다녀왔는지를 기억하지 못하고, 나그네는 자신이 어디로 가는지를 알지 못한다.(Tourists don't know where they've been, travelers don't know where they're going.) — 폴 더루(Paul Theroux)

　　내셔널 지오그래픽 텔레비전의 표어들 가운데 하나인 "관광만 하지 말고 여행을 하라(Don't be a tourist, be a traveler)"라는 말은 돈을 쓰면서 놀러 다니는 소비자와 무엇인지 마음의 양식을 찾아 길을 나서는 생산자의 차이를 정의한다. 많은 기행문을 펴낸 미국의 소설가 더루는 탐험가나 모험가를 참된 나그네로 분류한다.

　　국내외 수많은 명승지를 돌아다닌 관광객은 어디선가 찍어둔 자신의 사진을 꺼내 보면서 가끔 "여기가 어디였더라?" 헷갈리는 아리송한 체험을 한다. 곱게 단장한 음식점과 숙박 시설 그리고 장삿속으로 가공해놓은 구경거리가 넘쳐나는 관광지들은 지명만 다를 뿐 하나같이 비슷비슷해서다. 남들이 다 찾아다니는 명승고적을 찾아간들, 남들이 너무 많이 밟고 다녀 닳고 닳아서 낡아빠진 정서적 폐허의 이름과 시간만 기억에 어렴풋이 남고, 새로운 경험이나 감동은 얻기 어렵다.

　　그래서 '역설의 대가(prince of paradox)'로 알려진 영국의 해학가 G. K. 체스터튼(G[ilbert] K[eith] Chesterton)은 "여행자는 눈에 보이는 모든 것을 제대로 본다. 관광객의 눈에는 보겠다고 미리 작정한 것들 말고는 아무것도 보이지 않는다(The traveler sees what he sees. The tourist sees what he has come to see)"고 꼬집었다. 유명한 무엇을 꼭 보겠다는 계획이 지나치게 철저하면 내가 알지 못하는 새로운 것이 하나도 보이지 않는다.

퀴퀘그는 남서쪽 머나먼 섬 로코보코의 원주민이었다. 진정으로 중요한 의미를 지닌 곳들이 언제나 그렇듯이, 그곳은 어떤 지도에도 나타나지 않는다.(Queequeg was a native of Rokovoko, an island far away to the West and South. It is not down in any map; true places never are.) ─ 허만 멜빌(Herman Melville), 『모비 딕(Moby-Dick or, the Whale)』

    온몸에 문신을 한 작살꾼 퀴퀘그는 백경(白鯨)을 찾아 헤매는 복수의 화신 에이합 선장보다 훨씬 신비한 인물이다. 식인종 추장의 아들인 그는 어느 날 갑자기 자신의 죽음을 예견하고 그의 시신이 들어갈 화려한 관을 미리 짜두는데, 포경선 피쿼드가 침몰한 다음 이슈마엘은 바닷물에 둥둥 떠다니는 그 관에 매달려 혼자 살아남아서 증오로 멸망한 인간 집단의 이야기를 세상에 전한다.

    로코보코의 위치를 아무도 지도에 표시해놓지 않은 이유는 전설의 고향이 무형의 영적인 경지이기 때문이다. 시간과 장소를 초월하는 전설은 지도나 GPS로 위치를 추적하여 찾아가는 여행지가 아니다. 그가 태어난 남해의 나라는 그토록 신비한 전설이지만, 퀴퀘그에게는 오히려 문명 세계가 머나먼 신비의 대상이었고, 그래서 그는 넓은 세상을 보려고 고향을 떠나 고래잡이가 된다. 관광지에서는 여행자가 원주민들의 구경거리가 되는 상대성과 같은 이치에서다.

    오스트리아 철학자 마르틴 부버(Martin Buber)는 "모든 여로에는 나그네가 알지 못하는 비밀의 종착점이 숨어서 기다린다(All journeys have secret destinations of which the traveler is unaware)"라는 인생의 수수께끼를 내놓았다. 길을 가는 목적은 떠나기 전이 아니라 도착한 다음에야 알게 된다는 뜻이다.

인생의 교훈들은 똑바로 곧장 가는 길에서가 아니라, 시간과 거리가 멀리 떨어진 교차점에서 모습을 드러낸다.(Life lessons are not journeys traveled in straight lines, but are crossroads formed years and miles apart.)
— 지나 그린리(Gina Greenlee), 『홀로 가는 길에서 빛나는 진주(Postcards and Pearls: Life Lessons from Solo Moments on the Road)』

"여행은 지성을 숙성시키는 가장 훌륭한 수단"이라고 에밀 졸라가 정의한 까닭은 그것이 견문을 넓히는 단순한 정보의 차원을 넘어 삶이 열매를 맺는 성찰의 행군이기 때문이다. 인생길에서 발생하는 온갖 사건들과 현상들이 서로 어울리고 충돌하여 창출하는 참된 지혜는 지금 현재 여기에서가 아니라 먼 훗날 엉뚱한 곳에서 우발적인 듯 필연적인 발효 작용을 통해 발현한다.

미국 문명사의 권위자 어니스트 컷츠(Ernest Kurtz) 교수는 『불완전함의 영적인 가치(The Spirituality of Imperfection)』에서 "여행은 날마다 얼마나 전진했느냐 하는 거리보다 그만큼 지나오는 동안 하루하루 얻은 경험이 더 중요하다고 새롭게 깨닫는 시점부터 순례의 길이 된다(A journey becomes a pilgrimage as we discover, day by day, that the distance traveled is less important than the experience gained)"고 했다.

"인생은 양파와 같아서 한 번에 하나씩 껍질을 벗기다 보면 가끔 눈물이 난다(Life is like an onion: you peel it off one layer at a time, and sometimes you weep)"라고 한 퓰리처상 시인 칼 샌드버그(Carl Sandburg)는 "나는 이상주의자다. 그래서 어디로 가는지 모르지만 어쨌든 길을 간다(I'm an idealist. I don't know where I'm going, but I'm on my way)"고 읊었다.

나는 일을 즐거움으로 여기면서 즐기기를 천직으로 삼자는 삶의 원칙을 따른다.(The rule of my life is to make business a pleasure, and pleasure my business.) ― 아론 버(Aaron Burr)

세계 어느 나라 공항에서나 입국 수속을 할 때면 승객에게 현지 관리가 여권을 검사하며 꼭 물어보는 질문이 하나 있다. "일하러 왔냐, 놀러 왔냐(business or pleasure)"라며 여행의 목적이 출장인지 아니면 유람인지를 확인하는 절차다. 출장은 생존을 위한 업무의 연장이어서, 하기 싫어도 수행해야 하는 고된 의무다. 반면에 유람은 즐거운 해방의 권리를 행사하는 시간이다.

놀이를 일처럼 하지 말고 일을 놀이처럼 하는 삶이 행복한 인생을 추구하는 한 가지 요령이다. 그런데 사람들은 유람의 기쁨을 번거로운 계획과 복잡한 안내서와 꼼꼼한 시간표와 지도로 이리저리 엮어 업무로 둔갑시키려는 욕구가 강하다. 즐기기는 내가 좋아서 하는 일이건만 그마저 어떻게 놀아야 잘 노는 것인지 남들에게 물어 그들이 시키는 대로 지시를 받고 싶어 하는 습성 탓이다. 귀가 얇아지는 성향은 혼자서는 아무것도 성취하지 못하리라는 자존감 결핍의 증상이다.

끝에서 기다리는 최종 결과가 전부라며 사람들이 목적만 중요하게 여기는 고정 관념은 흔히 어떤 목표를 이루면 모든 과정이 완성된다는 고착된 인식에서 연유한다. 여행의 끝이 목적지라면 인생의 끝은 죽음이다. 그렇다면 죽음이 삶의 최종 목적이며 궁극적인 행복인가? 우리는 죽음만을 위해서 살아가야 하는가? 여행을 떠나는 사람은 끝까지 갔다가 집으로 돌아오지만 죽음으로부터 돌아오는 길은 없다.

이탈리아에 가본 적이 없는 사람은 누구나 당연히 봐야 한다고 여겨지는 무엇인지를 못 보았다는 이유로 항상 열등감에 시달린다.(A man who has not been in Italy, is always conscious of an inferiority, from his not having seen what it is expected a man should see.) — 새뮤얼 존슨(Samuel Johnson)

피사의 사탑과 노트르담 성당과 파리의 에펠탑이 나에게는 신기하고 새롭지만 이미 그곳을 다녀온 수많은 사람들에게는 그렇지 않다. 모처럼 기회를 내어 이탈리아로 사탑을 찾아간 7억 번째 여행자가 되어 인증 사진을 찍고 돌아온들 무슨 큰 자랑이 되겠는가? 남들은 다 가봤는데 나만 그러지 못해 켕기는 듯싶은 열등감이야 해소될지 모르겠지만, 사탑 앞에서 찍힌 사진은 결코 대단한 자랑거리가 아니다. 열등감 극복은 최종 목적이 아니라 성공을 위한 기본적 전제 조건일 따름이다.

일제 식민지 시대의 유물이기는 했지만. 1950~60년대 우리나라에서는 돈 한 푼 없이 전국을 돌아다니는 무전여행이 고등학생들 사이에서 일종의 성장기 통과 의례처럼 유행했었다. 고대 인도에서 세상 공부를 하러 청년들이 출가하는 일종의 성인식 그리고 지금의 배낭여행과 비슷한 견문 넓히기 풍습이었다. 선방에서 수행을 끝낸 스님들이 휴식 삼아 속세에서의 또 다른 공부를 위해 길을 나서는 만행(漫行) 또한 이와 같은 맥락에서 이루어진다.

그런데 언제부터인가 청춘 무전여행은 몇 군데를 다녀왔냐는 숫자 경쟁으로 변질되면서 아무 집이나 들이닥쳐 밥을 내놓으라고 떼를 쓰는 민폐로 여겨져 낭만적인 맛을 잃고 사라졌다. 출가와 만행은 어디를 다녀왔는지 과시하지 않으며, 내 삶을 그리고 나 자신을 창조하는 데 도움이 될 만한 무엇을 얻고 돌아왔는가를 목적과 보람으로 삼는다.

"탐험가는 집에 앉아서 남들이 그려놓은 지도를 들여다보기만 하는 그런 사람이 아녜요."("An explorer cannot stay at home reading maps other men have made.") ― 수잔나 클락(Susanna Clarke), 『조나던 스트레인지와 마법사 노렐(Jonathan Strange & Mr Norrell)』

관광객은 "왔노라, 보았노라(veni, vidi)"고 자랑하지만 진정한 여행자는 율리우스 카이사르처럼 "정복했노라(vici)"고 한마디 더 외친다. 구경과 놀이를 즐기는 단순한 여행객보다 훨씬 목적의식이 뚜렷한 탐험가는 남들이 찾아내지 못해 아무도 밟아본 적이 없고 지도에 나오지 않는 나라를 찾아내어 혼자만의 세상을 만드는 '정복'을 감행한다. 영혼의 순례자 또한 무엇이 기다리는지 알 길이 없는 경지를 향해 해탈의 길을 떠난다.

투자 회사의 경영인이며 '신화적이고 기하학적인 문학'을 개척한 인도의 비제이 파팟(Vijay Fafat)은 출장과 유람에 다 같이 익숙한 인물일진대, 그의 시집 『숨겨둔 무기(The Ninth Pawn of White―A Book of Unwritten Verses)』에는 이런 대목이 나온다.

지도를 잃어버렸다고 슬퍼하지 말라.
찾아내야 할 세상은 그대로 남아 있다.
(Never mourn the loss of a map.
There remains a world to discover.)

멀리 가면 갈수록 나는 그만큼 더 나 자신에게 가까이 간다.(The further I go, the closer to me I get.) — 앤드루 매카티(Andrew McCarthy)

프랑스 태생의 영국인으로 150권이 넘는 다양한 저서를 남긴 정치가 문인 힐레어 벨록(Hilaire Belloc)은 "비우고 털어버리기 위해서 우리는 방랑하고 채우기 위해서 여행한다(…we wander for distraction, but we travel for fulfillment)"고 영적인 탐험을 정의했고, 미국 흑인 작가 제임스 볼드윈(James Baldwin)은 "유럽에서 나는 많은 사람들을 만났고. 심지어 나 자신도 만났다(I met a lot of people in Europe. I even encountered myself.)"라고 자아 발견의 경지를 설명했다.

"길이 끝나고 목적을 달성하면 순례자는 자기 자신에게서 출발하여 겨우 자신에게로 돌아왔음을 깨닫게 된다.(When the road ends, and the goal is gained, the pilgrim finds that he has traveled only from himself to himself.)" 인도의 구루 사티야 사이 바바(Sathya Sai Baba)의 말이다. 내가 아닌 무엇을 찾아가려는 무한 호기심으로 방랑을 나섰다가 낯선 곳을 찾아가는 여로의 끝에서 인간은 결국 지금 당장은 정체가 눈에 보이지 않는 나를 발견한다. 진정한 여로는 자아를 찾아가는 순례의 길이라는 인생행로의 필연적인 역학이다.

귀스타브 플로베르는 그와 함께 여행하기를 좋아했던 연인 루이즈 콜레(Louise Colet)에게 "여행을 하면 내가 차지하고 살아가는 세계가 얼마나 작은지를 깨닫고 겸손해진다"라는 편지를 보냈다. 순례의 길에서는 나의 세계 그리고 자아의 작은 크기를 깨닫는 한 가지 미덕을 배운다. 그래서 나이를 먹으면 인간은 내가 살아야 할 세상이 그리 넓어야만 할 필요가 없다는 겸양의 공식을 터득한다.

다른 사람들처럼 되고 싶어 일로매진해봤자 그들의 실수를 어리석게 반복하기만 할 따름이고, 가장 곤란한 점은 그래봤자 자신의 결함을 바로잡는 능력은 얻지 못한다는 사실이다.(When you are gunning to be like other people, you are foolishly repeating their mistakes, and the worst of it all is that you can't even correct yours.) — 마이클 배씨 존슨(Michael Bassey Johnson)

인생 여로에서 보람을 거두어들이는 비결은 온갖 순례에서 자아를 발견하는 여느 공식과 크게 다를 바가 없다. 그것은 인적이 드문 로벗 프로스트 시인의 숲길 공식이다. 인생길을 가면서 관광객처럼 명승지만 골라 찾아다녀봤자, 무수한 구경꾼들이 밟아 다져 반들반들해진 길바닥에 내가 남긴 발자국은 만인이 다시 밟아 지워서 흔적조차 남지 않고 사라진다.

명승지는 내가 선택하지 않고 집단이 대신 지정해주는 목적지다. 인생 여로는 겨우 한 번밖에 가지 못할 길인데, 와자지껄하는 무리와 함께 남들의 눈으로 사방을 두리번거리며 구경하는 흉내만 내다가는 타인들의 집단이 내 삶을 훔쳐가고, 나의 존재는 망가져 사라진다.

세상을 반평생에 걸쳐 방랑하고 나서, 길을 떠날 때 남들이 가르쳐준 방향이 나에게 맞지 않았던 탓에 나만의 궤적을 남기지 못했노라고 뒤늦게 깨닫고 후회하며 새로운 삶을 설계할 때가 되어도, 많은 사람들이 자신을 바로잡아 수정하는 책임을 누구에겐가 떠넘길 핑계를 찾아낸다. 남들이 내 삶에 저질러놓은 잘못의 책임 소재가 분명치 않다고 믿기 때문이다.

나의 자아를 오염시킨 범인은 무수한 불특정 타인들이니, 나에게는 잘못을 바로잡아야 할 의무가 없다는 주장은 내 인생의 주인이 내가 아니라고 자인하는 포기 각서와 같다.

모든 유사한 상황에서 똑같은 악순환의 확인이 가능하여, 한 개인이나 어떤 특정 집단이 열등한 환경에 갇혀버리면, 그들은 실제로 열등한 존재가 된다.(The same vicious circle can be found in all analogous circumstances: when an individual or a group of individuals is kept in a situation of inferiority, the fact is that he or they become inferior.) — 시몬 드 보부아르(Simone de Beauvoir), 『제2의 성(The Second Sex)』

인용문은 남녀 가운데 서열이 꼴찌인 두 번째 자리로 밀려난 여성의 위상을 개탄한 내용이지만, 세상에는 환경과 운명에 적응하려면 자신이 둘째로 밀려나야 당연하다고 받아들이는 집단이 사방에 창궐한다. 특히 중산층은 변화를 도모하는 과정의 위험 부담을 싫어하여, 나보다 앞선 집단이나 개인을 전복시키려는 무모함을 포기하고 현상 유지에 안주하고 싶어서 도전을 기피하는 타성이 강하다.

부모와 자식, 스승과 제자, 고용주와 고용인 같은 온갖 '갑'과 '을'의 구조가 의존심과 독립성의 균형을 지키지 못하면 인간은 고착된 우열의 질서에 쉽게 길이 든다. 그런 사회에서는 갑질 못지않게 열등감의 을질이 만성 고질로 틀을 잡는다.

19세기 미국인들의 대륙풍(Continental style) 선망은 유럽에 대한 열등감의 후유증이었고, 비슷한 시기에 러시아 문학의 고급스러운 장식품 노릇을 한 프랑스어의 남용 또한 문화적 열등감의 징후였으며, 조선인들의 사대사상 그리고 요즈음 우리나라 사람들이 한국 가요는 촌스럽다며 흑인들의 장단과 율동을 부지런히 흉내 내는 안간힘은 자존감 상실의 극단적인 사례에 속한다. 이런 현상은 모두가 타인들이 부럽다며 굴종하는 열등감이 일으킨 조건반사다.

인생에서 가장 훌륭한 것들은 공짜다. 두 번째로 좋은 것들은 아주 아주 비싸다.(The best things in life are free. The second best things are very, very expensive.) — 코코 샤넬(Coco Chanel)

인생에서 가장 좋은 속성이라고 꼽을 만한 사랑과 정열과 용기처럼 훌륭한 정신적 자산은 우리가 아예 유전자 속에 갖추고 태어나기 때문에 공짜다. 그런 자질을 적극적으로 활용하여 자신만의 삶을 창조하는 능력 또한 공짜다. 동물로서의 생존을 도모하는 선천적 자질로 우리가 갖춘 창조력과 호기심을 동원하여 삶을 개척하면 인생 건축의 재료비와 생산비가 별로 들지 않는다.

혼자서 고유한 자아를 창조하는 과업이 힘들다며 차라리 다수가 추천하는 사항들을 흉내만 내겠다는 선택은 제2의 집단에 종속되려는 을질의 첫걸음이다. 첫째가 되기를 포기하고 주변에서 눈에 띄는 1등을 아무리 열심히 따라가려고 흉내만 내봤자 최선을 다해도 기껏 2등이요, 결국은 나의 존재성을 증명하지 못하고서는 1등이 되기 어렵다. 그래서 2등으로 주저앉으면 평생에 걸쳐 "아주 아주 비싼" 대가를 치러야 한다.

무엇인가 뜻대로 되지 않아 소신을 버리고 "여론을 수렴하여" 만인의 뜻을 따르는 추종을 사람들은 흔히 제2의 선택이라고 주장한다. 하지만 그것은 나 혼자만의 뜻이 아닌 집단의 선택이다. 작은 귀퉁이를 겨우 차지하는 구조 속에서 한낱의 조각으로만 내가 존재한다면, 객관적으로 그것은 유일한 2등이 아니라 낙오 집단의 두터운 계층에서 57번이나 468번과 별로 다를 바가 없는 순위다.

2등으로 들어온 사람이라 함은 그냥 첫 번째 패배자라는 뜻이다.(Coming in second place just means you were the first person to lose.) — 제프 호킨스(Jeff Hawkins)

　　선택의 본질적 속성은 단순한 순위의 문제가 아니고, 성공을 위해 행동하느냐 아니면 자신감이 모자라 심리적인 패배를 자의로 받아들이느냐 여부가 좌우하는 승부다. 승부에서는 2등이나 3등이나 56등으로 세분화한 우열은 별로 의미가 없어서, 사람들은 1등과 꼴찌만 대충 계산한다.

　　19세기 미국의 낭만파 시인이며 언론인이었던 윌리엄 컬렌 브라이언트(William Cullen Bryant)는 "승리가 대단치는 않을지 모르지만, 어쨌든 두 번째인 모든 것을 능가한다(Winning isn't everything, but it beats anything in second place)"라면서 첫째와 둘째의 간극을 가늠했다. 미국의 야구 지도자 게이브리엘 하워드 폴(Gabriel Howard Paul) 또한 "2등 따위는 없다. 1등을 못하면 아무것도 아니다(There is no such thing as second place. Either you're first or you're nothing)"라며 체육계의 냉혹한 현실을 지적했다.

　　그런가 하면 마이클 잭슨과 재닛 잭슨을 성공시키기 위해서 잭슨 5형제(Jackson 5ive)를 혹독하게 훈련시킨 아버지는 열 명의 아들딸에게 "세상에서 가장 먼 거리는 첫째와 둘째의 사이(there's no greater distance than that between first and second place)"라고 가르쳤다.

　　남들이 설정한 객관적인 우열을 당연한 나의 운명적 서열이라고 받아들이는 사람은 자연스럽게 열등의 순위에 적응하여 아무런 저항을 하지 않고 "나머지 여러분"과 합류한다.

변함없이 옛날 방식으로 대처하려는 유혹을 느낄 때마다, 과거의 포로가 되겠는지 아니면 미래의 개척자가 되겠는지를 따져보라. 그대가 평생 이룩할 가장 창조적인 과업은 그대 자신을 창조하는 작업이다.(Every time you are tempted to react in the same old way, ask if you want to be a prisoner of the past or a pioneer of the future. The most creative act you will ever undertake is the act of creating yourself.) — 디팍 초프라(Deepak Chopra)

9장
중뿔과 깃털

혼자서 거꾸로 가든, 중뿔나게 모로 가든, 하다못해 남들과 발을 맞춰 똑바로 가든, 크게 성공하려면 어느 방향으로 가든 간에 첫째가 되어 군중보다 앞서야 한다. 첫째는 겨우 한 사람뿐이라지만, 누군가 첫째의 자리를 쟁취할 기회는 수없이 많다. 첫째의 종류가 워낙 많기 때문이다.

대부분의 사람들은 영혼의 짝을 찾기를 포기하고, 그냥 육체의 짝을 구하는 정도로 타협한다.(Most people give up finding their soul mate, and settle down to just having a flesh mate.) — 앤토니 리씨온(Anthony Liccione)

힘겹게 싸워 쟁취할 자신감이 부족하여 제1 목표를 도중에 포기하는 '현실과의 타협'은 비단 이상적인 배우자를 만나 황홀한 가정을 이루고 만년 행복을 찾으려는 짝짓기 경쟁에만 국한된 전형이 아니다. 직업의 선택이나 경쟁자들과의 다툼에서 제1의 선택을 하지 않고 마지못해 포기한 죄로 "대부분의 사람들"이 평생 치러야 할 회한의 속앓이는 때때로 잔인하기 그지없다.

영혼의 짝은커녕 자신의 영혼조차 찾기를 포기하여 고상한 영적 삶 따위는 관심이 없다며 육신만의 삶과 타협을 하고 나면, 창조하고 생산하는 정신노동자가 되느냐 아니면 물질적 소비를 충족시키기에 급급한 육신노동자가 되느냐 하는 분기점에서 두 번째 진영으로 밀려날 가능성이 부쩍 커진다.

갈등이 얽힌 기로에서 어느 특정한 결단을 실천하려는 도전은 초지일관 첫째를 추구하겠다는 선택이다. 타협이란 첫째 목적을 양보하거나 상실하는 경우의 선택이 대부분이고, 그래서 인생 훈수꾼들은 포기하는 형태를 취하는 둘째 사항을 실질적인 패배라고 싸잡는다. 그러나 현실에서는 두 번째 선택이 정말로 역경을 극복할 마음이 내키지 않아서 억지로 받아들이는 패배의 조건인지 아니면 나름대로의 새로운 소신인지 여부를 가리기가 쉽지 않다.

적절한 시기에 내리는 차선책의 결단은 뒤늦게 내리는 완벽한 결정보다 한없이 훌륭하다.(The second best decision in time is infinitely better than the perfect decision too late.) ― 오마 N. 브래들리(Omar N. Bradley)

내가 감당하지 못할 대상을 영혼의 짝으로 설정하고 감행하는 맹목적 추구는 합리적인 설계가 아니다. 이상적인 배우자란 나에게 어울리고 맞는 '반쪽'이므로, 혼자서 완전한 하나인 짝은 흔히 현실과 거리가 먼 상상의 산물이기 쉽다. 아예 존재하지 않아 얻지 못할 짝을 탐하는 과욕의 환상은 애초부터 비현실을 실현하려는 착각의 흉내다.

비현실적인 환상의 자발적인 포기는 패배가 아니라 현실적인 지혜다. 미국 초대 합참 의장으로 한국 전쟁을 진두지휘했던 브래들리 5성 장군은 타협의 가면을 쓴 패배가 아닌 현명한 두 번째 선택의 가치를 시기의 함수에 입각하여 풀이한다. 속전속결이 생명인 전쟁터에서 우물쭈물하는 사이에 패배를 당하고 나서 뒤늦게 완벽한 전략을 수립해봤자 아무 소용이 없다. 그런 실수를 우리 속담에서는 "소 잃고 외양간 고치기"라고 한다.

제1 목표가 만만치 않을 때는 보다 쉽고 완벽한 다음 기회를 기다리며 시간을 헛되이 보내기보다 차선책일지언정 일단 행동에 돌입하라고 브래들리 장군은 권한다. 완벽하지만 늦은 출발보다는 일단 절반쯤이라도 전진하는 신속한 행동이 우선이어서다. 행동을 시작했다가 봉착하는 시행착오는 전진을 계속하며 현장에서 순발력으로 보완과 수정이 얼마든지 가능하다.

"아군 사상자의 수는 프랑스군의 사상자와 비슷했지만, 전투 초반에 일찌감치 우리 편은 패배하리라 확신했고, 그래서 결국 패배했어요."("Our casualties were about the same as those of the French, but we had told ourselves early in the day that the battle was lost, so it was lost.") — 레프 톨스토이(Leo Tolstoy), 『전쟁과 평화(War and Peace)』

홀라브룬(Hollabrunn 또는 Schöngrabern) 전투에서 포병 장교 투쉰 대위 한 사람의 용기와 정신력이 얼마나 많은 사람의 생명을 구하는지를 현장에서 목격한 안드레이 볼콘스키 대공이 보로디노 전투 전야에 피에르 베주호프 백작에게 하는 말이다. 불길한 예감이 현실로 나타나는 대부분의 경우는 내가 그렇게 되리라고 믿기 때문에 그대로 빚어지는 결과다. 승패의 가능성이 비슷한 여러 경우에는 십중팔구, 승리한다고 믿는 사람은 성공하지만, 패배하리라 믿는 사람은 실패한다.

소크라테스는 "사자가 이끄는 당나귀 집단은 당나귀가 이끄는 사자의 집단을 쉽게 물리친다(A group of donkeys led by a lion can defeat a group of lions led by a donkey)"고 비유했다. 명장의 뒤를 따르는 휘하 장졸은 지도자가 승리로 이끌어주리라고 믿기 때문에 한없이 용감해지지만, 그런 추종자가 지도자의 책무를 떠맡으면 무엇을 어떻게 결정하고 행동해야 옳은지 가르쳐줄 사자의 명령이 없어서 용기를 내지 못한다.

당나귀와 사자의 속성을 함께 지니고 태어난 나는 명장이요 장졸이다. 미래의 나를 이끌게 될 현재의 내가 앞장을 서는 사자가 되느냐 아니면 누군가의 꽁무니를 따라다니는 당나귀가 되느냐는 오직 나 혼자만이 결정하는 자유로운 선택이다.

인생의 싸움터에서는 자신을 믿지 않는 사람은 두 번 패배한다. 자
신감이 넘치면 시작조차 하기 전에 승리한다.(If you have no confidence
in self, you are twice defeated in the race of life. With confidence, you have won even
before you have started.) ─ 마커스 가비(Marcus Garvey)

자신감이 넘치는 사람은 틀림없이 무엇인가 행동에 돌입하고, 행동을 하
면 당연히 무엇인지 결실이 뒤따른다. 생각만 많이 하고 실천을 하지 않으면
아무것도 이루어지지 않는다. 시작이 반이라고 사람들이 주장하는 이유다.

지레 행동을 포기하고는 나의 실패를 만만치 않는 현실 탓으로 돌리면 그
것은 노골적인 책임 회피다. 반면에 성공의 가능성을 높이기 위해 눈높이를 하
향 조정하는 현실과의 타협은 승리를 위한 기초 작업의 한 가지 형태이다. 똑
같은 포기인 듯싶지만 그렇게 동기에 따라 본질 자체가 달라진다.

무엇이 1번 선택으로서 바람직한지는 성공할 확률의 크기가 결정한다. 1
번이건 2번이건 어떤 선택을 하든 성공의 가능성은 행동하려는 의지가 뒷받침
한다. 성공하기가 불가능한 꿈을 억지로 키우느라고 평생을 낭비하지 않고 늦
기 전에 실현이 가능한 목적으로 방향을 바로잡는 결단은 패배나 포기가 아니
라 발전이다. 바람직한 제2의 선택은 1등을 능가하는 제1의 선택이다.

굴종하면서 감수하는 적응이나 극복과는 달리, 보다 신속하게 성공과 승
리로 접근하는 궤도 수정은 내가 지배할 세상을 개척하는 공격의 시작일 뿐이
지 포기의 백기가 아니다. 성취가 불가능한 1번 선택을 고집하고 강행한다면
그것이야말로 기나긴 실패를 선택하는 셈이고, 성공이 가능한 2번 선택은 결과
적으로 최선의 1번 선택임이 언젠가는 밝혀진다.

패배는 일시적 상황인 경우가 많다. 포기를 하면 일시적인 패배가 영원히 지속된다.(Being defeated is often a temporary condition. Giving up is what makes it permanent.) — 마릴린 보스 새반트(Marilyn vos Savant)

"한두 번의 패배쯤은 내가 포기할 때까지는 파멸의 끝장이 아니다"라고 주장한 미국 여성 보스 새반트는 열 살에 지능 지수(IQ)가 228이라는 판정을 받았다. 하지만 그녀는 평범하게 성장해서 여러 잡지의 단골 필자가 되어 지적 중류층으로 살았다. 그녀는 두뇌가 명석하기로는 분명히 순위가 1등이었지만, 그런 특질이 삶에 크게 기여하지 못한다는 우열의 허상을 입증한 표본이었다.

보스 새반트의 지능 지수는 기네스 세계 기록이 그녀를 "세상에서 가장 똑똑한 인간(Smartest People in the World)"의 반열에 등극시키면서 뒤늦게 널리 알려졌다. 그녀가 마흔두 살이 된 1986년의 일이었다. 그러나 지능의 순위를 줄 세워 매긴다는 당위성에 대한 의문이 제기되면서 기네스 기록 목록에서는 1990년에 지능 지수 분야가 폐지되었다.

한국에서는 여섯 살에 아인슈타인의 상대성 이론을 이해하고 미적분 문제를 풀어낸 '천재 소년'이 여덟 살에 인하대학에 입학했으나 어린 나이로 학창생활에 적응하지 못해 중퇴했고, 2009년 과학 기술 연합 대학원으로 진학했지만 재학 연한인 8년 안에 박사 학위를 취득하지 못해 제적을 당했다

지능 지수건 학교 성적이건 무엇이건 어떤 단편적인 국면에서 1등을 했다는 실적은 인생이라는 거대한 전쟁터에서 반드시 1등으로 승리하고 성공을 거두리라는 보장을 해주지는 않는다. 지능만이 인간의 고귀한 자질은 아니기 때문이다.

250

요즈음에는 세상이 어찌나 빨리 돌아가는지 무엇이 불가능하다고 누가 말을 꺼내려고 하면 다른 사람이 그 일을 냉큼 해내어 말문을 막아버리기가 일쑤다.(The world is moving so fast these days that the man who says it can't be done is generally interrupted by someone doing it.) — 엘벗 허바드 (Elbert Hubbard)

아무리 기막힌 성공의 비결을 알아냈다고 한들, 머리를 굴리고 손발을 놀려가며 얼른 실행하지 않았다가는, 뒤늦게나마 남들이 역시 그 요령을 알아내어 먼저 써버리면 비법은 쓸모가 없어진다. 허바드는 사람들이 "그냥 머리와 두 손이 달려 있기 때문이 아니라 그것들을 사용하는 대가로 직장에서 보수를 받는다"고 했다. 지극히 당연한 얘기다. 능력과 자질은 효용성을 입증해야 인정을 받는다. 보물이라며 묻어두기만 하고 써먹지 않는 재능은 머릿속에서 썩어버린다.

거절을 당할까봐 겁이 나서 고백하기를 포기하여 대답을 듣지 못하면 사랑이 이루어지지 않고, 집 밖으로 나서지 않고서는 산에 오르지 못하며, 첫걸음을 내딛지 않고서야 천릿길을 갈 수가 없다. 1등 능력을 갖춘 사람이라고 한들 실력은 둘째일지언정 행동이 첫째인 사람을 당할 길이 없다. 행동하지 않으면 성공은 불가능하며, 그래서 포기는 시도하지 않은 선택으로 한 번 그리고 거두지 못한 성공으로 다시 한 번 패배를 빚어낸다.

허바드는 또한 "돈을 받는 만큼밖에는 일을 하려고 들지 않는 사람은 그들이 일하는 만큼밖에는 벌지 못한다"고 경고했다. 손해를 보지 않으려고 이기적인 계산에만 성실한 직장인들에게 한 경고다. 생산적인 인간은 봉급 이상의 일을 하고 하는 일보다 훨씬 많은 보상을 받는다.

251

승자란 패자들이 하기 싫어하는 일들을 무작정 해보는 습성을 키운 사람에 지나지 않는다.(Winners have simply formed the habit of doing things losers don't like to do.) — 앨벗 그래이(Albert Gray)

　　보험 기업인 그래이는 너도나도 잘하는 무엇인지를 덩달아 잘하는 대신 남들이 힘들다며 꺼리는 일만 일부러 골라서 해보라고 청개구리 비법을 권한다. 남들과 똑같은 사고와 행동을 하면 개인적인 시각이 퇴화하며, 그렇기 때문에 나의 무비판적인 공감이 정말로 옳은 선택인지, 그리고 혹시 집단의식의 사회적인 판단이 잘못은 아닌지조차 판단하기가 어려워진다.

　　남들과 똑같은 자질을 갖추지 못했다는 조건이 꼭 약점만은 아니다. 사회집단은 '중뿔난' 개체들을 범죄자처럼 경계하고 배척하지만, 양쪽에 따로따로 뿔을 두 개나 진화시키는 대신 가운데 하나만 우뚝하게 키웠다고 해서 무엇이 흠이겠는가? 하나로는 싸워 이길 자신이 없어 뿔을 두 개나 달고 태어나는 대부분의 초식 동물들과 달리 인도 코뿔소는 당당하게 하나로 승부한다.

　　중뿔이 워낙 독특하고 강력해 보여서인지 특효 약제라는 미신이 생겨나 애꿎은 코뿔소가 밀렵꾼들의 탐욕에 희생되어 멸종 수난을 당할 지경에 이르렀다고 한다. 엉덩이에 뿔난 송아지도 마찬가지다. 뒤쪽의 뿔은 아무도 갖지 못한 신무기다. 꽁무니에 뿔이 달렸으리라고는 상상조차 못하고 뒤에서 덤벼드는 사자나 치타의 허를 찌르려면 꼬리 밑에 숨겨둔 뿔만큼 치명적인 효과를 낼 첨단 무기가 다시없다.

다른 사람을 닮은 아류가 되지 말고 자신의 가장 훌륭한 진가를 항상 보여줘야 한다.(Always be a first rate version of yourself, instead of a second rate version of somebody else.) ― 주디 갈란드(Judy Garland)

빈센트 미넬리 감독은 회고록 『잊지 못할 추억(I Remember It Well)』에서 그의 딸 라이자 미넬리가 엄마의 명언을 어떻게 실천했는지 소개했다. 엄마 갈란드처럼 노래하는 여배우가 되기는 했지만 딸은 엄마의 유명한 노래들을 갈란드만큼 잘 부를 수가 없으리라고 판단했다. 그래서 라이자는 "엄마를 닮은 아류가 되지 말고 나 자신의 가장 훌륭한 진가를 보여주겠다"고 다짐했다.

〈무지개 너머(Over the Rainbow)〉를 엄마보다 잘 부르지 못하겠으면, 딸은 다른 노래를 부르면 된다. 1등을 한 승자를 똑같은 재능으로 이기기가 어려울 때는, 같은 기교를 다른 방법으로 발휘해서 새로운 첫째의 자리에 올라야 한다. 누구나 다 읽는 교양 도서 100권을 모두 읽었다고 해서 내 나름대로 문학에 대한 일가견을 갖추기는 어렵다. 남들이 누구나 다 갖춘 기본적인 자격을 나 또한 갖추었노라고 열등감을 해소하는 데 도움이 되기는 하겠지만, 단순히 읽어낸 책 제목의 '가방끈' 목록이 길다고 해서 남다른 경지에 이르지는 못한다.

아류나 이류가 아닌 일류가 되려면 남들이 읽은 책을 다 읽은 다음, 그들보다 더 많이 읽어 깨달은 바가 따로 있어야 한다. 그렇게 하기가 어려울 때는 추천 도서 100권은 하나도 읽지 않고 아무도 읽어보지 못한 책 10권을 읽으면 할 말이 남들보다 중뿔나게 많아진다.

승자는 자신이 성취한 바를 그가 세운 목표와 비교하는 반면에 패자
는 자신의 실적을 다른 사람들의 업적과 비교한다.(Winners compare
their achievements with their goals, while losers compare their achievements with
those of other people.) — 니도 쿠베인(Nido Qubein)

　　레바논-요르단 출신으로 미국에서 대성한 기업인 쿠베인은 "타인을 나
의 기준으로 삼지 말라"면서 온갖 기능을 장착만 하고 활동력은 작동시키지 않
는 인간형의 판박이 삶을 벗어나라고 우리를 설득한다. 비정한 손익 계산에는
밝을지언정 자유분방한 탈논리적 창의성을 행사할 줄 모르는 사람은 인간보다
로봇에 가까운 존재여서다.

　　1등을 추종하며 흉내를 내고 따라가기만 했다가는 자신도 모르는 사이에
제2 집단에 귀속된다. 감히 나 자신의 존재성을 주장하는 당당한 이기주의는
공격적인 삶의 기본을 이루는 주체다. 남들이 세운 목표를 달성하기 위해 능력
을 최대한 발휘해봤자 나는 나무를 심어 키우기만 하고 과일은 주인의 차지가
된다. 일개미처럼 집단에 충실하지만 자신만의 정신적인 나무를 키워놓지 못
한 많은 사람들이 그래서 중년에 이르러 잃어버린 삶의 의미를 되찾지 못해 자
괴감에 빠지고는 한다.

　　첫째가 되면 분명히 승리요 성공인데, 그렇다면 나는 어디에서 무엇을 하
여 첫째로 꼽히는 존재의 두각을 드러내겠는가? 각별한 존재가 되고 싶은 욕구
를 충족시킬 수단과 조건은 무엇일까? 진정한 1등은 기존의 1등보다 앞에 서야
한다. 그러기 위해서는 1등을 따라잡아 젖히고 앞지르기를 하기보다 승자를 거
들떠보지 않고 중뿔을 내밀며 옆으로 돌진하는 비법이 많은 경우에 주효한다.

254

다른 어느 누구도 하지 못하는 일을 해내면 감히 아무도 흉내를 내기 어려운 특출한 인물이 된다.(Do what no one else can do and you will become what no one else can become.) ― 맛쇼나 들리왜요(Matshona Dhliwayo)

모든 분야에서 첫째 자리를 남들이 이미 다 차지해버린 마당에, 도대체 아무도 해보지 않았고 아무도 알지 못하는 미지의 영역이 어디 남아 있겠느냐고 사람들은 체념한다. 그렇게 상식적으로 따지면 나한테 첫째 자리가 돌아올 미개척 분야는 정말로 없을 듯싶지만, 상식을 넘어서는 사람은 상식적인 수준의 인식을 넘어 존재하지 않는 대상의 존재를 파악한다.

이제는 지구상에서 탐험할 만한 곳이 어디에도 남아 있지 않다고 핑계를 대면 안 된다. 티끌만 한 지구의 대기권을 벗어나 우주의 무한 공간으로 나가면 탐험할 자리는 얼마든지 많다. 물론 우주 천문학만이 미지의 영역으로 진출하도록 허락하는 길은 아니다. 하고 많은 기존의 직업에서도 개척할 분야가 부지기수다.

인용문은 누구나 다 아는 비결이어서, 비웃어주고 싶을 만큼 상식적인 충고다. 비결이 대개 그렇다. 수많은 비결은 워낙 상식적이어서 사람들이 거들떠보지 않아 눈에 띄지를 않으며, 누군가 지극히 쉬운 방법으로 어려운 일을 해내면 그제야 우리는 뒤통수를 맞은 듯 아쉬워한다. 비결이라면 어려워야만 제격인데, 때로는 지극히 상식적이어서 너무나 쉽기 때문이다.

그래서 나이를 먹어 삶의 생김새를 깨달은 다음에야 사람들은 참 쉬운 인생인데 왜 한심하게 그토록 어렵게만 왜곡하며 살아왔는지 후회한다.

면접 시험관들은 너도나도 책에서 찾아낸 판박이 정답을 읊어대는 로봇들에게 넌더리를 낸다.(Interviewers are sick of robotic, canned answers people have read in books.) — 티아 켈리(Thea Kelley), 『직장을 잡아라!(Get the Job!)』

"대학 강의실선 한숨… 취업 앞두고 면접용 요약만 인기"라는 기사가 신문에 실렸다. 한국인들한테는 대학이 취직과 밥벌이를 준비시키는 훈련 기관으로 전락한 듯싶은 현실을 반영한 제목이다. 무너지는 상아탑을 속수무책으로 지켜보며 한숨짓는 참스승들의 허탈감이 눈에 선할 지경이다.

한국의 도시인들은 고등학교 졸업까지 무려 12년 정규 학업을 수행하는 동안 어릴 적부터 여기저기 학원을 전전하며 치열하게 과외 공부를 한다. 그들이 덤으로 받는 비정규 수업은 인간관계를 숙성시켜 실제로 인생살이에 써먹을 지혜를 익히는 내용이 별로 없다. 그보다는 낡아빠진 공식을 줄줄이 암기하여 점수를 수집하는 기술을 부지런히 연마한다. 그렇게 학원을 다녀 겨우 대학에 들어간 청춘들은 상아탑을 나올 즈음에 입사 시험 면접에 대비하여 다시 학원을 찾아가 로봇으로 변신하는 훈련을 받는다.

어느 대기업 면접 시험관의 경험담을 들어보니, 대부분의 경우 응시자와 마주앉아 두세 마디만 주고받으면 그때부터는 어느새 앞에 마주앉은 사람이 투명 인간처럼 사라지고, 그의 등 뒤에 누군가 숨어 대신 정답을 읊어주는 느낌을 받는다고 했다. 너도나도 비슷한 어휘들을 똑같은 구조에 끼워 맞춰 나열하는 응시자의 답변이 학원에서 가르쳐준 정답임을 의심할 나위가 없어서다.

그대는 유일무이한 존재로 태어났다. 복제품이 되어 죽으면 안 된다.
(You were born an original. Don't die a copy.) ― 존 메이슨(John Mason)

사회 활동의 시발점이요 인생 여로에서 가장 중요한 첫 번째 승부의 격전장이라고 할 취업 시험의 면접에서 역시 사람들은 남들이 모두 몰려가는 상식적인 명승지만 찾아다닌다. 면접실의 거의 모든 응시자가 머리를 다듬은 모양에서부터 얌전함이 돋보이는 옷차림과 건방지게 튀지 않는 의상 빛깔에 이르기까지, 공장에서 대량으로 찍어낸 플라스틱 마네킹처럼 서로 너무나 똑같은 모습이 섬뜩할 지경이다.

군대 사열식을 닮은 면접 시험장의 남자들은 의자에 나란히 앉은 네 명의 자세가 하나같이 획일적이다. 몸통과 허벅지와 종아리가 꺾어지는 90도 직각을 비롯하여, 두 다리를 약간 벌린 각도와 무릎의 위치가 똑같을뿐더러, 주먹을 가볍게 불끈 쥐고 손등을 위로 향하는 자세의 정밀함이 무슨 기계의 설계도를 방불케 한다. 반쯤 쥔 응시자들의 주먹이 무릎에 놓인 자리를 보면 해병을 흉내 낸 분위기가 물씬하여, 온몸에 잔뜩 힘을 준채로 숨을 멈추고 딱딱하게 굳어버린 무생물을 연상시킨다.

여성들 또한 하나같이 두 손을 살포시 포개 무르팍에 얹어놓고는 하는데, 예의범절에 맞춘 그들의 자세와 무표정한 표정은 유리 상자 속에 채집해놓은 곤충만큼이나 가엾기 짝이 없다. 아마도 질문에 대답할 때는 그들의 목소리 또한 신병 신고식에서처럼 씩씩하고 또박또박 부자연스러운 가성으로 일관할 듯싶다. 개체의 유일무이한 존재성이 죽음을 맞고 복제품이 탄생하는 사회생활의 첫 예식이 그렇게 남의 목소리로 시작된다.

사람들은 참된 독창성을 발휘할 여지가 완전히 사라질 때까지 정보를 처리하는 방법만 익힌다.(People simply learn to process information to the point where it doesn't serve true creativity.) ― 마이클 매서(Michael Masser)

미국 작곡가 매서는 정보의 사막화를 걱정한다. 언어는 의미와 더불어 느낌을 전달하는 매체다. 그런데 이제는 첨단 시대의 소통 방식에 속도를 맞춰 최소한의 핵심 정보를 능률적으로 압축하여 인식시키려고 필요 불가결한 알맹이 기호만 제시하는 차원에서 언어의 정서적 기능이 멈춰버린다. 목적지에 도착한다는 필요조건을 달성하느라고 과정은 즐기지 않는 여행도 그러하다. 어휘나 개념에 내재된 심성과 상상력을 작동시켜 생동감을 창조해야 하는 표현 양식에서 영적인 가치가 증발하는 징후다.

면접은 개개인의 인간적인 특성을 측정하는 장치다. 학교의 객관식 시험에서는 채점하기 쉽게 모든 사람의 정답이 똑같아야 하지만, 개체성을 식별해야 하는 주관식 입사 시험에서는 정답이 저마다 뚜렷하게 달라야 옳다. 그런데 면접실의 인조인간들은 통조림 음식처럼 즉석에서 꺼내 쓰는 기성품 정답만을 유창하게 늘어놓는다. 개성과 주관이 없어 보이는 복제품 응시자들에게서는 당연히 혼자만의 출중한 면모가 눈에 띄지 않는다.

시험관은 나를 알고 싶어 하지만, 인생 훈련병들은 어쩐지 남들만 못한 듯싶은 나를 보여주지 않으려고, 자신의 가장 훌륭한 진가를 감추고는 집합적인 가짜 허상만 전시한다. 면접은 개성을 측정하기 위한 절차여서, 표본을 모방한 가짜 존재성은 별로 큰 도움이 되지 않는다.

새의 깃털로 몸을 치장할 수는 있지만, 깃털을 달았다고 해서 사람이 날아다니지는 못한다.(You can decorate yourself with another's feathers, but you cannot fly with them.) ─ 루치안 블라가(Lucian Blaga)

루마니아의 시인이요 철학사인 블라가의 풍자적인 비유다. 중세 유럽에서는 남녀를 불문코 의상과 모자를 새의 깃털로 장식하던 풍습이 상류 사회에 만연했다. 불쌍한 새들을 죽여 깃털을 뽑아 꽃꽂이를 하듯 몸을 장식하여 공작새처럼 남들의 시선을 끌려는 허영의 전시장이 궁전과 영주들의 성에서 상시로 벌어졌다. 새의 깃털을 인간이 가로채는 짓은 절도죄에 해당되고, 남의 신체 일부를 자신의 정체성이라고 거짓으로 제시하면 사기죄가 영락없다.

기업체 선발 위원들은, 환경 문제나 기업 문화 등에 관한 주관식 필기시험에서, 인터넷을 뒤져 찾아내 암기해두었다가 베껴놓은 듯 보이는 낯익은 답안이 나타나면 단박에 정나미가 떨어진다고 했다. 지나치게 매끄러울 정도로 정리정돈이 완벽한 대답은 부자연스럽고 불완전하다. 오히려 조금은 부정확해야 인간답게 완벽한 해답이다.

취업을 준비시키는 학원에서 나눠주는 정답은 나의 존재를 증명하는 정보가 아니라 다른 사람의 공식을 훔쳐 쓰는 부정행위다. 남들이 틀로 찍어 내놓는 정답은 남들의 깃털이기 때문이다.

학원에서 가르치는 씩씩한 가성의 억양과 꼿꼿한 자세는 영혼이 없는 허수아비들의 깃털이다. 그런 연기 훈련은 배우 선발 대회에서야 도움이 될지 모르겠지만, 기업체 입사 시험에서 증명해야 하는 실력과 인격의 채점은 "남들과 똑같다"보다 "남다르다"는 인상에서 출발한다.

남다름이란 자신만만한 사람은 안으로 들어가고 불안한 사람은 밖으로 나가는 인생의 회전문이다.(Being different is a revolving door in your life where secure people enter and insecure exit.) — 섀넌 L. 올더(Shannon L. Alder)

획일적인 면접 시험장에서, 체내에 나사못과 용수철과 톱니바퀴를 가득 장착한 기계 인간을 연상시키는 여러 경쟁자들과 나란히 앉았을 때, 남들이 모두 주먹을 쥐었고 나 혼자만 손바닥을 자연스럽게 폈다고 해서 감점을 당하는 일은 없을 듯싶다. 천편일률 속에서는 그런 작은 차이가 때로는 오히려 자아를 드러내는 개성으로 크게 두드러져 보인다.

그렇다고 해서 남들이 주먹을 쥘 때마다 일부러 나 혼자만 꼬박꼬박 손바닥을 펴는 행위 또한 기획된 자동화 훈련으로 연마한 가식이기는 마찬가지다. 자연스러움은 계산하지 않아야 나오기 때문에, 일부러 꼬치꼬치 따져 시간을 맞춰가며 반대로만 하면, 그것 역시 가짜다. 자신감이 충만한 사람은 면접시험에 적절한 손의 위치가 어디인지 따위에 신경을 쓰지 않는다. 손을 어디에 어떻게 놓아야 좋을지 걱정하지 않으면 손이 알아서 혼자 제자리를 찾아간다.

올더의 인용문은 남들과 달라서 자신만만한 승자와 남들만 못하다고 겁에 질려 탈출하려는 패자가 "같은 문을 사용하지만 이동하는 방향이 다를 뿐"이라고 주장한다. 그러나 승부를 가르는 함수가 행동 방향만은 아니고, 출입구 또한 하나뿐이 아니다. 로마의 어떤 개선장군은 성문이 좁다며 애꿎은 성벽을 허물고 옆구리로 입성하는 허세를 부렸는가 하면, 패배가 두려운 사람은 남들의 눈에 띄지 않게 옆문이나 뒷문을 찾거나 아예 안으로 들어가지 않는다.

취업 면접은 계발과 협동을 위한 상호 적합성을 탐색하는 양방향 소통이다. 협상에서 처한 위치가 어느 쪽이건 그대는 자신에게 중요한 사항들을 두려워하지 말고 따져야 한다.(A job interview is a two-way communication to probe for cultural and team fit. No matter which side of the table you sit, you should be asking questions that are important to you without fear.)

— 살릴 자(Salil Jha)

많은 경우에 면접은 1차 시험에 합격한 다음 실제로 주어질 업무에 응시자가 적응하는 순발력과 인격을 고용인이 점검하는 절차인 동시에, 취업인에게는 그에게 주어질 직책이 내가 좋아서 해야 할 일인지 아니면 단순히 남의 뜻을 따르기만 해야 하는 업무인지를 확인해야 하는 자리다.

인용문은 어디선가 이미 실력을 인정받고 발탁되어 다른 회사로 직장을 옮기는 경우에나 해당되는 조건이어서, 칼자루의 방향이 일방적으로 미리 설정된 대기업의 집단 취업 현장에는 적용하기 어려운 공식이다. 응시자에게는 대답할 의무만 있을 뿐이요 질문은 아예 금지 사항인 만남이어서다.

인재를 다발로 묶어서 구입하는 방식인 대기업 면접은 신병 훈련소 조교들이 그러듯 애초부터 신입 사원들의 기를 꺾어 눈칫밥을 먹는 머슴으로 길들이려는 발상에서 비롯하지 않았나 싶다. 시간 절약을 위한 능률적인 제도일지는 모르겠지만, 현재 우리나라 대기업에서 실시하는 굴욕적인 4인 단체 면접 방식은 고용주가 채용 이전부터 미리 갑질 횡포를 연습하는 인격 모독 행위에 가깝다. 불쌍한 젊은이들을 재래시장 좌판대에 늘어놓은 생선처럼 한 줄로 앉혀놓고 골라잡는 예식은 청량리와 미아리 고개의 '텍사스' 성매매업소 진열창에서나 벌어지던 진기한 풍경이다.

비교가 끝나는 곳에서 개성이 시작된다.(Personality begins where comparison ends.) ― 카를 라거펠트(Karl Lagerfeld)

집단 면접 방식은 다수의 응시자가 같은 여건에서 즉흥적으로 반응하는 상대적인 감각을 관찰하고 비교하여 어떤 구체적인 특성을 측정하려는 의도로 설계되었을 듯싶다. 그렇다면 본디 취지 자체가 계산 착오다. 여러 경쟁자를 나란히 앉혀놓고 서로 비교하면 시간을 절약하는 효과를 내기는 할지언정 우수한 인재를 찾아내려는 목적에 크게 도움이 되지 않는다.

복수 면접에서는 우수한 사람을 일차적으로 선발하는 대신 어딘가 부족하고 모자라는 응시자들을 용의주도하게 걸러내어 차례로 탈락시키는 형식을 취한다. 마지막까지 남은 후보자를 마지못해 선택하는 방식은 가축 시장이나 노예 경매장에서 매매를 실시하는 관행이지 인재 발굴의 묘수가 결코 아니다. 약점을 선발 기준으로 삼으면 장점은 자연스럽게 관심 밖으로 밀려난다.

이런 여건에서 수세에 몰린 응시자들은, 적극적으로 재능을 보여주고 존재성을 증명하기보다는, 선발 위원들의 눈에 나서 탈락을 당하지 않으려고 남들과 똑같은 자세와 목소리로 깃털 장식을 한다. 나의 약점을 보여주기가 두려워 시험관의 눈에 띄지 않도록 숨어버리는 카멜레온들 중에서 긍정적이고 적극적이고 유능한 인물을 찾아내기는 쉽지 않다.

단순노동을 담당할 인력의 차원을 넘어 뛰어난 창의력으로 공동체의 성장에 기여할 재목을 진정으로 구하고 싶다면, 경쟁자들끼리 몸을 도사리며 눈치를 살피게 하지 말고 잠재적인 재목이 적극적으로 정체를 드러내도록 시험관이 도와야 옳겠다.

순발력이란 자신감을 갖고 대응하는 능력으로서, 긍정적인 경험이 비록 힘겹기는 할지언정 어떤 결과를 가져오거나 간에 보다 원숙한 자아의식과 성공으로 이끌어주리라고 믿는 침착한 마음가짐이다.(Being spontaneous is being able to respond with confidence; calmly trusting that, whatever the outcome, you will have a positive if challenging experience that will lead to greater self-awareness and success.) ― 실비아 클레어(Sylvia Clare), 『풍요롭고 보람찬 자아의 재발견(Trusting Your Intuition)』

극단적인 긴장과 좌절감에 빠진 병원의 환자들이 일으키는 갖가지 돌발 상황을 이겨내는 순발력을 키울 목적으로 미국의 맥매스터 의과 대학에서는 다중 소형 면접(multiple mini-interview, MMI)이라는 제도를 개발하여 2004년부터 실행에 들어갔다. 우리나라에서는 한림대와 서울대가 의학 계열에서 일반 전형 면접 고사로 처음 MMI를 채택했으며, 2020학년에는 건양대, 계명대, 고신대, 대구가톨릭대, 동아대, 성균관대, 아주대, 울산대, 인제대로까지 도입이 확산되었다고 한다. 그러자 아니나 다를까, MMI 기출문제 풀이집이 냉큼 우리나라에 등장했다.

MMI는 응시자가 제한된 시간 동안 여러 면접실을 잠깐씩 들러 가상 대화에 응하고 제시된 자료를 분석하여 불시의 상황을 즉석에서 해결하도록 요구함으로써 의사가 갖춰야 할 기본적인 인성과 적성 그리고 근무 행태를 예측하고 검증하는 방식이다. 2014년에는 수능 자연계 만점자가 서울대 의대 MMI 면접에서 낙방했다. 당연한 결과였는지도 모른다. 인간성을 찾아 확인하려는 순발력 시험을 통계적 기성품 정답만 암기하는 능력의 점수로 제압하려는 시도가 무리였던 듯싶다.

294

우리 집 조화가 죽은 이유는 내가 물을 주는 시늉을 하지 않았기 때문이다.(My plants died because I did not pretend to water them.) ― 밋치 헤드버그 (Mitch Hedberg)

'초현실적 만담'으로 유명한 희극인의 해학에서 심오한 철학의 꽃이 피어나는 듯하다. 플라스틱으로 만든 꽃은 땅속에 매립하여 100년이 흘러가도 죽지 않는다. 그래서 가짜 꽃에는 진짜 물은 주지 않아도 된다. 하지만 소꿉놀이를 하는 아이들은 조화에 진짜 물을 주는 시늉을 가짜로 한다. 가짜 꽃에는 당연히 가짜 물을 줘야 하는데, 그런 가짜 예식을 진짜처럼 거행하지 않았으니 헤드버그의 진짜 조화는 가짜로 죽을 수밖에 없다.

'스카이 캐슬' 계급이 탐독할 듯싶은 MMI 기출문제집은 플라스틱 조화에 가짜 물을 뿌려주는 바가지와 별로 다를 바가 없다. MMI는 죽음의 문전에서 절망과 분노에 휘말려 미친 듯 행동하는 환자들을 상대하는 순발력, 그러니까 이른바 일촉즉발 위기를 즉석에서 관리하는 감각을 측정하는 도구다.

사경을 헤매면서 온갖 부정적인 감정이 최악의 상태에 이르러 이성으로는 전혀 통제가 되지 않는 사람들이 펼쳐내는 긴박한 상황에서 의사 후보자가 갈등을 어떻게 극복하고 어떤 대안을 제시하는지를 알아보는 최신 장치가 MMI다. 뿐만 아니라 히포크라테스의 선서가 설정한 윤리적 및 도덕적 기준에 입각하여 MMI는 고도로 민감한 양심의 문제까지 확인하고 싶어 한다.

돌발 상황은 예측이 불가능한 여건인데, 그것을 예상하고 맞춤형 정답을 생산한다는 발상은 어불성설이다. 문제집에서 출제자가 예상하여 제시하는 상황은 예상하지 못할 위기가 아니다. 이미 시험 문제로 써먹은 기출 위기는 미래 현실에서 실제로 반복되어 활용할 확률이 별로 높지 않다.

남들의 비위를 맞추려고 지나치게 열심히 애를 쓰다가는 그들로부
터 오히려 멀어지기 십상이니 —그렇게 알랑거리는 사람은 존경하기
가 어렵기 때문이다.(Trying so hard to please people can actually end up pushing the
away—it is hard to respect someone who has such an ingratiating attitude.) — 로벗
그린(Robert Greene), 『50번째 법칙(The 50th Law)』

기업체가 실시하는 단체 면접은 응시자에게 개성을 표출할 유일한 경쟁
의 기회를 베푸는 대신 불철주야 무조건 회사에 일편단심 순종만 하겠다는 다
짐을 유일한 주제로 삼는 선행 교육장으로 변질된 실정이다. "우리 기업이 왜
당신을 필요로 한다고 생각하느냐"는 식의 질문이 그렇다. 그러나 경험과 지식
이 제한된 처지에 역부족 사회 초년생이 직장을 구하기 위해서는 어쨌든 누군
가의 마음에 들어야 한다는 현실은 요지부동 우선이다. 그런 자리에서 청춘이
개성을 발휘할 자격과 여유는 당연히 옹색하고 궁핍하다.

어디를 가나 다짜고짜 개성을 발휘하라고 윽박지르는 듯싶은 유명인과
전문가들의 온갖 훈수는 자칫 공교육 같은 기존의 모든 지식 체계를 무차별 거
역하고 부정하라는 주문처럼 오해를 받기 쉽다. 그들의 견해 또한 대부분의 교
훈이 그러하듯 저마다 나름대로의 편견과 독선에 치우치는 경향을 보인다.

각별한 사고방식의 개성은 면접 시험장으로 달고 들어갈 예쁜 깃털들을
뽑아버리고 야생의 들판으로 나가 중뿔을 기르는 순간부터 시작된다. 인간에
게는 코뿔소 중뿔이 돋아나지 않을 듯싶지만, 우리 주변을 둘러보면 중뿔난 사
람이 정말로 많다.

거의 모든 꼴불견은 우리가 감히 닮을 수 없는 사람들의 흉내를 낼 때 발생한다.(Almost all absurdity of conduct arises from the imitation of those whom we cannot resemble.) — 새뮤얼 존슨(Samuel Johnson), 『산책하는 사람(The Rambler)』

18세기에 존슨이 펴낸 영국의 정기 간행물에 게재되었던 인용문은 남들이 하는 언행을 되풀이하며 뽐내는 앵무새 인간형을 겨누었다. 반사회적 기질이 농후한 작가 마틴 루빈(Martin Rubin)도 비슷한 풍자를 했다. "앵무새는 주인의 흉내를 내고, 주인은 그것을 보고 앵무새가 똑똑하다는 증거라고 우긴다.(Parrots mimic their owners. Their owners consider that a sign of intelligence.)"

대부분의 기출문제집과 참고서 그리고 심지어 과외 수업까지도 공교육이나 마찬가지로 누구나 다 배우는 획일적 정보를 가르치는 규격 제품으로서, 보조 기능만을 제공한다. 과외 학원에서 나눠주는 교재로 흉내 공부를 하면 좋은 시험 점수는 딸지 모르지만 변화무쌍한 실전에 임하여 감당하기 힘든 돌발적인 위기를 홀로 타개하는 순발력을 키우기가 만만치 않다.

책이나 컴퓨터로 조작한 영상과 모의실험(simulation)으로 돌발적인 위기에 대처하는 훈련은 비유를 통한 학습이어서, 실전의 감각보다 논리적 공식과 확률 통계에 치우치기 쉽다. 시험 문제집은 편리한 시간을 골라 정신을 가다듬고 자리에 앉아 아주 맑은 정신으로 책을 펼치고는 넉넉한 여유를 갖고 차분하게 공부하는 도구다. 책 속에서 미리 준비되어 기다리는 고정된 위기 유형들은 격동하는 인생 현실의 다양한 돌발적인 표본들하고는 속성 자체가 다르다.

266

어떤 규칙들은 사람들이 버리기를 두려워하는 낡은 습성에 지나지 않는다.(Some rules are nothing but old habits that people are afraid to change.)
— 터리스 앤 파울러(Therese Anne Fowler), 『추억의 선물(Souvenir)』

영국의 광고 전문가 폴 아든(Paul Arden)은 "문제가 풀리지 않는다면 필시 규칙만 고지식하게 따르기 때문이리라(If you can't solve a problem, it's because you're playing by the rules)"고 지적했다. 응용 공식이 틀렸다면 당연히 옳은 답이 나올 리가 없다. 그래서 답이 나오지 않을 때는 문제를 풀려고 적용한 원칙 자체가 오류일지 모른다는 가능성을 점검해야 한다.

상상조차 못할 특이한 위기는 즉흥적인 창조력이 모자라는 인식에 의해 고착된 습성만으로는 해소가 되지 않는다. 기존의 낡은 규칙에만 매달리는 타성은 촌각을 다투는 올바른 위기관리 능력이 아니다. 창의력과 순발력은 어디서 읽고 암기하거나 베끼기만 하는 훈련을 넘어, 어디에도 없는 답을 내가 몸소 창출하는 재능이다.

프랑스 작곡가 나디아 불랑제(Nadia Boulanger)는 "음악을 배울 때는 규칙들을 익혀야 하지만, 음악을 창조할 때는 규칙들을 파괴해야 한다(To study music, we must learn the rules. To create music, we must break them)"고 주문했다. 성장 과정에서는 타인의 지도를 어느 만큼은 받아야 하지만, 성숙은 나 홀로 날아가는 단독 비행이다. 성장만 하고 성숙할 줄 모르면 반찬만 먹고 아침 식사를 거르는 격이어서, 인생 하루의 점심과 저녁을 버티어낼 힘을 얻기 어렵다.

낡은 공식으로는 새로운 해답을 제시하지 못한다.(Old formulas don't give new solutions.) — 이스라엘모어 아이버(Israelmore Ayivor), 『자아의 발달(Become a Better You)』

아이버의 잠언은 대부분 구호가 그렇듯 다분히 과장된 논리여서, 듣는 사람이 감안하여 수사학적 장식의 포장을 벗겨내고 골자만 받아들여야 옳겠다. 평범한 다수의 견해나 마찬가지로 특출한 소수 견해의 논리 역시 보편성이 부족한 경우가 다반사이고, 공교육에 대한 편견도 그러하다.

평준화 공교육은 특출한 인재를 키워내기에 미흡한 구조라고 많은 사람들이 공감한다. 그것은 당연한 현실이다. 공교육은 만인이 요구하는 온갖 완전 조건을 일일이 충족시키려는 체제라기보다 공통된 기본만 가르치는 보조 수단이어서, 훌륭한 인격을 갖추거나 천재성을 키우는 노력은 개개인이 따로 수행해야 할 몫이다. 나아가서 이제는 보통 아이들을 키워내기에도 교육 현실이 낙후했다는 인식이 보편적 상식처럼 통한다. 그렇다고 해서 초등학교 교육을 거부하는 사람은 그나마 기본조차 제대로 못 갖춘 문맹자로 전락하고 만다.

낡은 규칙이 실용적인 여러 문제를 해결하지 못하는 까닭은 자명하다. 끊임없이 변화하고 발전하는 현실과 달리, 틀에 박아 표구해놓는 공식은 원칙으로 자리를 굳히는 순간부터 진화를 중단하여 진리로서의 기능이 차츰 삭아버린다. 그럼에도 불구하고 옛 교훈이 우리에게 훌륭한 해답을 제공하는 사례가 얼마든지 많다.

복종을 강요하는 단순한 지침인 듯싶은 갖가지 공식의 본질은 규칙을 응용하고 변형시키는 기본 재료로서의 잠재성을 지닌다. 사고방식의 연금술은 행동의 실현으로 이어져 표현과 동작의 제3 연금술을 거쳐 창조에 이른다.

독창력은 창조하거나 대행하기가 불가능하다. 다른 사람들의 지혜가 항상 자신의 판단력보다 뛰어나지는 않음을 깨우친 개인만이 독창성을 발휘한다.(Initiative can neither be created nor delegated. It can only spring from the self-determining individual, who decides that the wisdom of others is not always better than his own.) ― R. 벅민스터 풀러(R. Buckminster Fuller)

타인이 찾아낸 대부분 지혜는 우리 집단이 받들어 섬겨야 하는 종교라기보다 내가 배양하고 키우며 소비하도록 세상이 마련해놓은 씨앗과 도구에 불과하다. '지침(指針, 가리키는 바늘)'은 방향만 가르쳐준다는 뜻이어서, 무릇 기본 공식은 발전의 터전을 갖춰주는 단계에서 사명이 끝난다.

지침과 정답은 소비자가 그대로 복제만 하는 단계에 머물면 다음 세대로 창조력을 전달하는 번식력이 퇴화한다. 진리와 지식은 발육과 성장을 멈추지 않으려는 무형의 생명체이니, 흐르는 시간과 더불어 끊임없이 달라지고 피어나야 하며, 그러지 못하면 계속 타오르려던 지능의 성장 불꽃은 꺼져버린다.

면접 시험장에서 우리가 얌전하고 온순한 모습을 보이느냐 아니면 진취적이고 도전적인 인상을 드러내야 하느냐 따위의 선택권은 지침이 마련한다. 그렇게 제시된 객관식 선택 사항들 가운데 어느 특정한 원칙에 동의한 사람은 지침이 서술한 개념을 나에게 알맞은 자세와 표정으로 연출하는데 필요한 세부적인 적응 방식만큼은 혼자서 따로 찾아내야 한다.

구령에 맞춰 단체로 동작하는 제식 훈련에서처럼 몸가짐 자세와 목소리 억양까지 남의 지시를 받으려는 사람은 로봇밖에 되지 않는다.

우리는 명석한 스승들을 고마운 마음으로 기억하지만, 우리의 인간적인 감정을 어루만져준 스승들은 따뜻한 마음으로 회상한다. 교과 과정은 정말로 필수적인 영양소이지만, 성장하는 화초와 아이의 영혼에게는 따뜻한 온기가 생명의 원천이다.(One looks back with appreciation to the brilliant teachers, but with gratitude to those who touched our human feelings. The curriculum is so much necessary raw material, but warmth is the vital element for the growing plant and for the soul of the child.) ― 카를 구스타프 융 (Carl Gustav Jung)

학교에서 단체로 배급하는 정보와 지식의 기초 교육을 받고 지적 성장을 거기서 멈추는 사람이 적지 않다. 반면에 공교육이 끝나는 경계를 새로운 출발의 시점으로 삼아 독자적으로 체험 실습의 접목을 계속하여 점점 더 많은 지혜를 얻으려고 매진하는 사람 역시 적지 않다. 전자는 배운 바를 그냥 베껴 써먹기만 하고, 후자는 배워서 이해한 바를 실용으로 응용한다.

공교육에서는 성장기에 편식을 하지 말고 영양분을 골고루 섭취하도록 열 가지 성분을 골고루 담아 지적 급식을 하지만 어린 인간은 저마다 골라서 섭취하는 성분의 종류와 양이 다르다. 거의 모든 사람이 넷까지는 배고픔을 이겨내기 위해 다 받아먹는데, 그들 가운데 절반가량은 건강을 고려하여 입맛에 따라 5나 6까지는 억지로나마 받아먹고 나머지 서넛은 그냥 버린다. 두뇌가 받아들이기를 일단 거부한 정보는 억지로 입력해봤자 결국 언젠가는 도태되어 한 번도 써먹지 못한 채로 사라진다.

배움이란 우리가 이미 알고 있는 바가 무엇인지를 확인하는 깨우
침이다. 실천은 아는 바를 행동으로 보여준다. 가르침은 타인들에
게 그들이 아는 바를 누구나 다 알고 있음을 일깨워주는 과정이다.
우리 모두는 배우고, 실천하고, 가르친다.(Learning is finding out that you
already know. Doing is demonstrating that you know it. Teaching is reminding others
that they know just as well as you. You are all learners, doers, and teachers.) ― 리처
드 바크(Richard Bach), 『선지자의 환상(Illusions: The Adventures of a Reluctant Messiah)』

투자할 밑천은 주지 않고 돈을 버는 요령만 집단 교육이 가르치는 듯싶지
만, 사실은 밑천을 내주면서 요령은 각자 알아내라고 숙제로 남기는 구조를 취
한다. 누군가 만들어놓은 음식들 가운데 내가 먹고 싶은 요리를 골랐으면 숟가
락질을 하는 수고만큼은 남이 해주기를 기대해서는 안 된다.

총명하고 우수한 학생은 공교육이 제공하는 열 가지 밑천 가운데 7이나 8
까지는 받아들여 기존의 지침을 잘 지키면서 모범적인 인생을 마련한다. 그런
가 하면 공교육에서 겨우 3밖에 받아먹지 못하고는 배가 고파 스스로 야생의
먹이를 찾아 나서서 10을 넘어 30이나 80을 섭취하는 창의력 집단도 존재한
다. 후자의 두뇌는 자신이 경쟁하며 살아가고 싶은 방식에 맞는 정보들을 적극
적으로 채집하여 입력하고, 그런 지식은 끝없이 발달하여 평생 간직하고 써먹
을 자산이 된다.

무엇이 불가능한 이유는 가능성이 없어서가 아니라 사방에 널린 무수한
기회를 내가 남들보다 먼저 찾아내지 못해서이다. 내가 나를 가르치고 내가 나
에게서 배우는 학습이 진정한 사교육이다. 그렇게 해서 불가능한 깨우침을 얻
는 사람을 우리는 선지자라고 한다.

선각자란 특별한 예지력을 갖추었다기보다는 그냥 다른 사람들이 보는 대부분의 사물에 신경을 쓰지 않는 그런 존재다.(A prophet is not someone with special visions, just someone blind to most of what others see.) ─ 나심 니콜라스 탈렙(Nassim Nicholas Taleb), 『폴뤼페몬의 침대(The Bed of Procrustes: Philosophical and Practical Aphorisms)』

레바논 태생의 탈렙은 성공과 실패의 확률을 분석하는 통계학자로, 2007년 저서 『검은 백조(The Black Swan)』를 통해 미국이 겪게 될 경제 위기를 예언하여 세계적으로 유명해진 전문가다. 남다른 선구자임에 틀림이 없는 탈렙은 미래지향적 지식인에게 기존 체제를 무작정 부정하거나 거부하는 허무주의에 섣불리 빠지지 말고, 지식의 재활용품을 골라내는 안목을 갖추라고 권한다.

남들이 구축한 지식 체계를 이해하고 실행하는데서 그치는 대신 제시된 표본을 응용하여 비슷하거나 새롭고 다른 공식들을 만들어내면 쓸모가 없어진 듯싶은 옛 자산에 부가 가치가 붙는다. 그런 선별의 시각을 갖추려면 보지 않아도 되는 대상들을 가려 우선 솎아내야 한다. 관찰 범위가 줄어들면 그만큼 집중력이 깊어져 소수의 대상을 깊이 파고드는 지혜의 눈이 훨씬 밝아진다.

잡학적 지식을 암기하느라고 관심을 분산시키는 만물박사보다 지혜의 혜안을 얻는 인물이 어디에서나 앞선다. 박학다식의 밑천은 컴퓨터 자판기를 두드리면 금방 줄줄이 쏟아져 나오지만 혜안의 시력은 오직 나 혼자서 키워야 한다. 책을 지나치게 많이 읽는 사람은 눈이 나빠져 안경을 쓴다. 다른 사람들이 너도나도 읽는 수많은 책을 읽지 않아야 그만큼 눈이 덜 나빠진다. 눈이 덜 나쁜 사람은 남들이 못 보는 대상을 그만큼 더 잘 보는 지력을 얻는다.

꼭 알아야 할 것들을 다 알고 나면, 직감의 기능이 활동을 시작한다.
(When you reach the end of what you should know, you will be at the beginning of
what you should sense.) ― 칼릴 지브란(Kahlil Gibrán), 『모래와 거품(Sand and Foam)』

19세기 프랑스의 수학자 쥘-앙리 푸앵카레(Jules-Henri Poincaré)는 "과학
으로는 증명을 하지만 발견은 직관으로 이루어진다(It is through science that we
prove, but through intuition that we discover)"라고 앎과 느낌의 경계를 정의했다.
지식의 밭에 심어놓은 씨앗에서는 갖가지 영적인 능력이 싹트고, 지혜의 나무
는 땅을 뚫고 나와 그보다 더 높이 하늘을 향해 오르며 자란다.

여러 단편적인 지식을 서로 이어주는 연관성과 인과 법칙에 통달하는 경
지에 이를 즈음에 인간은 무수한 조각이 모여 어떤 무형의 인식 구조를 이루는
지 파악하는 입체적 감각을 갖추고, 온갖 이질적인 양상들이 엮어내는 총체로
부터 추출된 개념을 얻어, 눈에 보이지 않는 상징성과 영적인 의미까지 파악하
고, 거기에서 파생되는 의미들을 합성하여 창조를 구현할 원동력을 생성한다.

그래서 미국 작가 매들린 렝글(Madeleine L'Engle)은 5차원 환상 동화 『틈새
바람(A Wind in the Door)』에서 무엇인지 이해가 가지 않으면 그냥 포기하는 대
신 "매우 제한적인 이성으로 파악하겠다고 더 이상 안간힘을 쓰지 말고 통찰력
을 동원하라"며 지능을 부양시키는 영적 기능을 권장했고, 미래학자 존 네이스
빗(John Naisbitt)은 "새로운 정보 사회에서는 축적된 자료가 워낙 많기 때문에
통찰력의 가치가 점점 더 중요해진다"며 집합 정보를 해석하는 직감의 가치를
강조했다.

내 존재가 타인들에게보다 나 자신에게 의미하는 바가 무엇인지를 나는 더 중요하게 생각한다. 나는 빚을 얻지 않고 내 재산만으로 부자가 되고 싶다.(I care not so much what I am to others as what I am to myself. I will be rich by myself, and not by borrowing.) — 미셀 드 몽테이뉴(Michel de Montaigne), 『수상록(Essais)』

프랑스의 철학자 몽테이뉴는 남들의 지식을 차용하기보다 자신의 고유한 지적 자산으로 그의 존재를 확립하고 싶어 했다. 남들보다 무엇인지를 먼저 깨닫는 현인은 만인이 인지하려는 무수한 사물들을 낱낱이 거들떠보는 번거로움을 건너뛰어 지나가서 남들이 안 보거나 못 보는 진리의 핵심에 먼저 접근하여 '내 재산'을 마련한다.

남들의 얘기에 귀를 기울이는 시간을 절약함으로써 내가 홀로 생각하는 시간이 많아져야 머릿속에 얼마쯤이나마 창조의 공간이 생긴다. "마음을 비운다"는 미덕의 유행어는 머리에도 그대로 적용된다. 어떤 작업을 하건 한없이 계속하기보다는 가끔 휴식을 취해야 훨씬 능률이 오르듯, 머리를 쉬면 잡다한 정보의 입력을 중단하는 동안 새로운 지식이 들어갈 빈칸이 그만큼 넓어진다.

세상의 온갖 규칙을 잘 모르는 어린아이가 생소한 위기를 맞으면, 방대한 자료를 뒤지며 객관적인 해답을 찾아 헤매는 대신, 세상에 태어나 겨우 몇 년 동안 접한 짧디짧은 조각 정보들을 닥치는 대로 꿰어 맞춰 스스로 해답을 창출해내는 놀라운 창의력을 발휘한다. 즉흥적으로 새로운 해답을 추리하여 풀어내는 상상력의 직감은 그렇게 발동한다.

모르니까 겁이 없는 까닭은 규칙이 없으면 거침이 없기 때문이다. 규칙을 모를 때는 내가 만들어내는 규칙이 정답이다.

알지 못할 때는 확률의 범위가 그만큼 더 넓어진다.(Ignorance gives one a large range of probabilities.) ― 조지 엘리엇(George Eliot), 『다니엘 데론다(Daniel Deronda)』

엘리엇의 소설에서는 똑똑하고 계산이 빠른 여주인공 궨돌린이 여러 남자의 청혼을 물리치고 그랜드코트와 결혼한다. "안 가본 곳이 없고 모르는 것이 없어서 더 이상 별다른 욕구나 취향은 물론이요 만사에 관심 또한 없어 초탈해진" 그랜드코트가 "까다롭게 자질구레한 일상을 따지지 않을 테니 무난하고 만만하겠다" 싶어서 내린 선택이다.

그런데 막상 결혼하고 나서 보니 남편은 과거에 다른 여자와 불륜을 통해 몰래 아이까지 여럿 낳았고, 잔인하기 짝이 없는 성격임이 밝혀진다. 너무 꼬치꼬치 따지다가 궨돌린은 속된 바둑 격언으로 "장고 끝에 똥수"를 둔 꼴이다.

완벽한 계획을 세우려면 구체적으로 따질 여건이 많아 운신의 폭이 좁아진다. 사전 지식을 지나치게 맹신하다가는 내 행동을 조종하고 제한하는 낡은 올무에 발목이 옭힌다. 과다한 단편적인 지식과 정보는 소신을 압도하여 관념으로만 치우치면서 개성을 비인간화하는 성향을 유발한다.

즐비한 여러 정답이 서로 모순으로 충돌하여 우리의 판단력을 어지럽힐 지경에 이르면 헷갈리는 조건들이 제시하는 선택 사항의 모든 엇갈린 논리를 버려야 새로운 가능성이 보다 쉽게 부상한다. 이성과 지성을 털어버리고 본능과 감각에만 의존할 때는 조건의 가짓수가 줄어 선택이 정확해질 확률이 높아진다. 그래서인지 실질적인 정답은 비상식적인 혼자만의 자유로운 선택이 가능한 나변에서 기다리는 경우가 많다.

그대 스스로 꿈을 키우지 않으면, 누군가 다른 사람이 그대를 고용해서 도움을 받아 자신의 꿈을 키운다.(If you don't build your dream, someone else will hire you to help them build theirs.) ― 디룹하이 암바니(Dhirubhai Ambani)

10장
첫째와 1등의 자리

"왕보다 종이 편하다"고 아무리 누가 억지를 부릴지언정 남이 시키는 일만 하는 대신 내가 하고 싶은 즐거운 일을 해서 성공을 거두어 여봐란 듯 버젓하게 첫째가 되어 무수한 둘째를 물리치고 행복한 삶을 찾아가는 인생을 마다할 사람은 없다. 내가 왕이 되지 않으면 어차피 누군가 다른 사람이 왕의 자리에 올라 그가 해야 할 일을 나에게 시킨다. 인생살이 머슴은 나를 위해서 해야 할 일조차 남을 위해서 한다.

"세계 최고의 검객은 두 번째로 뛰어난 검객쯤은 두려워하지 않지만, 상대가 백치라면 무슨 짓을 할지 예측할 길이 없기 때문에 가장 형편없는 검객을 두려워한다잖아요."("The world's best swordsman doesn't fear the second best; he fears the worst swordsman, because he can't predict what the idiot will do.") — 데이빗 웨버(David Weber), 『여왕 폐하의 해군(The Honor of the Queen)』

"칼자루를 쥔 무식한 놈"의 우화다. 백치가 무서운 까닭은 그의 두뇌가 어떻게 작동할지를 미리 파악하기 어려운 탓이다. 검술의 원리와 규칙을 전혀 모르는 사람은 급한 위기를 맞으면 규칙을 자기 마음대로 지어낸다. 남들이 휘둘러대는 창이나 칼이 없는 15세기의 백치 검객은 겁이 나서 도망치는 대신 20세기의 기관총을 들고 나가서 사방으로 쏘아대며 훨씬 효과적이고 간단한 방법으로 문제를 해결한다. 지금이 20세기가 아니라 15세기인 줄을 모르니 그럴 수밖에 없다.

최고의 기술을 연마하느라고 진부한 상식의 울타리에 갇힌 1등 검객은 경쟁자에게 추측의 단서를 주지 않고 무지막지한 전술을 휘두르는 꼴찌를 두려워한다. 줏대가 무한지경이어서 미친 짓을 서슴지 않는 별종 백치는 그렇게 변칙으로 순위를 이탈하여 1등 서열에 오른다.

승리하여 성공하는 사람은 남에게 꼬치꼬치 물어보지 않고, 앞뒤를 구차하게 따지느라고 조건에 별로 구애를 받지 않으며, 순간적으로 판단하여 자유롭게 행동하는 순발력이 필요할 때는 궤도를 벗어나는 용기를 아끼지 않는다.

돌연변이는 진화를 위한 갖가지 재료를 닥치는 대로 제공할 뿐이지 변화의 궤도 자체를 결정하는 사례가 거의 없다.(Mutations merely furnish random raw material for evolution, and rarely, if ever determine the course of the process.) — 시월 라이트(Sewall Wright)

성적표 점수와 취업과 승진과 출세 따위의 온갖 자질구레한 인생살이 경쟁에 임하느라고 집단의 질서 논리를 준수하며 살아갈 여건밖에 갖추지 못한 사람들은 수평적인 사고방식에 익숙하다. 땅바닥에서 걸어다닐 줄밖에 모르는 그들은 위대한 인물과 크게 성공한 사람들이 좀처럼 이해가 가지 않아서 선구자들이 우리보다 위에서 날아다니는 존재이리라고 착각한다. 사람들은 비교할 상대를 보고 자신의 위치를 가리고는 하는데, 수평 구조에서 뒤쳐진 거리감이 워낙 아득하여 계산하기가 어려울 때는 나의 존재감이 선지자들에게 수직으로 압도를 당한다고 느끼는 탓에 그런 착각이 일어난다.

평준화 계급은 중간에서 비대한 집단을 이루며 자기들끼리 앞을 다투느라고 치열하게 싸우지만, 무엇인지를 남들보다 먼저 깨우쳐 앞서간다는 뜻으로 우리가 선지자라고 분류하는 인물들은 서열과 위치를 따지려고 줄에 설 필요를 느끼지 않는다. 선지자는 진화의 순서를 기다리지 않는 일종의 초능력 돌연변이다.

대부분의 현실 상황에서 신분 돌출은 위아래로 매달리기보다는 옆으로 비켜나는 수평 이동에 불과하다. 돌연변이는 지극히 자연스러운 진화의 과정에서 순서와 서열은 따지지 않고 뒤엎으며 속도위반을 저지르는 한 토막이기 때문이다.

진화론은 우발적인 확률을 다루는 이론이 아니다. 그보다는 필연적인 적자생존 정보의 집합에 우발적인 돌연변이 현상을 가미한 학설이다.(Darwinism is not a theory of random chance. It is a theory of random mutation plus non-random cumulative natural selection.) — 리처드 도킨스(Richard Dawkins), 『진화론 강의(Climbing Mount Improbable)』

하워드 블룸(Howard Bloom)은 『집단 두뇌의 진화(Global Brain: The Evolution of Mass Mind from the Big Bang to the 21st Century)』에서 "일부 유전자의 변화는 위기를 극복하기 위한 맞춤형 대응 방식이었으리라는 가능성을 지금까지 무려 880명의 학자가 인정했다"고 밝혔다.

자연계의 변이들은 우리가 예기치 못했던 탓으로 '돌연'이라고 느꼈을 뿐이지 사실은 철저하게 기획되어 영원히 실현이 진행 중인 잠재성이었다는 뜻이다. 인류의 문명과 문화는 무한 복제를 거치는 점진적 변화의 흐름이고, 돌연변이가 결행하는 우발적 궤도 수정은 똑똑한 아이들이 학교에서 월반을 하듯 순서만 앞지르는 시간차 공격에 지나지 않는다.

인간의 두뇌는 엎어지지 않으려는 필요성을 미리 예견했기 때문에 체중의 중심을 잡는 기능을 유전 인자에 기록하지는 않았을 듯싶다. 계획하지 않은 채로 여러 사람이 그냥 엎어졌더니 무릎이 깨졌고, 그제야 엎어지면 안 되겠다는 누적된 학습의 인식이 균형의 본능을 키웠으리라는 뜻이다. 결과를 알지 못하면서 무엇인지를 일단 저지르는 무모함이 인간의 본능이다.

무모한 그대를 보고 정신이 나갔다고들 하겠지만, 정작 미친 쪽은 소심한 사람들이다.(When you're bold, some people will think you're crazy but it's more insane to be timid.) — 콘스탄스 척스 프라이데이(Constance Chuks Friday)

"아무리 썩어도 준치"가 으뜸이요 "어물전 망신은 꼴뚜기가 시킨다"고 했다. 뿐만 아니라 크릴새우와 갯지렁이 같은 생미끼만 쓰던 1990년대까지는 낚시꾼들이 바다의 여왕이라는 감성돔을 비롯하여 돌돔과 부시리와 방어처럼 눈으로 보기에 멋진 물고기만 잡으려 했고, 망상어와 쥐치와 뱅에돔 따위는 거들떠보지도 않았다. 본질보다는 크기와 모양새를 숭배하던 시절의 풍속도였다.

생미끼가 빛을 잃고 예쁜 가짜 미끼가 활개를 치는 21세기로 접어들자 주꾸미와 오징어처럼 흐물흐물하고 징그러운 연체류가 인기 품목으로 등극하여 도시 낚시꾼들이 싹쓸이로 잡아가는 바람에 어민들이 울상이라고 한다. 가시투성이 썩은 준치보다야 싱싱하고 맛좋은 꼴뚜기가 낫겠다고 실속의 값을 깨달은 탓이다.

과감하고 건전한 과대망상은 비정상적이기는 하지만 선지자의 지혜 못지않게 남다른 자질이다. 순서를 무시하고 중구난방 느닷없이 튀어나와서 비정상으로 보일 따름이지, 따지고 보면 어물전 망신을 시키는 돌연변이 꼴뚜기들의 엉뚱한 돌연변이는 그 본질이 필연적인 진화와 같아서다. 흔히 생각하듯 정신 나간 행동이 모두 미친 짓은 아니라는 뜻이다. 과감한 용기를 내다가 자꾸 엎어지는 사람이 겁을 내고 움츠리는 사람보다 진화할 가능성이 훨씬 크다.

'첫째'가 되겠노라고 작심했기 때문에 실제로 사람들이 첫째의 자리에 오르지는 않는다. 무엇인가 좋아서 하다 보면 그렇게 된다.(People who end up as 'first' don't actually set out to be first. They set out to do something they love.) — 콘돌리자 라이스(Condoleezza Rice)

  미국에서 국무 장관을 역임한 최초의 흑인 여성 라이스는 유일무이한 '첫째'의 존재가 치밀한 기획과 준비보다는 우발적 돌연변이의 산물이라고 자신의 삶으로 증언한다. 우리 주변에서 고꾸라지고 엎어지며 돌아다니는 괴짜와 독불장군과 못난 꼴뚜기들의 진취적 행태는, 논리로부터 해방된 차원의 직관을 발휘하여, 기존 체계를 부정이나 긍정조차 할 필요가 없는 독특성으로 돌연 진화를 감행한다.

  꼭 남들보다 높이 위로 솟구쳐 올라야만 순서를 뒤집어 거역하는 유일한 길은 아니다. 하늘 꼭대기에서 떠다니는 사람이나 마찬가지로 뒤로 처지거나 옆으로 빠져도 우리는 순서와 서열을 벗어나 열외자의 반란을 일으키기가 어렵지 않다. 그러나 당돌한 중뿔만으로는 첫째의 자리에 이르기가 만만치 않아서, 돌출 또한 기획의 조종을 받는다. 그것이 돌연 진화의 이중 구조다.

  출중한 돌진은 결단과 용기와 재능 따위의 여러 뛰어난 요소가 함께 뭉쳐 흐르는 힘의 집합을 연료로 삼는데, 다만 그런 모든 요소를 다스려 목적지로 몰고 갈 뚜렷한 동력이 적어도 한 가지는 따로 작용해야 한다. 열정이 그 한 가지이며, 가장 강력한 열정은 자유 의지를 행사하겠노라고 기획하는 용기다. 아직까지 이룩한 적이 없는 목적을 달성하려면 아직까지 한 번도 해본 적이 없는 행동을 구상하여 저질러야 한다.

우리 모두의 삶은 미지의 바다로 나아가는 항해와 같다. 닥쳐올지 모르는 고난을 피할 걱정만 하다가는 인생의 수평선에서 찬란히 빛 나는 수많은 저녁노을을 보지 못한다.(Life is like a journey into uncharted waters for us all. If you become preoccupied with avoiding potential pain, you will miss the glory of the sunsets on the ocean of your life.) ― 틸 스완(Teal Swan)

왜 사람들은 온갖 고통을 이겨내며 첫째가 되려고 그토록 분투하는가? 고향 땅에서 밭이나 갈며 조용히 살다 가면 그만이지 인류는 왜 기를 쓰며 우주 탐험에 나서는가? 왜 사람들은 누구보다도 먼저 북극과 남극을 밟아보거나 에베레스트를 오르려고 목숨을 거는 미친 짓을 하는가? 그런 식으로 따지자면, 집에서 편히 쉬기나 할 노릇이지 왜 비싼 돈을 들여 해외여행을 떠나 '개고생'을 하는가?

인생에서는 꼭 1등을 할 필요가 없다고 사람들은 말하지만, 능력이 허락하여 첫째가 되었다고 해서 손해를 볼 일은 별로 없다. 그렇다면 머리로 무엇을 생각하고 몸으로 어떻게 행동해야 존재가 두드러져 남들보다 먼저 눈에 띄어 1등이라고 인정을 받을까?

탐험할 미지의 땅이 지구상에 더 이상 없을 듯싶고, 우리 현실의 직업 전선에서 주인이 없는 영토가 어디에 남아 있을까 걱정만 해서는 찬란한 노을을 만나지 못한다. 이미 존재하는 분야에서 '남은' 영역만 찾아 헤매는 사람의 눈에는 아직 존재하지 않는 세상이 보이지 않는다. 그것은 내가 창조하기 전에는 존재하지 않는 세상이어서다. 그 세상은 내가 아직 만들지 않았기 때문에 존재하지 않는다.

어떤 사람은 끝없이 읽고, 토론하고, 어휘들을 축적하기만 할 뿐, 그 지식으로 아무것도 하지 않는다. 그런 사람은 밭을 한없이 갈기만 하고 씨를 뿌리지 않는 탓에 아무것도 수확하지 못하는 농부와 같다. 우리 대부분이 그렇다. 그러면 어휘들과, 개념들과, 이론들이 행동하고 실천하는 실제 삶보다 훨씬 중요해진다. 이 세상 어디에서나 관념과, 공식과, 개념이 과학에서만이 아니라 신학에서 왜 그토록 대단한 의미를 갖게 되었는지를 그대들은 의아하게 생각해본 적이 없을 듯싶다. 참된 깨우침은 경쟁의식이 끝날 때 찾아온다.(One can go on endlessly reading, discussing, piling up words upon words, without ever doing anything about it. It is like a man that is always ploughing, never sowing, and therefore never reaping. Most of us are in that position. And words, ideas, theories, have become much more important than actual living, which is acting, doing. I do not know if you have ever wondered why, throughout the world, ideas, formulas, concepts, have tremendous significance, not only scientifically but also theologically. Real learning comes about when the competitive spirit has ceased.) — 지두 크리슈나무르티(Jiddu Krishnamurti)

평균치 중간 지대를 벗어난 우리 주변의 꼴뚜기들은 사물이나 관념을 여과하는 방식이 선지자의 시각과 유사한 열외자여서, 자기가 백조인 줄 모르는 미운 오리 새끼일 가능성을 간과하면 안 된다. 나는 오리나 백조와 무엇이 같고 어디가 다른지를 확인하기 위해서는 자리에서 일어나 위로 올라가든 옆으로 비켜서든 무리에게서 벗어나는 첫 발자국을 떼어놓아야 한다. 각축하는 도토리들의 한가운데 머무르는 한 꼴뚜기는 자신의 특이하고 객관적인 위상을 확인하기 어렵다.

경쟁은 최고의 제품과 최악의 인간형을 배출한다.(Competition brings out the best in products and the worst in people.) — 데이빗 사르노프(David Sarnoff)

미국 텔레비전 방송 사업의 개척자 사르노프는 경쟁의 빛과 그늘, 그 우화적인 양면성 현상을 한 줄로 요약했다. 이왕이면 다홍치마를 두르고 한평생 살도록 우리는 누구나 첫째가 되기 위해 노력해야 마땅하지만, 많은 사람이 경쟁 과정에서 파괴와 증오의 권모술수를 동원하는 사이에 행복을 잃고 인생의 패배자가 되고는 한다.

시장을 지배하는 패권을 장악하려고 남들을 짓밟으며 혼자 우뚝 일어서기 위해 사업가는 모든 경쟁자를 파멸로 몰아넣으려고 최선을 다한다. 정치판에서는 권력을 독점하여 단맛을 자기들끼리 나눠 가지려고 치열한 모략과 음해 공작으로 성공을 추구한다. 무형의 폭력으로 만인을 압도하려는 그들은 최악의 인간 집단을 조직한다. 그런 탐욕스러운 정복의 노정은 삶의 질까지 함께 정상으로 끌고 올라가지는 못한다. 1등의 영광은 여럿이 넉넉히 나눠 먹고도 보상이 남아돌아간다는 현실 경제학을 이해하지 못하는 소치의 결과다.

증오의 대상인 1등과 사랑의 대상인 첫째는 종이 다르다. 나한테 핍박을 당하는 상대가 고분고분 따르리라고 기대하는 독선의 아집에 중독된 사람은 이기주의자와 독재자뿐이다. 매를 맞으며 고맙다고 즐거워 따라다닐 멍청이는 우리 주변에 별로 많지 않다. 나의 내면에서 대립하는 기질들과 효소들을 배합하는 연금술 과정이 세상살이에서는 필수적이듯 인간관계에서는 경쟁자로 보이는 타인들을 적이 아니라 동지로 연금해야 약진이 수월해진다.

에베레스트 같은 산을 오를 때는 혼자 앞장서 달리거나 다른 대원들과 경쟁을 벌이려고 해서는 안 된다. 이기심을 버리고 협동하면서, 천천히 조심스럽게 …… 산에서는 그렇게 해야 한다.(You do not climb a mountain like Everest by trying to race ahead on your own, or by competing with your comrades. You do it slowly and carefully, by unselfish teamwork … that is the mountain way.) — 텐징 노르게이(Tenzing Norgay), 『에베레스트의 사나이(Man of Everest)』

성장기가 끝나고 사회로 진출할 즈음 인생 항로 최대의 갈림길에 선 청춘은 험난하고 영광스럽게 왕으로 살아가느냐 아니면 숨을 죽이고 조용히 종복으로 길고 가늘게 살아가느냐 진행 방향을 정해야 하는 키잡이와 같다. 그들 키잡이에게 노르게이는 독불장군 첫째가 되어 혼자 가면서 동시에 남들과 화합하여 집단 생리에 순응하는 인생관을 절묘한 타협안으로 내놓는다.

필연적이라고 여겨지는 양자택일의 선택 대신 이질적인 모순을 함께 포용하여 "더불어 1등으로 가는 길"을 절충의 해답으로 내놓은 산악인 노르게이는 1953년 5월 29일 에드먼드 힐러리(Edmund Hillary)와 함께 에베레스트 정상에 인류 최초의 발자국을 찍었다고 믿어지는 인물이다.

그들 두 사람이 에베레스트를 '정복'한 사건은 얼마나 대단한 업적이었느냐 하면, 영국 왕실은 그들의 역사적인 쾌거를 며칠 동안 비밀에 붙였다가 엘리자베드 여왕의 대관식이 열리는 6월 2일 아침에야 축제 분위기로 전 국민을 고무시키기 위해 BBC 방송과 신문으로 대대적인 보도를 해서 세계만방에 알렸다. 그러고는 얼마 후부터 언론에서는 힐러리와 노르게이 두 사람 가운데 누가 한 발자국이라도 먼저 진짜 최초로 정상에 올랐는지를 따지기 시작했다. '인증 사진' 때문이었다.

에베레스트에 오른 두 번째 인간이라는 사실이 수치라고 한다면, 나는 그런 수치심은 받아들이며 살아가기를 마다하지 않겠다.(If it is a shame to be the second man on Mount Everest, then I will have to live with this shame.) ─ 텐징 노르게이(Tenzing Norgay), 『에베레스트의 사나이(Man of Everest)』

오랫동안 세상 사람들은 뉴질랜드 산악인 에드먼드 힐러리가 백인이어서 당연히 에베레스트의 1번 영웅이고, 티베트 태생의 네팔인 셰르파 노르게이는 뒤를 쫓아다니며 그를 도와준 심부름꾼이어서 2등 꼴찌쯤으로 계산했다. 그러다가 진정한 최초의 에베레스트 정복자가 누구인가 하는 의문을 언론이 집요하게 캐묻기 시작한 까닭은 백인 힐러리가 정상에 올라선 사진 자료가 없기 때문이었다. 세상의 지붕 꼭대기에서 얼굴과 온몸을 두꺼운 옷으로 가리고 얼음 도끼(pickel)를 하늘 높이 치켜든 유명한 사진 속의 주인공은 노르게이였다.

논란이 2년가량 지속된 다음인 1955년에 노르게이는 자서전에서 존재하지 않는 힐러리 사진에 관한 진실을 직접 밝혔다. 일단 정상을 먼저 밟은 힐러리는 뒤따라 올라선 노르게이의 사진을 찍었고, 노르게이가 "당신 사진은 내가 찍어주겠다고 했더니 무슨 이유에서인지 머리를 저으며 그럴 필요가 없다고 거절했다"는 설명이다.

힐러리는 어느 기록 영화에서 "텐징은 사진기를 휴대하지 않았으며," 내 사진 따위는 "중요하지 않다는 생각이 들어" 구태여 찍어달라고 하지를 않았노라고 노르게이 증언을 부연했다. 얼핏 들으면 납득이 안 가는 '핑계'였지만, 어쨌든 힐러리가 "나도 거기 갔었노라"는 인증 사진을 수집하는 관광객이 아니었기 때문에 기나긴 촌극이 벌어지고 말았다.

"사람들은 어떤 이론을 하나 수립하면 모든 걸 그 이론에 맞춰야 한다고 생각하죠. 거기에 맞지 않는 작은 사실 따위는 모조리 무시 해버리고요. 하지만 논리에 맞지 않는 사실들이 알고 보면 항상 중 요한 열쇠 노릇을 합니다."("They conceive a certain theory, and everything has to fit into that theory. If one little fact will not fit it, they throw it aside. But it is always the facts that will not fit in that are significant.") — 애거타 크리스티(Agatha Christie), 『나일 강의 죽음(Death on the Nile)』

에베레스트 정상에서 에드먼드 힐러리와 텐징 노르게이 단 두 사람 사이에 벌어진 비밀을 이해하는 데 도움이 될 단서를 2009년 1월 15일에 발생한 실화를 영상화한 〈설리(Sully: Miracle on the Hudson)〉가 제공한다.

뉴욕 공항을 이륙한 지 3분 만에 850미터 상공에서 A320 여객기 엔진으로 새들이 빨려 들어가 양쪽 동력이 동시에 꺼지면서 문제가 발생한다. 공항으로 회항하려던 체슬리 설렌버거 기장은, 고도가 너무 낮아 맨해튼의 건물과 충돌하는 대형 사고를 피하기 위해, 비행기를 극적으로 강물에 비상 착륙시켜 승객과 탑승원 모두의 생명을 구해냈다.

영화 〈설리〉는 졸지에 민족의 영웅이 된 조종사가 해괴한 후유증에 정신적으로 시달리는 악몽을 조명한다. 동력이 없이도 공항까지 여객기의 회항이 가능했다면서 사고 조사단이 꼬치꼬치 알고리즘이 어쩌고 컴퓨터 모의실험이 저쩌고 흠집을 잡으려고 집요하게 추궁하며 벌어진 상황이었다. 영화여서 다소간의 편들기가 작용하기는 했겠지만, 인간의 생명에는 관심이 없고 비싼 비행기를 물에 빠트리지 않아도 되었으리라며 기계적인 계산을 고집하는 무리가 참으로 괘씸하기 짝이 없어 보인다.

우선순위를 알고 싶으면 우리는 기존의 순위를 무시해야 할 때가 많다.(We often need to lose sight of our priorities in order to see them.) ― 존 어빙 (John Irving), 『꿀꿀이 스니드 구하기(Trying to Save Piggy Sneed)』

허드슨 불시착 사건에서 가장 큰 쟁점은 마지막 3분 28초 동안에 벌어진 상황에서 조종사가 취했어야 마땅한 행동의 우선순위였다. 현장 상황의 직접 체험이라고는 전혀 없고 자료로만 습득한 지식을 기준으로 삼아 참으로 부질 없이 따지기 좋아하는 탁상공론 이론가들에 맞서 조종사는 조사단에게 비행기에 탑승한 155명뿐 아니라 "고층 건물에 여객기가 충돌하여 발생할 지상의 인명 피해를 고려해야 하는 비상사태를 기계의 이론으로만 한가하게 계산하면 안 된다"고 항변한다.

나중에 비행 지침서를 확인해보니 조종사가 우선순위로는 겨우 15번째인 잘못된 사항을 선택했음이 밝혀지지만, 체슬리 설렌버거 기장은 현장에서 판단을 내리는 데 필요했던 '인간적 요인(human factor)' 35초의 시간을 합산해달라고 요구한다. 그러자 재차 실시한 모의실험에서는 비행기가 건물과 충돌하여 박살이 난다.

"가장 중요한 요소가 가장 하찮은 요소 때문에 희생당해서는 절대로 안 된다(Things which matter most must never be at the mercy of things which matter least)"고 괴테가 말했다. 잡학다식 감사반의 기계적인 머리가 몇 달의 사후약방문 실험을 거쳐 찾아낸 정답은 설렌버거의 본능과 감각이 현장에서 35초 만에 내린 판단보다 최소한 155명의 목숨만큼 부족했다. 인간은 기계가 아니어서 기계가 못하는 일을 해낸 결과였다.

비상한 사태를 만나 순발력을 발휘한 그들의 행동은 용기나 책임감에서 비롯하는데, 사람들은 그들의 노력을 즉흥적인 감각에 따른 선택이었다고 해석한다. 그런 상황에 처한 많은 사람들이 사실은 여러 해 전에 그와 같은 결단을 이미 내렸으리라고 나는 믿는다.(They act courageously or responsibly, and their efforts are described as if they opted to act that way on the spur of the moment. I believe many people in those situations actually have made decisions years before.) ― 체슬리 설렌버거(Chesley "Sully" Sullenberger), 『가장 숭고한 의무(Highest Duty: My Search for What Really Matters)』

208초 동안의 긴박한 상황에서 설렌버거가 35초 만에 결단을 내려 실행한 허드슨 강 불시착은 어떤 기존 지침서도 답을 내놓지 않은 해결책이었다. 2001년의 9·11 사태보다 2년 전에 발생한 사고였기에 뉴욕에서 비행기와 고층 건물이 충돌한다는 상황은 기출문제집이나 모의 실험 교본에는 등장하지 않는 사례였다. 그러나 42년 비행 경력을 쌓은 백발의 조종사 설렌버거는 자신의 마음과 두뇌 속에 이미 '기적'을 즉흥적으로 행할 준비가 되어 있었으리라고 자서전에서 술회했다.

설렌버거는 수많은 모의 실험과 경험의 교훈을 그의 내면 여기저기 조금씩 각인해두었고, 그가 집적한 온갖 조각 정보는 35초 동안 자기들끼리 서로 부지런히 접속하여 전광석화 부싯돌처럼 작은 불꽃을 일으켰다. 하부 단위의 다양한 정보는 상호 자극하는 연료가 되어 완전 연소를 하며 햇불로 활활 타올랐고, 제2의 본능으로 진화한 순발력이 강물을 활주로로 삼으려는 15번째 선택을 감행했다. 그것이 창조적 사고를 하는 사람의 두뇌가 결합의 기술을 작동하는 방식이다.

무엇인가를 하지 않고 그냥 내버려두는 훌륭한 분별력은 무엇인가를 해내는 재능 못지않게 고귀한 능력이다. 삶의 지혜는 쓸데없는 것들을 떨쳐 걸러내는 감각에서 비롯한다.(Besides the noble art of getting things done, there is the noble art of leaving things undone. The wisdom of life consists in the elimination of non-essentials.) ― 린위탕(林語堂, Lin Yutang), 『생활의 발견(The Importance of Living)』

  에드먼드 힐러리가 에베레스트 정상에서 자신의 인증 사진을 남기지 않겠다고 거절한 이유는 산악 전문가들에게 워낙 기초적인 상식이어서 누구나 다 알려니 싶어 구태여 설명을 하지 않았던 중요한 한 가지 사실 때문이었다.

  공기가 희박한 에베레스트 정상에서는 인간의 신체적인 조건이 산소통을 휴대하더라도 15분밖에 버티지 못한다고 한다. 그리고 마지막 80미터를 남겨놓았을 때까지도 등반에 성공하리라고 믿지 못했던 힐러리와 노르게이에게는 산소가 평소보다 3분의 1밖에 남아 있지 않았다. 그러니까 그들에게 주어진 시간은 5분이 전부였다.

  숨이 차서 한 발자국 걸음을 옮기고 말 한마디 입을 떼기가 힘겨운 지경에 산소 부족으로 몽롱한 상태였던 힐러리는 자신의 영웅적인 모습을 남기기 위해 "사진기를 만져본 적조차 없는 노르게이에게 촌음이나마 낭비해가며 조작법을 가르치는 짓은 적절한 행동이 아니다"라고 판단했다.

  대신 그는 진짜로 중요한 인증 사진을 찍었다. 정상에서 아래쪽을 내려다본 풍경의 사진이었다. 하늘을 배경으로 삼아 노르게이를 올려다본 사진은 에베레스트가 아닌 어디에서나 찍을 수 있지만, 붕붕이(drone)가 없던 시절에는 정상에서 굽어보는 사진을 가짜로 찍기가 불가능했다.

에베레스트 정상에 오른 첫 인간이라고 확인된 힐러리는 기사 작위를 받았다. 그러나 동시에 정상에 올랐던 텐징은 명예 훈장밖에 받지 못했다. 그로부터 여러 해 동안 공식적인 인정이 불공평했다는 실망스러운 비판이 일었다.(Hillary was knighted for being the first known person to climb to the top of Mount Everest. But Tenzing, who simultaneously reached its summit, only received an honorary medal. In the years since, there's been growing disquiet at the lack of official recognition.) — 내셔널 지오그래픽(National Geographic), 『에베레스트의 윤리와 셰르파(Sherpas and the ethics of Everest)』

영국의 에베레스트 원정대를 이끌었던 육군 대령 존 헌트(John Hunt)는 정상을 직접 밟지 않았을지언정 대영제국 왕실로부터 힐러리의 작위보다 급수가 낮기는 하지만 최하위 훈작사(Knight Bachelor)를 받았다. 하지만 텐징 노르게이는 훈장 이외에 네팔 정부로부터 1천만 원 정도 되는 1만 루피의 격려금을 받는 야박한 영광을 누렸다.

노르게이는 그때까지 영국을 비롯하여 스위스나 캐나다 등반대와 함께 여섯 번이나 에베레스트에 도전했었다. 반면에 헌트 대장으로서는 세 번째 시도였으니, 경력이나 순위로 따지면 분명히 헌트나 힐러리보다 노르게이가 한 수 위였다. 뿐만 아니라 노르게이는 카트만두로부터 250킬로미터 떨어진 전진 기지까지 2톤이 넘는 식량과 장비를 운반할 짐꾼 362명에 셰르파 안내인 20명을 선발하고 조직하여 통솔하는 책임자였으니, 가히 헌트와 맞먹는 막중한 책임을 맡았던 인물이었다. 세상 사람들이 보기에 텐징 노르게이는 분명히 푸대접을 받은 차별의 희생자였다.

"승리한 사람들은 웬만하면 상 따위에는 연연하지 않습니다."("The ones who win usually don't need the prize.") — 제이크 콜슨(Jake Colsen), 『우연히 만난 세례 요한(So You Don't Want to Go to Church Anymore: An Unexpected Journey)』

힐러리-노르게이 의문을 제기한 사람들에게 등반 대장 존 헌트는 "그들은 일심동체로 함께 정상에 이르렀다(They reached it together, as a team)"고 논란에 못을 박았다. 그럴 만도 한 노릇이 두 산악인은 안전을 위해 10미터짜리 밧줄로 서로 몸을 연결한 상태였는데, 정상에 가까워지자 질질 끌리는 거추장스러운 여분의 줄을 팔에 둘둘 감아 그들 사이의 간격을 2미터 정도로 좁혔다. 비록 동시는 아닐지언정 그렇게 둘이 함께 만들어낸 1등을 두고 누구는 1등이요 누가 2등이냐를 따지는 논쟁 자체가 무의미한 짓이었다.

그렇다면 노르게이는 많은 사람들이 대신 분개했듯이 충분한 인정과 보상을 못 받았노라고 억울해하며 여생을 보냈을까? 그렇지 않았다. 티베트 야크몰이꾼이 낳은 13형제 가운데 열한째로 태어난 그는 생일은커녕 출생년도조차 확실히 알지 못했고, 극도로 가난한 형제들은 어릴 적에 거의 다 죽었다. 여러 원정대의 등반에 참여하느라고 4개 국어를 조금씩 말할 줄 알았어도 글조차 쓸 줄 몰랐던 탓에 그의 자서전은 미국인이 대필하기까지 했다. 어린 나이에 네팔의 쿰부로 올라가 셰르파 가족의 머슴으로 성장한 그에게 에베레스트 정복은 어차피 혼자서는 죽을 때까지 이루기가 불가능한 꿈이었다.

정작 노르게이 자신은 "에베레스트에 오른 두 번째 인간이라는 사실이 수치"이기는커녕 축복이라고 생각했으며, 동화의 주인공처럼 아주아주 행복하게 칠순을 넘기며 오래오래 잘 살았다.

어느 누구도 혼자서 휘파람으로 교향악을 연주할 수는 없다. 관현
악단이 모두 힘을 모아야 화음이 나온다.(No one can whistle a symphony.
It takes a whole orchestra to play it.) ― 핼포드 E. 루콕(Halford E. Luccock)

　　세상살이를 헤쳐나가려는데 어차피 홀로 첫째가 되지 못할 바에는 집단
에 합류하여 함께 밀고 나가야 보다 쉽게 멀리 전진한다. 독보와 동행 사이에
서 벌이는 인생 줄타기의 원칙이다. 에베레스트 정상에서 누가 2미터나마 앞섰
는지 여부를 놓고 1등이냐 2등이냐 순위를 따지는 인식은 경쟁의 개념이고, 경
쟁에서는 무찔러야 할 대상이 언제나 앞을 가로막는다.

　　힐러리와 노르게이는 경쟁자가 아닌 동료였고, 그들이 함께 무찔러 정복
할 대상은 서로가 아니라 거대한 무생물 덩어리인 설산이었다. 존 헌트 등반대
장은 『에베레스트 등반기(The Ascent of Everest)』에서 "산악인이 쟁취해야 하는
도전에서 성공과 실패의 진정한 척도는 생명이 없는 산이 아니라 자기 자신과
의 싸움에서 거두는 승리다(The real measure is the success or fail of the climber to
triumph, not over a lifeless mountain, but over himself)"라고 정의했다.

　　사회생활에서는 많은 경우에 투쟁과 도전의 목표가, 에베레스트나 마찬
가지로, 적이 아니라 친구로 만들어야 할 대상이며, 정말로 제압해야 할 상대는
행위자 자신이다. 타인을 이기면 필시 남에게 아픔과 괴로움을 주면서 얼마 동
안 기쁨을 얻지만, 나를 이기면 오랜 마음의 평화가 찾아온다. 그것은 아무도
이길 필요성을 느끼지 않는 경지에 이른 사람이 받는 선물이다.

"난 세상을 정복하겠다는 욕심을 정복했답니다."("I have conquered the need to conquer the world.") — 스티븐 프레스필드(Steven Pressfield), 『정복자의 자랑거리(The Virtues of War)』

알렉산드로스 대왕은 세계를 정복했는데 "그대는 과연 무엇을 했는가?"라는 질문을 받은 철학자가 부질없는 정복의 망상을 꾸짖으려고 거침없이 쏘아붙인 일갈이다. 정복이란 도대체 무엇인가? 1963년 로체 남벽으로 에베레스트 등정에 성공한 미국 원정대장 노먼 다이렌휘드(Norman Gunther Dyhrenfurth)가 이듬해 12월 한국을 방문하여 김포 공항에서 회견을 가졌다. 어느 영자 신문의 신참 기자가 세계의 최고봉을 정복한 감상을 그에게 물었다. 그러자 다이렌휘드는, 아마도 똑같은 식상한 질문을 워낙 여러 번 받아 짜증이 나서였는지 얼굴을 찌푸리며, 알렉산드로스를 꾸짖은 철학자처럼, "우린 그곳을 그냥 올라갔다 내려왔을 뿐이지 정복한 적이 없다"라고 반박했다.

존 헌트의 등반기가 미국에서는 『에베레스트의 정복(The Conquest of Everest)』이라는 제목으로 출판되기는 했지만, 진정한 산악인들은 '정복'이라는 오만하고 부적절한 표현을 잘 쓰지 않는다. 산소통을 메고 낑낑거리며 겨우 산꼭대기에 올라가 잠시 헐떡이며 사진을 찍고는 그냥 다시 내려온 사람들은 잠시 지나가는 침입자이지 결코 정복자가 아니다.

18세기 스코틀랜드의 시인 제임스 톰슨(James Thomson)은 정복의 대상과 의미를 이렇게 풀이했다. "진정한 영광은 말없이 자신을 정복할 때 샘솟으니, 그렇지 못한 정복자는 자신의 욕망이 거느릴 첫 노예가 되고 만다.(Real glory springs from the silent conquest of ourselves; and without that the conqueror is nought but the first slave.)"

우리가 적을 정복했던가? 우리 자신 말고는 아무것도 무찌르지 않았다. 성공을 쟁취했나? 여기에서는 그런 어휘가 무의미하다. 왕국을 얻었는가? 아니기도 하고 그렇기도 하다. 우리는 지고한 만족감을 성취했고 …… 운명을 실현했다.(Have we vanquished an enemy? None but ourselves. Have we gained success? That word means nothing here. Have we won a kingdom? No and yes. We have achieved an ultimate satisfaction ... fulfilled a destiny.) — 조지 말로리(George Mallory), 『에베레스트를 오르며(Climbing Everest)』

　　말로리는 에베레스트 '정복'에 성공할 때까지 영국이 시도한 열한 번의 등반 도전 가운데 1920년대 첫 세 차례 원정에 참여했던 산악인이다. 1911년 정찰 수준의 답사에 이어, 1922년 최초의 본격적인 도전에서 그는 산소통의 도움을 받지 않고 역사상 최고 높이(8,225미터)까지 오르는 쾌거를 이루었다. 1923년에 그는 《뉴욕 타임스》와의 인터뷰에서 왜 기를 쓰며 에베레스트를 오르려고 하느냐는 진부한 질문에 "거기 산이 있기 때문에(Because it's there)"라는 간결한 반박을 했다. 그리고 이듬해 그는 에베레스트 북벽에서 생을 마감했다.

　　목숨을 내놓을 만큼 강렬한 욕망과 열정적인 꿈을 위해 38년의 짧은 생애를 불태운 그는 이런 글을 남겼다. "'도대체 무슨 소득이 생기기에 에베레스트를 올라가려고 하느냐?'고 사람들이 물으면 나는 서슴지 않고 '아무것도 생기지 않지만, 나는 그냥 그러고 싶어서 한다'라고 답한다. 이런 치열한 모험에서 우리가 얻는 소득은 순수한 기쁨이 전부다. 그리고 기쁨이란 따지고 보면 인생의 목적 그 자체다. 우리는 돈을 벌어서 먹고 살기 위해 살지는 않는다. 인간은 살아가기 위해 돈을 벌고 먹는다. 그것이 인생의 목적이요 의미다."

굉장히 많은 사람들이 믿어준다는 사실이 무엇인가를 진실이라고 증명하지는 못한다.(The fact that a great many people believe something is no guarantee of its truth.) — W. 서머셋 모음(W. Somerset Maugham), 『면도날(The Razor's Edge)』

　　네 명의 셰르파 그리고 앤드루 어바인(Andrew Irvine)과 함께 에베레스트 정상에서 수직으로 245미터 아래까지 이른 조지 말로리의 마지막 모습을 멀리서 지켜본 사람은 후방 지원을 위해 뒤따라 오르던 노엘 오델이라는 대원이었다. 1924년 6월 8일 12시 50분에 마지막으로 관측된 말로리는 잠시 후에 짙은 운무 속으로 모습을 감추었고, 설산의 6인은 산에서 내려오지 않아 행방불명이 되었다. 말로리의 시신이 발견된 것은 그로부터 75년이나 흘러가버린 1999년에 이르러서였다.

　　당시의 장비로는 마지막 날 정상을 코앞에 두고 말로리가 구름 속 어디쯤에서 무엇을 하고 있었는지 확인이 불가능했고, 그래서 그가 올라가다 변을 당했는지 아니면 정상을 밟은 다음 내려오다 사망했는지는 끝내 확인이 되지 않아 현재까지도 조사가 진행 중이라고 한다. 힐러리와 노르게이가 정말로 에베레스트의 최초 '정복자'였는지 여부는 진실을 알 길이 없다는 얘기다.

　　힐러리-텐징보다 29년 전에 정상을 밟았건만 목격자가 없어 확실한 증언을 해주지 않아 말로리와 어바인이 영광을 잃었다면, 참으로 억울하기 짝이 없는 노릇이다. 전설과 신화 그리고 심지어 역사의 근거로 인용되는 수많은 사례가 모호하기 짝이 없고, 확인되지 못한 사실과 불완전한 진실은 흔히 불신의 여지를 끌고 다닌다. 상식과 진리의 괴리는 그렇게 벌어진다.

"사회적인 계급은 그 사람이 먹는 샌드위치에서 빵이 차지하는 양에 따라 결정되죠."("A man's social rank is determined by the amount of bread he eats in a sandwich.") — F. 스콧 핏제랄드(F. Scott Fitzgerald), 『아름답고 저주받은 사람들(The Beautiful and Damned)』

술에 절어 살아가는 노블(Maury Noble)이 서열과 신분을 분류하는 희한하고 어쭙잖은 기준이다. 하기야 특출한 존재성은 한없이 다각적인 온갖 양상으로 나타난다. 예를 들어 박세리는 에베레스트를 최초로는커녕 아직까지 한 번도 오른 적이 없으며, 그렇다고 해서 여객기를 김포공항 대신 근처 한강에 불시착시켜 수많은 인명을 구하지도 않았건만, 사람들은 구체적인 근거를 전혀 따지지 않으면서 그녀의 서열이 첫째라는 사실에 반론을 제기할 기미를 아무도 보이지 않는다.

그렇다면 우리는 무슨 기준에 따라 박세리를 첫째요 1등이라고 인정하는가? 여성이기 때문은 분명히 아니다. 세상에는 여자가 수없이 많다. 한국 여성이기 때문도 아니다. 한국에서 태어난 여성 또한 무수히 많아서, 수학적 통계로 따지면 한국 여성 박세리는 티끌 같은 존재에 불과하다. 그리고 여자 골프 선수여서도 아니다. 오랫동안 남성들만의 오락이었던 골프와 장기와 당구와 바둑과 씨름 분야에서 맹활약을 벌이는 눈부신 여성들 역시 이제는 대한민국에 부지기수다.

박세리는 한국인 여성이며, 골프 선수일뿐더러, 해외로 진출하여 최초로 LPGA에서 정상에 오른 유일한 존재였다. 그녀를 첫째로 꼽아주는 기준은 기존의 여러 흔한 속성에 마지막 희귀한 한 가지 단서(但書)가 꼬리처럼 덧붙어 조합을 이룬 결과였다. 겨우 한 가지 불협화음의 함수가 빚어내는 기적이다.

강물에 빠졌다고 해서 누구나 죽지는 않으니, 기어 나오면 살고 나오지 않으면 죽는다.(You don't drown by falling in the water; you drown by staying there.) — 에드윈 루이스 코울(Edwin Louis Cole)

사람들은 텔레비전 중계방송이 만방에 전파한 박세리의 하얀 발을 생생하게 기억한다. 대부분의 사람들은 그것이 어느 시합에서였는지는 기억하지 못하더라도, 웅덩이 물에 빠진 작고 하얀 공을 쇠막대기로 후려갈겨 목숨을 살려내려고 그녀가 벗어버린 양말은 잊지 않는다. 난생 처음 보는 신기한 광경이었기 때문이다.

날이면 날마다, 집집마다, 수많은 사람들이 양말을 신었다 벗고, 그래서 박세리 또한 아무렇지도 않게 평상시처럼 양말을 벗었는데, 그렇게 낯익은 행동에 왜 세상이 감동하고 열광하고 떠들썩했을까? 일상적이고 흔해빠진 낡은 행동 하나를 반복했을 따름이건만, 박세리가 신발과 양말을 벗어버린 하찮은 예식을 왜 사람들이 마치 무슨 행위 예술처럼 머릿속에서 승화시켰을까?

그것은 골프장에서 만인이 지켜보는 가운데 누군가 벗어버린 최초의 양말이었기 때문이다. 그리고 박세리가 양말을 벗어버린 순간은 평상시가 아니고 세계적인 경쟁의 무대에서였다. 우리가 평상시에 옷을 갈아입고 밥을 먹고 기침을 하는 따위의 온갖 하찮은 행위를 연극 무대 위에서 배우들이 재현하면 그 모든 동작은 예술이 된다. 장소와 시간의 엉뚱하고 이질적인 배합이 빚어내는 비정상적인 행위는 흔히 전설로 둔갑한다. 비논리적인 조합이 상상력을 자극하여 상징성을 발현하는 탓이다.

이 세상에는 위대한 사람들이 따로 있는 것이 아니고, 그냥 평범한 사람들이 감히 맞서는 위대한 도전만이 있을 따름이다.(There are no great people in this world, only great challenges which ordinary people rise to meet.)

— 윌리엄 홀지(William Halsey)

밤톨만 한 골프공이 물에 빠진 경우에 벌점을 없는 통상 관습을 따르지 않고 한 점이나마 타수를 줄이겠다며 극성스럽게 양말을 벗고 웅덩이로 내려간 박세리의 돌출 행동이 '정상적인' 사람들에게는 비정상적이고 새삼스러운 구경거리였으며, 그렇게 박세리가 쏘아올린 작은 공 하나의 상징성은 "IMF 국난을 극복하는 민족적 용기의 촉진제가 되었노라"는 언론의 과장된 확대 해석을 낳는 기이한 현상으로까지 비약했다.

자연스러운 승부욕에 몰두하여 본인은 별로 의식하지 못했겠지만, 땡볕에서 모진 훈련을 받는 사이에 갈색으로 익어버린 종아리와는 대조적으로 그때까지 하얗게 박세리가 숨겨놓았던 발은 가히 강렬하고 비밀스러운 도전과 반란의 인상이었다. 아주 작은 하나의 유일무이한 동작이나 몸짓이나 상황이 때로는 이토록 혁명적인 폭발력을 일으킨다. 한 여성의 맨발이 시대상과 우발적으로 맞아떨어져 전설 창조의 빌미를 제공한 결과였다.

인용문은 "일본 놈들이라면 죽이고, 죽이고, 또 죽여라(Kill Japs, Kill Japs, Kill more Japs)"라는 무지막지한 명언(?)을 남긴 전쟁 영웅 홀지 제독의 주장이다. 경직된 사고방식의 전형이라고 흔히 알려진 군인이 "위대한 인간의 조건은 도전"이라고 주문한 사항은, 지나치게 단순한 논리로 인하여, 때로는 연변(沿邊)에서 비현실적 모순을 일으킨다.

성공을 위해서는 앞에 닥치는 모든 도전을 받아들여야 한다. 마음에 드는 도전만을 골라잡을 권리가 우리에게는 없다.(To be successful you must accept all challenges that come your way. You can't just accept the ones you like.) ─ 마이크 카프카(Mike Kafka)

　　학교나 취업 시험에서 우리가 마음에 드는 만만하고 쉬운 문제만 골라서 풀어놓고는 1등을 달라고 한다면, 그런 선별적 도전은 선택의 조건을 충족시키기에 미흡하다며 사람들이 비웃는다. 약삭빠르게 꾀를 부려 힘든 일은 기피하고 도망치면서 불로소득 성공을 공짜로 얻으려는 비겁한 망상은 전혀 생활의 지혜가 아니다. 전설은 역경을 이겨내는 즐거움에서 행복과 보람을 느끼는 사람들의 삶에서 우거진다.

　　박세리 맨발의 가장 두드러진 상징성은 속된 말로 '악바리 독종 근성'이었다. 그녀의 승부욕은 아버지가 딸을 아들처럼 군대식으로 훈련시켜서 얻은 결실이었다. 아버지는 박세리에게 초등학생일 때부터 골프를 가르쳤는데, 새벽 2시까지 잠을 안 재우고 맹훈련을 시켰는가 하면 경쟁의 긴장을 이겨낼 담력을 키우려고 새벽에 산골 공동묘지로 끌고 다녔다는 일화가 전설로 전해진다.

　　박세리는 아버지의 혹독한 훈련을 모두 잘 감수하는 데서 그치지 않고 아무도 가르쳐주지 않은 경지를 적극적으로 혼자 찾아 나선 도전자이기도 했다. 중학교 3학년 여학생일 때 그녀는 "그냥 치기만 하기가 재미없다는 생각에 공을 때려 날려 보내는 갖가지 방법을 혼자서 연구했다"고 언젠가 텔레비전에 출연한 자리에서 밝혔다. 이왕 배운 기술을 활용하여 딸은 아버지가 가르쳐주지 못한 가능성을 실험해서 아버지보다 훨씬 크게 성공했다.

자신이 할 일은 저마다 알아서 처리하는 것이 시민의 도리다. 그렇게 하도록 시민들을 도와주는 것은 나라의 의무다. 그것이 정치의 파스타 공식이다. 혜안을 갖춘 참된 지도자 군주는 아무리 위대한들 파스타에 얹어주는 소스에 불과하다.(The duty of the people is to tend to their own affairs. The duty of government is to help them do it. This is the pasta of politics. The inspired leader, the true prince, no matter how great, can only be sauce upon the pasta.) ― 로벗 크라이튼(Robert Crichton), 『산타 비토리아의 비밀(The Secret of Santa Vittoria)』

마키아벨리를 신봉하는 이탈로 봄볼리니 면장이 '담론'에서 밝힌 이상적인 지도자상이다. 날마다 역경을 몰고 어린 박세리를 찾아오는 무서운 존재나 마찬가지였을 아버지는 마키아벨리와 봄볼리니를 버무린 '혜안'이었으며, 쿵푸 영화의 사부를 연상시키는 지도자이기도 했다. 그는 또한 떡에 껍질로 입히는 고물이었다. 여러 음식에서 정작 맛을 내는 비결은 고물과 양념이다.

아무도 눈길을 주지 않아 아직 1등의 자리가 비어 있는 미개척 분야를 발견한 군주는 골프를 그냥 취미로 좋아하던 아버지였다. LPGA에 도전하겠다는 한국 여성이 아무도 없어서 후원하는 기업체조차 나서지 않던 시절에 아버지는 여자 골프의 장래성을 계산해냈다. 그것은 어린 초등학생 딸로서는 내다보기가 쉽지 않은 미래의 논리적 가능성을 파악한 감각이었다.

아버지는 비록 자신의 삶이 그리 바람직한 차원에 이르지 못했을지언정 딸에게는 아직 임자가 없이 어딘가 남아서 기다리는 첫째의 자리에 올라 아비의 인생보다 훨씬 밝은 미래를 살아가라고 몰아대었다. 그리고 두 사람은 힘을 모아 맛좋은 파스타를 한 접시 만들어냈다.

남자가 아들을 원하는 소망은 흔히 너무나 멋진 자신의 존재 가치를 세상이 상실하지 않도록 그대로 복제하여 남기려는 욕심이 전부인 경우가 많다.(A man's desire for a son is usually nothing but the wish to duplicate himself in order that such a remarkable pattern may not be lost to the world.) ― 헬렌 로울랜드(Helen Rowland)

2007년 KBS-TV의 기획물 〈날아라 슛돌이〉에서 여섯 살 '축구 신동'의 면모를 눈부시게 보여준 이강인은 태권도장 사범의 아들이었다. 워낙 축구를 좋아하는 체육인이었던 아버지는 아들의 남다른 재능을 첫째로 끌어올리기 위해 온 가족이 에스파냐로 이주하는 큰 결단을 내렸다.

손흥민의 아버지는 선수였던 시절에 자신의 부족한 면모가 무엇인지를 깨닫고 퍽 아쉬워했다며, 그런 단점을 보완하여 아들을 완벽한 첫째로 키우기 위해 해외까지 축구장마다 따라가서 훈련 감독 노릇을 마다하지 않았다. 이들 어버이의 헌신적인 뒷바라지는 조기 교육 열풍의 나라에서 자연스럽게 발생한 현상이었다.

손흥민과 이강인과 박세리는 아버지를 능가하여 첫째가 되었지만, 그것은 단독 질주의 쾌거라기보다 두 세대가 합심하여 만들어낸 진귀한 승리였다. 머리로 짜내어 도전을 설계한 장본인은 아버지였고 말을 잘 듣는 아들딸은 아버지가 시키는 바를 열심히 몸으로 행하여 첫째라는 합작품을 생산했다.

그들의 사례에서처럼 스승과 귀감이 되기를 자처한 부모라면 효율적이고 경제적인 가족 구조를 형성한다. 그것은 투쟁적인 듯싶지만 참으로 평화롭고 바람직한 관계다. 가족은 가장 좋은 동지요 스승이 되고, 자연발생적 직업의 대물림은 확실한 안전장치이기 때문이다.

301

첫 인상을 남길 두 번째 기회는 존재하지 않는다.(You never get a second chance to make a first impression.) — 보타니 남성복(Botany Suits)

인용문은 1966년 뉴욕의 매디슨 애비뉴에서 남성복의 광고 문안으로 처음 선보였으며, 화장품 회사가 훗날 재활용한 구호다. 인생과 사랑의 전선에서는 강렬한 인상으로 첫 기회에 승부를 확실하게 매듭을 지어야 하니 얼른 멋진 양복을 사서 입으라는 뜻이다.

손흥민은 2019년 12월 8일에 출장한 경기에서 상대 수비를 줄줄이 걷어내고 혼자 공을 몰아 12초 동안에 70미터를 질주하여 득점에 성공함으로써 세계 축구 애호가들을 열광시킬 만큼 대단히 강렬한 인상을 남겼다. 하지만 '손세이셔널'의 이런 솜씨는 브라질 10번 펠레의 전성기에 축구 구경을 좋아했던 '라테' 노인들에게는 그리 감격스럽지 못했을 듯싶다. 어디선가 많이 본 낯익은 광경이어서다.

고려대학교 소속이었던 시절 쾌속 질주 차범근이 공을 잡았다 하면, 골대에 넣기는커녕 몰기를 시작하기도 전에 운동장의 군중은 물론이요 텔레비전을 보려고 모여들어 다방마다 만원을 이룬 간접 관중이 흥분해서 함성을 지르고는 했다. 가히 폭주 기관차를 연상시키는 그가 달리기 시작하면 그냥 끝이었다. 손흥민이 한 번 보여준 모습을 차범근은 경기가 벌어질 때마다 거의 언제나 보여주었다.

1등은 제한된 체제나 단위 구조 속의 순위이지만, 첫째는 전무후무한 선방 주자의 월계관이다. 손흥민은 나름대로 분명히 1등이지만, 해외로 진출한 축구 선수로서나 장거리 단독 질주에서만큼은 차범근보다 무려 반세기가 늦었다. 그 50년이 1등과 첫째의 차이다.

억울한 마음은 독약을 내가 마시고 상대방이 죽기를 기다리는 그런 심정이다.(Resentment is like drinking poison and waiting for the other person to die.) — 캐리 피셔(Carrie Fisher), 『끔찍한 일등(The Best Awful: A Novel)』

차범근 때문에 1등이 둘째로 평가 절하를 당했다고 억울해할 축구 선수는 손흥민만이 아니다. 아버지처럼 고려대 축구부 출신인 차두리는 한없이 노력했지만 차범근의 뒷전밖에 안 되더라며 한때 아버지를 원망했다고 한다. 당연한 일이다. 6분에 3득점의 기적을 행하여 명실공히 영웅의 반열에 오른 아버지를 젖히고 1등이 되기는커녕 그만큼 따라가기조차 결코 쉬운 일이 아니다.

첫째인 부모의 기록을 이겨 갱신하여 1등에 오르는 아들딸은 현실에서 별로 많지 않다. 그것은 아예 활동 분야가 다른 평범한 부모에게 태어나지 못한 운명이 수반하는 형벌이다. 차두리는 결국 "나는 둘째"라는 운명을 받아들여야 했는데, 하나-두리-세찌 3남매의 둘째로 태어나 이름까지 '둘이'인 운명을 탓해봤자 무슨 소용이겠는가?

〈스타 워즈〉에서 레이아 공주 역을 맡았던 캐리 피셔는 가수인 아버지 에디 피셔를 엘리자베드 테일러가 낚아가는 바람에 두 살 때 부모가 파탄을 맞아 이혼한 다음, 고전 문학을 탐독하고 시를 쓰면서 정신적 도피의 어린 시절 보냈다. 열다섯 살 때부터 배우로 활동을 시작한 그녀는 〈사랑은 비를 타고〉에서 발랄하게 노래하고 춤추던 귀여운 엄마 데비 레이놀즈를 도저히 따라갈 길이 없었다. 방황과 조울증과 마약에 시달린 젊은 시절의 경험을 담은 자전적 소설에서 그녀는 누군가를 시기하며 "원한이라는 독약을 마셔봤자 어차피 죽을 사람은 나밖에 없다"고 토로한다.

자기가 항상 옳다고 믿는 스승은 자칫 가해자가 되기 쉽다.(Mentors turn into tormentors if they believe they are always right.) ― 앤디 하그리브스(Andy Hargreaves)

부모가 대신 설계한 길을 열심히 따라간 착한 아들딸들과는 달리 성악가 조수미는 어른이 잡아끄는 손길을 아예 뿌리치려고 맹렬하게 저항했던 사례다. 조수미에게 네 살 때부터 피아노를 가르친 어머니는 외출할 때면 문을 밖에서 잠가 피아노와 함께 딸을 방에 가둬놓기까지 했다. 어린 딸은 "왜 쉬지 않고 하루에 8시간씩 어머니가 시키는 대로 피아노를 연습해야 하는지 이유를 알 길이 없었다"고 한다.

4년에 걸친 음악의 감옥살이 닦달에 질린 딸은 여덟 살이 되자 첫 가출을 감행했지만, 어린 몸으로 갈 곳이 없어 여섯 시간 만에 집으로 돌아갔다. 결국 딸은 어머니의 바람대로 서울음대에 수석으로 입학했고 여대생 조수미는, 때늦은 반항의 해방감에 취해, 전설의 'K군'과 대단히 적극적으로 사랑하며 자유를 열심히 누리다가, 성적이 꼴찌로 떨어져 1년 만에 퇴학을 당했다. 그녀의 개성이 워낙 뚜렷하고 몰입의 경지가 대단했던 탓이어서였던 듯싶다.

어렸을 적 꿈이 성악가였던 어머니는 조수미에게 "너는 나처럼 한 사람의 아내로 살기보다 만인의 사랑을 받는 첫째가 되라"고 주문했으며, 아내가 되기를 포기한 딸은 유배를 당하다시피 해외로 유학을 떠나 첫째의 자리에 올랐다. 세계적인 성악가로 성공한 조수미는 "역시 어르신 말씀이 옳았다"며 지금은 부모의 집념과 성장기 고난의 결실을 고맙다고 수긍하기에 이르렀다고 한다.

다른 사람들에게 태양처럼 빛을 뿌려주고 싶다면 우선 자신의 내면에 빛을 담아놓아야 한다.(If a man is to shed the light of the sun upon other men, he must first of all have it within himself.) — 로맹 롤랑(Romain Rolland), 『장-크리스토프(Jean-Christophe)』

전쟁 직후 한국 지식인들 사이에서 필독서로 꼽던『장-크리스토프』는 1915년에 노벨문학상을 받은 신비주의자 역사가인 프랑스 작가 롤랑이 1904년부터 8년에 걸쳐 10권으로 완성한 대하소설(roman-fleuve)의 효시로, 주인공의 성장기 부분은 롤랑이 숭배했던 위대한 음악가 루트비히 판 베토벤의 삶을 소재로 삼았다. 이 작품에서 롤랑은 "예술적 영감이란 타인의 빛을 반사하는 복제품이 아니고 자신의 내면에서 발산하는 창조적 원천"이라고 정의한다.

우리 부모들은 자식에게 인생 지침을 제시할 때 자신을 기본 척도로 삼아 "나처럼 살라"고 강요하거나 "나처럼은 살면 안 된다"고 말리는 두 가지 상반된 유형으로 크게 나뉜다. 조수미는 "나처럼 살지 말라"는 어머니의 뜻에 따라 사랑까지 포기했지만 어머니처럼 음악을 사랑하라는 강요 또한 받았다. "나를 닮되 내 삶의 방식은 닮지 말라"는 이율배반적 요구를 타개해야 할 그녀는, 노래를 부르고 싶은 열망까지는 아닐지언정, 독특한 목소리의 음악적 디옥시리보핵산 씨앗을 어머니로부터 물려받아 남다른 재능으로 수많은 사람들을 즐겁게 해주는 성악가로 성공했다.

우리 주변에는 내가 이르지 못한 첫째의 자리에 자식더러 오르라고 멍에를 지우는 부모 못지않게, 햇빛 유전자가 자신의 내면에 없는 탓으로, 자손의 인생 설계를 위한 훈수마저도 내 목소리가 아니고 남들의 생각을 "공자왈"이라며 표절하는 부모 또한 많다.

올바른 스승이란 모름지기 누군가를 자신과 똑같은 모습으로 키우기보다는 제자로 하여금 혼자서 자신의 존재를 창조할 기회를 마련해주는 섬세한 감각을 잃지 않아야 한다.(The delicate balance of mentoring someone is not creating them in your own image, but giving them the opportunity to create themselves.) ─ 스티븐 스필버그(Steven Spielberg)

운동이나 예술 분야에서 타고난 천부적 재능이 20퍼센트가 모자라 둘째로 좌절한 부모가 80퍼센트짜리 재능을 물려주었더니 그것을 160퍼센트로 두 배나 키워내는 기특한 자식이 물론 기적처럼 간혹 나타나기는 한다. 그러나 40점짜리 유전자를 물려주면서 자식더러 100퍼센트 1등으로 키우라고 강요하면, 음악이나 운동을 아예 좋아하지도 않는 데다가 잠재력과 유전자까지 부족한 수많은 억지 꿈나무들은, 발육 부진으로 영혼이 채 영글기 전에 시들시들 말라 죽기가 십상이다.

우리 주변에서 자식이 성공하기를 간절히 바란다는 부모의 열망은, 그 뿌리를 냉정하게 찾아 거슬러 올라가면, 아이에게 주입하려는 꿈이 사실은 부모 자신의 좌절된 욕망인 사례가 적지 않다. 그런 바람은 낭만과는 거리가 먼 이기적인 욕심이다. 실패한 꿈을 자식이 이루어주기를 기대하는 소망이란, 보는 시각에 따라, 내가 풀어야 할 원한의 숙제를 남에게 대신시키는 부정행위다.

1등 유전자가 나에게 없으면서 자식에게 첫째가 되라고 괴롭혀봤자 좋은 결실을 기대하기는 어렵다. 어린 나무를 잘 키우려는 마음이 지나쳐 간섭을 일삼다가 자식으로 하여금 삶을 낭비하게 만들고 나서 두 세대가 함께 후회하기보다는, 차라리 자식이 스스로 자신의 삶을 망칠 기회를 부모가 허락하는 편이 낫다. 그러면 적어도 어른이 가해자로 몰리는 서러움만큼은 덜게 된다.

나는 아무것도 창조하지 않는다. 그냥 재발견만 할 따름이다.(I invent nothing, I rediscover.) — 오귀스트 로댕(Auguste Rodin)

11장
제인 구돌의 공식

지구가 둥글다는 진리를 발견하여 위대한 업적을 이루기에는 우리가 고대 그리스 철학자들보다 2,500년이나 늦게 태어났다. 지구가 둥글다는 정보를 알았기에 반대 방향으로 인도를 찾아가다가 우연히 아메리카 대륙을 발견하기에는 우리 세대의 등장이 500년이나 늦었고, 계산기(computer)를 발명하기에도 400년이 늦었으며, 에베레스트를 최초로 오르기에는 70년이 늦었고, 맨발로 박세리처럼 첫째가 되기에도 20년 이상이 늦었다.

그렇다면 우리가 세상에서 첫째가 되는 길은 모두 사라지고 없을까? 아니다. 미래에 발명하거나 발견할 첫째 품목은 얼마든지 많은데, 상상력이 부족하여 우리가 그냥 알지 못할 따름이다.

전통의 수호자들은 과거를 찬양하고 미래는 반가워하지 않는다.(Trad-
itionalists are pessimists about the future and optimists about the past.) ― 루이스 멈
포드(Lewis Mumford)

　자랑스러운 가문의 명예나 몇 세대에 걸쳐 다져놓은 가업의 대물림은 수
혜자에게 분명히 큰 선물이다. 특정 기술과 전문 지식은 대대로 전수가 이어지
는 사이에 점점 수준이 높아지다가 서서히 전통으로 굳어버린다. 전통은 가문,
왕족, 국가, 민족 따위의 특정 집단에서 기존의 규칙을 집대성한 권위 체제다.
그래서 하다못해 조폭까지도 영화에서 〈가문의 영광〉을 따진다.

　고지식한 사고방식의 전형이라고 흔히 일컬어지는 교육자와 군인은 물론
이요 종교인, 정치꾼, 관료 계급을 비롯하여 온갖 계층의 사람들은 저마다의 제
한된 시각과 신조에 갇힌 집단의 구성원들이다. 그들만의 1등 전통은 하나같이
필수적으로 전체를 통제하는 경계를 짓는다. 가문이 고수하는 전통은 그 자체
가 커다란 맥이요 흐름이어서, 결국 어디에선가는 한계에 부딪힌다.

　가업을 이어간다는 긍지와 자부심은 전통의 건강을 끊임없이 재확인하는
각성제다. 그러나 세상의 모든 법과 규칙은 개인과 집단의 특성에 따라 한쪽에
서는 옳고, 동시에 다른 쪽에서는 잘못이기도 하다. 어떤 진리가 한참 옳았다가
거짓으로 밝혀지며 끊임없이 변하는 세상에서 끝까지 변하지 않으려는 부동의
전통은 발전을 병들게 하는 병목 현상을 일으키다가 고질병으로 전락하는 경
우가 흔하다.

　삶의 동력에 대단한 영향을 미치는 인간관계의 조건에서는 가족의 역할
이 큰 비중을 차지한다. 세대차는 전통의 고질병이 수반하는 병목 증후군이다.

어느 현명한 여인이 언젠가 나한테 이렇게 말했다. "우리가 자식에게 오래오래 쓰라고 물려줄 만한 유산은 두 가지밖에 없어요. 그 하나는 뿌리요, 다른 하나는 날개랍니다."(A wise woman once said to me: There are only two lasting bequests we can hope to give our children. One of these is roots, the other, wings.) — 호딩 카터(Hodding Carter), 『한길과 강물이 만나는 곳(Where Main Street Meets the River)』

20세기 중반에 미국 남부의 지방 언론 매체를 통해 투쟁적 글쓰기를 벌여 1946년에 퓰리처상을 받은 카터가 회고록에서 인용한 '어느 현명한 여인'의 말은 저작권을 따지기 어려울 만큼 여러 사람이 다양하게 변주해온 낡은 유행어다. 이 격언에서 뿌리와 날개가 상징하는 바에 대한 해석이 분분하지만, 밑바닥 뿌리는 우리의 삶에서 근본을 이루는 안식처인 가정과 가족, 특히 부모가 베푸는 은혜를 뜻한다고 이해하면 별로 무리가 없을 듯하다. 날개는 물론 솟아오르는 자유다.

젊은 나이에 무엇을 하며 평생을 보내야 할지 대책이 막막한 자식에게 부모의 가르침은 값진 체험의 깨달음을 대물림해주는 유산이다. 때로는 불완전한 형태이기는 하지만 어느 분야에서이건, 예를 들어 음식 만들기에서, 풍부한 체험을 거친 부모의 얄팍한 생활 정보와 하찮은 재능이 무엇인가 새로운 사업을 벌이려는 무경험 자식에게 대단히 소중한 재산으로 피어나는 경우가 많다.

비록 자신은 크게 빛나는 첫째의 경지에 이르지 못했을지언정 어디론가 나아갈 방향과 기본적인 방법을 아는 부모 스승이라면 훌륭한 뿌리가 되고, 일심동체 협력에 자식이 동의하면 성공의 나무에서 날개가 자라기 시작한다.

훌륭한 부모는 자식에게 뿌리와 날개를 주며, 자식은 뿌리를 보고 근본이 어디인지를 알고, 그렇게 배운 바를 실천하기 위해 날개를 키워 어디론가 날아간다.(Good parents give their children roots and wings: roots to know where home is, and wings to fly off and practice what has been taught them.) — 조나스 소크(Jonas Salk)

소아마비 예방 백신 개발의 선구자였던 미국 의학자 소크가 변주한 뿌리와 날개 주제다. 기성세대로부터 물려받는 정신 유산은 건강한 뿌리를 내리기에 좋은 텃밭이다. 같은 집에서 살며 날이면 날마다 상시로 도와주는 1등 스승인 부모는 횡재에 가까운 운명의 선물이다. 도움을 아끼지 않는 직장 선배도 마찬가지다.

아는 바가 별로 없는 상사나 선배 그리고 발전의 한계가 각박한 스승은 아깝고 적은 밑천을 아무한테나 다 털어주었다가 1등의 자리를 빼앗겨 물러나기가 두려워 자신의 능력을 누구에게도 전수하기를 꺼리는 반면에, 부모는 그들에게 없는 자산까지 후손에게 물려주려고 최선을 다한다. 나에게 하나뿐인 가족은 그래서 당연히 나를 이끌어주는 첫째 등대다.

인생 항로의 첫 고비에서 길잡이로 나서는 스승 부모가 하나같이 본받아야 할 만큼 훌륭하기만 하다면야 얼마나 좋으련만, 우리의 현실에서 스승은 스승 나름이고 부모도 부모 나름이다. 아버지가 전화 사기범이라고 해서 자식이 그를 모범으로 삼아 여기저기 전화를 걸어 남들을 괴롭혀야 할 의무는 없다. 아무리 돈을 잘 번다고 해도 소매치기 두목을 평생 스승으로 모시고 열심히 도둑질 기술을 연마하며 2등 평생을 보내기에는 우리 인생이 너무나 아깝다.

어쩌면 아버님 말씀이 옳았는지 모르겠다고 누군가 깨달을 즈음에는 어느새 다 자란 그의 아들이 어른의 허물을 따지기 십상이다.(By the time a man realizes that maybe his father was right, he usually has a son who thinks he's wrong.) — 찰스 와즈워드(Charles Wadsworth)

사람마다 육아 방식은 각양각색이지만, 부모에게는 흔히 가문과 집단의 전통을 살려나가는 답습이 최선이거나 유일한 길이며, 때로는 마지못한 선택이기도 하다. 가문이랍시며 그리 내세울 바가 없는 집안의 어른들은 대부분 따라야 할 가훈이 따로 없어서 진부한 상식에 의존한다.

개체성을 내세울 나이에 이른 자식은 부모의 상식이 과연 나의 신세계에서도 최선의 인생관인지 재평가를 개시한다. 부모의 신념을 구태여 따지지 않고 그냥 수용하는 '효자'들이 적지 않은 세상이기는 하지만, 유일 가훈이 옳지 않을 때는 전통의 궤도를 수정하는 의무 또한 자식의 도리다. 그렇기 때문에 둥지를 떠나려고 날개를 퍼덕이며 자식이 비상을 준비할 때쯤에 이르면, 어른은 잘못 날아가다가 추락하지 말라고 아예 솟아오르지 못하게 낡은 인습의 추를 발목에 매달아놓는 대신, 훨훨 날아서 도망가는 자식을 기특한 눈으로 올려다보며 놓아주기를 마음에 익혀야 한다.

"자식에게 물려줄 가장 훌륭한 유산은 누가 붙잡아주지 않고 완전히 제 발로만 일어서서 혼자 길을 찾아가도록 허락하는 자유다.(The finest inheritance you can give to a child is to allow it to make its own way, completely on its own feet.)" 부모로부터의 해방을 이렇게 구가한 사람은 고전 예술의 철옹벽 규율을 깨트리려고 코가 납작한 발레 신발을 벗어버리고는 맨발로 춤을 춘 무희 이사도라 덩칸(Isadora Duncan)이었다.

"지나친 사랑은 독약"이라는 속설은 진리가 아니다. 지나친 사랑보다는 화답할 줄 모르는 사랑의 결핍증이 독약이다.(The line "too much love will kill you" is not true. It's not too much love that kills, but the lack of its reciprocity.) ― 넬슨 M. 루바오(Nelson M. Lubao)

여러모로 능력이 부족한 2등 부모가 가끔 못난 길잡이 노릇을 하려고 무리한 욕심을 부리는 까닭은 무한 책임의 본능 탓인 경우가 많다. 식민지 시절과 전쟁을 거쳐 고난의 시대를 힘겹게 버티며 살아오는 동안, 우리 부모들은 요즈음 아프리카 오지에서 병들고 굶주리며 죽어가는 아이들을 속수무책으로 지켜보는 원주민들과 별로 다를 바가 없는 필사적인 방법으로 우리를 키웠다.

"뛰지 마라. 배 꺼진다." 비싼 밥을 먹고 공연히 아까운 기운을 축내지 말라고 부모들이 늘 하던 눈물겨운 말이다. 수북한 고봉 흰쌀밥 한 그릇이 최고의 행복이던 시절의 현실이었다. 먹고살기 힘들어 인간다운 삶은 고사하고 동물적인 생존만이 지상의 목표였던 시절에 밤낮으로 식솔의 배고픔을 걱정하는 어미의 보호 본능은 우리 민족의 지배적인 DNA로 인이 박혀 굳어버렸다.

다소 지나치게 헌신적인 한국 어머니들은 경제가 훨씬 안정된 다음에도 단순한 포만감에서 성공의 행복을 찾으려 했고, 빈곤한 조선 여인들의 강인한 생명력과 '치맛바람'의 후유증은 그렇듯 모질게 타오르다가 본능적 모성애를 왜곡한 과보호 육아 형태로 21세기까지 이어졌다.

어떻게 해서든지 입에 풀칠을 하고 누더기나마 입혀서 죽지만 말라고 자식들에게 정성을 들이며 늙어온 원시적인 '꼰대' 부모에게서 인공지능의 첨단 정보를 기대하기는 어렵다. 아는 바가 그뿐이어서 한계가 허락하는 한 최선을 다하는 사람의 허물과 잘못은 미워해야 할 죄악이 아니다.

서로 책임질 줄 아는 상호간의 비판은 우리가 실수를 저지르지 않도록 막아주는 유일한 해독제다.(Reciprocal accountability or criticism is the only known antidote to error.) ― 데이빗 브린(David Brin)

　　90점을 맞은 초등학생 아들딸의 시험지를 받아보고 "왜 조금 더 노력해서 100점을 못 받았느냐"고 야단치는 부모의 꾸중에 아무런 발언권이 주어지지 않는 어린 자식은 항변조차 못하고 "내 실력이 거기가 상한선인데 어쩌겠느냐"고 마음속으로 억울해한다. 90점 자식은 어른이 되어 고되고 평범한 직장 생활에 기진맥진 시달리며 중년에 이르면, 고관대작이나 재벌이 아닌 부모가 뒷바라지를 제대로 해주지 않았기 때문에 내가 기준 이하의 삶을 평생 살게 되었노라고 어버이의 무능함을 뒤늦게 탓할지도 모른다.

　　90점짜리 아이가 성장기에 부모를 못마땅해하는 또 한 가지 큰 이유는 남의 집 100점짜리 아이들과 나를 비교하여 자존심을 상해주는 심리적 박해였다. 그러다가 세월이 아무리 흘러가도 인생이 잘 풀리지 않으면 자식은 별로 신통한 유산을 물려주지 않은 부모의 80점짜리 경제력을 내 불행의 뿌리라고 트집한다. 이렇게 부모와 자식이 서로 숫자와 등수를 따지거나 사랑을 금전으로 환산하는 순간부터 두 세대의 공멸이 시작된다.

　　경제적 여건이나 타고난 능력의 한계로 자식의 뒷바라지를 충분히 못해준 불가항력에 대하여 혹시 허물을 잡힐까봐 걱정이 심해서 두려움에 쫓기는 부모의 주름진 사랑은 강제로 징수를 당하는 정신적인 세금과 같다. 무한 뒷바라지에 실패했다는 지나친 죄의식이 부모의 병이 되지나 않았는지 헤아리는 화답의 관심은 이제 어른이 된 자식의 몫이다.

312

그러나 내가 생각하기에 우리는 고마워할 줄 아는 문화에서 다시 한 걸음 더 나아가 보답하는 문화로 도약해야 한다.(But I think we are called to go beyond cultures of gratitude, to once again become cultures of reciprocity.)
— 로빈 월 키머러(Robin Wall Kimmerer), 『꽃다발의 가르침(Braiding Sweetgrass: Indigenous Wisdom, Scientific Knowledge, and the Teachings of Plants)』

화답의 문화가 전진하고 발전하는 도약의 공식인 이유는 고마움의 반작용이 받아들이는 수동태인 반면에 되갚음은 내주는 능동태이기 때문이다. 누군가 내주면 받아들이기는 저절로 이루어지지만, 마주 내주지 않으면 받아들임은 더 이상 발생하기 어렵다. 놓아주기의 역학도 마찬가지다.

능력이 부족한 부모와 자식이 서로 매달려 난감한 부담을 떠맡기며 함께 침몰하는 대신 적절한 시기에 서로 놓아주는 용기를 발휘하면, 두 세대는 사실상 미래의 자신을 해방시키는 효과의 수혜자가 된다. 불완전한 2등 부모는 사춘기에 자식이 알아서 첫째가 되는 길을 찾아가려니 믿으며 놓아줘야 옳고, 선택의 자유를 얻어 해방된 미완성 아들딸은 부모한테 없는 날개를 내놓으라거나 대신 날아달라고 떼를 쓰면 안 된다. 성년에 이른 자식이 내 힘으로 날개를 만들어 달고 비상하여 독립하고 자립하면, 남의 도움을 받아야 할 필요성이 사라져 부모를 놓아주기가 어렵지 않다.

양육의 짐을 벗고 해방된 부모가 보다 편한 마음으로 노년을 감당할 준비에 임하면, 자식이 부모를 부양할 미래의 부담은 그만큼 줄어든다. 그렇게 효도와 부양의 굴레를 벗어난 아들딸은 어느새 그들이 낳아 키워온 어린 자식을 놓아줄 이별을 부지런히 준비한다. 1등 가족이 마음과 자유 말고는 서로 아무것도 요구하지 않는 세대교체의 방식이다.

너 혼자 알아서 하라고 내버려두면 사람들은 자신의 진짜 잠재력을 찾아낸다. 내가 기억하기로는 아버지가 우리 학교를 찾아온 적이 한 번도 없었다.(I guess when you are left on your own, you find your true potential. I remember my father never came to our school even once.) — 무케시 암바니(Mukeshi Ambani)

2019년 아들의 초호화판 결혼식에 반기문 총장과 이재용 삼성 부회장까지 초대했다는 보도를 통해 우리나라에 알려진 인도의 기업인 암바니는 자식의 미래와 교육에 신경을 전혀 쓰지 않았던 듯싶은 아버지를 고마워한다. 부모가 방해하지 않은 덕택에 그는 미래를 자신이 설계할 권리를 얻었고, 아버지보다 훨씬 크게 성공하여 세상에서 22번째로 돈 많은 부자가 되었다.

부모가 여기저기 쫓아다니며 간섭하는 습성은 자식을 믿지 못한다는 증거다. 부모가 믿어주지 않으면 주눅이 들린 자식은 할 줄 아는 일조차 꾸중을 들을까봐 부모의 앞에서는 시도하지 않는다. 학습 시간표를 설계해주고 가축처럼 여러 학원으로 끝없이 몰아대면 아이는 부모의 뜻을 충족시키느라고, 정말로 해야 할 성장 수업을 포기하고는, 아까운 세월을 눈에 보이지 않는 쇠사슬에 묶인 죄수처럼 헛되이 보낸다.

아무리 자식이 세상물정을 모를지언정 직업까지 부모가 대신 선택해준다면, 아이가 성공하더라도 그것은 부모의 공덕이 된다. 자식은 실제로 한 일이 아무것도 없기 때문이다. 부모의 꿈을 실현하지 못한 실패 또한 자식의 책임이 아니다. 그렇다고 해서 자식의 망가진 인생을 부모가 책임지고 바로잡아주거나 힘든 나날을 대신 살아주지는 않는다. 그런데도 어른은 여전히 못난 자식만 탓한다.

개인의 권리와 책임의 소재를 논할 때마다 사람들은 전자를 자신의 몫으로 요구하고 후자는 다른 모든 사람의 탓으로 돌린다.(When it comes to privacy and accountability, people always demand the former for themselves and the latter for everyone else.) ― 데이빗 브린(David Brin)

상충하는 똑같은 여건을 두고 그것이 내 탓이라는 사람들과 남의 탓으로 돌리는 사람들이 따로 무리를 짓는다. 미국의 공상 과학 소설가 브린 교수는 "잘 되면 내 탓이요 안 되면 조상의 탓"이라는 이중 잣대 인식을 『존재(Existence)』에서 이렇게 설명했다. "좋은 시절에는 정신적인 오락이던 비관주의가 고난의 시절에는 아전인수 격 운명론으로 둔갑한다."

남 탓을 하는 집단에서 가장 비겁한 유형은 형체조차 없는 운명을 절망의 핑계로 꼽는 계층이다. 운명을 엮어내는 가장 중요한 요인은 앞으로 내가 어떻게 살아가겠다는 긍정적 포부나 야망 또는 책임을 회피하려는 부정적 타협과 포기다. 꿈은 내가 인생과 운명을 끌고 어디로 가야 할지를 결정하는 지침이다. 꿈을 버리고 내 인생의 흥망성쇠를 타인이나 외적 상황이 제멋대로 짓밟도록 허락하겠다는 사람의 운명론은 잠자리에 들면서 오늘밤에 내가 무슨 꿈을 꾸도록 해달라고 남들한테 부탁하는 시늉과 같다.

잠든 나의 곁에 회초리를 들고 무슨 꿈을 꾸라며 누가 다그친다고 한들 나의 무의식 속에서 무지개가 구름처럼 피어나지는 않는다. 부모가 날개를 들고 옆에서 정성스럽게 부채질을 해준다고 해도 마찬가지다. 차라리 그냥 편안히 잠이 들게 세상이 내버려두면 아이는 마음대로 꿈을 꾼다. 눈을 뜨고 꾸는 꿈도 마찬가지다.

"내가 더 높이 날고 싶어 날개가 필요한 새였다면, 가장 튼튼한 나의 깃털은 어머니였어요."("If I were a bird that needs feathers to fly higher, my mother would be my strongest feather.") — 제인 구돌(Jane Goodall),《허핑턴 포스트(The Huffington Post)》에이프릴 샤우위 쉬와의 인터뷰에서(interview with April Xiaoyi Xu)

침팬지 그리고 푸르른 지구와의 사랑에 평생을 바친 영장류 동물학자 구돌에게 어머니는 우리나라의 수많은 부모처럼 "딴생각하지 말고 시집이나 잘 가라"는 상식적인 훈수는 하지 않았을 듯싶다. 구돌 엄마는 초등학생 어린 딸에게 성악가 조수미의 어머니처럼 "결혼 따위는 하지 말라"고도 하지 않았고, 물론 박세리의 아버지처럼 특공대 맹훈련을 시키지도 않았다.

딸이 무슨 날개를 키워 어디로 무엇을 하러 날아가고 싶은지 스스로 깨닫기를 기다리며 아무런 구체적인 도움을 적극적으로 제공하지 않았던 어머니는 결과적으로 구돌의 날개에서 무제한 도움을 준 가장 튼튼한 깃털이 되어 영국의 첫째를 넘어 세계 첫째로 자식을 재탄생시켰다.

삼강오륜 유교 사상에 뿌리를 깊이 박은 사고방식의 지배를 받는 동양의 어른은 보살피고 지시하는 스승으로서 자식의 앞장을 서려고 애쓰는 반면에 민주적 평등사상에 익숙한 서양 부모는 설득한 다음에 나변으로 물러나서 결과를 지켜보는 동지 노릇을 한다. 첨단 대량 소통의 지구촌 시대에는 동양과 서양이 정신세계의 지침을 서로 배우고 수용하는 추세이기 때문에 어느 쪽 보살핌이 보다 바람직하고 옳은 길인지는 속단하기 어렵다.

그러나 어디에서 어떤 보편적인 방식으로 육아와 교육이 이루어지거나 간에, 평범한 범주를 벗어나는 인간 개체들은 부모를 비롯한 남들이 주도하는 성숙의 경계를 넘어 깨우침으로 가는 자신만의 길을 스스로 찾아낸다.

316

"여러분은 단 하루도 빼놓지 않고 주변 세상에 영향력을 끼치면서 살아갑니다. 여러분이 하는 일이 정말로 세상을 바꿔놓는다면, 어떤 변화를 일으키고 싶은지는 여러분이 결정해야만 합니다."("You cannot get through a single day without having an impact on the world round you. What you do makes a difference, and you have to decide what kind of difference you want to make.") ― 제인 구돌(Jane Goodall)

구돌의 어머니가 뒤에서 밀지도 않고 앞에서 끌지도 않으며 그냥 옆으로 물러나 사랑과 이해와 격려를 아끼지 않았다고 하니까 얼핏 생각하기에 딸에게 무엇을 하라고 전혀 지시하지 않고 못하게 말리지도 않았던 듯싶지만, 그렇지는 않았다. 어린 시절에 일상적인 작은 가르침의 중요성을 명령 대신 설득으로 깨우쳐준 어머니의 존재를 구돌은 이렇게 기억한다.

"상식을 벗어날 만큼 엄격한 가풍에 짓눌려 모험심이 질식을 당해 죽어버리는 그런 가정에서 성장했다면 내가 어떤 사람이 되었을지 가끔 궁금해진다. 그와는 반대로 기강이 무너져 기본조차 찾아볼 길이 없을 정도로 무작정 방임하는 환경에서 자랐다면 어땠을까? 어머니는 분명히 훈육의 중요성을 이해했지만 어떤 일을 허락하지 않을 때는 항상 그 이유를 충분히 설명했다. 무엇보다도 어머니는 공평함의 일관성을 잃지 않으려고 노력했다."

지나친 억압은 사랑과 배려의 자리를 증오와 악몽으로 오염시키고, 지나친 방임은 자유가 방종을 의미한다고 착각하는 병적인 무분별의 후유증을 낳는다.

그대를 위하여 시간을 아끼지 않는 사람에게는 그대 또한 시간을 아끼지 말라. 시간과 공을 들일 만큼 그대를 아끼는 사람은 보물과 같다.(Make time for those who make time for you. Treasure those who care enough to invest their time and energy.) — 아키록 브로스트(Akiroq Brost)

그토록 어릴 적 일을 정말로 본인이 기억했는지 아니면 누구한테서 전해 들은 내용인지는 알 길이 없지만, 제인 구돌 박사는 생후 1년 6개월이었을 무렵 어느 날 그녀와 어머니 사이에서 일어났던 아주 작은 사건 하나를 언론을 통해 전설처럼 알려주었다. "지렁이를 가지고 놀 생각으로 마당에서 한 움큼 잡아 침실로 가져갔더니 어머니가 아주 나지막한 목소리로 말했어요. '제인, 흙벌레(earthworm = 지렁이)는 흙에서 떼어놓으면 죽는단다.' 그래서 우린 함께 정원으로 나가 지렁이를 풀어주었죠."

벌레는 더럽고 징그러우니 얼른 내다버리라고 야단을 쳐서 원칙을 주입시키는 대신 생명에 관한 기초 지식을 설득하여 받아들이도록 설명하는 지혜를 구돌의 어머니는 알았다. 두 살이 되기 전부터 딸은 그런 어머니에게서 어른의 말을 따져보지 않고 무작정 복종하기보다 논리적으로 옳다는 당위성을 주관적으로 먼저 판단하는 최종 선택의 권리를 보장받았다.

요즈음 우리나라에서는 창의력 교육과 육아에 관한 서양의 방식들을 마치 새로운 첨단 이론처럼 적극적으로 받아들여 자의식 키우기에 열심인데, 소설가였던 구돌의 어머니(Margaret Myfanwe Joseph, 1906~2000)는 이미 90년 전인 1935년에 아기를 설득하는 정성과 시간의 경제학을 작은 목소리로 실천했다. 웅변과는 달리 설득은 목소리가 작을수록 더 큰 효과를 낸다.

318

일반적으로 사람들은 타인의 이성을 통해서 걸러낸 진리보다 자신이 찾아낸 논리를 훨씬 기꺼이 받아들인다.(People are generally better persuaded by the reasons which they have themselves discovered than by those which have come into the mind of others.) ― 블레즈 파스칼(Blaise Pascal), 『팡세(Pensées)』

액자에 담아 안방이나 거실 벽에 걸어놓는 가훈이나 교실 앞쪽 칠판 위에서 눈을 부라리며 내려다보는 수훈보다 우리 마음은 일상에서 벌어지는 사소한 온갖 인간 행태로부터 인생살이의 이치를 훨씬 쉽게 깨닫는다. 성공을 이루기 위해서는 대범하게 큰 것만 봐야 한다고 사람들은 부추기지만, 우리의 삶이 흥하거나 망하는 계기들은 추상적이고 인습적인 사고방식의 총체보다 순간적인 하나의 작은 실수 또는 워낙 구체적이어서 무의미하다고 여겨지는 깨달음의 순간에 마련되는 경우가 대부분이다.

하찮은 문제로 길거리에서 낯선 사람과 시비가 붙어 살인에 이르러 자칫 인생을 통째로 망가트리는 사례에서처럼, 대부분의 인생사는 어마어마한 웅변적 원칙이나 광장의 선동적 구호가 아니라 일상적인 아주 작은 사물과 언행이 대형 기적을 일으킨다. 이것은 직장을 비롯하여 모든 조직과 집단에 적용하기가 수월한 공식이다.

일방적인 강요는 그 순간에만 효과가 있는 반면에 자각의 효과는 평생을 간다. 설득의 노고가 힘들고 시간이 걸리는 듯싶지만 결국 7천 번 똑같은 잔소리를 하기보다 한 번의 진지한 설득이 시간 절약에 훨씬 효과적이다.

평온한 마음이 나를 사로잡았다. 점점 더 자주 이런 생각이 머리에 떠올랐다. "이곳이 내가 설 자리야. 나는 이 일을 하려고 세상에 태어났어."(A sense of calm came over me. More and more often I found myself thinking, "This is where I belong. This is what I came into this world to do.") — 제인 구돌(Jane Goodall)

1957년에 구돌은 케냐 고지대 농장에 사는 친구한테 놀러갔다가 인간의 진화가 아프리카에서 이루어졌음을 증명하려는 연구에 정진하던 고생물학자 루이스 리키(Louis Leakey)를 만났다. 구돌이 "동물 얘기를 나누고 싶다"며 전화를 걸고 찾아간 리키 박사는 마침 침팬지의 사회생활에 관한 조사를 도와줄 비서를 구하려던 참이었다. 그래서 그는 석사 학위조차 없었던 구돌을 케임브리지 대학으로 보내 영장류의 행태와 해부학을 공부하도록 주선했다.

인용문은 구돌이 런던에서 학업을 마치고 1960년 7월 탄자니아 곰베(Gombe) 계곡으로 침팬지 세상과의 상견례를 하러 갔을 때 느낀 감동이었다. 그렇다면 "수도원에서처럼 영적인 힘"을 아프리카의 숲에서 느낀 구돌에게 리키와의 만남은 우연한 운명의 장난이었을까 아니면 운명적 필연이었을까?

야생에 대한 구돌의 사랑과 소명 의식은 리키 박사를 만나기 훨씬 전 어릴 적에 사업가 아버지로부터 선물로 받은 침팬지 봉제 인형 '기쁨이(Jubilee)'의 영향이 더 컸으리라는 주장도 유통 중이다. 그녀가 런던 집에 지금까지 소중하게 모셔놓은 기쁨이는 구돌 전설의 물적 증거와 상징으로 여겨지는 주물(呪物)이 되었다.

열정은 그 본성이 씨앗과 같아서, 내면으로부터 자양분을 구하고, 온갖 물길을 끌어서 모아들이는 속성이 탁월하여, 모든 생명력을 지류로 삼는다. (Passion is of the nature of seed, and finds nourishment within, tending to a predominance which determines all currents towards itself, and makes the whole life its tributary.) — 조지 엘리엇(George Eliot), 『다니엘 데론다(Daniel Deronda)』

어떤 한두 가지 순간적인 영향력이나 사건이 우리 인생의 행로를 결정하는 현상은 생각처럼 그리 흔하지 않다. 인생행로를 결정하는 요인은 한두 가지가 아니라 여러 가닥이 같은 방향으로 쏠리며 집결하는 물줄기 성향이다.

골짜기 언덕 기슭의 가느다란 여울은 바위와 숲을 피해 구불거리고 도망을 다니지만, 깊고 넓은 강물의 흐름은 오랜 세월을 기다리고 참아가며 산을 깎아 무너트리면서 가고 싶은 길을 뚫고, 아무도 감히 막지 못할 바다에 이르면 물이 세상을 덮는다.

오랫동안 푼푼이 돈을 모아 스물세 살에 아프리카 여행을 결행할 무렵의 제인 구돌은 대학 교육이나 취업의 필요성보다 "야생에서 살며 동물들과 이야기를 나누고 싶었던" 어린 시절의 꿈을 실험하려는 호기심의 지배를 받았다. 못난이 인형을 비롯하여 아버지로부터 받았을 수많은 장난감과 어머니의 수많은 설득보다 훨씬 오래전에, 침실에서 흙벌레와 같이 놀고 싶어 했던 두 살 때부터, 구돌의 마음속에서는 평생 흘러갈 초지일관 열정의 샘물이 솟아나고 있었다.

온갖 벌레들에게 물려 부스럼에 시달리며 침팬지들과 함께 곰베 숲속을 돌아다니던 구돌은 "여기가 내 세상이다!"라고 행복하게 외치고는 세상에서 제일 큰 동물원 놀이터의 주인이 되었다.

최고의 선물은 상점의 진열창이 아니라 사람의 마음속에 있다.(The best gifts come from the heart, not the store.) ─ 새라 데센(Sarah Dessen), 『자물쇠와 열쇠(Lock and Key)』

　너무나 흔해서 아무나 다 가지고 노는 곰돌이 대신 특이하게 못생긴 침팬지 인형을 제인 구돌에게 아버지가 선물했을 때 엄마의 친구들은 아이의 꿈자리가 사나워질까봐 걱정했단다. 아버지가 기쁨이를 선물했을 때는 악몽을 유발하려는 목적이 물론 없었고, 그렇다고 해서 아프리카 전설의 주인공이 되라고 유도하려는 속셈도 없었다. 그는 사랑을 주었을 뿐이요, 마음이 그것을 받아들이는 방식은 오로지 딸의 몫이었다.

　선물은 예쁜 물건에 여러 의미를 담기가 보통인데, 받는 마음이 때로는 주는 마음과 크게 다르다. 아버지가 가위를 선물로 줬다면 구돌은 필시 갖가지 동물의 털을 예쁘게 깎고 다듬는 도구로 삼았겠고, 꽃병을 받았다면 물을 담아 강아지에게 가져다주는 주전자로 사용했을 가능성이 크며, 사내아이들이나 좋아했을 불자동차를 성탄절 선물로 받았다면 공연히 땅위로 기어나왔다가 지나가는 사람의 발에 밟혀 빈사 상태에 이른 흙벌레를 싣고 조바심하며 삐뽀삐뽀 병원으로 달리는 상상의 자유를 누렸을지 모른다.

　무엇을 선물로 주더라도 창의적인 아이는 자기한테 익숙하고 좋아하는 목적을 위해 그것을 도구로 사용한다. 100가지 장난감을 주어봤자 결과는 마찬가지였으리라는 의미다. 못을 박아야 한다는 목적이 절실할 때는 꽃병과 불자동차도 망치가 된다.

선물은 주는 사람의 기쁨이지, 받는 사람의 소득이 아니다.(Presents are made for the pleasure of who gives them, not the merits of who receives them.)

— 카를로스 루이즈 자폰(Carlos Ruiz Zafón), 『바람의 그림자(The Shadow of the Wind)』

선물이란 주는 사람의 의무요 받는 사람의 권리라는 관념이 보편적이지만, 현실에서는 흔히 주는 사람의 기쁨으로 끝난다. 주는 사람은 즐거운데 받는 사람의 마음에 선물이 탐탁하지 않다고 여겨질 때가 특히 그러하다. 아이가 무엇을 좋아할지 어른이 알지 못하고, 아이도 자신이 원하는 바가 무엇인지 모르는 경우가 허다해서다. 그래서 우연히 어른과 아이가 함께 만족할 만한 품목이 나타날 때까지 갖가지 물건을 상점에서 계속 구입하는 번거로움이 주는 사람의 의무가 된다.

요즈음 경제적인 여유가 웬만큼 넉넉한 가정에서는 아기방 이외에 놀이방까지 따로 마련하여 온갖 장난감을 사방에 가득 즐비하게 늘어놓는 풍경이 예사롭다. 그렇게 상점의 진열창을 그냥 집안에 복제해놓은 환경을 우리는 아이를 위주로 꾸며놓은 천국이라고 착각하기 쉽다.

사랑을 눈빛으로 표현할 능력이 부족하니까 조바심이 나서 입으로 수다를 떠는 사람처럼, 물건의 목록으로 넓이와 수량만 채우려는 셈본에서는 정작 사람이 보이지 않는다. 셈본과 외국어와 과학 같은 교육적 목적으로 포장하여 공장에서 생산하고 상점에 진열하는 장난감으로 가득한 놀이방은 사교육을 연장하는 개인용 실습장이다. 아이에게 가장 훌륭한 교육용 장난감은 아무것도 없는 방에서 같이 놀아주는 어른이다. 아이는 부모가 무엇을 가지고 어떻게 놀며 살아가는지를 보고 인생을 배운다.

선택하는 방법을 알아내기는 어렵다. 훌륭한 선택은 더 어렵다. 그리고 무수한 가능성의 세상에서 좋은 선택을 하기는 힘겨울 정도로 어렵다.(Learning to choose is hard. Learning to choose well is harder. And learning to choose well in a world of unlimited possibilities is harder still, perhaps too hard.)
— 배리 슈워츠(Barry Schwartz), 『많을수록 적어지는 선택의 역설(The Paradox of Choice: Why More Is Less)』

    미국의 심리학자 슈워츠는 "선택의 급격한 확산은 불행하게도 우리가 살아가면서 낱낱의 개별적인 판단이 얼마나 중요한지를 제대로 판단할 기회를 박탈한다(Unfortunately, the proliferation of choice in our lives robs us of the opportunity to decide for ourselves just how important any given decision is)"며 넘쳐나는 선택의 자유가 오히려 삶의 질을 떨어트리는 장애물이라고 지적했다.

    이른바 학습의 동기를 억지로 유발하는 장난감이 수북하면 시간을 소비하는 수단의 가짓수만 잔뜩 늘어나 놀이 자체를 창조할 생산의 기회가 줄어든다. 과학이나 예술에 대한 관심과 흥미를 자극하려는 노골적인 욕심이 담긴 놀이 도구는 특정한 결과를 유도하려는 미끼일 따름이지 진정한 선물이 아니다.

    지렁이를 가지고 놀려는 아이에게 부자가 되라고 숫자 감각을 높이는 계산기를 사주거나 인기 가수가 되고 싶어 하는 아들딸에게 비싼 현미경을 선물해봤자 별로 소용이 없다. 돌잡이 잔치에서 아기가 집어 드는 실이나 돈이나 붓이 운명을 정말로 결정할 리는 없으니, 장난감으로 자식의 앞날을 개척해주겠다는 소망은 부질없기 짝이 없는 미망이다. 컴퓨터로 누구는 빌 게이츠가 되고 또 누구는 조주빈이 된다.

선택하는 능력을 상실하는 순간 인간은 인간이기를 그만둔다.(When a man cannot choose he ceases to be a man.) — 앤토니 버지스(Anthony Burgess),『시계 태엽 오렌지(A Clockwork Orange)』

18세기 스코틀랜드 계몽주의 사상가 데이빗 흄(David Hume)은 "거부할 자유를 보장하지 않고서는 선택의 자유라는 개념은 성립조차 되지 않는다(There is no such thing as freedom of choice unless there is freedom to refuse)"고 했다. 마음과 함께 주고받는 선물 또한 거부할 권리로 포장해야 옳겠는데, 선택할 가짓수가 많아지면 일일이 거부할 권리를 행사하기가 그만큼 어려워진다.

랜덤 하우스와 펭귄 북스 등 여러 출판사의 책 표지를 1년에 평균 75권씩 생산할 정도로 유명한 미국 화가 칩 키드(Chip Kidd)는 "선택의 여지가 너무 많으면 판단력이 망가지고, 목적의식이 뚜렷하지 않을 때는 더욱 그러하다(You can be crippled by too many choices especially if you don't know what your goals are)"라며 갈팡질팡 허둥대고 주춤거리다가 선택의 적기를 놓치는 사람들의 애로를 설명했다.

인도 출신의 캐나다 시각 장애인 여성이며 선택에 관한 세계 권위자로 꼽히는 쉬나 아옌가(Sheena Iyengar)는 그런 현상이 수반하는 심각한 부작용을 이렇게 부연했다. "선택의 여지가 너무 많으면 우리는 질려서 아예 아무것도 선택하지 않게 된다.(Too many choices can overwhelm and cause us to not choose at all.)" 진정한 자유는 가짓수로 권리를 속박하여 자유를 의무로 둔갑시키지 않는다. 자유는 혼자 생각하고 판단할 능력을 전제로 한다.

미래에 대한 초점이 뚜렷하고 변함이 없으면 그 결실이 번창한다.(Our focus is our future and what we focus on will multiply in our life.) — 데이빗 드노타리스(David DeNotaris)

　　지렁이와 인형과 침팬지는 서로 크게 다른 개체들이건만, 구돌의 삶에서는 그들 모두가 하나의 초점으로 모여 확고한 성향을 구성했다. "개의 눈에는 똥만 보인다"는 속된 격언처럼 어쩌면 이것은 온갖 다른 대상에서 보고 싶은 면만 보려고 하는 인간의 속성 때문이 아닐까 싶다.

　　낭군에게서 받은 사랑의 정표가 고작 옥비녀나 가락지 하나뿐이었을 조선의 여인은 그것을 꺼내 볼 때마다 떠나간 님에 대한 오만 가지 추억을 되새김질했다. 그러면 애틋한 느낌이 주렁주렁 수없이 갈래를 친다. 하지만 3천 궁녀를 거느린 임금님은 과연 어느 1/3,000과 행복하고 감동적인 사랑을 얼마나 누렸을까?

　　받아서 모아놓은 선물의 가짓수가 많아질수록 이리저리 배분된 추억은 점점 작게 흐려지다가, 급기야는 물건의 가격만 보인다. 무엇이건 가짓수가 너무 많으면 지겨워서 하나도 거들떠보지 않는다. 잔뜩 찍어놓은 비슷비슷한 사진들을 좀처럼 꺼내 보지 않다가 어느 날 갑자기 한꺼번에 내다버리기도 한다. 그러나 한 장뿐인 사진은 절대로 버리지 않는다.

　　사물 또한 한 가지만이 대상일 때는 상대적으로 늘어나는 애착을 쏟아부어 이리저리 뜯어보고 그 개체의 온갖 양상을 탐구하는 상상력이 발동한다. 초점이 뚜렷하면 눈에 보이는 대상에서 눈에 보이지 않는 관념들이 가지를 친다. 상상력의 초점이 뚜렷한 사람은 남들이 육안으로 보지 못하는 세상을 마음으로 보고 존재하지 않는 현실을 머릿속에서 만들어낸다.

새끼를 키우는 침팬지들을 지켜보면서 나는 자식을 두면 틀림없이 즐거우리라는 사실을 깨달았다.(One thing I had learned from watching chimpanzees with their infants is that having a child should be fun.) — 제인 구돌(Jane Goodall)

베르나르 베르베르(Bernard Werber)의 소설 『개미(Les Fourmis)』는 패권주의 전쟁에 혈안이 된 세상을 비인간 시선으로 조명했고, 만화 영화 〈개미(Antz)〉 또한 계급 투쟁과 혁명 같은 집단 폭력 행위를 곤충의 논리로 비유했다.

우리는 언제나 삶을 진지하게 직시해야 옳겠지만 때로는 의도적 왜곡이나 시선 이탈이 설득에 주효한다. 그래서인지 인간 행태를 동물에 견주는 우화의 화법은 이미 아이소포스와 라 퐁텐과 조지 오웰을 비롯하여 여러 작가들이 애용하던 장치였다.

학술 분야에서는 노벨상을 받은 오스트리아의 동물학자 콘라트 로렌츠(Konrad Lorenz)가 동물의 행태와 인간의 심리를 병립시키는 독해법을 구사한 『솔로몬의 반지(Er redet mit dem Vieh, den Vogeln und den Fischen, 영어 제목 King Solomon's Ring)』로 세상의 주목을 받았다. 그러나 『솔로몬의 반지』는 오리, 갈가마귀, 기러기 등 여러 동물이 인간을 흉내 내는 듯한 앵무새 현상을 인용하여 흥미를 유발한 반면에, 제인 구돌은 거꾸로 인간이 영장류에게서 선행과 악행을 학습했다는 뒤집어 읽기를 요구한다.

서울대공원에 가서 하등 동물을 구경하는 만물의 영장 시선과는 달리. 침팬지 공동체에서 인간인 나 자신이 드러내는 속성의 뿌리를 찾아내는 진지한 동일시의 유추에 초점을 맞춘 독특한 시선으로, 구돌은 아무도 보지 못하는 화법을 찾아냈다.

사랑스러운 사람들이 사는 세상은 사랑스럽다. 고약한 사람들이 사는 세상은 고약하다. 똑같은 세상인데.(Loving people live in a loving world. Hostile people live in a hostile world. Same world.) — 웨인 W. 다이어(Wayne W. Dyer)

야생 기록 영화에서 침팬지가 떼를 지어 원숭이를 몰아 사냥하여 나무 위에서 산 채로 팔다리를 갈기갈기 찢어 나눠 먹는 잔혹한 장면은 정말로 섬뜩하고 끔찍해 보인다. 하지만 사자나 치타가 벌이는 똑같은 사냥 행태에 대하여 우리는 맹수의 용맹한 공격성을 영웅적이라고 해석하며 완전히 다른 반응을 보인다. 뿐만 아니라 살아서 꿈틀거리는 낙지를 우리는 아무렇지도 않게 질경질경 씹어 먹으며 양심의 가책 따위는 느끼지 않는다. 소와 돼지는 아무렇지도 않게 마구 잡아먹으면서 식용 개고기는 비인간적이라고 차별하는 편가르기 인식도 별로 다를 바가 없다. 왜 그럴까?

종이 다른 영양이나 파충류를 먹이로 삼는 대신 몸집만 작을 뿐 친척뻘인 영장류 원숭이를 침팬지가 잡아먹는 모습이 혐오스러운 까닭은 당연하다. 인간과 유전자가 97퍼센트나 똑같은 침팬지는 나 자신이며, 그러니 "동족을 잡아먹는 야만적인 식인종"이라고 연상하는 간접 자의식 때문에 은근히 느껴지는 수치스러운 인간침팬지 열등감은 자연스러운 반응이다.

제인 구돌은 육아에서 폭력과 전쟁에 이르기까지 다방면에 걸쳐 인간 고유의 감정이라고 인류가 믿어온 정서적 가치관을 침팬지에게서 확인했다. 어미가 죽은 다음 슬퍼서 식음을 전폐하고 뒤따라 굶어 죽는 새끼 침팬지를 보고 구돌이 느낀 비통한 슬픔의 공감과 연민은 영장류 동족을 살려야 한다는 강력한 동기가 되었다.

변화를 일으키려면 우선 상대방의 말에 귀를 기울이고, 그런 다음에 옳지 않다고 여러분이 믿는 행위를 하는 사람들과 대화를 시작해야 합니다.(Change happens by listening and then starting a dialogue with the people who are doing something you don't believe is right.) — 제인 구돌(Jane Goodall)

아프리카로 들어간 지 10년 후에 구돌이 설립한 협회는 현재 1만 곳이 넘는 자연 보호 단체의 활동을 이끌어갈 만큼 세계적인 기구가 되었다. 100여 개국에서 수십만의 도우미들이 모여들어 따르려고 하는 그녀의 귀감은 일로매진 초점의 시각과 더불어 어머니에게서 학습한 설득의 기술이었다.

이른바 자연을 보호한다는 기존의 수많은 단체들이 수목과 동물들의 나라를 훼손하지 못하도록 지켜주려는 방식은 원주민들을 원흉으로 몰아 내쫓고 격리시키느라고 지역 사회와 대립하는 형태를 취해왔다. 반면에 이름조차 "누이 좋고 매부 좋고 두루두루 다 좋다"는 뜻인 구돌(good all)이 추진한 '뿌리와 새싹(Roots & Shoots)' 운동은 '원흉'들을 친구로 만들어 협조를 얻어내는 설득과 공감의 전략이었다.

구돌이 창안한 새로운 지킴이 모형은 자연을 보호하기 이전에 원주민부터 살려내자는 방식이었다. 숲을 갈아엎어 밭을 만들고 나무를 베어 땔감으로 써야만 하는 가난의 부작용이 자연을 훼손한다면 가난한 원주민들을 몰아내는 대신 그들로 하여금 가난을 벗어나도록 삶의 질을 높여주자는 발상이었다. 갈등을 이겨내는 연금술로 구돌은 공존의 치유 효과를 선택했다.

사람들이 인식하는 바가 곧 현실이다. 그렇다면 인식을 바꿈으로써 우리는 현실을 바꿀 수가 있다는 얘기다.(Your reality is as you perceive it to be. So, it is true, that by altering our perception we can alter our reality.) ─ 윌리엄 콘스탄틴(William Constantine)

　　해방 직후 우리나라가 온통 벌거숭이 민둥산이었던 까닭은 백의민족의 땔감이 뒷산에서 베어온 나무가 전부이기 때문이었다. 전쟁 무렵의 초근목피 시절에는 '인간 송충이'들이 야산으로 올라가 속껍질을 벗겨 먹어 허리춤을 허옇게 드러낸 비참한 소나무들이 시골길 주변에 즐비했다. 국가에서 나무를 사랑하자는 표어를 아무리 열심히 만들고 법으로 말려봤자 어떻게 해서든지 맨손으로 살아남아야 하는 사람들의 귀에는 소용이 없는 경읽기였다.

　　땔감이 동네 주변 나무에서 연탄과 석유로 바뀌고 식목일을 만들어 단체로 조림을 하면서 초록빛을 되찾은 우리의 산하는 결국 먹고살기가 좋아지면서야 자연의 부활을 이루었다. 경제적인 여유가 생겨 자연을 훼손하지 않으면서 편안히 먹고 살아가는 사람들이 아직 원시를 벗어나지 못한 계층에게 "자연은 내가 눈으로 즐기기만 하겠으니 너희들은 감히 건드리지 말고 기꺼이 굶주려야 한다"고 거드름을 떨면 그것은 오만한 명령이다.

　　예로부터 자연의 일부로 그곳에서 모든 생존 수단과 재료를 구했던 인류를 우리는 자연 파괴범이라고 분류하지 않는다. 자연이 산소를 생산하는 관람용 오락물이냐 아니면 절박한 생존의 수단이냐─어느 쪽으로 시각을 바꾸느냐에 따라 악인은 선인이 된다. 퇴치해야 할 적은 인간이 아니라 굶주림이다. 이런 인식과 고민을 거쳐 구돌은 설득의 마법이라는 해답을 찾아냈다.

"내 잘못일지도 모릅니다. 난 실수를 자주 하니까요. 그러니 우리 함께 사실 확인을 해봅시다." 이런 표현은 마력을, 긍정적인 마력을 발휘한다. (There's magic, positive magic, in such phrases as: "I may be wrong. I frequently am. Let's examine the facts.") — 데일 카네기(Dale Carnegie), 『인간관계론(How to Win Friends and Influence People)』

"경부고속도로 만남의 광장 맞은편에 설치된 40미터 높이의 대형 쏘나타 광고판에 환경 단체인 그린피스가 글자 스티커를 붙였습니다. '내연 기관 이제 그만'이라는 문구였는데, 현대자동차 측은 억울하다는 입장입니다." 2019년 9월 16일에 텔레비전으로 방송된 내용이다. 환경을 보호한다는 세계 굴지의 단체가 설득보다는 투쟁을 선호하여 남의 환경을 파괴한 이율배반 현장이었다.

현대자동차 측이 왜 "억울하다는 입장"을 하소연했을까? 환경 단체 투사들은 타인들이 시간과 돈과 공을 들여 세워놓은 간판의 풍경을 훼손하기 위해 만남의 광장까지 가는 교통수단으로 틀림없이 자동차의 내연 기관을 이용했을 듯싶다. 용산 본부에서부터 만남의 광장까지 무거운 사다리를 들고 걷거나 마차를 타고 갔을 리야 없을 테니까 말이다. 이렇게 물건이나 사람을 기껏 이용만 하고 뒷전에서 비난하는 행태를 정치판에서는 토사구팽이라고 한다.

2020년 여름에 한경대학교의 김승환과 황문석 두 교수는 돼지 분뇨를 말려 비료로 만드는 과정에서 발생하는 메탄가스로 난방을 하고 전기까지 덤으로 생산하는 시설을 경기도 안성시 일죽면에 세웠다고 한다. 골칫거리 배설물을 없앤다고 돼지들의 항문을 막아버리기보다는 훨씬 생산적인 양수겹장 환경 보호 묘수다.

누군가 말하기를 생각하기보다는 비난하기가 정신적으로 힘이 덜 든다고 그랬다.(Someone has said that it requires less mental effort to condemn than to think.) — 에마 골드만(Emma Goldman), 『저주받은 무정부주의자(Anarchism and Other Essays)』

환경 단체 전사들이 만남의 광장을 대결의 광장으로 삼아 자동차 간판을 꾸지람하러 갔을 때, 자연 보존을 위해 내연 기관을 버리고 마차를 교통수단으로 삼았다 하더라도, 자연의 순리를 어기기는 마찬가지였다고 트집 잡기가 어렵지 않다. 내가 타고 갈 수레를 짐승더러 끌게 하는 행위 자체가 동물 학대에 해당되기 때문이다. 그리고 마차도 자동차처럼 나쁜 짓을 한다. 뉴욕 센트럴 파크에서 관광객을 태운 마차를 끌고 다니는 말들은 배설물로 길바닥 여기저기를 오염시킨다.

어느 쪽에서이건 상대방의 단점을 들춰내며 허물을 잡으려고 이런 식으로 따지고 덤비면 한이 없다. 남의 잘못을 꾸짖는 무한 특권을 행사할 자격을 갖출 만큼 전혀 잘못을 저지르지 않는 완전무결한 인간은 존재하지 않는다, 남에게서 불완전함이 보이면 손가락질을 하며 꾸짖기 전에, 시선을 돌려 나에게는 똑같은 결함이 없는지 확인하여 자신의 부족함부터 고쳐야 하는데, 그것이 참 어려운 일처럼 보인다.

비슷한 약점을 지녔으면서 누군가를 공격하면 내 입장은 두 배로 더러워진다. 같은 약점을 지녔다는 죄에 "겨 묻은 개를 나무란 똥 묻은 개"의 위선적인 허물이 가중되기 때문이다. 그럼에도 불구하고 자신의 잘못을 고칠 생각은 하지 않으면서 남에게서만 결함과 평계를 뒤져 찾기에 바쁜 사람들이 세상을 지배하려고 몰려다닌다.

"그 말에는 혹시 어떤 다른 의미가 있지 않을까?"라고 잠깐 짬을 내어 살펴보기만 하더라도 세상에서 벌어지는 대부분의 오해가 사라진다.(Most misunderstandings in the world could be avoided if people would simply take the time to ask, "What else could this mean?") — 섀넌 L. 올더(Shannon L. Alder)

"머리가 나빠 오(5)해하기가 어려워 이(2)해밖에 못하겠다"며 못난 '내 탓'을 하기에 익숙한 사람은 타인이 의도하지 않고 저지른 잘못을 손가락질하는 대신 오해의 소지를 이해하려고 노력한다. 일방적으로 내 주장이 옳다고 우기기 전에 잠깐 짬을 내어 남의 인식은 어떠한지 살펴보려는 배려가 온갖 불화를 해소하는 묘약이다. 가정과 직장 어디에서나 적용이 가능한 화합의 공식이다.

환경 단체에서는 내연 기관이 싫다면 남의 광고판과 싸우지 말고 자동차가 아닌 다른 대체 수송 수단을 만드는 연구를 돕기 위해 발 벗고 나서야 제인 구돌의 공식에 맞는다. 자동차가 없는 원시 시절로 되돌아가기는 불가능할 뿐 아니라 바람직한 현실이 아니다. 그리고 비록 자연 파괴와 공해를 방지하는 대체 수단이 마련되더라도 새로운 수송 방식은 아직 우리가 예측하기 불가능한 미래의 수많은 해악의 풍선 효과 부작용을 초래할 확률이 크다.

지금은 플라스틱이 매년 800만 톤씩 바다로 흘러들어가 썩지 않고 쌓이는 골칫거리라고 미움을 받는다. 처음 플라스틱이 발명되었을 때는 나일론과 비닐이 썩지 않고 영구히 사용하는 기적의 물질이라며 온 세상이 칭송하고 숭상했었다. 콘크리트와 플라스틱은 쉽게 자연으로 돌아가지 않는다는 똑같은 이유로 처음에는 사랑을 받다가 뒤늦게 미움을 받는 이율배반의 희생물이다.

과도한 찬사는 과도한 비판과 똑같은 독선의 틀에서 찍혀 나온다. (Excessive praise arises from the same bigotry matrix as excessive criticism.) — 스테판 몰리뉘(Stefan Molyneux)

대결의 광장에서 기껏 좋은 일을 한다며 타인의 시설물을 훼손하고 비난을 받은 환경 단체가 "대의를 위해서 실천한 행동이 무슨 그리 큰 죄냐"며 언론의 호들갑에 대하여 자동차 회사 못지않게 '억울하다는 입장'을 표명할 권리는 얼마든지 행사가 가능하다. 나를 칭찬하기가 쉬운 그만큼 남을 비판하는 일이 쉽다고 계산하는 몰리뉘 공식의 당위성에 입각하면 그렇다.

하지만 잘못의 크기는 행위자의 정체에 따라 상대적으로 달라진다. 좋은 일을 100가지나 이룩했고 실수를 단 한 번 저질렀는데, 억울하게 사람들이 한 가지 잘못만 기억하는 사례가 흔하다. 장점이 100이요 단점이 1이면 당연히 단점이 1/100밖에 안 되니까 하찮은 흠이라고 누구나 간과하고 용서할 듯싶지만, 대중의 인식은 그 계산법을 따르지 않는다.

좋은 일을 많이 할수록 결함이 그만큼 더 대조적으로 커 보이는 까닭은 "그럴 줄 몰랐다"는 실망감의 부피가 낳는 부작용 탓이다. 하양이나 노랑이나 분홍처럼 밝은 빛깔의 바탕에는 얼룩이 나면 그 흠결이 선명하게 잘 보이지만, 지저분한 바탕에서는 웬만한 더러움이 아예 눈에 띄지도 않는다. 그래서 악인이 모처럼 선행을 하면 대단한 가치를 발휘한다.

무엇인가 좋은 일을 많이 한다고 집단 인식에 우상으로 각인된 개인이나 단체가 어쩌다 저지르는 아주 작은 실수가 색안경에 두드러지는 현상이 그래서 발생한다. 정치인이나 연예인들에게 군중이 들이대는 일방적이고 엄격한 잣대에서 우리가 자주 확인하게 되는 쌍방향 독선이다.

그때에 예수님께서 말씀하셨다. "아버지, 저들을 용서해주십시오. 저들은 자기들이 무슨 일을 하는지 모릅니다." 그리고 그들은 제비를 뽑아 그분의 겉옷을 나누어 가졌다.(Then Jesus said, "Father, forgive them, for they do not know what they are doing." And they divided up His garments by casting lots.) — 루카 복음서 23장 34절(Luke 23:34)

　　광장의 민주주의적 다수결에 따라 살인범 바라바에게 유월절 사면의 기회를 빼앗겨 십자가에 매달린 그리스도는 "자신들이 무슨 짓을 저지르는지를 알지 못하는" 우매한 인간 집단을 용서해 달라고 마지막으로 하느님에게 부탁한다. 그러나 세상을 지배하던 로마 제국의 병사들은 자신의 잘못과 그에 따른 처벌이나 용서 따위는 아랑곳하지 않고 예수가 몸에 둘렀던 낡아빠진 옷가지를 나눠 차지하려고 십자가 밑에서 주사위로 따먹기 도박을 벌였다.

　　자신이 저지르는 행위가 무엇을 의미하는지 입체적으로 파악하지 못하는 사람은 로마 군인들만이 아니다. 타인의 잘못을 인지하고는 그 죄를 용서하며 말없이 돌아서서 떠날 줄 아는 너그러운 사람은 드물다. 잘못을 저지른 타인을 용서하고 관계를 끝내는 데서 그치지 않고 흠결을 지닌 사람의 가치를 찾아내 함께 가는 사람은 더욱 드물다. 제인 구돌은 세 번째 선택을 한 인물이었다.

　　자연 파괴의 또 다른 원흉인 기업들을 비난하는 대신 구돌은 대화와 소통을 거쳐 돈독한 관계를 만들어 그들로부터 많은 후원을 받아냈다. 원주민과 기업을 상대로 적개심에 불타 좌충우돌 싸우는 대신 구돌은 원주민이 숲을 파괴하지 않아도 되도록 기업들이 그녀와 함께 돕는 순환의 다리를 마련하는 연결고리 노릇을 했다. 모조리 때려 부수는 대신 모조리 살려내는 연금술이었다.

우리가 듣는 모든 말은 사실이라기보다 견해일 따름이다. 눈에 보이는 모든 대상은 진실이라기보다 견지(見地)일 따름이다.(Everything we hear is an opinion, not a fact. Everything we see is perspective, not the truth.) — 카라칼라(Caracalla(Marcus Aurelius Antoninus Bassianus))

헨리 데이빗 도로우는 "눈으로 무엇을 보느냐가 아니라 지성으로 무엇을 인지하느냐가 중요하다"며 겉을 살피는 관측보다 올바른 내적 판단이 진리를 찾아내는 참된 눈이라고 주장했다. 웨인 다이어는 "사물을 보는 눈이 달라지면 우리가 보는 사물 자체가 달라진다"고 했으며, 그래서 미국인 삽화가 메어리 엥걸브라이트(Mary Engelbreit)는 "무엇인지 마음에 들지 않아 바꾸고 싶다면 생각하는 방식 자체를 바꾸면 된다"는 해답을 내놓았다.

아르투어 쇼펜하우어는 『인생론과 행복론(Parerga und Paralipomena)』에서 보편성을 벗어나 남다른 시각을 갖추려면 "아직 아무도 보지 못한 무엇을 찾으려고 애쓰기보다 모두가 보기는 했지만 아무도 하지 못한 생각을 하라"고 주문했다. 그러면 양극으로 갈라진 상반된 가치를 함께 받아들여 조합하는 경지에 이른다. 옳다고 믿었던 나의 신념을 병들게 하는 편견과 환각의 실체를 상극인 견해 속에 숨겨진 이치에서 찾아 치유하라는 뜻이다.

그런 경지를 오거스틴 맨디노(Augustine "Og" Mandino)는 이렇게 설명했다. "나는 길을 보여주는 빛을 사랑하기는 하겠지만, 별들을 보여주는 어둠 또한 기꺼이 받아들이겠노라.(I will love the light for it shows me the way, yet I will endure the darkness for it shows me the stars.)"

행복하다고 생각하면 행복해야 할 이유가 저절로 생긴다.(Be happy, and a reason will come along.) ─ 로벗 브롤(Robert Breault)

12장
첫째와 행복의 조건

원시 시대를 벗어나면서 인간은, 손으로 집어들 수량보다 무엇인가 조금이라도 더 가지고 가기 위해 보자기나 자루를 만들어 이것저것 챙겨 넣거나, 옷에 안팎으로 호주머니를 주렁주렁 붙여 달기 시작할 때부터, 생존 기간을 연장하기 위해 나중에 먹으려는 식량을 비축하는 지혜를 발휘했다. 인류는 그렇게 미래의 꿈을 설계하는 부담스러운 준비성을 갖추었다.

그러나 점점 더 많은 자루와 호주머니를 몸의 이곳저곳 장착하고 곳간을 여기저기 만들면서 인간은 마음속에서 탐욕의 밭을 갈고 이기심의 씨앗을 사방에 뿌려 심었다. 비축하는 마음의 공간이 넓어지면서 우리 영혼은 그 면적에 정비례하여 영혼이 깊게 썩는다. 마음이 욕(慾)으로 병들지 않도록 치유하려면 소망의 공간을 줄여야 한다.

어리석은 자는 세상을 정복하려고 한다. 현명한 사람은 자기 자신을 정복하고 싶어 한다.(When we are foolish, we want to conquer the world. When we are wise, we want to conquer ourselves.) — 존 C. 맥스웰(John C. Maxwell)

1974년 남아프리카 더반에서 주먹으로 세상을 정복한 권투 선수 홍수환이 한국으로 전화를 걸었다. "엄마야? 나 챔피언 먹었어"라고 그가 선언하자 '엄마'는 "대한국민 만세다!"라고 문법이 감격스럽게 틀린 화답을 해서 '국민'을 즐겁게 했다.

1949년 할리우드 영화 〈백열(白熱, White Heat)〉의 마지막 장면에서는 제임스 캐그니가, 현금 수송 차량을 턴 다음 화학 약품 공장 저장고가 폭발하여 화염이 사방에 치솟는 한가운데 우뚝 서서, 하늘나라의 엄마를 향해 외친다. "Made it, Ma. Top of the world!" 홍수환 식으로 번역하자면 "드디어 성공했어. 엄마, 나 온 세상 먹었어!"라는 뜻이다. 다음 순간 캐그니는 경찰의 집중 사격을 받고 무지막지하게 장렬한 개죽음을 맞아 일확천금 한탕을 열심히 노리던 꿈 많은 인생을 마감한다.

정상(頂上)도 정상 나름이고 세상도 세상 나름이다. 그리고 세상 꼭대기에 위치한 자리의 질과 종류야 어떻든, 첫째라는 순위가 행복의 주요 조건이기는 하지만 필수 조건은 아니다. 첫째나 1등이 아닐지언정 행복하게 잘 살아가는 사람은 세상의 중간층과 밑바닥에 얼마든지 많다. 행복은 비교 개념이 아니고 단독으로 크기를 구성하는 독립된 정서의 단위기 때문이다.

때로는 내가 세상 꼭대기에 올라앉은 느낌이다. 또 어떤 때는 세상이 나를 깔고 앉은 느낌이 든다.(Sometimes I feel like I am on top of the world. Other times it feels like the world is on top of me.) — 레이건 봇처(Raegan Butcher), 『녹슨 현악 4중주(Rusty String Quartet)』

내가 세상을 정복했는지 아니면 세상이 나를 깔고 뭉개는지를 결정하는 기준이 단순한 '느낌'의 농간인 경우가 많다. 쉬운 말로 과장하여 왜곡하면, 행복과 불행은 대부분 기분 문제다. 세상을 정복하고 사업에 성공하여 완벽한 첫째가 되었다고 해서 항상 행복해지지는 않는다. 웅장한 1등의 삶이 꼭 웅장하게 행복한지 여부는 명성과 영광에 대한 만인의 반응보다 내 마음이 판단한다.

순위 따위는 신경을 안 쓰면서 살건만, 몇 등이건 상관없이 무척 행복한 사람은 얼마든지 많다. 인간의 행복은 첫째의 훈장이 완벽하게 보증해주는 축복이 아니다. 행복의 상대적 가치는 크기와 모양이 사람에 따라 서로 다르며, 첫째를 하지 않아도 인생에서 무순위 승자가 되기는 어렵지 않다. 삶의 승패는 객관적 시험의 정답보다는 주관적 채점이 분류한다.

어쩌면 기를 쓰고 첫째가 된 사람보다 세상 꼭대기로 기어 올라가는 일에 관심이 없어서 이를 악물거나 기를 쓰지 않고 편히 살아가는 사람의 느긋한 휴식이 진정한 행복의 본질일지 모른다. 낚시꾼에게는 큰 붕어 한 마리만 잡아도 며칠 동안 즐겁기 짝이 없을 뿐 아니라, 그 기쁨을 잊지 못해 술판이 벌어질 때마다 몇 십 년 동안 두고두고 행복하게 자랑을 늘어놓는다. 작은 성공이라고 해서 행복의 보상이 덩달아 작아지지는 않는다.

마음으로 이루는 행복 그리고 도피를 위해 추구하는 황홀한 순간들의 엄청난 차이. 하나는 땡전 한 푼 돈이 안 들어가고, 다른 하나는 영혼을 세금으로 빼앗아간다.(Huge difference between being happy at will, and chasing euphoric moments as an escape. One doesn't cost a dime, the other will tax your soul.) ─ T. F. 핫지(T. F. Hodge), 『내면에서 일어선 자아(From Within I Rise)』

대박 한탕 큰 수확은 1회성 황홀이다. 마약과 도둑질의 불안한 1회성 황홀은 그 약발이 오래가지 않는다. 그래서 기껏 한탕에 성공한들 약발이 떨어질 때마다 대박 도전을 한없이 반복해야 하고, 영원히 반복되는 대박 사냥은 영혼이 피폐하여 교도소로 끌려갈 때까지 멈추지 않는다. 좀도둑질을 해서 재벌이 된 사람은 세상에 없다. '큰도둑(大盜)'이라고 해봤자 마찬가지다.

복권 당첨처럼 집채만큼 큰 즐거움을 단 한 번에 확보해서 떵떵거리는 행복을 추구하겠다는 꿈은 망상이다. 의지력으로 구상하여 노고로 쌓아올리지 않고 우발적으로 이루어지는 황홀한 성공은 두뇌 속에서 소용돌이를 일으키는 썩은 물과 같다. 흥청망청 먹고 마시며 취해 곯아떨어져 이튿날 숙취에 시달리는 환락은 행복한 나날의 일상이 아니다.

어느 만큼을 성공해야 충분히 행복한지를 몰라서 끝없이 피땀 흘려 고생을 영원히 계속하는 미완성 진행형 승리자들이 우리 주변에 의외로 많다. 호주머니를 주렁주렁 달고 다니는 탐욕의 노예가 되어봤자 몸과 마음만 무거워지기 쉽다.

천박함만큼 역겹고, 모욕적이고, 짜증스러운 것은 없다.(There is nothing more awful, insulting, and depressing than banality.) — 안톤 체호프(Anton Chekhov), 『문학 선생(The Teacher of Literature)』

시골 고등학교에서 러시아 문학을 가르치는 젊은 교사 니키틴은 부유한 지주의 딸과 결혼하여 "팔자를 고치게" 되자, 풍족한 일생을 보장받았다며 인생에서 성공했다고 자부한다. 그러다가 도박장에서 부잣집 딸과 결혼하여 즐거워하는 다른 남자들의 행태를 보고 행복의 환각이 순식간에 파열한다. 결혼은 인생이라는 긴 여행에서 한 정거장에 불과하며 재물은 물질일 따름이어서 영적 자산을 화폐 단위로 환산하기가 어렵다는 깨달음을 얻었기 때문이다.

니키틴은 아무리 곱게 봐도 기껏 기회주의자가 되어버린 초라한 자신이 천박한 거짓의 덫에 걸린 지성일 따름이라고 각성하고는 "오늘 당장 탈출하지 않았다가는 미쳐버리고 만다"는 결론을 내린다. 미완성 행복의 시작이 잠재적 불행의 씨앗 노릇을 하는 인생의 덫임을 성숙의 단계에서 인지하게 되는 현상을 체호프는 『6병동』에서 이렇게 다시 서술한다.

"인생은 짜증나는 덫이어서, 사고하는 인간은 성숙의 단계에 이르러 자각이 만발하면, 벗어나기가 불가능한 덫에 걸렸다는 느낌을 필연적으로 감지한다.(Life is a vexatious trap; when a thinking man reaches maturity and attains to full consciousness he cannot help feeling that he is in a trap from which there is no escape.)" 삶은 세상을 떠나는 마지막 순간까지 이어지는 하나의 기나긴 현상이어서, 영화나 소설처럼 행복과 불행히 적당하게 매듭을 짓는 곳에서 끝나지를 않는다.

340

인간의 불멸성을 물질과 교환하겠다는 판단은 안에 담긴 값비싼 바이올린이 망가져 쓸모가 없어진 다음에 그것을 담았던 통의 미래를 미리 평가하려는 이상한 계산법이다.(To regard one's Immortality as an exchange of matter is as strange as predicting the future of a violin case once the expensive violin it held has broken and lost its worth.) — 안톤 체호프(Anton Chekhov), 『6병동(Ward No. 6)』

한탕 '대박'을 터뜨려 누리는 흥청망청 환락은 진정한 행복이 아니듯 시집이나 장가를 잘 가서 "팔자를 고친다"던 옛 신화는 인생의 궁극적인 성공이 아니다. 불멸성을 기획하는 인간은, 기본 조건을 충족시키는 청춘기의 첫 노역에 성공하면, 그때부터 형태가 바뀌어 새로 시작되는 삶을 어떻게 살아야 하는지를 준비한다.

아무리 어마어마할지언정 하나의 성공은 끝이 아니고 새로운 삶을 준비하는 또 하나의 시작에 불과하다. 인생 설계는 그래서 끝을 어디엔가 함부로 설정해놓았다가는 좀처럼 마무리가 나지 않은 '여생'에서 아직도 까마득하게 남은 미래의 문턱에 멈춰 길을 잃는다. 소중한 바이올린이 망가지고 음악가로서의 활동이 끝난 다음에도, 끝이 보이지 않는 인생은 길게 계속된다.

좀처럼 만족을 모르는 대박의 야망은 아름다운 꿈과 즐거운 희망의 장벽을 넘어 자기 학대의 가시밭길로 계속 줄달음치는 잠재성을 지닌다. 작은 성공에 좀처럼 보람을 느끼지 못하고 허무해지는 배고픈 마음 때문이다. 음악을 만드는 바이올린이 영광을 마감하더라도, 흘러간 과거의 부스러기를 주워 담아 그것을 다스리는 그릇에게는 나름대로의 소명이 따로 있다.

인간은 사물 자체보다 그에 대하여 자신들이 형성하는 온갖 원칙과 관념 때문에 마음이 어지러워진다.(Men are disturbed, not by things, but by the principles and notions which they form concerning things.) — 에픽테토스(Epictetus), 『도덕에 관한 작은 책(The Enchiridion)』

붉은 행성(Red Planet)이라고 알려진 '불타는 별(火星)'에서 탐사선이 보내준 사진을 처음 받아본 미국 항공 우주국에서는 잠시 혼란에 빠졌었다고 한다. 온통 붉으리라고 믿었던 화성이 그렇지를 않아서였다. 그들이 받아본 사진은 천연색 그림이 아니라 점묘파 그림처럼 무수한 점을 나타내는 숫자(digital) 0과 1의 배열로 이루어졌고, 그것을 그림으로 해독하여 조립했더니 엉뚱한 빛깔을 보여주었던 탓이다.

숫자로 읽어낸 색채의 오역은 화성의 하늘을 지구에서처럼 푸른빛으로 설정하면서 비롯되었고, 그래서 하늘의 기준을 바꾸고 났더니 그제야 정답이 나왔다고 한다. 시각이 왜곡되면 세상과 삶은 물론이요 자연계의 원리들마저 와전된다. 인생의 독해법 역시 그와 별로 다를 바가 없다.

영적인 시선의 굴절 현상도 마찬가지일진데, 우리는 영혼의 질병에 대하여 육신의 병만큼 관심을 보이지 않는다. 그래서 에픽테토스는 이런 처방을 주문했다. "몸에서 종양과 종기를 제거하기보다 우리는 마음에서 잘못된 생각을 제거하는 일에 더 많은 노력을 기울여야 한다.(We ought to be more concerned about removing wrong thoughts from the mind than removing tumors and abscesses from the body.)" 불행은 잘못된 인식의 틀 때문에 해석을 잘못하여 생겨나는 마음의 종양인 경우가 많다.

342

성공을 감당할 능력을 갖추기 전에 지나치게 빨리 성공이 닥치지 말라고 빌어야 한다.(Pray that success will not come any faster than you are able to endure it.) — 엘벗 허바드(Elbert Hubbard)

대학에 들어가기, 취업하기, 결혼하기—보통 사람들의 인생에서 가장 뚜렷한 3대 성공 목표다. 하지만 이 모두는 평균 인생의 전반기에 모두 끝난다. 사람들은 그런 목표를 달성한 다음 후반기를 어떻게 살아갈지를 설계하지 않아서 중년에 사막 한가운데서 주저앉는 낭패를 본다.

결혼에 성공한 수많은 부부들에게 4년마다 거의 주기적으로 실망의 권태기가 찾아오듯, 취업에 성공한 수많은 사람들에게는 직장생활을 얼마쯤 하고 나면 열정과 시련의 분기점이 벌떡벌떡 찾아온다. 목적을 달성하려는 준비만 하면서 성공한 다음의 나날을 다스리는 요령을 구상하지 못한 탓이다.

온갖 자격증을 수북하게 따서 수집해봤자 인생의 숙제가 통쾌하게 말끔히 끝나지를 않는다. 취업을 못하면 자격증은 아무 소용이 없다. 기껏 취업을 하고 나서도 더 많은 경쟁과 훨씬 힘겨운 도전이 끝을 모르고 이어진다.

인생은 정거장마다 한 줌씩 손님을 태우고 내려놓는 시골 완행열차와 같아서, 거쳐가는 여러 단계에 무엇인가를 많이 내려놓고 새로운 무엇인가를 조금씩 받아 싣는다. 목적지에 내려도 여로는 끝이 아니고, 집까지 계속 걸어가야 하는 느린 삶이 기다린다.

노래를 부르고 싶어 하는 사람은 어디서건 노래를 찾아낸다.(Those who wish to sing always find a song.) — 스웨덴 속담(Swedish proverb)

우리나라가 온통 가난하고 어려웠던 시절에, 자동차를 공짜로 실컷 타보고 싶어서 버스 안내양이 되었다는 중년 여성이 텔레비전에 출연했다. 지금은 고향에서 시골 버스 운전기사로 일한다고 그녀는 싱글벙글 자랑했다. 참으로 작은 꿈을 성취한 그녀는 매우 행복해 보였다. "내릴빠이서, 오라이!(내릴 분 안 계세요, 출발!)"를 외치는 '차장'이 필생의 꿈이었다가 운전사가 된 여인은 꿈을 초과 달성한 셈이다.

꿈의 크기와 내용은 기나긴 인생 여로에서 행복을 찾아내는 데 별로 문제가 되지 않는다. 작으나마 꿈을 키우느냐 아니냐가 문제다. 그리고 얼마나 일찍 자그마한 성공 하나를 달성하여 얼마나 오래 즐거움이라는 결실을 누릴 미래를 설계하느냐 또한 중요하다. 유능하지만 확고한 목표와 꿈이 없는 인재의 무기력한 인생보다는 아무리 작을지언정 야망을 성취하여 날마다 행복한 마을의 버스 운전사가 된 시골 여인의 정열이 훨씬 훌륭하고, 아름답고, 위대하다.

『수상록』에서 미셸 드 몽테이뉴는 "세상에서 가장 높은 왕좌에 앉아봤자 우리는 자신의 엉덩이만 깔고 앉을 따름(On the highest throne in the world, we still sit on our own bottom)"이라고 했다. 우리가 앉을 자리는 푹신한 의자인 듯싶지만, 결국 엉덩이가 닿는 곳이다.

청춘은 미래의 꿈을 담아내는 그릇이다. 내가 살아갈 인생의 크기는 내가 선택하는 그릇만 가득 채울 정도면 충분하다. 그 크기는 내가 현실로 만들고자 하는 꿈의 잠재성이 결정한다.

344

잠시 멈춰 숨을 돌리고 나서 보니, 내 몸에 날개가 돋아났다.(When I stopped to take a breath, I noticed I had wings.) — 조디 라이본(Jodi Livon)

최양 키에르케고르는 『이것이냐 저것이냐(Enten-Eller, 영어 제목 Either/Or)』에서 "대부분의 사람들은 너무나 숨이 가쁘도록 서둘러 행복을 추구하는 나머지, 행복을 그냥 지나쳐버린다(Most men pursue pleasure with such breathless haste, that they hurry past it)"고 개탄했다. 행복을 추구하느라고 숨을 헐떡이며 한없이 달려가다 보면 막상 행복을 누릴 시간을 놓치고 만다.

성공은 그것을 이룩할 때까지는 우리가 어떻게 해서든지 획득해야 하는 생산품이다. 하지만 쟁취한 다음의 성공은 소비재다. 당연히 그래야 한다. 힘들여 벌었으면 즐겁게 써야 한다. 농부가 1년 내내 땡볕에서 땀 흘려 거둔 식량은 겨울부터 내년 추석 때까지 먹어 없애야 할 양식이지 곳간에 그냥 쌓아두고 썩혀 내버릴 쓰레기가 아니다. 행복은 소비해야 가치를 생성하는 작물이다.

성공은 오직 쟁취만을 목적으로 삼으면 나중에 후회와 원한이라는 독약으로 변질하기 쉽다. 행복의 불쏘시개가 될 만큼의 성공을 이루는 데서 끝내지 않고 지나치게 더 큰 도약을 하겠다고 자꾸 주머니를 사방에 주렁주렁 매달려는 욕심을 부리기보다, 거두어들인 성공의 보람을 한 줌씩 꺼내 정성껏 일용할 즐거움의 양식으로 요리하는 지혜를 터득해야만 우리는 승리의 결실을 제대로 누린다.

하나뿐인 꿈을 이루고 났는데 여전히 속절없이 황폐해지는 삶은 얼마나 억울한가. 성공했지만 불행해지면 그것은 승리가 아니다.

다른 곳이 아니라 이곳 …… 다른 시간이 아니라 지금이 행복이다.
(Happiness, not in another place but this place … not for another hour, but this hour.)

— 월트 휘트먼(Walt Whitman), 『풀잎(Leaves of Grass)』

옛날 옛적 우리나라에 텔레비전 채널이 KBS, MBC, TBC, AFKN뿐이었던 시절, 주한 미군 방송 AFKN에서 1분짜리 짧은 공익 광고 하나를 가끔 내보냈다. 이런 내용이었다.

세월이 영원히 멈춰버린 무료한 한낮 시간에, 백발 할머니가 저쪽 멀찌감치 창가에 앉아 시골 마당을 하염없이 내다본다. 몇 초 후에 이쪽 가까이 놓인 탁자에서 전화기가 울린다. 힘들게 무거운 몸을 천천히 겨우 일으킨 할머니가 네발 보행기를 붙들고 전화 소리를 향해 비척비척 다가온다. 전화는 계속 울려대고, 울리고 또 울리지만, 할머니는 좀처럼 이동하기가 더디기 짝이 없고, 그래도 열심히 한 걸음씩 걸어온다.

전화가 쉬지 않고 계속 울린다. 카메라의 시선 또한 요지부동 제자리를 지키는 가운데 마침내 탁자에 겨우 도착한 할머니가 힘겹게 보행기를 한 손으로 잡고 다른 손을 뻗어 수화기를 집어 든다. 그러자 어린 사내아이의 생기 찬 목소리가 전화기에서 낭랑하게 울려 나온다. "할머니야?"

할머니가 활짝 웃지만, 미처 대답을 하기 전에 화면이 굳어버리고, 자막이 천천히 떠오른다. "기다려주는 배려가 행복입니다."

행복은 이렇게 작고 간단하고 아름답다.

346

그대 인생에서 하나하나의 순간은 과거에 본 적이 없고 미래에 다시 보지 못할 그림과 같다. 그러니 모든 순간을 소중하게, 모든 순간이 아름다워지도록 살아야 한다.(Each moment of your life is a picture you have never seen before and will never see again. So live each moment to make it count, make each moment beautiful.) ― 애슈 스위니(Ash Sweeney)

　　손자가 할머니에게 전화를 걸어주는 짤막한 AFKN 공익 광고를 보면서 서른 살 시청자가 곁다리 제3자로서 느꼈던 행복감이 어느새 50년이나 흘러간 지금까지 생생한 여운을 울리는 이유가 무엇일까? 1분 동안 계속되었던 감동이 반세기 동안 낡지 않는 까닭은 아주 작디작은 순간 하나의 상대적인 가치가 여러 사람에게 남기는 영향이 저마다 다르기 때문이다.

　　앞으로 살아갈 나날이 쇠털처럼 많이 남은 손자에게는 몇 분 동안의 기다림 그리고 다시 몇 분 동안 듣게 될 할머니의 목소리가 반 시간가량의 즐거움이었으리라. 그러나 기다려준 손자의 목소리가 돈이나 선물보다 훨씬 고맙고 반가웠을 할머니에게는 앞으로 살아갈 나날이 얼마 남지 않았고, 그래서 노년의 시간에 며칠쯤 되새겼을 전화 한 통의 기쁨은 아주 기나긴 행복이었다.

　　아이와 할머니의 중간 나이로 살아가던 젊은 시청자는 노인이 된 다음 옛날 옛적에 한 토막 광고로부터 받은 감동을 이제는 새로운 의미로 재생한다. 비단 즐거움뿐이 아니고 슬픔, 미움, 원한, 미련, 사랑, 온갖 정서의 파편들이 우리 인생의 어느 귀퉁이엔가 박혀 있다가 뒤늦게 커다란 깨달음으로 하나씩 다시 살아난다.

385

모든 순간을 완벽하게 만들려고 하는 대신 모든 순간에서 완벽함을 찾아라.(Find the perfection in every moment instead of trying to make every moment perfect.) ― 도날린 치벨로(Donnalynn Civello)

지나간 나날에 이룬 영광을 환희하고 잘못은 반성하라며 성찰의 중요함을 일깨우는 덕담을 수많은 현인들이 남겼다. 지나온 나날을 돌아보며 과거의 때를 닦아내고 성공은 더욱 키우려는 미래의 설계는 물론 대단히 중요하다. 그러나 부끄럽지 않은 현재를 살아가는 성실함은 그에 못지않게, 어쩌면 그보다 훨씬 중요한 덕목이다.

완벽하지 못한 인생에서 하찮은 모든 시간이 소중하고 완벽한 순간으로 둔갑하기를 바라는 환상은 욕심이다. 불완전한 과거를 다듬어 완벽한 미래를 가꾸려고 괴로워하기보다는 현재까지 이미 완벽해진 삶의 작은 조각들을 찾아내어 키우기가 훨씬 쉽다. 문제는 무엇을 완벽하다고 인정하여 받아들이느냐 하는 마음이다. 정말로 크게 성공하는 사람들은 완벽하지 못한 현실의 갖가지 결함을 부활하는 기회의 축복으로 받아들여 극복한다.

싸우고 빼앗으며 피땀을 흘리는 시간만이 인생이라고 생각하는 사람은 무엇이나 본론과 알맹이만 중요하다고 착각한다. 인생은 의미심장한 웅변으로 서술하는 위인전이 아니어서, 성공과 투쟁만으로 엮어지지를 않는다. 삶의 참된 즐거움은 강당에 모여앉아 철학과 예술을 주제로 삼은 고상한 형이상학 토론을 벌이는 시간보다 주변 사람들과 돈독한 잡담을 나누는 동안 찾아온다.

작고 우발적인 사건들이 세월에 삭아 발효하여 온갖 크고 작은 후유증과 여운을 남기면서 제멋대로 연쇄 반응을 일으키고 끝없이 뒤엉켜 굴러가는 흐름이 인생과 운명이다.

오늘을 거두어들여라! 살아 있는 동안 기뻐하고, 하루를 즐기며, 가진 것을 한껏 키워 삶을 알차게 살아라. 생각보다 이미 늦었다.(Carpe diem! Rejoice while you are alive; enjoy the day; live life to the fullest; make the most of what you have. It is later than you think.) — 호라티우스(Horace), 『송가(Odae)』

로빈 윌리엄스의 영화를 타고 들어와 우리나라 젊은이들 사이에서 유행어가 되다시피 한 carpe diem(카르페 디엠)의 출처는 기원 전 1세기 로마의 시인 호라티우스(Quintus Horatius Flaccus)의 『송가』다. Dead Poets Society(죽은 시인들을 사랑하는 모임, 죽사모)의 이 구호가 마치 나이트클럽의 전단지 선전문처럼 일각에서 유통되는 까닭은 carpe diem을 영어로 seize the day(오늘을 잡아라) 또는 live for today(오늘을 위해서 살아라)라고 누군가 번역해놓았기 때문이었다.

달랑 두 단어만 잘라놓은 carpe diem의 영어 번역은 자칫 "인생을 낭비하라"는 뜻으로 오해를 받기 쉬운 탓에 벌써부터 많은 논란의 대상이 되어왔다. 앞뒤 문맥을 제대로 살피지 않고 인용문을 무심코 읽으면, 특히 허리춤의 "살아 있는 동안 기뻐하고, 하루를 즐기며"라는 두 대목만 발라내면, 현재의 중요성을 지나치게 강조한 내용이 된다. 그래서 과거와 현재에 비해 오직 오늘 하루만이 소중하니 "노세 노세 젊어서 노세"라며 무책임한 청춘들에게 향락주의를 추구할 구실을 제공하는 듯싶기도 하다.

하지만 마지막 두 토막 "가진 것을 한껏 키워 삶을 알차게 살아라. 생각보다 이미 늦었다"라는 결론은 "시간이 없으니 놀지 말고 부지런히 일하라"는 경고다. 옛 현인의 말이 왜 이렇게 앞뒤가 맞지 않을까?

보편적인 진리를 구체적으로 자세히 서술하기는 어렵습니다.
간략하게 말하려다 보니 막연해집니다.

(It is difficult to speak of the universal specifically.
Struggling to be brief I become obscure.)

— 호라티우스(Horace), 『시학(詩學, Ars Poetica)』

　　『시학』은 원로원의 피소 의원(Lucius Calpurnius Piso)과 그의 두 아들에게
호라티우스가 보낸 시어체 서간문의 형식을 취해서 "피소 일가에게 보내는 편
지(Epistula ad Pisones)"라고도 한다. 인용문은 자신이 남길 carpe diem 같은 명
언이 후대에 동서양을 막론하고 오해를 일으킬 소지가 있음을 예견한 듯싶은
고백이다.

　　carpe diem 인용문은 전체를 잘 새겨가며 읽으면, 내일 세상이 멸망하건
말건 우리가 아직 살아 있는 오늘만큼은 마약과 주지육림 속에서 "진탕 먹고 마
시고 놀기만 하자"는 부추김이 한 마디도 없다. 호라티우스의 송가 1권에 나오
는 carpe diem, quam minimum credula postero에서 라틴어 carpe는 과일
과 결실 따위를 '따다'나 '거두어들이다'를 의미하고, 나머지 문장은 "postero(내
일)는 quam(우리가 생각하는 바와 다르니) minimum(조금만) credula(믿어야 한다)"
는 뜻이다.

　　이 문장을 재조립하면 "미래는 어떻게 될지 아주 조금밖에 믿을 수가 없
으니 오늘의 열매를 정성껏 거두라"가 된다. 곡식이 제대로 영글었으니 내일로
미루지 말고 지금 당장 밭으로 나가 마지막 작업을 끝내라는 건설적인 충고다.
고적한 전원생활을 좋아했던 호라티우스는 도시의 나이트클럽을 기웃거릴 청
춘이 아니었다.

어서 용기를 내어 현명하게 시작해야 합니다! 올바르게 살아갈 시간을 뒤로 미루는 사람은 강물이 다 흘러가 바닥이 말라버린 다음에 건너가겠다고 기다리는 시골뜨기와 같습니다. 그러면 조금만 가지고 살아갈 줄을 모르는 영원한 노예가 됩니다. 나는 더 할 말이 없습니다. 내가 울어주기를 바라기 전에 그대들이 자신을 위해 먼저 통곡해야 합니다.(Dare to be wise; begin! He who postpones the hour of living rightly is like the rustic who waits for the river to run out before he crosses. He will always be a slave who does not know how to live upon a little. I will not add another word. If you wish me to weep, you must mourn first yourself.) — 호라티우스(Horace)

호라티우스의 『송가』는 "헛되이 즐기느라 아까운 세월을 낭비하지 말고 삶에 충실하라"는 가르침으로 가득하다. "찬란한 미래를 꿈꾸기는 하되 도대체 어떻게 될지 모르는 미래를 무작정 믿지 말고 현재를 더 열심히 살아야 좋은 미래가 온다"는 제어(制馭) 또한 곁들이기를 그는 잊지 않았다.

"덜 익어서 떫은 과일이라면 참고 기다렸다가 적시에 따서 먹어야 한다"고 그는 말했다. "제대로 익혀서 때를 놓치지 말고 수확하라"는 뜻이다. 덜 익은 청춘이 나무 한 그루 심지 않고 놀기만 하다가 없는 나무에 열리지도 않은 과일을 따서 실컷 맛있게 먹을 수야 없는 노릇이다.

행복의 열매가 적당히 익었을 때는 오늘 얼른 따서 맛 좋을 때 먹어야지, 더 탐스럽게 커지라고 마냥 기다리며 겨우내 버려두면 흐물흐물해진 과일이 땅으로 떨어져 썩어버린다. 인생 만사에는 모두 때가 따로 있다.

번쩍거리는 영광의 수레는 모든 인간을 밧줄로 묶어 포로처럼 끌고 다니는데, 잘났거나 못났거나 끌려다니기는 마찬가지다.(Glory drags all men along, low as well as high, bound captive at the wheels of her glittering car.) — 호라티우스(Horace), 『풍자 시집(Satirae)』

　　무릇 심오한 잠언은 워낙 바닥이 깊어서 참뜻을 제대로 헤아려 건져내기가 어렵다. 요점을 골라 본론만 말하다 보면 속에 담긴 여러 깊은 뜻이 흐트러져 제맛을 잃기 마련이고, 그렇기 때문에 호라티우스는 "책에서만 구한 지혜는 지혜가 아니다"라고 경고했다. 깊은 체험을 곁들이지 않은 얄팍한 지식은 방향을 잡지 못하는 공염불의 나침반이 되는 경우가 많다.

　　『시학』에서 호라티우스는 "이미 속이 가득 찬 이성은 군더더기 어휘들을 걸러서 그냥 흘려버린다"고 했지만, 귀가 얇고 인지력 또한 얕아 속이 빈 사람은 남들이 외치는 망언을 걸러내지 않고 명언으로 숭상하며 모조리 받아들이고는, 정치 모리배들처럼 무엇이나 자신에게 유리한 아전인수 해석을 하는 거짓된 논리 체계를 수립한다.

　　호라티우스는 인간이 저마다 성취한 상대적인 지위와 관계없이 모든 인간은 명예와 영광에 굶주린 노예라고 분류한다. 으리으리한 오늘의 영광이 보기에는 좋지만, 번쩍거리는 청춘의 휘광에 홀려 정신없이 끌려다니다 보면 내일의 늙은 노예가 되기 쉽다. 오늘을 거두어 누리라 함은 지나치지 않게 적당히 성공하여 적당히 노세 노세 하라는 뜻이다. 미래의 영광을 지나치게 꿈꾸며 현재를 낭비하는 삶은 번쩍거리는 빈 수레다.

352

행복하게 한평생을 살았노라며, 자신의 삶에 만족하여 흐뭇한 손님처럼 세상에서 떠나가는 사람이 거의 없다.(We rarely find anyone who can say he has lived a happy life, and who, content with his life, can retire from the world like a satisfied guest.) ─ 호라티우스(Horace),『풍자 시집(Satirae)』

언젠가 생일 선물로 화분을 선물하고 여러 해 전에 먼저 세상을 떠난 동생은 다시 만날 길이 없지만, 화분의 꽃은 내가 주는 물에 햇빛을 곁들여 먹으며 동생이 사라진 세상을 계속해서 살아간다. 집 앞에 뿌리가 박혀 꼼짝 못하는 나무들은 내가 죽은 다음에도 그 자리를 오래오래 지킨다. 온갖 미물과 박테리아, 그리고 수천억 은하계가 가득한 우주도 마찬가지다. 그곳에 들러 잠시 살다가 사라질 우리는 세월의 주인이 아니라 나그네라고 호라티우스는 가르친다.

온갖 가르침과 좌우명은 왼쪽과 오른쪽을 모두 살핀 다음 우리가 앞으로 나아갈 방향을 잡도록 도와주는 지침이다. 책은 한 권을 모두 읽어내야 글 전체의 참뜻이 나오고, 작가의 삶을 알아야 그의 사상이 실체로 느껴진다. 호라티우스의 인생관을 몇 토막 잠언으로 파악하기는 어렵겠지만, 그가 남긴 몇 마디 말은 그나마 현인의 마음속을 엿보는 좁은 틈을 열어준다.

"흘러가는 세월이 우리에게서 모든 것을 하나씩 차근차근 빼앗아간다."

"탐욕스러운 자는 항상 무엇인지 부족해한다."

"나는 옷을 다 벗어버린 다음 아무런 욕망이 없는 사람들의 마을을 찾아간다."

"마음을 다스려야 자신을 다스리는 길이 보인다."

"우리는 먼지와 그림자뿐인 존재다.(Pulvis et umbra sumus.)"

353

본성이 필요로 하는 풍요로움은 한계가 있어 얻기 쉽지만, 헛된 이상이 바라는 풍요함은 끝을 모른다.(The wealth required by nature is limited and is easy to procure; but the wealth required by vain ideals extends to infinity.) — 에피쿠로스(Epicurus)

"약간의 어리석음을 지혜에 곁들이며 살아가야 하는 까닭은 가끔 조금씩이나마 헛소리를 섞어야 인생이 즐거워지기 때문"이라고 한 호라티우스가 마음으로 섬겼던 기원전 3세기 그리스 철학자 에피쿠로스는 "빵과 물만 있다면 신도 부럽지 않다"고 했다. 쾌락의 가짓수에 끌려다니지 않고 기쁨의 본성을 찾아야 행복해진다고 했던 에피쿠로스의 사상에 어쩌다가 우리나라에서 '쾌락주의'라는 엉뚱한 빨간 딱지를 붙여주었는지 사연을 알 길이 없지만, 에피쿠로스와 호라티우스는 두 사람 다 주색에 탐닉하는 퇴폐주의자가 아니었다.

에피쿠로스는 철학의 목적이 사람들로 하여금, 두려움으로부터 벗어나 자유와 평화를 찾는 ataraxia(아타락시아, 平靜) 그리고 육신과 정신이 고통을 벗어난 상태인 aponia(아포니아, 無痛)에 이르러서, 평온하고 행복한 삶을 누리도록 도와주는 수단이라고 했다.

무통 평정의 길을 가려면 "갖지 못한 무엇을 탐하느라고 이미 소유한 행복을 훼손하지 말아야 하며, 그대가 지금 소유한 실망스러운 소득은 언젠가 그대가 꿈꾸기만 했던 대상임을 잊지 말아야 한다."

그리고 또 에피쿠로스는 말했다. "무엇인가를 차지했다고 자랑하지 말고, 무엇을 돌려주었는지를 자랑하라."

"잘 살아가는 길은 잘 죽는 길로 이어진다."

내일은 기약이 없고 과거는 바꿀 길이 없으니 나날을 한껏 살며 새로운 하루하루를 축복으로 여겨야 한다.(Tomorrow is not promised and the past cannot be changed therefore live each day to the fullest and know that every new day is a blessing.) — 니샨 판와르(Nishan Panwar)

에피쿠로스는 노년에 갖가지 신병에 시달렸지만 삶에서 pleasure를 끝까지 추구했다고 한다. 그래서 사람들은 그가 쾌락주의자답게 죽음에 이르는 마지막 순간까지 '쾌락'을 열심히 추구했다고 carpe diem 식 오역을 한다.

하지만 그가 추구한 pleasure는 육체적인 쾌락과는 거리가 먼 정신적인 '기쁨'이었다. 육신의 아픔을 마음으로 이겨내어 무통 평정을 추구한 그는 기쁨주의자였다. 불가에서는 그런 무념무상 고적한 즐거움의 경지를 해탈(nirvana)이라고 한다.

"미래는 내일이 아니라 오늘 시작된다(The future starts today, not tomorrow)"고 한 교황 요한 바오르 2세의 교시는 오늘이 결실을 거두기보다는 씨앗을 뿌리는 하루가 되어야 한다고 이른다. 그러면 내일이 오늘일 때 저절로 수확이 이루어진다. 알베르 카뮈는 1935~1942년의 비망록에 "미래를 위한 참된 배려는 현재에 모든 것을 바치는 마음(Real generosity towards the future lies in giving all to the present)"이라는 글을 남겼다. 교황의 시간 계산법과 같은 맥락이다.

그리고 매사추세츠의 작은 마을에서 결혼조차 하지 않고 자연을 사랑하며 은둔자로 평생을 보낸 19세기 미국의 여성 시인 에밀리 디킨슨(Emily Dickinson)은 오늘을 이렇게 정의했다. "지금이 자꾸 모이면—영원한 세월이된다.(Forever—is composed of nows.)"

"어디서 죽느냐는 상관없을 듯싶지만, 어디서 사느냐 그건 중요해."
("I doubt it matters where you die, but it matters where you live.") — 래리 맥머트리
(Larry McMurtry), 『머나먼 대서부(Lonesome Dove)』

영화로도 유명해진 『애정의 조건(Terms of Endearment)』과 자전적 소설 『마지막 영화 구경(The Last Picture Show)』의 작가 맥머트리에게 1986년에 퓰리처상의 영광을 안겨준 서부 소설에 등장하는 대사다. '어디서'를 '어떻게'로 바꿔 넣으면 훨씬 이해가 잘되는 말이다.

『머나먼 대서부』에서는 텍사스 경비대(Texas Rangers) 출신의 친구 몇 명이 늙어가는 나이에 다시 만나 '외로운 비둘기'라는 처량한 이름의 남녘 마을을 떠나 몬태나까지 소몰이 대장정을 벌인다. 사실상 일생의 마지막 모험에 나선 장년의 사나이들은 함께 길을 가며 노년과 죽음, 이루지 못한 사랑과 우정에 대한 얘기를 주고받는다. 미국의 남쪽 끝에서 북쪽 끝까지 이어지는 그들의 여정은 기나긴 인생을 마음속으로 정리하는 회고록처럼 읽힌다.

그들이 두런두런 주고받는 인생철학을 간추리면 대강 이렇게 된다.
"흘러가버린 어제의 강물을 돌아오라고 끌어올릴 재주는 없지."
"낡은 깡깡이가 훨씬 아름다운 소리를 내는 법이라고."
"무척 고생스럽긴 하지만, 그래도 세상은 참 멋진 곳이야."
그리고 가장 정곡을 찌르는 말은 이 한마디다.
"기껏 기다려봤자 늙기만 한다고.(If you wait, all that happens is that you get older.)"

"청춘은 다시 오지 않을 테니까, 젊음의 열망을 따라야 하고, 후회할 줄 모르는 담대함을 살려야 한다네."("Let your youth have free reign, it won't come again, so be bold and no repenting.") ― 니코스 카잔차키스(Nikos Kazantzakis), 『그리스인 조르바(Zorba the Greek)』

"내일 후회할 미련이 남지 않도록 오늘은 용감하게 앞으로 나아가라"고 조르바는 청년에게 가르친다. 오늘은 내일이라는 집을 짓는 튼실하고 생산적인 건축 자재이니, 현재의 삶을 값지게 소모하는 것이 젊음의 소임이기 때문이다. "청춘을 불사른다"는 말은 활활 타올라 적극적으로 삶에 임하여 미래를 키우라는 뜻이지 눈물을 흘리며 분신자살을 하라는 말이 아니다.

장작으로 불을 지피는 목적은 따뜻함을 얻어 삶을 쾌적하게 만들기 위함이다. 젊고 싱싱한 나무를 잘라 폐허에서 그냥 태워버리면 그 자리에서는 후회의 잡초만 무성하게 우거진다. 젊음의 속성은 투쟁과 쟁취다. 그래서 청춘은 사방으로 삶의 바깥을 내다보며 앞뒤를 가리지 않고 진작한다.

청춘 시절에는 성공 자체를 즐기고 보람과 보상에는 관심이 별로 없는 도전자들이 많다. 성공을 쟁취하는 과정에서 대부분의 기쁨을 누리고 결실은 별로 관심이 없기 때문이다.

세파에 시달리고 지친 사람들은 나이를 먹을수록 점점 더 자주 걸음을 멈추고 자신의 내면을 이리저리 살핀다. 바깥을 내다보고 치닫기가 힘에 부치기 때문이다. 그리고 그들은 깨닫는다. 꿈과 야망은 대부분 한때의 신기루 환상이요, 보다 중요한 행복의 요인은 얼마나 성공하느냐보다 어느 만큼의 행복으로 만족하며 어떻게 살아가느냐라는 사실을.

"세상이 모든 것을 바쳐 그대를 행복하게 해주지 않는다고 짜증을 부리거나 억울해하며 불평과 불만이 가득한 삶을 살아가는 이기적이고 하찮은 존재가 아니라, 그대 자신이 위대하다고 인정하는 목적을 위하여 세상에 이바지하는 동력이 된다면, 그것이야말로 인생의 참된 기쁨입니다.

열심히 일을 하면 할수록 그만큼 더 나는 생동하니, 죽음이 찾아올 때는 내 존재가 하나도 남김없이 완전히 소진되어 없어졌기를 바랍니다. 나에게는 삶 자체가 환희이니까요. 인생은 잠깐만 타오르는 촛불이 아니라고 나는 생각해요. 삶은 지금 순간에만 잠시 나에게 맡겨진 찬란한 횃불과 같아서, 나는 그것이 한껏 밝게 빛나도록 활활 태워버린 다음에야 다음 세대로 넘겨주고 싶어요."("This is the true joy in life, the being used for a purpose recognized by yourself as a mighty one; the being a force of nature instead of a feverish, selfish little clod of ailments and grievances complaining that the world will not devote itself to making you happy.

I want to be thoroughly used up when I die, for the harder I work the more I live. I rejoice in life for its own sake. Life is no brief candle to me. It is a sort of splendid torch which I have got a hold of for the moment, and I want to make it burn as brightly as possible before handing it onto future generations.") — 조지 버나드 쇼 (George Bernard Shaw),『인간과 초인(Man and Superman)』

청춘을 불사르고 전성기와 노년까지 활활 타버리는 인생은 아무것도 남기지 않는다. 미련조차 남기지 않는다.

우리는 현재에 살며, 모든 세파를 타고 넘어, 하나하나의 순간에서 영원성을 찾아야 한다. 기회의 외딴섬에 갇혀 다른 나라로 눈길을 돌리는 사람들은 어리석다. 다른 나라는 없고, 삶도 이것 하나뿐이다.(You must live in the present, launch yourself on every wave, find your eternity in each moment. Fools stand on their island of opportunities and look toward another land. There is no other land; there is no other life but this.) ― 헨리 데이빗 도로우(Henry David Thoreau), 『월든 숲속의 삶(Walden, or Life in the Woods)』

월든 호숫가 숲으로 들어간 '자연인' 도로우처럼 조용한 기쁨에 만족할 줄 알았던 사람들은, 고요하고 낭만적인 정적을 추구하여, 하루하루를 살아가면서 날마다 해탈한다. 어떻게 해야 잘 죽는 길이냐고 사람들이 자주 묻지만, 어떻게 사느냐가 훨씬 더 중요하다. 죽고 나면 나는 나를 인식하지 못하고, 세상 또한 머지않아 나의 존재를 잊는다.

내가 오늘 하루를 어떻게 살아가느냐에 따라 얻거나 잃는 행복의 잠재성이 무한히 달라진다. 그러나 우리는 수없이 오고 가는 오늘의 가치를 잘 인지하지 못하여 하찮게 여긴다. 행복과 불행은 현실 자체라기보다 과거나 현재의 현상에 대한 개인적인 해석이 대부분의 크기를 구성한다. 작고 가벼운 행복의 가랑잎은 냇물을 타고 흘러가지만, 무거운 삶은 바닥으로 가라앉아 멈춘다.

목표가 낮으면 성취하기가 쉽고 빠르기 때문에 만족감을 누리는 행복의 기간이 그만큼 길어진다. 성공한 다음의 행복은 쟁취보다 누리기에서 더 활짝 피어난다.

대부분 사람들의 행복은 엄청난 재앙이나 치명적인 실수보다는, 서서히 파괴하는 작은 잘못들의 반복으로 인해서 망가진다.(The happiness of most people is not ruined by great catastrophes or fatal errors, but by the repetition of slowly destructive little things.) — 에르네스트 딤네(Ernest Dimnet), 『우리가 살아가는 이유(What we live by)』

작은 즐거움의 부스러기들을 거두어 모은 집합이 행복이듯, 불행 또한 작은 흠집들이 뒤엉킨 집합이다. 밥은 한 번에 한 그릇만 먹으면 배가 불러 좋고, 열 그릇을 먹으면 탈이 난다. 그런데 사람들은 한 그릇의 기쁨이나 작은 승리에 대한 성취감에 좀처럼 만족할 줄 모르고 자꾸 열 그릇을 탐한다.

영국 음악인 조지 해리슨(George Harrison)은 오늘 하루의 중요성을 이렇게 풀이했다. "살아 있는 현재가 중요하다. 과거는 없고 미래도 없다. 시간은 아주 요망하다. 영원히 기다려봤자 역시 지금밖에 없다. 우리는 과거로부터 경험을 얻지만, 어제를 다시 살지는 못하고, 미래에 희망을 걸지만, 과연 꿈이 정말로 그곳에서 기다리는지는 알 길이 없다."

미국의 심리 치료사 앤톤 세인트 마틴(Anthon St. Maarten)은 이렇게 말했다. "진정으로 중요한 성공은 오직 기쁨뿐이다. 즐거움을 얻지 못한다면 진정한 성취란 없고, 모든 성공은 의미가 사라진다." 성공은 행복의 필요충분조건이 아니다. 그래서 엘리너 루즈벨트는 "행복은 목표가 아니라, 좋은 삶을 살다 보면 개평으로 그냥 얻게 되는 선물"이라고 했다.

나는 세상으로부터 인정을 받으려고 존재하지는 않는다. 나를 행복하게 해주는 그런 삶을 살기 위해 나는 존재한다.(I do not exist to impress the world. I exist to live my life in a way that will make me happy.) — 리처드 바크(Richard Bach), 『선지자의 환상(Illusions: The Adventures of a Reluctant Messiah)』

나의 성공과 행복을 자랑하며 남들에게 보여주거나 뽐내고 싶어 하는 사람들은 필시 남들로부터 여태까지 인정을 받지 못해 과거에 욕구 불만과 열등감에 시달렸을 가능성이 크다. 재물이나 마찬가지로 내가 거둔 성공과 행복은 크기가 작을수록 인정을 받기 위해 남들에게 과시하며 자랑하려는 욕구가 강해진다. 그러나 성공과 행복은 사유 재산이어서 남들에게 보여줄 필요나 의무가 없다.

알렉상드르 뒤마의 『몽테 크리스토 백작』에서 이웃 친구인 양복장이가 "당신이 너무 잘났다고 생각하기 때문에 안하무인으로 구느냐"고 핀잔을 주자, 메르세데스와의 사랑에 '눈이 멀어버린' 에드몽 당테스가 "난 잘나서가 아니라 행복하기 때문에 아무것도 보이지 않는 모양"이라고 설명한다. 행복한 사람은 누가 나보다 얼마나 잘났는지를 눈을 부릅뜨며 살피거나 따지지 않는다.

『나니아 연대기』의 작가 C. S. 루이스는 "기껏 무언가를 찾았는데 만족하지 못하면 그것은 필시 원하던 대상이 처음부터 아니었다"라고 했다. 행복이 무엇인지를 알지 못하면 행복을 찾아낼 길이 없다.

메어리 데이비스(Mary Davis)는 『하루하루의 지혜(Every Day Spirit: A Daybook of Wisdom, Joy and Peace)』에서 "감사하는 마음이 작은 순간들을 달콤한 기적으로 만든다"고 했다. 행복하지 않으면 감사할 줄 모르고, 감사할 줄 모르면 행복해지는 방법이 보이지 않는다.

기대는 나에게 실망을 가져다주었다. 실망은 나에게 지혜를 가져다주었다. 받아들이고, 고마워하고, 감사하는 마음은 나에게 기쁨과 충만함을 가져다주었다.(Expectation has brought me disappointment. Disappointment has brought me wisdom. Acceptance, gratitude and appreciation have brought me joy and fulfillment.) ― 라쉬드 오군라뤼(Rasheed Ogunlaru)

오군라뤼의 삼각 논법을 변주하여 메어리 데이비스는 『하루하루의 지혜』에서 "뒤를 돌아보고 기뻐하자. 희망을 갖고 앞을 내다보자. 평화롭게 현재를 누리자(Look back with joy. Look forward with hope. Be present with peace)"는 행복의 공식을 내놓았다. 기업인 팀 파고는 그러니까 "내일이 밝아올 때까지 질질 시간을 끌며 어제 얘기를 하느라고 오늘을 낭비하면 안 된다(Don't waste today by talking about yesterday until it's finally tomorrow)"고 충고한다.

목회자 토드 스타커(Todd Stocker)는 "즐거워하며 걸어가면 행복이 곧 뒤따라온다(If you walk in joy, happiness is close behind)"고 했으며 서부를 개척하는 여인들(cowgirls)을 주인공으로 삼은 소설을 전문으로 쓰는 글라디올라 몬태나(Gladiola Montana)는 "자신의 마음속에서 행복을 조금만 찾아내면 다른 여러 곳에서 많은 행복들이 눈에 띄기 시작한다(If you find some happiness inside yourself, you'll start finding it in lot of other places, too)"고 알려준다.

그리고 루드 E. 렝클(Ruth E. Renkl)은 훨씬 더 구체적인 충고를 한다. "슬퍼하며 보내는 모든 시간이 낭비임을 깨닫기만 하면, 그대의 수명이 저절로 길어진다.(You live longer once you realize that any time spent being unhappy is wasted.)"

나는 어제 미소를 지었고, 오늘과 내일도 미소를 지으리라.
무슨 일 때문이건 울기에는 인생이 너무나 짧기 때문이다.
(I was smiling yesterday, I am smiling today and I will smile tomorrow.
Simply because life is too short to cry for anything.)

— 산토시 칼와르(Santosh Kalwar), 『하루에 한 마디(Quote Me Everyday)』

영어로 글을 쓰는 네팔 시인 칼와르는 우리가 살아가는 시간 전체보다 미소를 짓는 시간이 더 길어야 옳다고 주문한다. 올챙이와 고래, 버드나무와 부엉이에 이르기까지, 온갖 동식물 가운데 왜 사람만 웃음과 미소의 기능을 갖추었을까? 행복하면 저절로 웃기 마련이라고 우리는 생각하지만, 호랑이는 아무리 배가 불러도 미소를 짓지 않는다. 웃음은 신체적인 조건 반사일 듯싶지만, 생각하고 추리해서 웃어야 되겠다고 판단한 다음에야 재빨리 작동하는 안면 근육의 반응이다.

그런 심리 과정을 거쳐 웃어야 되겠다는 결정권을 행사할 줄 알 만큼 진화한 생명체가 인간 말고 무엇이 또 있을까? 웃음과 눈물은 참거나 터뜨리거나 감춰가면서 이성이 감정을 통제하는 반응이다. 우리는 아무리 슬플지언정 억지로 또는 일부러 웃는 능력까지 습득했다.

행복한 웃음은 수영이나 전자오락과 마찬가지로 자꾸 훈련하고 학습하면 점점 더 숙달되고 유연해지는 습성이요 재주다. 행복을 느끼는 감정은 상당한 부분이 스스로 연마하는 기술이다. 미소도 자주 연습해야 어색하지 않게 잘 짓는다. 그래서 웃으면 복이 온다는 속담이 생겨났다. 복이 온 다음에 웃지 말고 미리 웃음으로 마중을 나가야 기쁨이 알아서 걸음을 서둘러 찾아온다.

363

어떤 날은 내가 느끼는 만족감이 너무 커서 그 무게에 깔려 죽을지 모르겠다는 생각이 든다.(There are some days when I think I'm going to die from an overdose of satisfaction.) — 살바도르 달리(Salvador Dali)

초현실주의 화가 달리는 엄청나게 성공하고 유명해진 결과로 삶에 대하여 감당하지 못할 지경의 과도한 만족감에 빠져 허우적거린 듯싶지만, 어쩌면 천성이 워낙 행복한 사람이었기에 그토록 성공했을 확률이 더 크다. 상식적인 시각으로 보기에 괴이하기 짝이 없고 비현실적인 그의 예술 세계와 인생은 너무나 즐거워 보인다. 그토록 신나는 상상력과 실험적 활력이 넘치는 사람은 하고 싶은 일이 많고, 일을 많이 하면 당연히 성공할 확률이 높아진다.

베트남 승려 틱낫한(Thich Nhat Hanh)은 "때로는 기쁨이 미소의 원인이지만, 때로는 미소가 기쁨의 원인을 제공하기도 한다"고 인과의 순서를 거꾸로 정리했다. 여배우 사샤 아제베두(Sasha Azevedo)는 "어디를 가건 미소 한 개쯤은 늘 가지고 다니라"고 권한다. 즐거운 눈으로 세상을 봐야 어둡던 인생이 정말로 밝아진다면, 삶의 역경을 만나더라도 우선 웃어야 옳다. 웃음과 미소가 헤퍼 보인다고 열심히 아껴 모아 봤자 별다른 재산이 되지 않는다.

인도의 시인 라빈드라나트 타고르(Rabindranath Tagore)는 "잠들어 꿈에서 본 인생은 낙이었다. 깨어나서 보니 인생은 일이 전부였다. 일을 하다 보니, 그것이 곧 낙이더라(I slept and dreamt that life was joy. I awoke and saw that life was service. I acted and behold, service was joy)"고 노래했다. 살바도르 달리뿐 아니라 수많은 사람들에게 일은 고통이기는커녕 기쁨과 행복의 옹달샘이다.

곤경이 닥쳤을 때 웃을 줄 아는 인간, 고난으로부터 힘을 끌어모으고 반성함으로써 더욱 용감해지는 사람을 나는 사랑한다. 소심한 까닭에 위축되는 현상은 당연지사이며, 자신의 행동을 양심이 뒷받침해줘서 심지가 꿋꿋한 이들은 죽는 날까지 원칙을 버리지 않는다.(I love the man that can smile in trouble, that can gather strength from distress, and grow brave by reflection. 'Tis the business of little minds to shrink, but they whose heart is firm, and whose conscience approves their conduct, will pursue their principles unto death.) ― 레오나르도 다빈치(Leonardo da Vinci)

어떻게 전개될지 알 길이 없는 나날의 삶을 다듬어 묶어낸 인생은 단순한 기술이나 요령의 산물이 아니다. 인간은 자신의 인생을 생각과 행동으로 가공하고 신념의 최면술로 포장한다. 틀림없이 고난을 이겨내리라고 자신하는 사람은 실패를 성공의 필수적인 한 부분이라고 납득한다.

고난은 승리로 가는 길에서 잠시 구부러지는 우회로일 따름이라고 생각하면 고통은 자연스럽게 기쁨의 일부가 된다. 그와는 반대로 기쁨이 고통의 한 부분일 따름이라고 믿는 사람은 염세주의자가 된다. 이왕 행복해지려는 도전에 임할 바에는 적극적인 마음으로 웃으면서 싸워야 승산이 커진다.

배를 젓거나 밭일을 하거나 힘들 때 사람들은 노래를 부른다. 노동요(勞動謠)는 고난의 웃음이다. 흥겨운 뱃노래는 웃음으로 자신을 최면에 빠트리는 지혜의 예술이다. 똑같은 노역이 누구에게는 기쁨이요 누구에게는 고역이다. 똑같이 산을 오르는 일이지만 누구는 돈을 준다고 해도 싫다며 안 가지만, 등산객들은 돈을 안 줘도 헉헉거리며 신명이 나서 산을 오른다.

여럿인 듯싶은데 어찌하여 실제로는 하나인가? 하나가 어떻게 여러 모습을 보이는가? 여럿으로 구성된 존재는 도대체 무엇이며, 끝까지 하나로 남는 존재란 또 무엇일까?(How can what seems to be many really be one? How can what is one manifest as many? Just what is it that there are many of, and what is it that remains one throughout?) ― 존 오닐(John O'Neill)

　인간의 육신에서는 모든 세포가 7년이면 한 번씩 몽땅 바뀌고, 세 살배기 오줌싸개는 자라서 아흔 살 현인이 되기도 한다. 흐르는 세월을 따라 성숙하는 사이에 우리는 크기와 모양이 이리저리 달라지고, 지혜롭게 승승장구하거나, 판단과 선택을 잘못하여 망가지거나, 밑바닥에서 개과천선하여 새 사람이 된다. 그렇다면 인간은 여러 차례 다시 태어나는 셈인데, 왜 나는 내가 늘 같은 사람이라고 주장하며 남들 또한 그렇게 생각할까? 영적인 개체의 일관된 지속성은 무엇인가?

　대다수 사람들은 자신의 내면에 존재하는 여러 속성 가운데 한 가지 인간형만 골라 키우면서 평생을 보내지만, 새 출발과 변신을 꿈꾸는 소수의 사람들은 여러 배역을 거치며 다른 인간이 되기를 거듭한다. 다중 인격체를 구성하는 온갖 본질적 인물형은 우리가 살아가는 동안 시간과 환경에 따라 저마다 독립된 인간 개체로서 특정한 역할을 부여받아 일정 기간 동안 삶을 주도한다.

　우리가 어떤 인간형을 선택하고 어떤 배역을 맡아 인생을 살아가야 할지를 결정할 때는 자신을 구성한 잠재력들 가운데 어느 속성을 길잡이로 삼느냐에 따라 운명의 빛깔이 달라진다. 장점을 길잡이로 삼으면 성공과 행복의 길이 열리고, 단점을 선택하면 좌절과 고난의 길로 간다. 세상 만물 온갖 양상이 보는 눈에 따라 다르듯 우리가 살아가는 삶 또한 모두 똑같으며 서로 다르다.

일단 기차를 잘못 타면, 반대 방향으로 통로를 달려가봤자 아무 소용이 없다.(If you board the wrong train, it is no use running along the corridor in the other direction.) ― 디트리히 본회퍼(Dietrich Bonhoeffer)

나치에 협조하라는 권고를 받고 독일 루터 교회 목사 본회퍼가 천명했다는 뚜렷한 소신이다. 그는 히틀러 사상의 위험성을 일찌감치 인식하고 아예 나치 기차를 타지 않겠다는 의사를 단호하게 밝혔으며, 유대인 박해에 반대하는 운동을 벌이다 잠시 미국으로 피신했지만, "동지들을 배반했다는 기분이 들어" 귀국했다가 체포되어 결국 처형을 당했다. 소신이란 그런 것이다.

아무 생각도 없이 아무 기차나 탔다면 그것은 무책임한 내 탓이요, 기껏 골라 탔는데 마음에 안 들면 그 또한 선택을 잘못한 내 탓이다. "방향이 틀린 나쁜 기차"는 아예 타지를 말았어야 하며, 기차 안에서 여행을 중단하고 되돌아가기가 여의치 않으면 다음 역에서 내려 좋은 기차로 갈아타야 한다. 원칙을 지키는 일이 중요하다지만, 잘못된 원칙을 버리는 일이 훨씬 더 중요하다.

많은 사람들이 행복을 찾지 못하는 까닭은 눈에 보이지 않아서라기보다 눈을 뜨려고 하지 않아서 보지 못하기 때문이다. 아예 눈을 떠보려는 의지가 없어서 보려고 노력하지 않는 사람의 눈에는 아무것도 보이지 않는다.

달리는 열차에서 창밖을 보면 내가 가는 곳의 풍경이 험한지 아니면 아름다운지 한눈에 알 수가 있다. 인생 열차에서 역시 현재와 과거의 삶이 만족스럽지 못하여 새로운 제2의 삶을 찾으려면, 나보다 훨씬 빨리 달리는 기차에서 우선 내려야 한다.

성공과 행복에 관하여

초판 1쇄 2021년 12월 31일
지음 안정효 | **편집** 북지육림 | **본문디자인** 운용 | **제작** 제이오
펴낸곳 지노 | **펴낸이** 도진호, 조소진 | **출판신고** 제2019-000277호
주소 서울특별시 마포구 월드컵북로 400, 5층 19호
전화 070-4156-7770 | **팩스** 031-629-6577 | **이메일** jinopress@gmail.com

ⓒ 안정효, 2021
ISBN 979-11-90282-37-6 (03810)